小倉遊亀「少将滋幹の母」口絵
昭和二十四〜二十五年
滋賀県立美術館蔵

中公文庫

少将滋幹の母 他三篇

谷崎潤一郎

中央公論新社

目次

少将滋幹の母 他三篇

デザイン❖ミルキィ・イソベ

少将滋幹の母 他三篇

少将滋《しげ》幹《もと》の母

昭和二十四年（一九四九）十一月十六日から
昭和二十五年（一九五〇）二月九日まで
「毎日新聞」
挿画❖小倉遊亀

序文

此《こ》の小説は昭和廿四年十一月中旬から廿五年二月上旬にかけて毎日新聞に連載したものであるが、作者は最初から、新聞の時の挿絵全部をもう一度用いて他日これを単行本にする計画であった。それで作者は、その挿画家の銓衡《せんこう》を、作者の先輩で且《かつ》旧友である安田靫彦《ゆきひこ》*画伯に依頼した結果、小倉遊亀《ゆき》*氏を煩《わずら》わすことになったのであるが、小倉氏の如き逸材をこう云う仕事に引っ張り出すことに成功したのは一に靫彦画伯の推輓《すいばん》のお蔭である。作者は小倉氏に感謝すると共に、小倉氏のような人を紹介された上、自ら此の書の装釘《そうてい》までも引き受けて下すった靫彦画伯の並々ならぬ友情を感謝する。

次に此の作は、大体平安朝の古典に取材したもので、作者は一々それらの種本の名を掲げ、屢〻《しばしば》原典の一部を引用して基づくところを明かにしてある。さればこゝに配述べられている物語は、概《おおむ》ね遠い昔に実際にあった事柄か、或《あるい》はそれらを適当に配列し直したものと思って貰ってよい訳であるが、中にたゞ一つ、作者が勝手に創作した「種本」、――つまり架空の書物の名が出て来る箇所があって、それに関聯《かんれん》した部分だけは作者の空想の産物である。その書物の名が何であるかは、分る人には分る筈《はず》であるし、此の作品の文学的価値には何のかゝわりもないことであるから、一般読者の興味を慮《おもんばか》って、わざとそれを指摘せずに置く。

昭和庚寅*早春熱海雪後庵*に於いて

作者しるす

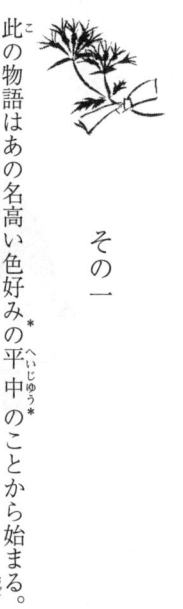

その一

此《こ》の物語はあの名高い色好みの平中《へいじゅう》*のことから始まる。

源氏物語末摘花《すえつむはな》の巻の終りの方に、「いといとほしと思《おぼ》して、寄りて御硯《おんすずり》の瓶《かめ》の水に陸奥紙《みちのくがみ》をぬらしてのごひ給へば、平中がやうに色どり添へ給ふな、赤からんはあへなんと戯《たはぶ》れ給ふ云々《うんぬん》」*とある。これは源氏がわざと自分の鼻のあたまへ紅《べに》を塗って、いくら拭《ふ》いても取れないふりをして見せるので、当時十一歳の紫《むらさき》の上《うえ》が気を揉《も》んで、紙を濡《ぬ》らして手ずから源氏の鼻のあたまを拭いてやろうとする時に、「平中のように墨《すみ》を塗られたら困りますよ、赤いのはまだ我慢しますが」と、源氏が冗談を云うのである。源氏物語の古い注釈書の一つである河海抄《かかいしょう》*に、昔、平中が或る女のもとへ行って泣く真似をしたが、巧《うま》い工合に涙が出ないので、ありあう硯《すずり》の水指《みずさし》をそっとふところに入れて眼のふちを濡らしたのを、女が心づいて、水指の中へ墨を磨《す》って入れておいた、平中はそうとは知らず、その墨の水で眼を濡らしたので、女が平中に鏡を示して、「われにこそつらさは君が見すれども人にすみつく顔のけしきよ」*と詠《よ》んだ故事があって、源氏の言葉はそれにもとづく由《よし》が記《しる》

してある。河海抄は此の故事を今昔物語《こんじやくものがたり》から引用し、「大和物語《やまとものがたり》にも此事あり」と云っているけれども、現存の今昔や大和物語には載《の》っていない。が、源氏にこんな冗談を云わせているのを見ると、此の平中の墨塗りの話は好色漢の失敗談として、既に紫式部の時代に一般に流布《るふ》していたのであろう。

平中は古今集《こきんしゅう》その他の勅撰集に多くの和歌を遺《のこ》しているし、系図も一往《いちおう》明かであるし、その頃のいろ〳〵の物語に現れて来るので、実在した人物であることは紛《まぎ》れもないが、死んだのは延長元年*とも六年とも云って確かでなく、生れた年は何の書にも記してない。

今昔物語には、「兵衛佐《ひやうゑのすけ》 平 定文《たひらのさだぶみ》と云ふ人ありけり、字《あざな》をば平中とぞ云ひける、御子《みこ》の孫にて賤《いや》しからぬ人なり、そのころの色好みにて人の妻《め》、娘、宮仕人《みやづかへびと》、見ぬは少くなんありける」*と云い、又別の所で、「品も賤しからず、形有様も美しかりけり、けはひなんども物云ひもをかしかりければ、そのころ此の平中に勝《すぐ》れたる者世になかりけり、かゝる者なれば、人の妻、娘、いかに況《いは》んや宮仕人は此の平中に物云はれぬはなくぞありける」*とも云ってあるが、こゝに記す通りその本名は平定文（或は貞文）で、桓武《かんむ》天皇の孫の茂世《もちよ》王の孫に当り、右近中将従四位上平好風の男である。平中と云うのは、三人兄弟の中の二番目の子息であるからとも云い、字を仲と云ったからとも云う説があって、平仲と書いてある例も多い。（弄花抄《ろうかしょう》*に依ればヘイチュウのチュウは濁りて読むべしとある）蓋《けだ》し平中とは、なお在原業平《ありわらなりひら》のことを在五《ざいご》中将と呼んだ如きであろうか。

そう云えば業平と平中とは、共に皇族の出である点、平安朝初期の生れである点、美男子で好色家であった点、歌が上手《じょうず》で、前者が三十六歌仙《かせん》の一人、後者が後六々選の一人である点、前者に伊勢物語があるように、後者にも平中物語とか平中日記とか云うものがある点等でよく似ている。たゞ平中は業平よりも時代がやゝ下っており、今の墨塗りの話や、本院の侍従《じじゅう》に翻弄《ほんろう》された話などから想像すると、業平と違っていくらか三枚目的*なところがあったような気がする。平中日記を見ても、その内容は必ずしも花々しい恋愛談ではなく、相手に逃げられたり、体《てい》よく捌《さば》かれたり、とゞのつまりは「物も云はでやみにけり」*とか、「煩《わづら》はしとて男やみにけり」*とか云う風な終りを告げている挿話《そうわ》が随分ある。又七条の后《きさい》の宮《みや》の女房武蔵《むさし》との関係*のように、たまく〵望みが叶《かな》ったかと思えば、その翌

日から公用で四五日京都を離れるようなことになり、而《しか》も不覚にも女に事情を知らしてやるのを怠《おこた》ったので、女はたよりのないのを歎いて尼《あま》になってしまったと云うような、そゝっかしい話などもある。

ところで、平中が数ある女たちの中で、一番うつゝを抜かして恋いこがれ、おまけに散々な目に遭《あ》わされて、最後には命までも落すようなことになった相手は、侍従《じじゅう》の君《きみ》、——世に謂《い》う本院の侍従であった。

此の婦人は、左大臣藤原時平《しへい》*の邸《やしき》に宮仕えしていた女房であるが、時平のことを本院の左大臣と呼ぶところから、此の女のことを本院の侍従と呼ぶ。その頃平中の官はわずかに兵衛佐《ひょうえのすけ》であった。彼は血統や家柄はよかったけれども、官職は低かったのであった。それに何分なまけ者で、「宮仕へをば苦しき事にして、たゞ逍遥《せうえう》をのみして」*と日記にあるから、要するに役所勤めなんか嫌《きら》いで、のらりくらりしていたのであろう。帝はそれをお憎みになって、懲《こ》らしめのために一時免官せしめられたことなどもあった。尤《もっと》も一説に、彼が免官になったのは、彼よりも官職の上の或る男が彼と女を争ったところ、女がその男を嫌って平中の方へ靡《なび》いたので、恋の競争に破れた男が平中を恨み、彼のことを何《なん》や彼《か》やと朝廷に讒言《ざんげん》したからであるとも云う。古今集巻十八雑《ぞう》の下《げ》所載「憂《う》き世にはかどさせりとも見えなくになどか我が身の出でがてにする」*と云う歌は、「つかさの解けて侍《はべ》りける時よめる」と云う詞書《ことばがき》の通り、その折彼が出家遁世《しゅっけとんせい》の念を起して詠んだのであるが、帝の御母后《おんははきさき》のもとにも馴染《なじみ》の女房があったので、「なり果てむ身をまつ山の時鳥《ほととぎす》いまは限りとなき隠れなむ」*と云う歌をその女の所へ送って、一方では御母后に運動をし、一方では父の好風が帝に哀訴したので、間もなく再び官を賜わったのであった。

勤めぎらいの平中は、宮中への出仕は怠りがちであったらしいが、本院の左大臣のもとへは始終御機嫌《ごきげん》伺いに行った。本院と云うのは、中御門《なかみかど》の北、堀川の東一丁の所にあった時平の居館の名で、当時時平は故関白太政大臣基経《かんぱくだじょうだいじんもとつね》、――昭宣公《しょうせんこう》の嫡男《ちゃくなん》として、時の帝《みかど》醍醐《だいご》帝の皇后穏子《おんし》の兄として、権威並びない地位にあった。時平（これはトキヒラが本当であろうが、古くからの云い習わしに従って矢張《やはり》シヘイと呼ぶことにしよう）が左大臣になったのは昌泰《しょうたい》二年、二十九歳の時であって、初めの二三年の間は右大臣に菅原道《みち》真《ざね》*が控えていたゝめに多少牽制《けんせい》もされたけれども、昌泰四年の正月にその政敵を陥《おとしい》れる

ことに成功してからは、名実共に天下の一《いち》の人《ひと》であった。そして此の物語の時代にも、まだ三十を三つか四つ越したぐらいに過ぎなかった。今昔物語には、此の大臣もまた「形美麗に有様いみじきこと限りなし」*「大臣のおん形音《ごゑ》気はひ薫《たきもの》の香《か》よりはじめて世に似ずいみじきを*云々」と記しているので、われ〳〵は富貴と権勢と美貌と若さとに恵まれた驕慢《きょうまん》な貴公子を、直ちに眼前に描くことが出来る。従来藤原時平と云うと、あの車曳《くるまびき》の舞台に出る*公卿悪《くげあく》の標本のような青隈《あおくま》*の顔を想い浮かべがちで、何となく奸佞邪智《かんねいじゃち》*な人物のように考えられて来たけれども、それは世人が道真に同情する余《あま》りそうなったので、多分実際はそれ程《ほど》の悪党ではなかったであろう。嘗《かっ》て高山樗牛《ちょぎゅう》*は菅公論《かんこうろん》を著わして、道真が彼を登用して藤原氏の専横《せんおう》を抑えようとし給うた宇多上皇《うだじょうこう》の優渥《ゆうあく》な寄託に背《そむ》いたのを批難し、菅公の如きは意気地《いくじ》なしの泣きみそ詩人で、政治家でも何でもないと云ったことがあるが、そう云う点では時

平の方が却《かえ》って政治的実行力に富んでいたかも知れない。大鏡《おおかがみ》*は時平を悪くばかりは云わず、愛すべき点があったことをも伝えている中に、可笑《おか》しいことがあると直《す》ぐ笑い出して笑いが止まらない癖があったと云うが如きは、無邪気で明朗闊達《かったつ》な一面があったことを證するに足りるのであるが、その一例として滑稽《こっけい》な逸話がある。まだ道真が朝《ちょう》にあって、時平と二人で政務を見ていた頃のこと、いつも時平がひとりで非道に事を処理して、道真に嘴《くちばし》を入れさせないので、某《なにがし》と云う記録係の属官が一計を案じ、或る日文案を文挟《ふばさ》みに挟んで左大臣の前に捧げて行き、それを時平に渡そうとするはずみにわざと音高く放屁《ほうひ》をした。時平は途端に噴《ふ》き出してわッはく腹を抱《かか》え始めたが、いつ迄たっても笑いやまず、体がふるえてその文案を受取ることが出来ないので、その間に道真が悠々と事務を執《と》り、思いのまゝに裁断を下した、と云うのである。

時平は又なかく勇気があった。道真の死後、その霊が化して雷神となって朝臣に讐《あだ》をすると信ぜられていた時分、或る日清涼殿《せいりようでん》に落雷して満廷の公卿《くげ》たちが顔色を失った折に、時平は凜然《りんぜん》と太刀《たち》を引き抜いて大空を睨《にら》み、「あなたは生きておられた時にも私の次の位だったではないか、たとい神になられても、此の世へ来られたら私を尊敬なさるのが当然ですぞ」と叱咤《しった》したので、その威勢を恐れたかのように、雷鳴が一時静かになった。されば大鏡の作者も、いろく悪いことをした大臣ではあったけれども「大和魂《やまとだましひ》*などはいみじくおはしましたるものを」と云っている。

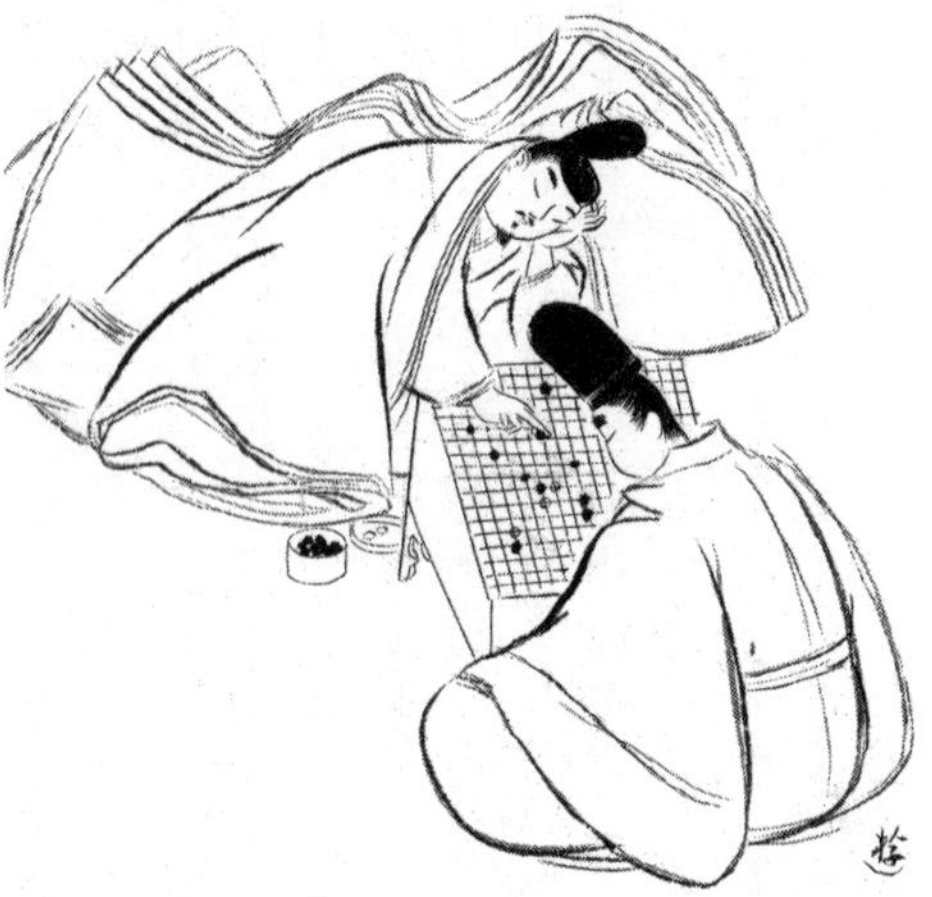

こう云うと、時平はたゞ向う見ずの、お坊ちゃん育ちの餓鬼《がき》大将のようにも取れるが、案外そうでない一面もあって、醍醐帝と此の大臣とが密《ひそ》かに謀《はか》って世間の奢《おご》りを戒めたと云う話なども伝わっている。それは或る時、時平が帝の定め給うた制を破った華美な装束をして参内《さんだい》したのを、帝が小蔀《こじとみ》の隙間《すきま》から御覧になって急に機嫌を損ぜられ、職事《しきじ》*を召されて、「近頃過差《かさ》*の取締がきびしいのに、左大臣たる者がいかに一《いち》の人《ひと》であるとは云え、殊《こと》のほかきらびやかな装いをして参るとは怪《け》しからぬ、早々退出するように申し付けよ」と仰せられたので、職事はどうなることやらと案じながら、こわ〴〵仰せの趣を伝えると、時平は恐懼《きょうく》措《お》く所を知らず、従者共に先を追わせることをも禁じ、慌《あわ》てふためいて退出して、以後一箇月ばかりは堅く居館の門を閉じて引籠《ひきこも》っていた。たま〳〵人が訪ねて来ても、「お上の御勘当《ごかんどう》が重いので」と云って面接せず、御簾《みす》の外にも出なかったので、漸《よう》やく

此の事が評判になり、世人が奢《おご》りを慎しむようになったが、これは予《あらかじ》め時平が帝としめし合わせてしたことなのであった。

平中が此の時平のところへしば〳〵伺候《しこう》したのは、権門に媚《こ》びて出世の緒《いとぐち》を摑《つか》もうと云う世間並な下心もないことはなかったであろうが、一つには此の大臣と兵衛佐とは話の馬が合うせいでもあった。二人は官職や位階から云えば大きい隔たりがあるけれども、系図や家柄を論ずれば平中も遜色《そんしょく》はないのだし、趣味や教養も同等であるし、どちらも女好きな貴族の美男子なのである。従って、二人が常にどんなことを面白がってしゃべり合っていたか、大凡《おおよ》そ見当がつくのであるが、でも平中は、左大臣のお相手をするのが唯一の目的で此の邸《やしき》へ来るのではなかった。いつでも彼は夜が更《ふ》けるまで御前で話し込んでから、頃あいを測《はか》って暇《いとま》を告げるのであるが、そのまゝ真っ直ぐ自分の館《やかた》へ帰ることなどはめったになかった。大臣の前は帰った体《てい》にしておいて、実はそうっと女房たちの局《つぼね》の方へ忍んで行き、侍従の君のいるあたりをうろ〳〵するのが例になっていて、ほんとうは此の方が目的なのであった。

しかし甚《はなは》だ笑止なことに、平中は去年以来此の忍び歩きを繰り返して、或る時はこゝぞと思う遣戸《やりど》の外で息を凝《こ》らしてみたり、勾欄《こうらん》のほとりに彳《たたず》んでみたり、根気よく機会をうかゞっているのであるが、いつもの彼にも似ず、今度ばかりは運が悪くて、未《いま》だにその人の心を動かすことが出来ないのみか、世に稀《まれ》な美女であると噂《うわさ》の高いその容姿を、垣間見《かいまみ》たことすらないのであった。これは一つには、運が悪いだけではなく、何故《なにゆえ》か相手の人が故意に平中に遇《あ》うことを避けているらしいからなので、そのために平中は一層焦《じ》れていた。こう云う場合、召使われている女童《めのわらわ》などを手馴《てな》ずけて文《ふみ》の取次をして貰《もら》うのが常套《じょうとう》手段で、もちろんその辺にぬかりがあるのではなかったが、それも、今日までに二三度持たせて遣《や》ったのに、全然手答えがないのであった。いつも平中は女童を摑まえて、「たしかに渡してくれたかね」と、しつッこく念を押すのであるが、「えゝ、お渡しゝたことはしたんですけれど、………」と、女童は口ごもりながら気の毒そうに平中の顔を見るのである。

「お受け取りにはなったんだね」

「えゝ、たしかにお取りになりましたわ」

「是非《ぜひ》御返事を戴《いただ》きたいと、云ってくれたゞろうね」

「それも、そう申上げたんですけれど………」

「そうしたら？」

「何とも仰《お》っしゃらないんですの」

「でも、お読みにはなったのだろうか」

「えゝ、多分ね、………」

と、平中が問い詰めれば問い詰めるほど、女童はいよ〳〵当惑するのである。

一度などはこんなことがあった。

例に依ってこま〴〵と思いのたけを書き綴《つづ》ったあとに、せめて私はあなたがこの文を御覧下すったかどうか、それだけでも知りたいのです、決してねんごろな御言葉をとは申しません、御覧になったのなら、見たと云う二文字だけの御返事でもお寄越《よこ》しになって下さい、と、泣かんばかりの口調でしたゝめたのを持たせてやると、女童はついぞないことにニコ〳〵しながら戻って来て、

「今日は御返事がありましたのよ」

と、一通の文を渡した。平中が胸をときめかしつゝ押し戴いて受け取ったことは云う迄もないが、急いで封を開いて見ると、小さな紙きれが一つ這入《はい》っているだけであった。なおよく見ると、

「見たと云う二文字だけの御返事でもお寄越しになって下さい」と書いてやった、さっきの彼の文の中の「見た」と云う二字のところを破いて入れてあるのであった。

これにはさしもの平中も開《あ》いた口が塞《ふさ》がらなかった。彼も今まで数々の女に恋をしかけたが、こんな意地の悪い、皮肉な相手に懸《かか》ったことはなかった。かりにも此方《こちら》は美男の聞えの隠れもない平中である。大概な女は彼だと分れば訳もなく靡《なび》いてしまうのが常《つね》で、今度のように手きびしい扱いをした者は一人もなかった。で、いきなりピシャリと横面《よこつら》を張られたような気がして、さすがにそのあと暫《しばら》くは寄り着こうともしなかった。

それから二三箇月の間と云うものは、女の所に用がないとなると、現金なもので、左大臣への御機嫌伺いも自然怠りがちにしていた。たまには伺候《しこう》することもあったが、帰りにいつもの局《つぼね》へは間違っても足を向けず、そっちは鬼門《きもん》だと、自分で自分に云い聞かして、すうっと出て来るようにしていた。と、その後又幾月か過ぎて、或る五月雨《さみだれ》の降る晩であった。久振《ひさしぶり》に御前で夜を更《ふ》かしてから出て来ると、宵《よい》のうちは入梅《にゅうばい》らしくしょぼ〳〵降っていた雨が、俄《にわ》かに大降りに降り出したので、此の雨を衝《つ》いて自分の家まで帰るのはえらく煩《わずら》わしい気がしたが、その時ふっと、こう云う晩にかの人のもとを訪れてみたら、と、急に平中はそう思いついた。それと云うのが、考えれば忌《い》ま〳〵しいけれども、いったいかの人の此の間のようなやり方は、悪ふざけにしても少しく念が入り過ぎている。凡《およ》そ相手が左様《さよう》に手の込んだ懊《じ》らし方をすると云うのは、彼を嫌っているのではなくて、彼に興味を抱いている證拠ではないのか。あたしはそこらの人たちのように、あなたの名を聞いて直ぐ嬉しがるような女ではない、と云うところを見せたいのであろうが、一往《いちおう》その意地を通しさえすればよいのではないか。――平中の腹の底には矢張《やはり》そう云う風な己惚《うぬぼ》れがあるので、あれ程にされてもなお懲《こ》りず、まだほんとうには諦《あきら》めていなかったのであった。

それに、こう云う真っ暗な土砂降《どしゃぶ》りの晩に訪れたら、いかに鬼のような心を持った女でも、哀れを催さない筈《はず》はあるまい。そう思うと彼はひとりでにそわ〳〵して来て、ふら〳〵と鬼門の方角へ出かけて行った。

「まあ、誰方《どなた》かと存じましたら、――」

呼び出された女童《めのわらわ》は、雨の降り込む簀子《すのこ》の板敷にしょんぼり立っている男の姿を闇《やみ》に透《す》かしながら、さも驚いたらしく云った。

「暫《しばら》くでございましたわね、おあきらめになったのかと存じておりましたのよ」

「いや、あきらめてよいものかね。男はあゝ云う目に遭わされると、猶更《なおさら》恋しさが募《つの》るものだ。あれからお伺いしなかったのは、そう〳〵うるさく附き纏《まと》うのも失礼だと思ったからだよ」

平中は、余り醜態にならないように冷静を装ったつもりであったが、生憎《あいにく》自分でも可笑しいくらい声がふるえているのであった。

「御無沙汰はしていたけれども、一日だって忘れたことなんぞありはしない。一途《いちず》に思いつゞけていたのだ」

「お文《ふみ》をお持ちになりましたの」

女童は長たらしい泣きごとには取り合わないで、手紙があるなら取次だけはして上げようと云う調子であった。

「文なんか持って来なかったよ。どうせ御返事が戴けないのに、書いたって無駄ではないか。――ねえ、君、お願いだ、それよりほんの束《つか》の間《ま》でもよい、一と目でも、いや、物越しにでも、お逢い申してお声を聞かして戴きたいのだ。そう思い立ったら怺《こら》えきれなくなって、此の雨の中を飛んで来た私を、少しは憐《あわ》れんで下さらないだろうか」

「でもまだお側の人たちが起きていらっしゃるので、今は工合が悪いんですけど、……」

「待つよ、いくらでも。お側の人が寝てしまうまで。――今夜はお逢い出来るまで此処《ここ》を動かないつもりなんだ」

平中は一生懸命にそう云って、「ねえ、君、お願いだ、ねえ」と、だゝっ児のように繰り返しつゝ手を取って放さないので、女童は半ばゝ呆《あき》れ、半ばゝ怯《おび》えたような眼つきで、気ちがいじみた男の顔をしげ〳〵と視《み》つめていたが、

「では、ほんとうにお待ちになるの？」

と、しょうことなしに云った。

「お待ちになるなら、お側に人がいなくなってから、申上げてだけは見ますけれど」

「有難《ありがと》う、是非《ぜひ》頼むよ」

「でもまだなか〳〵ですのよ」

「そんなことは覚悟の上だよ」

「ほんとうにお取次をするだけよ。

あとのことはお請《う》け合い出来ませんわ」

それなら彼処の遣戸《やりど》の前で、なるべく人目に付かないようにして待っていらっしゃい、と、そう云って女童が引込んでしまってから、平中は凡そどのくらいの間立ちつゞけていたことか。だん〳〵夜も更けて来て、人々の寝支度をする物音が聞え、やがてひっそりと局《つぼね》の中が寝静まった様子であったが、その時不意に、平中の凭《よ》りかゝっている戸の内側に人のけはいがして、カタリと懸金《かけがね》を外《はず》す音がした。

はてな、と思って試《ため》しに遣戸に手をかけて見ると、訳なくする〳〵と開いてしまった。あゝ、さては今夜はかの人も心を動かして願いを聴き届けてくれたのかと、平中は夢のような気がして、嬉しさにわなゝきながら恐る〳〵忍び入り、戸の懸金を内側から掛けた。中は真っ暗で、たった今人の足音がしたように思えたのに、その辺には誰もいるらしくもなく、たゞ夥《おびただ》しい空薫《そらだき》*の香が局のうちに一杯に満ちていた。平中は闇の中を手さぐりで一歩々々進みながら、かの人の閨《ねや》とおぼしいあたりへ漸《ようや》く這《は》い寄ることが出来たが、こゝらであろうと見当を付けてまさぐると、衣《きぬ》を引き被《かつ》いで横に長く臥《ふ》している姿が手に触った。ほっそりした肩つき、可愛らしい頭の恰好《かっこう》、まさしくかの人に相違ない。髪を撫《な》でゝみると、しなやかな毛の房々《ふさふさ》としたのが氷のように冷めたく触る。

「とう〳〵逢うて下さいましたね。………」

こう云う場合にふさわしい台詞《せりふ》のいくつかは、常に用意している筈の彼であるのに、今夜

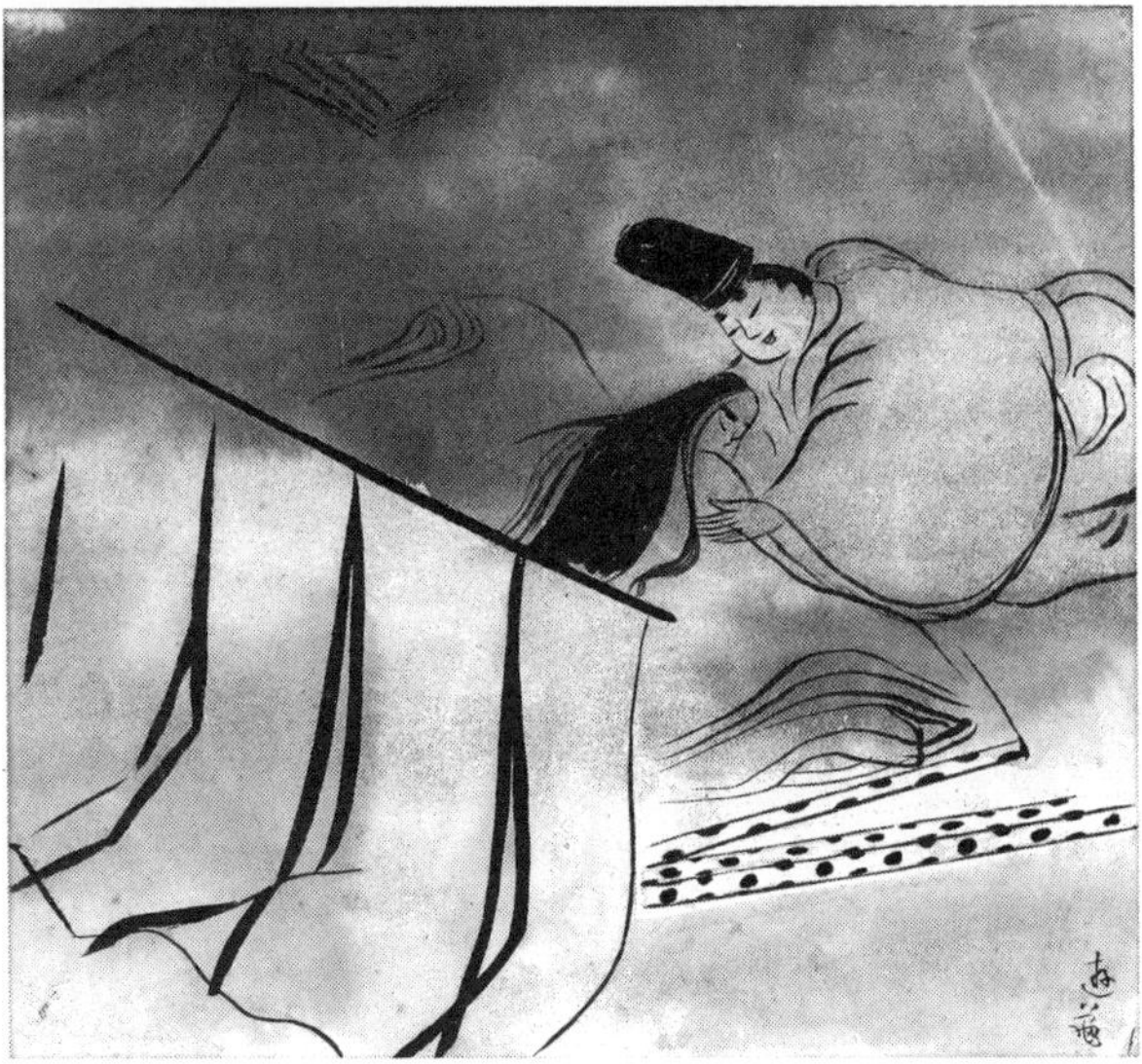

はあまりに思い設けぬことだったので、咄嗟《とっさ》に兎角《とかく》の文句も浮かばず、不覚にもわな〳〵するばかりで、辛うじてこんな風に云ったあとは、熱い溜息《ためいき》をつゞけざまに吹きかけたゞけであった。彼はひたすら髪の毛の上から両手で女の顔を押さえ、それを自分の顔の方へまともに向けて、美しいと云われる目鼻だちを見きわめようとしたが、顔と顔とをそんなに寄せつけても二人の間には濃い闇があって、何も見透せないのであった。でもそう云う風にして暫く一心に視《み》つめていると、何となくぽうっと、ほのじろいものが幻《まぼろし》のように見えて来る気がした。女はその間一《ひ》

と言《こと》も云わず、黙って平中のするなりにされていた。平中は女の顔じゅうを撫《な》で廻して、その輪廓を触覚に依って想像しようとするのであったが、そうされても猶《なお》柔軟な胴をしな〳〵させつゝ、全く男のするなりにされているのは、無言のうちに何も彼《か》も打ち任せているのだとしか思えなかった。が、女は男の身じろぎを感じると、急に何と思ったか、

「待って、………」

と云いながら体を引いた。

「………彼処の障子《しょうじ》の懸金《かけがね》を掛けて来るのを忘れましたわ。ちょっと掛けて参りますわね」

「直《す》ぐお戻りになるのでしょうね」

「え、直ぐ、………」

女が障子と云ったのは、今の世の襖《ふすま》のことで、隣の局との間仕切《まじきり》に締めてあるのを云うのであった。いかさまそこの懸金が外れていては、人が這入って来る懸念《けねん》があるので、男が仕方なく手を放すと、女は起きて、上に纏《まと》っていた衣を脱ぎ、単衣《ひとえ》と袴《はかま》とを着たなりで出て行った。その間に平中は装束を解いて臥《ね》て待っていたが、たしかにカタリと懸金を掛ける音がしたのに、どう云う訳か女はなか〳〵戻って来ない。間仕切と云ってもついそこであるのに、一体何をしているのか。………そう云えば、今懸金の音がしたあとで、女の足音がだん〳〵奥へ遠のいて行くように聞えたが、それきりぱったりと此の室内に人のけは

いがしなくなった。何だか様子がおかしいので、

「どうかなされたのですか、………もし、………」

と、小声で云ってみたけれども、答がない。

「もし、………」

と云いながら、彼も起き上って、襖の際《きわ》へ行ってみると、怪《け》しからぬことには此方《こちら》側の懸金は外れていて、向う側の懸金が下りているのである。女は隣の部屋へ逃げて、向うから締まりをして、何処《どこ》かへ行ってしまったのであった。

又背負い投げを食わしたのか。………平中はそのまゝ襖に寄り添うて茫然《ぼうぜん》と闇の中に立ちつくした。それにしてもこれはどう云う意味であろう。こんな夜更けにわざ〳〵人を自分の閨《ねや》まで誘い入れて置きながら、いざと云う時に姿を晦《くら》ましてしまうとは。今迄にしても念が入り過ぎていたけれども、今日のは余程不思議である。折角こゝまで事が運んで、今日と云う今日は日頃の恋が成就《じょうじゅ》しそうであったのに、――現に今しがた、あのひや〳〵かな髪を撫で、あの柔かな頰をさすった感触が、まだ手のひらに残っているのに、――今一歩のところで取り逃がすとは。――一旦はたしかに握った珠《たま》が指の間からズリ落ちたとは。――そう思うと平中は口惜《くや》し涙さえ溢《あふ》れて来た。今考えれば、さっき女が立って行った時に、自分も附いて行くべきであった。もう大丈夫と気を許したのが悪かったのだ。大方《おおかた》女は、男にどれほどの熱意があるかを試してみようとしたのであろう。男が心《しん》から今夜の逢《お》う瀬《せ》に感激しているなら、片時も女の側を離れまいとするのが当り前である。それだのに女をひとり行かして、自分は寝て待っているなんて、その料簡《りょうけん》が気に入らない。此方が少し情を示すと、直ぐそんな風に附《つ》け上《あが》るのでは、まだ〳〵懲《こ》らしめてやらねばならない。憚《はばか》りながらあたし程のものを恋人に持とうと云うのには、もっと〳〵忍耐が必要ですよ、と、女はそう云っているのかも知れない。………

並々ならずひねくれている女の性質から推《お》して、とても戻って来る筈がないことは分っていながら、なお平中は未練がましく襖の際に耳を澄まして隣室のけはいを窺《うかが》ったりした。そしてとう〳〵寝床のところへ引返して来たが、脱ぎ捨てゝある自分の装束を直ぐには取

って着ようともせず、愚かなことであると知りながら、女の衣と枕とが置いてあるのを抱いてみたり、撫でゝみたりして、やがてその枕に我が顔を載せ、その衣を我が身に纏うて、長い間打ち伏していた。………まゝよ、夜が明けたって構うものか、いつ迄もこうしていてやれ、人に見られたら見られた時のことだ。………こうして強情《ごうじよう》に頑張っていてやったら、かの人も我《が》を折って戻って来ずにはいないであろう。………そんなことを思い〳〵、女の匂がまだこまやかに立ち籠《こ》めている暗がりの中に侘《わ》びしい雨の音を聞きながら、彼は夜もすがらまんじりともせずにいたが、次第に明け方が近くなって来、彼方此方《あちらこちら》でガヤ〳〵人声がし始めると、矢張《やはり》きまりが悪くなってコソ〳〵逃げ出してしまったのであった。

こんなことがあってから、平中の侍従の君に寄せる思いはいよ〳〵真剣になったのであった。それ迄は幾分遊戯気分で追い廻していたものが、それからは傍目《わきめ》もふらずに恋いこがれて、是非とも望みを叶《かな》えずには措《お》けないようになった。そう云う意慾に燃えることは、見す〳〵かの人のしかけた罠《わな》に陥ることであったけれども、一歩々々思う壺《つぼ》へ誘い込まれて行きつゝ、どうにも制しようのない気持であった。そして結局、又あの女童《めのわらわ》を呼び出しに行っては文《ふみ》をことづけるより外に、此れと云う智慧《ちえ》も浮かばないのであったが、でもその文の書き方には心を砕いて、此の間の夜の己《おの》れの越度《おちど》を詫びる言葉を、さま〴〵な表現で繰り返し〴〵綴るようにした。――あなたが私を試そうとしていらっしゃることは感づいていたのですが、それでいながらうっかりして、あの晩のような失錯《しっさく》をしてしまったくやしさ。それと云うのもあなたを思う熱情が足りない證拠だと仰せになるかも知れませんが、去年以来どんなにあなたに嘲弄《ちょうろう》されてもなお懲《こ》りずまに通《かよ》って来る私と云うものに、少しでも不憫《ふびん》をかけて下さるのであったら、せめてもう一度だけ、此の間の晩のような機会を恵んで下さらないであろうか。――と、要旨はそれに尽きるのであるが、それをいろ〴〵な殺し文句で書くのであった。

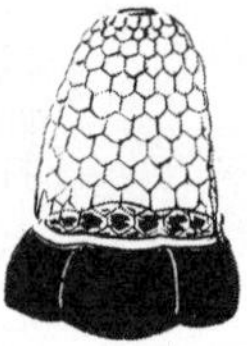

その二

そうこうするうち、その年の夏も過ぎ、秋も暮れて、平中《へいじゅう》の家の籬《まがき》に咲いた菊の花も色香がうつろう季節になった。

此の古今に名を馳《は》せた色好みの男は、人間の花を愛したばかりでなく、植物の花をもいつくしむ心を持っていて、わけても菊を栽培することが相当上手《じょうず》であったらしい。「又此の男の家には、前栽《せんざい》好みて造りければ、面白き菊などいとあまたぞ植ゑたりける」*とある平中日記の一段には、或る月の美しい夜に、平中の留守をうかゞって女たちがひそかに菊の花を見物に来、丈《たけ》の高い花の茎に歌を結《ゆ》いつけて帰ることなどが記されているが、大和物語にも、仁和寺《にんなじ》の宇多上皇――亭子院《ていしいん》の帝《みかど》が平中をお召しになって、「御前に菊を植えたいと思うので、よい菊を献上するように」と云う仰せがあったことを記している。その時院は、平中が畏《かしこ》まって退出するのをお呼び止めなされて、「その献上の菊の花には歌を添えて参れ。そうでなければ受け取らないぞ」と仰せになったので、平中はひとしお畏まって退き下り、我《や》が家の庭に咲き誇っている菊の中から優《すぐ》れた数株を選び取って、それに歌を添えて差上げた。古今集巻五秋歌の下に、「仁和寺《にんなじ》に菊の花めしける時に、歌そへて奉れと仰せられければよみて奉りける」*と云う詞書の附いているのが即ちそれである。

秋をおきて時こそありけれ菊の花
　うつろふからに色のまされば*

さて彼が丹精して作ったそれらの菊の花どもゝ、すっかり色香が褪《あ》せてしまったその年の冬の、或る晩のことであった。平中はその夜も本院の大臣《おとど》の許《もと》に伺候《しこう》して四方山《よもやま》の世間話の

お相手をしていたが、彼の外にも五六人の公卿《くげ》たちが侍っていて、初めのうちは御前が賑《にぎや》かだったのが、追い〳〵一人減り二人減りして、いつの間にか大臣と彼と二人きりになった。帰り途《みち》に目あてのある平中は、自分も好い加減に退り出たいのであったが、時平《しへい》は彼と差向いになると女の噂《うわさ》を持ち出すのがおきまりで、何か最近に収穫はなかったか、己《おれ》の前で隠すには及ばぬぞ、と云うような風に切り出すので、彼も心ではそわ〳〵しながら、ちょっと座を立つしおを失って、それから又ひとしきり、親しい友達同士でなければ交《かわ》せないような秘話がはずんだ。尤《もっと》も平中は、近頃侍従の君の一件が大臣の耳に這入っていはしないか、今にそのことを持ち出してチクリとやられるの

ではあるまいか、と云う不安があるところから、その晩はどうも調子が乗らず、内々警戒していたのであったが、時平は何と思ったか、

「時に、折入ってあなたに聞きたいことがあるんだが、………」

と、俄《にわか》に上座から席を移して、平中の前へ膝をすり寄せた。

来たな、と思って平中が胸をどきつかせていると、時平はニヤ〳〵薄笑いを浮かべて、

「いや、突然つかぬことをお聞きするようだけれど、あの、帥《そち》の大納言《だいなごん》*の北《きた》の方《かた》*な？……」

「はあ、はあ」

平中はそう云って、まだ薄笑いの消えやらぬ時平の顔を不思議そうに視《み》つめた。

「あの北の方を、あなたは知っておられるであろうな」

「あの北の方………でございますか」

「そんなにお恍《とぼ》けなさらずと、知っておられるなら知っていると、正直に云って下さるがよい」

平中がどぎまぎしている様子を見て、時平は一層膝をすゝめた。

「不意にこんなことを云い出して、変にお思いかも知れないが、あの北の方は世に稀な美人だと云う噂があるが本当かな？………なあ、これ、お恍けなさるなと云うのに。

………」

「いえ、恍けてなんぞおりは致しません」

懸念《けねん》していた侍従の君のことではなくて、思いも寄らぬ人のことが問題になっているのだと分ると、平中は先《ま》ずほっとした。

「これ、知っておられるのであろうな」

「いえ、……どう致しまして」

「いかん、いかん、隠してもちゃんと種が上っています」

二人の間にこんな工合な問答が交されるのはそう珍しいことではなかった。いつも時平が冷やかしにかゝると、最初のうちは存じませんの一点張りで、しらを切る平中なのであるが、だん〳〵深く問い詰めると、結局「知らないでもない」と云うような所へ落ちる。それから又問い詰めて行くと、「文の遣り取りだけはした」となり、「二度逢ったことがある」となり、「実は五六度、………」となり、しまいには何《なに》も彼《か》も白状する。そして時平が驚くことは、当時世間に評判されている女たちの中で、平中が一往渡りをつけていない者は殆《ほとん》ど一人もないのであった。で、今夜も時平に詰め寄られると、次第に云うことがしどろもどろに、口の先では否定しながら顔つきでは肯定《こうてい》し始めたのであったが、時平が猶《なお》も追究すると、

「実は何でございます、あの北の方に仕えておりました女房に、少々ばかり昵懇《じっこん》の者がございましてな」

と、おもむろに口を割り出した。

「ふん、ふん」

「その者から聞いたのでございますが、あの北の方は並びない器量のお人で、年はようよう二十歳《はたち》ばかりでいらっしゃる。………」

「ふん、ふん、それくらいは私も聞いていますよ」

「ところが、何分大納言殿はあの通りの老人であられますのでな。………あの方のお歳はいくつになられますか、まあお見受けしたところ、もう七十をずうっと越しておられるように存ぜられますが、………」

「左様、七十七か八、くらいになられはしないかな」

「そう致しますと、北の方とは五十以上も違っておいでになると云う訳で、それではあま

りあの北の方がおいとおしい。世に珍しい美女にお生れになりながら、選《よ》りに選って祖父《おおじ》か曽祖父《ひいおおじ》のような夫をお持ちなされたのでは、嘸《さぞ》御不満なことがおありであろう。御自身でもそれをお歎きになって、あたしのような不運なものがあるだろうかと、お側の者にお洩《も》らしなされて、人知れず泣いておいでになることがある、など丶、その女房が申したり致しましてな。………」

「ふん、ふん、それで？」

「それで、と申す訳でもございませんけれども、そんなことから、ついその、何でございます、………」

「あは丶丶丶丶」

「どうぞ宜《よろ》しく御推察を、………」

「大方そんなことだろうと睨《にら》んでいたんですが、やっぱりそうだったんですね」

「恐れ入ります」

「で、何度ぐらい逢っておられる？」

「何度と申して、そうたび〳〵はございませなんだ。ほんのちょっと、一度か二度、……」

「譃《うそ》を云われな」

「いえ、ほんとうで。………その女房に媒《なかだち》を頼みまして、一度か二度はそう云うこともございましたか知れませんが、格別打ち解ける、と云うところまでは参りませなんだ」

「ま、そんなことはどうでもよろしい。それより私が聞きたいのは、世評通りの美人に違いないかどうか、と云うことなんです」

「左様でございます、それはまあ、………」

「それはまあ、どうだと云われる?」

「どう申したらよいのでしょうかな」

と、平中はわざと気を持たせて、ニタ〳〵笑いを嚙《か》み殺しながら、仔細《しさい》らしく首を傾《かし》げた。

こゝで此の二人が噂をしている「帥《そち》の大納言」とその北の方と云うのは如何《いか》なる人であるか、と云うのに、大納言は藤原国経《くにつね》のことで、閑院左大臣冬嗣《ふゆつぐ》の孫に当り、権中納言長良《ながら》の嫡男《ちゃくなん》である。時平は此の国経の弟、長良の三男に当る基経の子であるから、彼と国経とはまさしく伯父《おじ》甥《おい》の関係になるのであるが、地位から云えば故太政大臣関白基経の長子であり、摂家《せっけ》の正嫡《せいちゃく》である時平の方が遥《はる》かに上で、すでに左大臣の顕職にある年の若い甥は、老いぼれの伯父の大納言を眼下に見下《くだ》していたのであった。

いったい国経はその頃としては大変長寿を保った人で、延喜《えんぎ》八年*に八十一歳を以て歿したのであるが、生来一向働きのない、好人物と云うだけの男で、兎《と》も角《かく》も従三位《じゅさんみ》大納言の地位にまで昇り得たのは、長生きをしたお蔭であろう。嘗《かつ》て太宰権帥《だざいごんのそち》に任じていたことがあるので、帥の大納言と呼ばれていたが、その大納言になったのは実に延喜二年の正月、彼が七十五歳の時であった。彼にたゞ一つの取柄《とりえ》と云えば、非常に健康に恵まれていたことで、肉体的精力が倫《りん》を絶していたであろうことは、そう云う高齢で二十何歳と云う夫人を擁《よう》し、男子を生ませていた一事を以てしても想察するに足るのである。これは余談であるけれども、昭和の現代に於いて、つい此の間、六十八九歳になる或る高名な老歌人が、四十何歳かの某夫人と「おいらくの恋」*とやらをして新聞や雑誌に艶種《つやだね》を提供し、大いに世間を騒がしたことはなおわれ〳〵の記憶に新たなところである。当時此の老歌人の知己《ちき》友人たちの間で一番問題になったのは、彼の体力がよく堪え得るであろうかと云うことであったので、或る物好きな男がそっと夫人に質《ただ》して見るなどのことがあったが、その結果、夫人は少しもそう云う方面に不満を感じていない事実が明かにされ、われ〳〵は改めて老歌人の精力を羨《うらや》みもすれば驚きもした次第であった。現代に於いてさえこう云う組み合わせの性生活は類稀《たぐいまれ》なこと、して世の視聴を惹《ひ》くのであるから、此の老歌人よりなお八九歳の高齢で、五十も歳下な婦人を妻にしていた国経のようなのは、平安朝の昔としたら余程珍しいことではあるまいか。

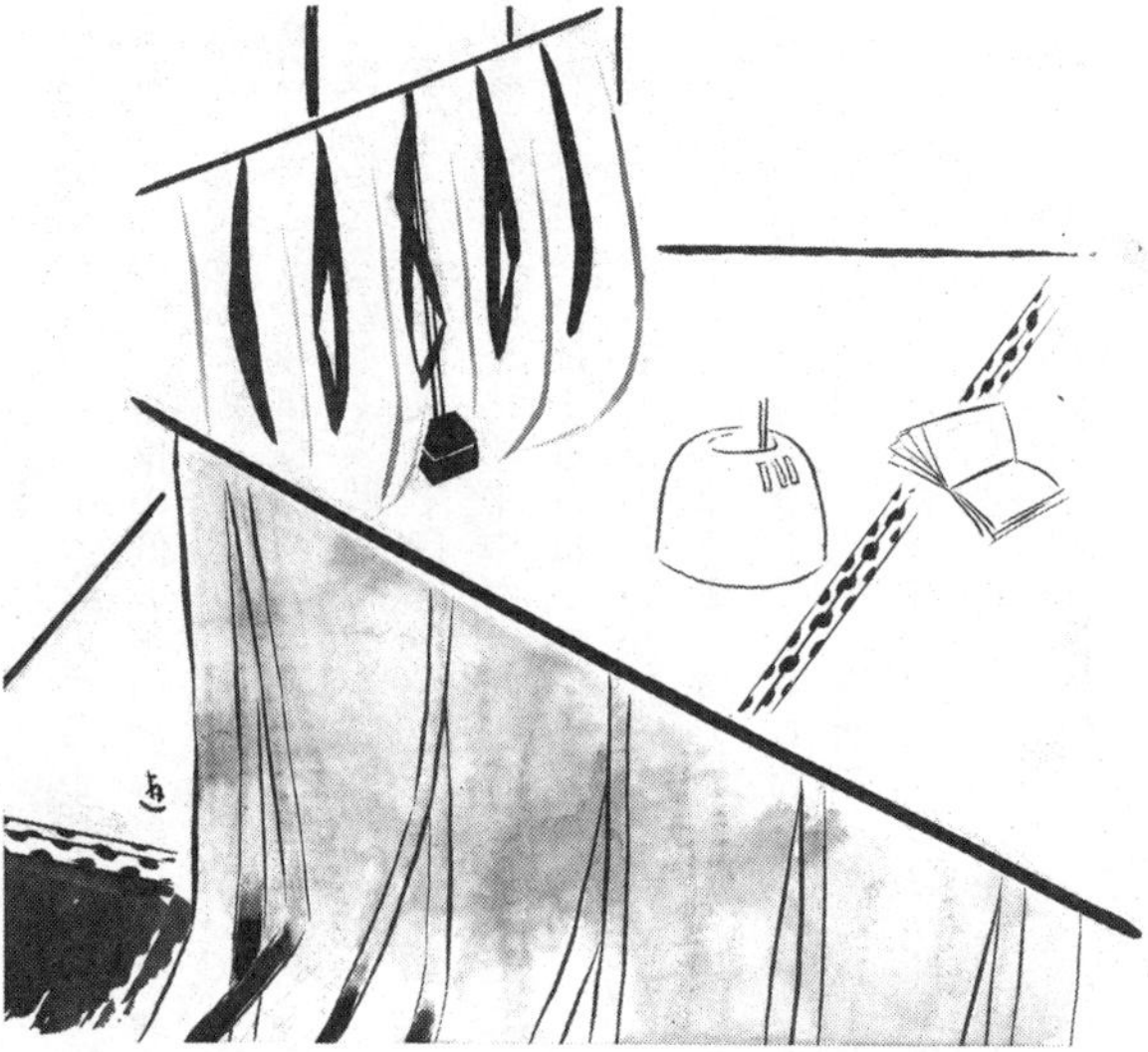

次にその北の方と云うのは、筑前《ちくぜんの》守《かみ》在原棟梁《むねやな》の女《むすめ》であるから、在五中将業平の孫に当る訳であるが、此の夫人の正確な年齢は、ほんとうのところよく分らない。大納言と五十も歳が違うと云うのは、まさかとも思われるけれども、世継《よつぎ》物語*には「わづか二十ばかりにてぞおはしける」とあり、今昔《こんじゃく》には「二十に余る程」とあるので、二十一二歳であったかと思える。彼女が業平を祖父に持っているからと云って、美人であったときめることは出来ないけれども、子の敦忠《あつただ》*も美男であったと云うことであるから、矢張美人系の一族たるに恥《は》じない容姿だったのであろう。時平は何処かゝらそう云う噂を聞き、

而《しか》もその人が時々夫の眼を忍んで情人を呼び込んでいると云うこと、その情人とは別人ならぬ平中であるらしいことをチラと小耳に挟《はさ》んだので、それがほんとうなら、左様な美女をよぼ〳〵の老翁《ろうおう》や位の低い平中如《ごと》きに任《まか》しておくと云う手はない、須《すべから》く乃公《だいこう》が取って代るべしである、＊と、ひそかに野心を燃やしていたところへ、そんなことゝは知らぬ平中がひょっこり今夜御機嫌伺いに罷《まか》り出たのであった。

後段に述べるが如く、時平はやがて望みを達して自分よりも十ほど若い此の義理の伯母を、見事伯父から奪い取って自分のものにしたのであるが、大和物語には此の夫人がまだ国経の妻であった時代に、平中が彼女に贈ったと云う和歌を載せている。――

春の野に緑にはえるさねかづら
　わが君実《きみざね》とたのむいかにぞ＊

此の「君実」と云うのは本妻の意であって、何処まで本気で云っているのか分らないとしても、斯様《かよう》な文句を書き送るからには、平中も此の人に対して多少とも真剣な気持があったのであろう。彼は今、時平に突然みそかごとを発《あば》き立てられたので、うろたえた返事をしたのであるが、正直を云うと、まだ幾分か此の過去の恋人のことを忘れかねていたのであった。浮気男のことであるから、今日迄に契《ちぎ》った女は数を知らず、大部分はその場かぎりで捨てゝしまい、今では顔も名もおぼえていないのが多いのだけれども、此の美しい夫人とは、近頃暫《しばら》く遠のいているようなもの丶、一時はたしかに並々ならぬ関係にあった

のである。目下のところ、已《や》むに已まれぬ行きがゝりで侍従《じじゅう》の君《きみ》を追い廻すような羽目になり、へんに懊《じ》らされているものだから、一途に心がその方へばかり向いているのであるけれども、前者との縁も決して完全に切れてしまっている訳ではなかった。殊に思いもかけない時に、そう云う風に時平に尋ねられて見ると、又改めてその人のことが思い出されて来るのであった。

「いや、先程も申しました通り、お逢いしたのは一二度でございますので、たしかなことは申せませんけれども、すぐれてめでたい御器量であられることは、先《ま》ずほんとうでございますな」

と、まだ平中は何となく胡麻化《ごまか》しながら、少しずつ出し惜しみをするように云った。

「ふうん、さては世間の噂に違《たが》わず……」

「こうなりましたら隠さず申し上げますが、あれだけの顔だちのお方は、ちょっと外に見当らない、と申しても宜しゅうございましょうな。憚《はばか》りながら、わたくしが今までにお逢いしました人々のうちでは、あの北の方が一番お美しゅういらっしゃいます」

「ふうん」

と、時平は呻《うな》るように云って息を詰めた。

「で、あなたの見たところ、夫婦仲はどんな工合です。矢張老人との間は巧《うま》く行っていないのでしょうね」

「さあ、身の不仕合わせを歎くようなことを申されて、涙ぐんでおられたこともございましたが、大納言殿は世にも親切なお人で、非常に大切にしてくれる、などゝも仰《お》っしゃっておられました。さればどう云うお心持でおられますか、実際のところは分りかねます、何しろ可愛い若君もおいでになりますし、……」

「子達は何人おられるのです」

「お一人らしゅうございます。四つか五つぐらいになられる若君ですが、……」

「ほゝう、では七十を越されてからのお子なのですね」

「えらいものでございますよ」

平中は、なおいろ〳〵とその人のことを根掘り葉掘り問われるまゝに、知っている限りは知らしてやるのに吝《やぶさ》かでなかった。いかさま、思い返して見れば、二度とあゝ云う蘭《ろう》たけた*人に出遇えるかどうか分らないけれども、でもゝう自分は、あの人との恋は一往叶《かな》えたのである、どう云う相手であったにしろ、その人の魅力の程は知ってしまった、その人との夢は見つくした、自分はその人にもはや全く興味がないとは云わないけれども、矢張それよりは未知の女、——次から次へ技巧を構えて自分の情熱を煽《あお》らずには措《お》かない人の方へこそ、遥かに強く惹《ひ》き着けられるのを感じる。

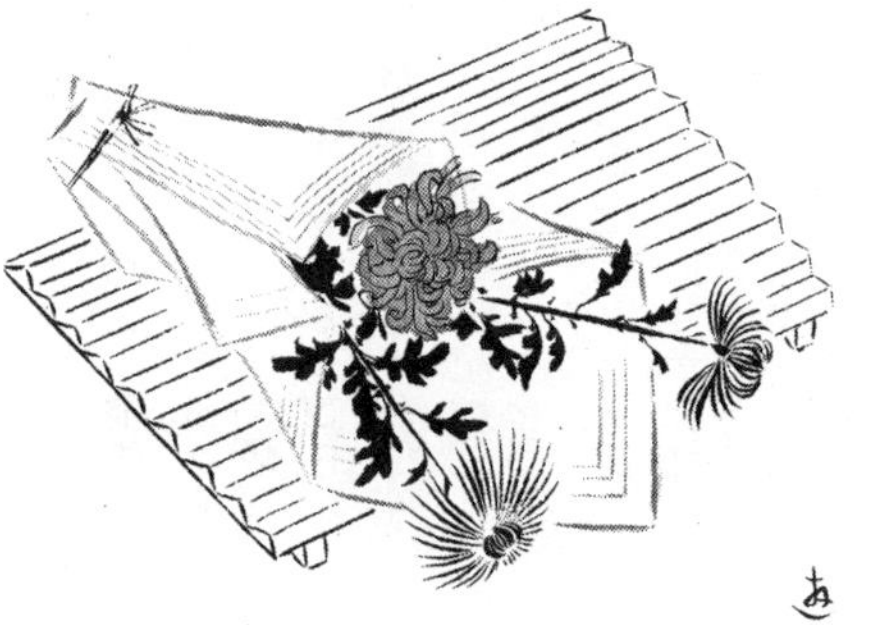

——平中はそんな気持であった。漁色家の心理と云うものは、王朝時代の搢紳《しんしん》*も江戸時代の通人《つうじん》と同じようなもので、過ぎ去った女のことに後々までこだわっているつもりはなかった。もし左大臣が執心《しゅうしん》とあるならば、どうなと好きなようにされるもよかろう、——と、彼はそれぐらいに思ったでもあろうし、それに又、あの大納言のような好人物の眼を偸《ぬす》んでそう〳〵不義なことをするのは、他人は知らず、彼として

は何となく気が済まないところもあった。人の女を寝取ることにかけては常習犯の彼なのであるが、あの傷々《いたいた》しい、骸骨《がいこつ》のように痩《や》せた老翁が、たま〳〵若い美しい妻を贏《か》ち得て、後生大事にその人に冊《かしず》き、それに満足しきっているらしい様子を見ては、柄にもなく憐愍《れんびん》の情に似たものを感じていた訳であった。

なおついでながら、大納言国経と平中との間には、此の北の方の関係を外にして直接深い交渉はなかったようであるが、或る年の秋、何かちょっとしたことで国経から平中の許《もと》へ使者が手紙を持って来た時に、平中が庭に咲いていた菊の一枝を取って返書に添えて渡したことが、平中日記に見えている。その時菊の花を貰った国経は、直ぐに次のような歌を詠《よ》んで贈った。

　みよを経てふりたる翁杖《おきなつえ》つきて
　　花のありかを見るよしもがな*

平中の返し、

　たまぼこに君し来寄らば浅茅生《あさぢふ》に
　　まじれる菊の香はまさりなむ*

これはいつ頃のことであったか明かでないが、或は平中は、自分が此の翁の秘蔵の花を手《た》折《お》ったことを考えて、いくらか皮肉にそんな贈物をしたのであろうか。

その三

それからと云うもの、時平は宮中で国経と顔を合わすと、急に如才《じよさい》なく挨拶《あいさつ》するようになった。位は下でも、彼には正《まさ》しく伯父に当る高齢の人を、敬《うやま》いいたわるのに不思議はないようなものだけれども、菅公《かんこう》を失脚せしめて以来、ひとしお態度が驕慢になって、満廷の朝臣どもに颯爽《さつそう》たる威容を誇っていた彼は、ついぞ此の伯父の存在などを眼中に置いたことはなかったのに、どう云う風の吹き廻しか、伯父に出遇うと変なニコ〳〵顔をする。そして、御壮健で結構であるが、此の頃の寒さはおこたえになりはしないか、とか、お風邪《かぜ》を召されぬように、とか、取って附けたような愛想を云う。或る日、分けても寒さの厳しい朝のことであったが、伯父の大納言の鼻先から水洟《みずはな》が滴《た》れているのを見ると、彼はそっと寄って行って、

「お洟が出ておりますぞ」

と、注意をして、

「お寒かったら綿の物をたくさんお着込みになることですね」

と、小声で云った。

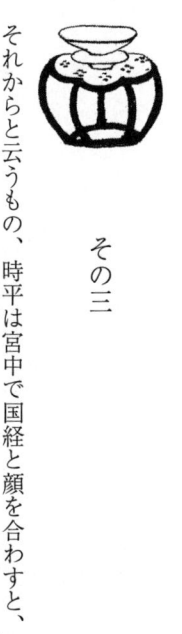

長寿の人によくあるように、大納言は少し耳が遠いので、

「綿?……」

と聞き返すと、

「ふん、ふん」

と、時平はひとりうなずいて、何やら老人には聞き取れないことを云ったが、やがて老人が館《やかた》に帰ると、左大臣からの使者だと云って、雪のような綿を幾屯《いくもち》と云うほど届けて来た。「あなたのように齢《よわい》八十になん〳〵としてなお矍鑠《かくしゃく》たる元気を保ち、壮者を凌《しの》ぐ趣がおありになるのは羨しい次第である。国に斯様《かよう》な朝臣があるのは寔《まこと》にめでたい限りであるから、何卒《どうか》此の上とも体を大切にされて、一日でも多く長生きをして下さるように」と、使者はそう云う口上と共にくだんの贈物

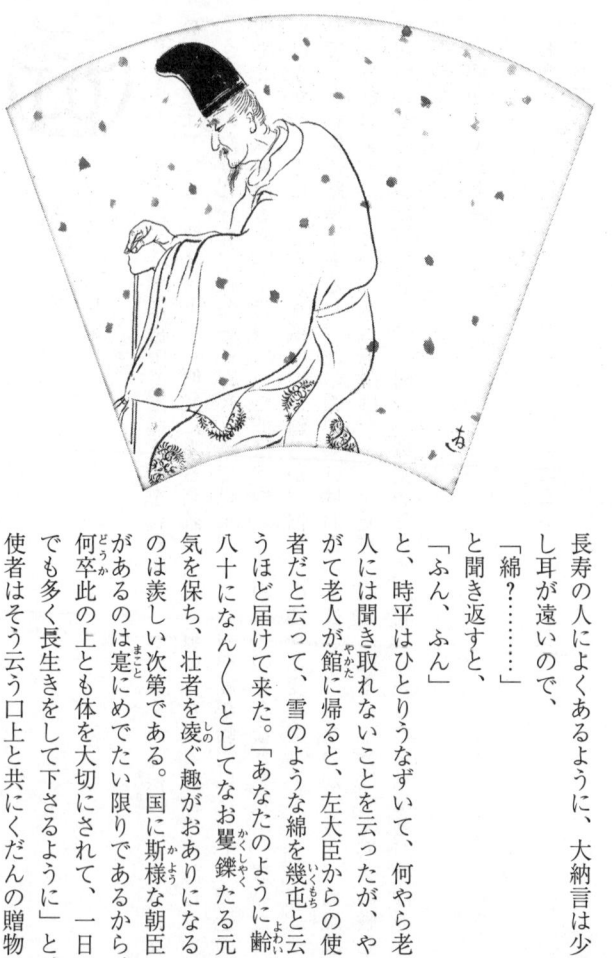

を置いて帰ったが、その二三日後、朝から大雪が降り出して一尺近くも積った夕方に、又使者があって、此の雪の日を如何《いか》ように過《すご》しておられますか、今夜は大方なみ〳〵ならず冷えること丶存じますが、……と云うような言葉を述べ、何やら衣筥《ころもばこ》に収めたものを恭《うやうや》しく捧げながら運び入れた。そして、「これは唐土《とうど》から伝来の品で、昔御先代の昭宣公が、冬になると召しておられたものですが、今の左大臣はまだ年がお若く、斯様なものを着用される折もないので、父君に代って伯父君に召して戴きたいと仰っしゃいまして」と、そう云ってそれを置いて行ったが、衣筥の中から出たものは、立派な貂《てん》の裘《かわごろも》で、昔の人の薫《た》きしめた香の匂が、今もなつかしくかおっているのであった。

贈物はそれからも引きつゞいて数回に及んだ。或る時は錦《にしき》、綾《あや》、等々の織物、或る時はこれも唐土から渡ったと云う珍奇な幾種類もの香木《こうぼく》、或る時は葡萄染《えびぞめ》、山吹、等々の御衣《おんぞ》幾襲《いくかさ》ね、――――折にふれて何とか彼とか口実を設けては、矢継ぎ早やに使者が来るのであった。大納言は時平に格別な考があるのだろうなどゝは疑ってもみず、たゞもう有難さと忝《かたじけな》さで一杯であった。誰しも老年になると、若い人からちょっとしたいたわりの言葉をかけられても、つい嬉しさが身にこたえてほろりとするものであるのに、まして生れつきおめでたい、気の弱い国経なのである。殊に相手は甥《おい》と云っても、天下の一《いち》の人《ひと》であり、昭宣公の跡を継いで摂政《せっしょう》にも関白《かんぱく》にもなるべき人であるのが、さすがに骨肉《こつにく》の親しみを忘れず、何の取柄もない老いたる伯父に斯《か》くまで眼をかけてくれるとは。

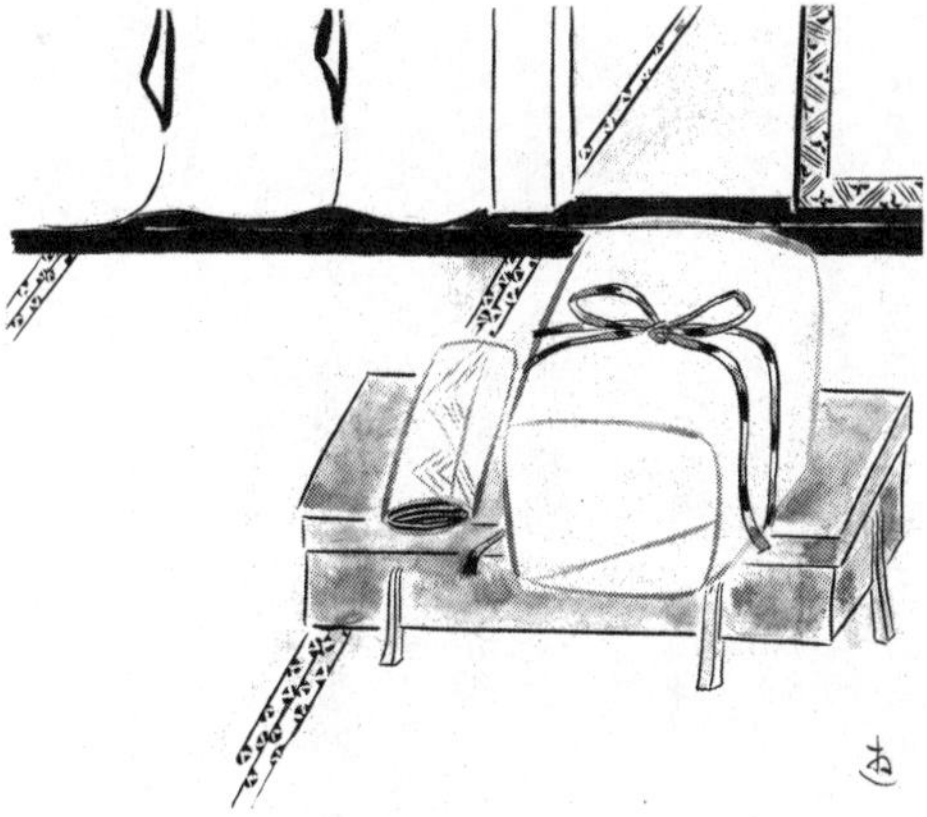

「やっぱり長生きはするものですね」
と、或る晩老人は、北の方のゆたかな頬に皺《しわ》だらけな顔を擦りつけて云った。
「わたしはあなたのような人を妻に持って、自分の幸福はもう十分だと思っていましたのに、そのうえ近頃は左大臣のようなお人から、斯《か》ように優《やさ》しくして戴ける。………ほんとうに、人はいつどんな時にどんな好運にありつくか分らないものです」
老人は、北の方が黙ってうなずいたのを自分の額で感じながら、一層つよく顔を擦り着け、両手で項《うなじ》を抱きかゝえるようにして彼女の髪を長い間愛撫した。二三年前まではそうでもなかったのであるが、最近になって老人はだん〳〵愛し方が執拗《しつよう》になり、冬の間は毎夜北の方を片時も離さず、一と晩じゅう少しの隙間も出来ないようにぴったり体を喰っ着けて寝る。そこへ持って来て、左大臣が好意を示すようになってからは、その感激のせいでつい酒を過《すご》し、酩酊《めいてい》してから床に這入るので、なおさら

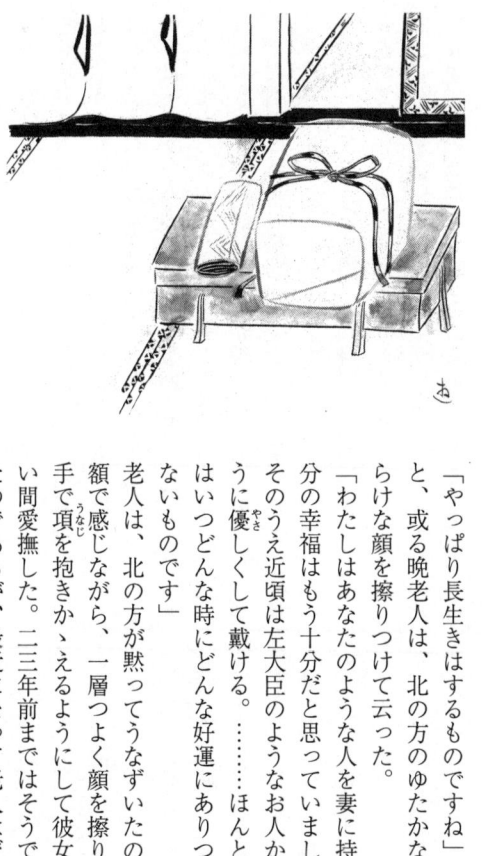

しつッこく手足に絡《から》み着くようにする。それにもう一つ、此の老人の癖は、閨《ねや》の中の暗いのを厭《いと》うて、なるべく燈火をあかるくしたがるのであった。と云うのは、老人は北の方を手を以て愛撫するだけでは足らず、とき〴〵一二尺の距離に我が顔を退《ひ》いて、彼女の美貌を讃嘆するように眺め入ることが好きなので、そのためにはあたりを明るくしておくことが必要なのであった。

「ですが、もうわたしなどは何を着ようと差支えない。あなたこそあの綿や錦を召して下さい」

「それでも大臣《おとど》は、殿がお風邪を召さぬようにと仰っしゃって、下されましたものを、…………」

低い声でしかものを云わない北の方は、耳の遠い老人に分らせることが困難なので、自然夫に対しては言葉数が少く、分けても閨に這入ってからは殆《ほとん》ど無言で通すので、此の夫婦の間では寝物語が交《かわ》されることはめったになく、大概老人の方がひとりでしゃべりつゞけるのであった。そして北の方はたゞうなずくか、たまに一と言か二た言、老人の耳の端《はた》へ口を寄せて、唇が耳朶《みみたぶ》へ触れるくらいにして云うのであった。

「いゝや、わたしは何も要《い》りはしない。何も彼《か》もあなたに進ぜます。…………わたしには此の人さえあれば…………」

そう云って老人は又自分の顔を妻の顔から遠ざけながら、妻の額の上にかゝる髪の毛を搔《か》

きのけ、その目鼻だちへ燈火のあかりがほんのり当るようにした。こう云う時、いつも北の方は老人の節《ふし》くれだった歪《ゆが》んだ指がわなゝきながら髪をいじくったり頰をさすったりするのを感じつゝ、おとなしく老人のするまゝになって眼を閉じているのである。それは顔の上にさす明りの晴れがましさを避けるため、と云うよりは、老人の貪《むさぼ》るような瞳の凝視《ぎようし》を避けるため、と云った方が適当であるかも知れない。八十に近い老人に斯様な熱情があることは、不思議と云えば不思議であるが、実はさしもに頑健《がんけん》を誇った此の老人も、一二年此のかた漸《ようや》く体力が衰え始め、何よりも性生活の上に争われない證拠が見え出して来たので、それを自覚する老人は、一つには遣《や》る瀬《せ》なさの余り変に悔《じ》れているのでもあった。尤《もっと》も彼の場合、その遣る瀬なさは、自分の悦楽《えつらく》が思うように叶《かな》えられないと云うよりは、此の若い妻に申訳ないと云う気持から来る方が多いのではあったが、……

「いゝえ、そんなお心づかいはなさらないで、――」

老人がその胸中を率直に打ち明けて、あなたに済まないと思っている、と云う風に詫《わ》び言《ごと》めかして云うと、北の方はしずかに頭《こうべ》を振って、却って夫を気の毒がるのが常であった。お年を召せばそれが当り前なのであるから、何も気になさることはない、その当り前の生理に背《そむ》いて無理なことをなさるのこそ、お体のためにも宜しくない、そんなことより、殿が摂生《せっせい》をお守りなされて一年でも多く長寿を保って下さる方が私もうれしい、と、北の方はそう云う意味に取れることを云う。

「そう云って下さるのは忝《かたじけな》いが」

老人は、そんな工合に北の方から優しい言葉で慰められると、一層北の方の心根《こころね》がいとおしくなるのであった。そして、又しても眼をつぶってしまった北の方の顔を見守りながら思うことは、いったい此の人は心の奥でどんなことを考えているのだろうか、と云うことであった。それと云うのも、此の人がこんなにもすぐれた器量を持ちながら、五十以上も歳の違う夫に添わされた我が身の悲運を、それほどにも自覚していないように見えるのが不思議で、何か自分が世間知らずの妻を欺《だま》しているような気がするばかりでなく、妻の犠牲の上に自分の幸福が築かれていると云う意識があるからなのであるが、内心にそう云う訝《あや》しみを蔵しつゝ、眺《なが》めると、ひとしお此の顔が神秘に満ち、謎《なぞ》のように見えて来るのである。老人は、自分がこれほどの宝物を独《ひと》り占《じ》めにしていること、世にこれほどの美女が

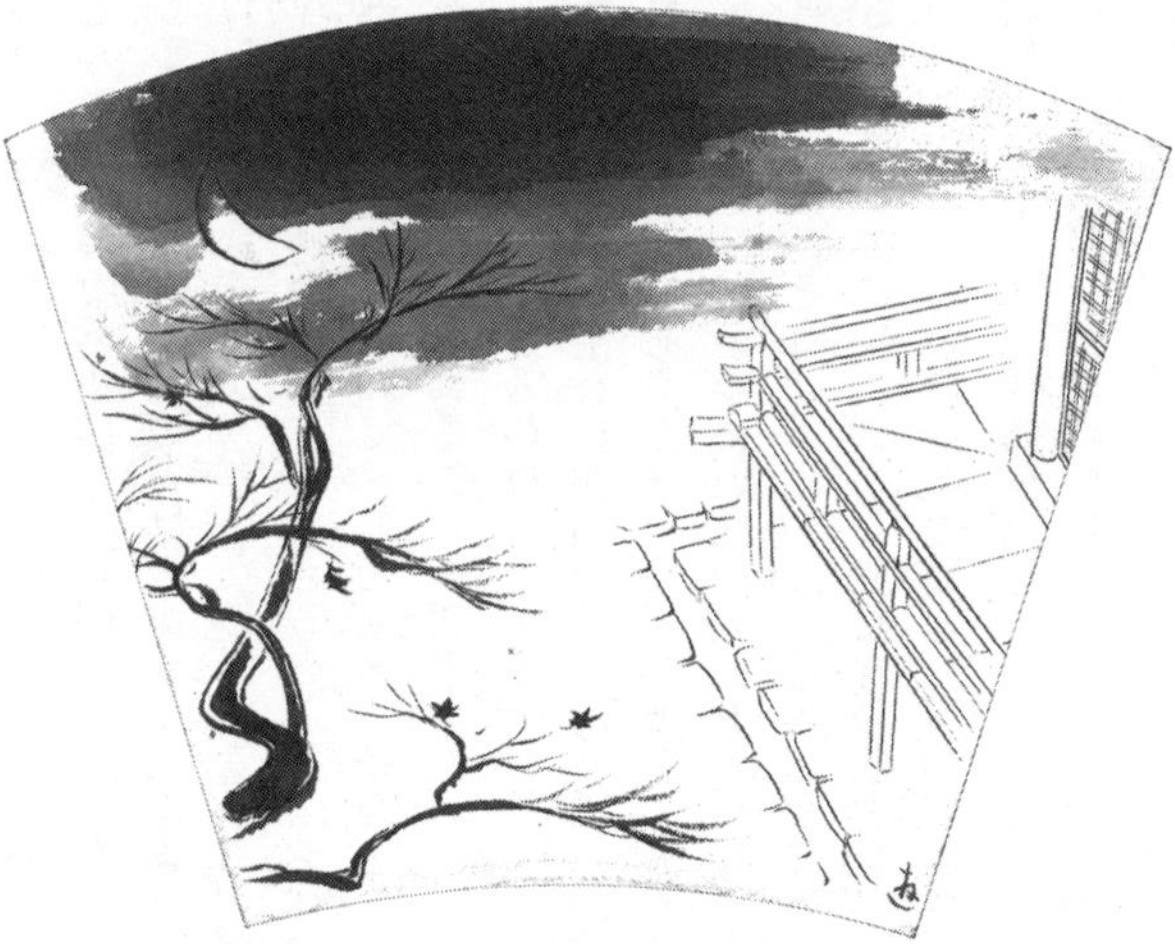

いることを知っているのは自分だけで、当人さえもそれをはっきりとは知っていないらしいことを思うと、何となく得意の念の禁じ難いものがあり、どうかすると、此のような妻を持っているのを誰かに見せて、自慢してやりたい衝動をさえ感じるのであった。又翻《ひるがえ》って思うのに、もし此の人が口で云う通りのことを考えているのであったら、――みずからの性的不満などは意に介せず、ひたすらに老いたる夫の命長かれとのみ願っているのが本心であるなら、――その有難い志に対して自分は何を報いたらよいのか、自分は此の後、たゞ此の顔を眺めるだけで満足しつゝ死んで行きもしようけれども、此の若い人の肉体を、自分と共に朽ち果てさせてしまうのは余りにも不憫《ふびん》で

あり惜しくもある。で、両手の間にその宝物をしっかりと挟んで視《み》つめていると、いっそ自分のようなものは一日も早く消えてなくなって、此の人を自由にさせてやりたいと云う怪しい気持にもなるのであった。

「どうなさいましたの」

老人の眼に浮かんだ涙が、自分の睫毛《まつげ》に伝わって来たのを感じると、北の方ははっとして眼を開《あ》けたが、

「いや、何でもない、〳〵」

と、老人はひとりごとのように云って口を噤《つぐ》んだ。

そんなことがあってから数日後、はやその年も残り少なになった十二月の二十日頃に、又しても時平の許《もと》から数々の贈物が届けられた。「大納言殿も来年は更に齢を加えられ、いよ〳〵八十路《やそじ》に近くなられると承《うけたまわ》るにつけても、縁につながるわれ〳〵共は慶賀に堪えない。これは些《いささ》かながら、そのおよろこびのしるしまでに差上げるのですが、何卒《どうぞ》これらの品々を御受納なされて、よき初春をお迎えになって下さい」と、使者はそう云う口上を述べたが、なお附け足《た》して、時平が正月の三箇日のうちに、大納言の館《やかた》へ年賀に見えるであろうと云う意を伝えた。「大臣が仰せられますには、自分の伯父御《おじご》にこう云う長寿の人があるのは返す〴〵も一門の栄誉である。自分はかね〴〵此の伯父御とゆっくり酒を酌《く》み交して、共によろこびを分ち、且《かつ》は養生の術をも授かり、且は健康にあやからせて戴きた

いと存じながら、今日まで折がなくて過して来たので、是非近々にその念願を遂げたいのであるが、それには此の正月がよい機会である。自分は毎年伯父御の邸へ年賀に参上したことがないのを、済まなく存じていた際でもあるから、来春から改めて御挨拶に伺い、年来の無礼をも詫びたいのである。と、左様に仰っしゃっておいでになりまして、三箇日のうちには必ず参上致すからお含みおきを願うようにと、申し付かって参りました」――使者はそう云って帰ったのであったが、此の申越しはいやが上にも国経を驚喜せしめた。事実、時平が此の大納言の所へ年頭の礼を述べに来るなど丶云うことは、嘗《かつ》て前例がないばかりでなく、前代未聞《みもん》の事件と云っても差支えない。此の恵み深い青年の左大臣は、一門の年長者たるの故を以て一介《いっかい》の老骨《ろうこつ》に結構な財宝をあまた丶び贈ってくれた上に、今度は自身その邸宅に駕《が》*を枉《ま》げると云う光栄を授けてくれるのである。――ありていに云うと国経は、先達《せんだって》から左大臣の測り知られぬ温情に対して何がな報いる道はないだろうかと、寝ても覚《さ》めてもそのことを気に懸《か》けていた矢先であった。そして、大臣の邸とは比べものにならない手狭《てぜま》な館ではあるけれども、一夕《いっせき》我が方へ臨席を仰いで饗宴《きょうえん》を催し、心の限りもてなしをして、感謝の念の万分の一でも酌み取って貰えないであろうかと云うことも、考えないではなかったのであるが、なか〱大納言風情《ふぜい》の所へなど来てくれそうな人ではないので、申し出ても無駄であろう、却って身の程を弁《わきま》えぬ失礼な奴と、物笑いになるだけであろう、と、そう思って差控えていた際であったのに、図《はか》らずもその人が自

ら望んで客人《まろうど》になろうと云い出したのであった。その翌日から国経の邸は俄《にわか》に活気づき、大勢の人夫共が出入りし始めた。もう正月に余日もないので、大切な客人を迎えるために急いで工匠や園丁を雇い、殿舎の修繕や林泉の手入れにかゝったのである。家の中では板の間や柱をつや〳〵と拭き込み、畳建具《たてぐ》を新しく調《とと》のえ、屛風《びょうぶ》や几帳《きちょう》を動かして座敷の模様がえをする。家司《けいし》や老女などが指図をしつゝ、あゝでもない、こうでもないと、一つ調度を何回となく彼方《あちら》へ持って行かしたり、此方《こちら》へ持って来させたりしている。前栽《せんざい》では樹木を掘り起し、池の水を堰《せ》き止め、築山《つきやま》の一部を崩しなどしているが、此処では国経が自ら庭に下り立って、木や石の布置をいろ〳〵に工夫して見たりしている。国経にして見ればまことに一世一代の面目で、老後に花を咲かせるのであるから、此の支度のためにどれ程の人力と財力とを傾けても惜しくはなかった。

左大臣家からは正月の二日に前触れがあって、明くる三日に、きらびやかな車や騎馬の列が大納言の邸へ乗り入れた。余り仰々《ぎょうぎょう》しくならないように、供《とも》の人数なども目立たぬ程にして参る、と云うことであったけれども、右大将定国、式部大輔《しきぶのたゆう》菅根など、云った人々、——いつも時平の腰巾着《こしぎんちゃく》を勤める末社《まっしゃ》どもの顔ぶれを始め、殿上人《てんじょうびと》や上達部《かんだちめ》が猶《なお》相当に扈従《こしょう》*していて、平中も亦《また》その中に加わっていた。客人たちの座に着いたのが申《さる》の刻を少し過ぎた時分で、宴が開かれると間もなく日が暮れたが、その晩は特に酒杯の進行が激しく、主客共に酔いの循《まわ》り方が速かであったのは、旨《むね》を啣《ふく》んでいた定国や菅根たちの取持ちのせいもあったであろう。やがて時平が、

「酒ばかりでは面白うない、………」

と、末座の方へこなした*のを合図に、或る少納言が横笛を取り出して吹き始める。それに

合わせて誰かゞ琴《きん》のことを弾《ひ》く。扇で拍子を取りながら唱歌をうたう。つゞいて箏《そう》のことや、和琴《わごん》や、琵琶《びわ》が運び出された。

「御老体々々、まずあなたからもっとお重ねにならなければ、………」

「御主人公がそう慎しんでおいでになる手はありませんな。それではわれ〳〵も酒がさめます」

「いや忝《かたじけな》い〳〵、………愚老はたゞもう忝うて〳〵、………こんな嬉しいことは八十年来始めてゞ、………」

国経が酔い泣きしそうな口調で云うのを、

「あはゝゝゝ」

と、時平が持ち前の濶達《かったつ》な笑いで打ち消した。

「そんなことはお置きなされい。それよりもっと浮き〳〵と騒ごうじゃないですか」

「いかにも〳〵」

と云って、国経は突然声を張り上げて謡《うた》った。

「我に酒を勧《すす》む、我辞せず、請《こ》ふ君歌へ、歌うて遅きこと莫《なか》れ。………」

老人は白氏文集《はくしもんじゅう》を愛読していて、興に乗ずると、こんな工合に文句を暗誦するのであるが、これが出る時はそろそろ酒が循《まわ》って来た證拠であった。

「………洛陽《らくやう》の児女《ぢじょ》面は花に似たり、河南の大尹《たいいん》頭は雪の如し。………」

老来量《ろうらい》を節してはいても、もと〱下地《したじ》は好きな方で、過せばいくらでも過せる国経は、今宵は自分が主人役として容易ならぬ人を迎え、粗相《そそう》があってはならぬと思うところから、最初のうちは努めて引き締めていたのであったが、何分胸中に抑えきれない喜びが溢《あふ》れていい、而も客人たちの方から頻《しき》りに杯を強《し》いられるので、いつか心の緊張が弛《ゆる》んで、上機嫌になって行った。

「いや、頭は雪の如しでも、御精力のお盛んなことはお羨しい限りですな」

そう云ったのは式部大輔の菅根であった。

「わたくしなどは、老人と申しましても明けて五十歳になったばかり、御老体から見ますれば孫のようなものですが、近頃めっきり衰えを感じておりますよ」

「そう云って下さるのは忝いが、もう此の老人もとんと駄目でして、………」

「駄目とは何が駄目なのです」

と、時平が云った。

「何も彼《か》も駄目でございますが、二三年来特に駄目になったものがございましてな」

「あッはゝゝゝゝ」

「玲瓏《れいろう》々々老いたるを奈何《いか》にせん」*

と、老人が又白詩《はくし》を唱えた。

二三人の公卿たちが代る〴〵立って舞い出した頃から、宴はだん〳〵闌《たけなわ》になって行った。春とは云ってもまだ冬の感じの、うすら寒い宵であるのに、此処ばかりは陽気に花やいで、笑い声と歌声と歓語の声が沸《わ》き返り、人々は皆上衣の襟《えり》を外したり、片袖を脱いで下着を出したり、行儀作法を打ち忘れて騒いでいた。

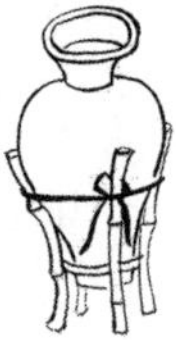

その四

主人の妻、大納言の北《きた》の方《かた》はこう云う座敷の有様を、御簾《みす》のうちにいてさっきから隙見《すきみ》していた。初めのうちは、客人《まろうど》の席のうしろを囲《かこ》っていた屏風《びょうぶ》が邪魔になって見えにくかったのであるが、故意にか偶然にか、追い〳〵騒ぎがはげしくなり、人々が起《た》ったり居たりするにつれて、その屛風の端が少しずつ畳まれて行き、斜《はす》かいに開いたので、今は左大臣の姿形がほゞ正面に見えるようになった。御簾越しにではあるけれども、左大臣はついそこに、北の方とはなゝめに畳三四畳を隔てたあたりに、此方を向いて坐っているのが、ちょうどその前に燈台が据えてあるので、残るところなく分るのであるが、色白のふっくらした顔が酔いのために紅く火照《ほて》っていて、眉《まゆ》の附け根をとき〴〵癇癖《かんぺき》*が強そうにふるわせるくせはあるけれども、笑うとひどく愛嬌《あいきよう》があって、眼もとや口もとに子供のような無邪気さが溢れる。

「まあ、何と云う御立派な、………」

「やっぱりあゝ云うお方は何処か違っていらっしゃいますのね」

お側の女房たちがそっと袖を引き合って溜息を洩らしたのは、北の方の同感を求めるためであったらしいが、北の方は眼顔でそれをたしなめて、ただ吸い寄せられるように御簾の方へ体を擦りつけていた。北の方が先ず驚いたのは、主人の国経が常になく酔態《すいたい》をさらけ出し、だらしない恰好で何か呂律《ろれつ》の廻らない濁声《だみごえ》を挙げていることであったが、左大臣もそれに劣らず酔っているらしい。だが此の方はさすがに夫の大納言のような見っともない態《ざま》はしていない。大納言は坐っていても彼方へよろ〳〵此方へよろ〳〵し、眼がどろんとして何を見ているのやら分らないが、左大臣は居ずまいも正しく、しゃんとしていて、酔

っても威容を崩さない。それでいて絶えず杯に満を引いて、いくらでも酒を呷《あお》っている。管絃《かんげん》の合間々々に皆が催馬楽《さいばら》＊を謡《うた》うのであるが、左大臣の声の美しさと節廻《ふしまわ》しの巧《うま》さには、誰も及ぶ者がないように感ぜられる。

――但し、これは北の方や附添いの女房たちが左様《さよう》に感じた迄であって、時平が果して音曲《おんぎょく》の才を備えていたかどうか、別段それを證拠立てるような記録があるのではない。が、時平の弟の兼平は琵琶《びわ》の上手《じょうず》で、琵琶宮内卿《びわくないきょう》と云われた人であったこと、忰《せがれ》の敦忠も管絃の名手で、博雅三位《はくがのさんみ》に劣らない人であったこと、などを思い合わせると、或は時平にも多少その方面の天分があったかも知れず、満更《まんざら》これらの婦人たちの贔屓目《ひいきめ》ではなかったでもあろうか。――
北の方がなお気を付けて見ていると、左大臣はさっきから時々ちら〳〵と御簾の方へ流眄《ながしめ》を使う。それも最初は遠慮がちな眼つきで、こっそり偸《ぬす》むように視線を投げ、すぐ又しらを切っていたが、酔いがすゝむに従ってその眼づかいが大胆になり、いかにも様子ありげな、色気たっぷりな表情をたゝえて見るのであった。

我が門《かど》を
とさんかうさん練《ね》る男
よしこさるらしや
よしこさるらしや*

これは催馬楽の「我門乎《わがかどを》」の文句であるが、左大臣はこれを謡いながら、「よしこさるらしや」の繰り返しのところへ来ると、一段と声に力をこめて唱えた。そして訴えるような眼《まな》ざしを、臆《おく》するところなく真っ直ぐ御簾の裡《うち》へ注いだ。北の方は、自分が左大臣を隙見《すきみ》していることを、左大臣が知っているかどうか半ば疑問にしていたのであったが、今は疑う余地もないと思うと、自分の顔が俄《にわ》かに赧《あか》くなるのを感じた。現に左大臣の装束に薫《た》きしめてある香《こう》の匂《におい》が、此の御簾のうちへかぐわしく匂って来るのを見れば、彼女の衣の薫《たき》物《もの》の香も左大臣の席へ匂っているに違いない。事に依るとあの屏風の畳まれたのも、誰かゞ左大臣の意を酌《く》んで、わざとあんな風に動かしたのであるかも知れない。それかあら

ぬか、左大臣は御簾のうちにある北の方の顔を、何とかして見届けようとする如く、探るような瞳を挙げてしきりにキョロ〳〵するのであった。

左大臣の席からはずっと離れた遥かな末座に、別にもう一人、矢張此の御簾のあたりへ密《ひそ》かな視線を注いでいる男があるのを、北の方は疾《と》うから意識していたが、それは云う迄もなく平中《へいじゅう》であった。女房たちは勿論《もちろん》それに気が付いていたのであるが、今の場合北の方に憚《はば》かって、此の優男《やさおとこ》*の噂をするのを差控えながら、心の中では左大臣と比較して、孰方《どちら》がより美男子であるかを批判していたでもあろう。北の方は、嘗《かつ》て幾夜となくうす暗い閨《ねや》の燈火《ともしび》のはためく蔭に、夫の大納言の眼をかすめて此の男の抱擁に身をゆだねたおぼえはあるが、こう云う晴れの席上で、歴々の人々の間に伍《ご》している彼を見るのは始めてゞあった。が、さしもの平中もこう云う座敷では、堂々たる時平の貫禄に押されて、別人のように貧弱に見え、蘭燈《らんとう》なまめかしき帳《とばり》の奥で逢う時のような魅力がない。それに今宵は誰も彼もが羽目を外《はず》して燥《はしゃ》いでいるのに、どう云うわけか平中はひとり沈んで、自分だけは酒が甘《うま》くないと云いたげな様子をしているのであった。

と、時平がそれに眼をつけて、

「佐殿《すけどの》」

と、遠く隔たった席から呼んだ。

「あなたは今日は妙に萎《しょ》げておられるね。何か仔細《しさい》があるんですか」

時平の顔にいたずら好きな子供がするような、意地悪な微笑が浮かんだのを、平中は世にも恨めしそうに横眼で見たが、

「いや、そんなことはございませんが、………」

と、強《し》いて苦しそうな愛想笑いを洩らして云った。

「でも可笑しいですね、酒がちっとも行かんようじゃないですか、もっと飲み給え〳〵」

「十分戴いているのでございます」

「そんなら一つ、得意の猥談《わいだん》でも聴かせ給え」

「御、御冗談を仰《お》っしゃっては、………」

「あッはゝゝゝ、どうですか方々《かたがた》」

と、時平は一座を見廻して、平中を指さしながら、

「此の人《じん》は猥談と惚気《のろけ》話が頗《すこぶ》る得意なんですが、一席こゝでやって貰おうじゃないですか」

「ようよう！」

「謹聴々々！」

と、皆が拍手したが、平中は泣き出しそうな顔をして、

「御勘弁を〳〵」

と、頻《しき》りに首を振るのであった。時平はいよ〳〵意地悪な笑いを露骨に示して、いつも私に聴かしてくれるのに、なぜ此の席ではやれないのか、聞かれて困る人でもいるのか、どうしてもやらないなら、私が素《す》ッ葉《ば》抜くがよいか、此の間のあの話を、代りに披露《ひろう》してやるぞ、などゝ云って脅迫する。平中はいよ〳〵べそを掻いて、拝まんばかりの恰好をして、

「御勘弁を〳〵」

を繰り返すのであった。

夜はすっかり更《ふ》け渡ったが、宴はいつ終るとも見えず、馬鹿騒ぎは一層盛んになって行った。左大臣は又「我が駒」を謡い出して、

待乳山《まつちやま》
待つらん人を
行きてはや
あはれ
行きてはや見ん*

と云いながら、しまいには伸び上るような風をして御簾の方へ秋波《しゅうは》を送った。それから誰かゞ「東屋《あづまや》」の文句を謡ったり「我家《わいへん》」の文句を謡ったりした。

「押開いて来ませ、我や人妻、*………」
「鮑《あはび》さだをか石陰子《かせ》よけん、*………」
「りらりらりるろ、………」

そのあとはみんな勝手に、てんぐ〳〵ばら〳〵に好きなことを我鳴《がな》り散らして、誰も他人の云うことなんぞに耳を傾ける者はなかった。

国経の取り乱し方は一段と甚《はなはだ》しかった。坐っていても倒れそうになる上半身を辛うじて支えて、

「玲瓏《れいろう》々々老いたるを奈何《いか》にせん」

と、まだあの文句を世迷い言《よまいごと》*のように口号《くちずさ》むかと思うと、誰彼の区別なく傍に来た者を摑まえては、

「愚老はたゞもう忝《かたじけの》うて〳〵、………こんな嬉しいことは八十年来………」

と云いながら、ぽろ〳〵涙をこぼしつゞけた。それでも感心に、主人の為《な》すべき勤めは忘れず、左大臣が礼を述べて帰り支度をしかけると、かねて今夜の引出物《ひきでもの》に用意しておいた箏《そう》のことを持って来させたり、白栗毛《しろくりげ》と黒鹿毛《くろかげ》の見事な馬を曳《ひ》いて来させたりして披露《ひろう》をした。そして、左大臣がよろめきながら座を立ちかけると、

「殿々、失礼ながら、お足元が心もとない」

と、自分も同じように危い足取りで立ち上って、

「御車を此方へ着けさせましょう」

と、時平の車を階隠《はしがくし》の間《ま》*へ寄せるように命じたりした。

「あッはゝゝゝ、こう見えても私は大丈夫、あなたこそえらい御酩酊《ごめいてい》ではないか」

そう云う時平は、これも正体なく酔っていて、車が勾欄《こうらん》の際《きわ》へぴったりと引き寄せられても、そこまで歩いて行くことさえ困難に見えた。そして、二三歩足を運んだところで、どしんと臀餅《しりもち》をついてしまった。

「あ、これはいかん、………」

「それ、そのようにふら〳〵しておいでなされて、………」

「何でもない、〱」

そう云って時平は立ちかけたが、立つと又すぐ臀餅をついた。

「これは〱、我ながら醜態極《きわ》まる」

「それではとても御車にはお召しになれませんな」

定国がそう云うと、

「左様々々」

と、菅根が応じた。

「いっそのこと、今暫く酔いをお覚ましなされてからお帰りになることですな」

「いや〱、あまり長座をしては主殿《あるじどの》が御迷惑だ」

「何を仰っしゃる！　こんなむさくろしい所ですが、お気に召したらいつ迄でも御ゆっくり願いたい！」

いつの間にか国経は時平に体を擦り寄せて坐って、その手を執《と》らんばかりにして口説《くど》いていた。

「殿々、愚老はあなたを無理にでもお引き止めしますぞ、帰ろうと仰っしゃっても決してお帰し申しませんぞ」

「ほゝう、長座をしてもよいと云われるか」

「よいどころの段ではござらぬ」

「しかし私をお引き止めになるなら、もそっと何か、特別のおもてなしをなさる必要がありますな。――――」

突然時平の声の調子が変ったので、国経が見ると、さっきまで赤味を帯びていた顔の色が蒼白《そうはく》になり、唇の端を神経質にピクピクさせているのであった。

「――――今宵は至れり尽せりの御饗応《ごきょうおう》に与《あずか》り、結構な引出物まで頂戴したことはしましたが、まだこれだけでは、憚《はばか》りながら此の左大臣を引き止めるには足りませんな」

「そう仰っしゃられると穴へでも這入りたい！　愚老としましては此れが精一杯なのですが、……………」

「あなたは此れで精一杯だと仰っしゃるが、失礼ながらあの箏《そう》のこと、馬二匹では、まだ引出物が不足ですな」

「と仰っしゃいますと、外に何ぞ御所望《ごしょもう》の品がおありでしょうか」

「それをわたくしに云わせないでも、何かそちらにお心あたりがありそうなものじゃありませんか。――――ねえ、御老体、そう物惜しみをなさるなよ」

「物惜しみとは心外な！　愚老は何とかして日頃の御恩報じがしたい、御満足が得られますなら、どんな物でも差上げたいんです」

「どんな物でも！　ですか、あッはゝゝゝゝ」

と、時平は体を仰《の》け反《ぞ》らして、さすがにいくらか照れ臭いらしく、例の豪傑笑いをした。

「ではばっきりと申しますぞ」

「どうぞ〳〵」

「もしほんとうに、あなたが口で仰っしゃるように、私の日頃の好意に対して、感謝しておいでになるならば、――――ですな。――――」

「はい、はい」

「あッはゝゝゝゝ、なんぼう酔っ

払っておっても、ちと物狂おしいようで、此の先は申しにくい」

「そう仰っしゃらずに、どうぞ〳〵」

「それは私の館《やかた》には勿論《もちろん》、やんごとない九重《ここのえ》*の奥にさえないもので、御老体のお手もとにだけあるもの。――御老体に取って命より大切な、天にも地にもかけがえのないもの。――箏《そう》のことだの、馬なんかとは比較にならない宝物《たからもの》。――」

「そんなものが愚老の所にございましょうか」

「あります！　たった一つあります！――さ、御老体、それを引出物に下さい！」

時平はそう云って、愕然《がくぜん》としている老人の眼の中を視据《みす》えた。

「さ、それを下さい、物惜しみをなさらない證拠に！」

「お、、物惜しみをしない證拠に！」

何と思ったか国経は、鸚鵡返《おうむがえ》しに云った。そして次の瞬間に、座敷のうしろを囲っていた屛風《びょうぶ》の方へ歩み寄って、それを手早く押し畳むと、御簾《みす》の隙間へ手を挿し入れて、中に隠れていた人の袂《たもと》の端をぐいと捉《とら》えた。

「左大臣殿、御覧下さい。――愚老の命より大切な、天にも地にもかけがえのない物、あらゆる宝物にまさる宝物、愚老の館より外に、何処を尋ねてもない宝物は此れなのです。――」

今までぐでん〳〵に酔いしれていた国経は、急に活《かっ》を入れられたようにしゃんとして立っていた。言葉も呂律《ろれつ》が廻らなかったのが、てきぱきした物云いで、りん〳〵と響き渡るように云った。たゞその大きく見開かれた眼には、何か発狂したような怪しい輝きが満ちていた。

「殿、物惜しみをしない證拠に、これを引出物に差上げます。お受け取り下さい！」

時平を始め満座の公卿たちは一言も発せず、眼前に展開した思いがけない光景に恍惚《こうこつ》としていた。――――最初、国経が御簾の蔭へ手をさし入れると、御簾の面《おもて》が中からふくらんで盛り上って来、紫や紅梅《こうばい》や薄紅梅やさま〴〵な色を重ねた袖口が、夜目《よめ》にもしるくこぼれ出して来た。それは北《きた》の方《かた》の着ている衣裳《いしよう》の一部だったのであるが、そんな工合に隙間からわずかに洩れている有様は、万華鏡《まんげきよう》のようにきら〳〵した眼まぐるしい色彩を持った波がうねり出したようでもあり、非常に嵩《かさ》のある罌粟《けし》か牡丹《ぼたん》の花が揺《ゆら》ぎ出たようでもあった。そして、その、人間の大きさを持った一輪の花の如きものは、漸う《ようよ》う半身を現わしたところで、まだ国経に袂をとらえられたまゝ静止して、それ以上姿を現わすことを拒んでいるように見えた。国経はやおらその肩へ手を廻して抱きかゝえるようにしながら、もっとその人を客人たちの方へ引っ張って来ようとする風であったが、そうされるとなおその人は、御簾のかげに身を潜めようとした。顔に扇をかざしているので、目鼻だちは窺《うかが》うよしもなく、扇を支えている指先さえも袖の中に隠れていて、たゞ両肩からすべっている髪の毛だけが見えるのであったが、

「おゝ！」

と叫んで、時平は恰《あたか》も美しい夢魔《むま》から解き放たれたように、つと御簾の傍へ走り寄ると、大納言の手を振り払って、自分がその袂をしっかりと掴《つか》んだ。

「帥殿《そちどの》、此の引出物はたしかに頂戴しましたぞ。これでこそ今宵参った甲斐《かい》がありました。心からお礼を申します！」

「おゝ、世に二つとない宝物が始めて所を得たのです。愚老こそお礼を申さなければ！」

国経は時平に席を譲ると、屏風の此方へ引き下って来て、

「方々《かたがた》！」

と、事のなりゆきを呆然《ぼうぜん》と眺めていた公卿や上達部《かんだちめ》たちに声をかけた。

「さあ、方々、――――御一同はもはや御用はございますまい。そうして待っておいでになっても、恐らく大臣《おとど》は急にはお出ましになるまいと存ずる。どうぞ御遠慮なく、御自由に

お引き取りになって下さい」

そう云いながら、畳んだ屏風を再びひろげて、御簾の前を囲ってしまった。意外なことがつぎ〳〵と起るのに、客人たちは度胆《どぎも》を抜かれて、館《やかた》の主《あるじ》から「帰れ」と云われても直ぐには動くけしきもなく、興奮しきった主の顔の、喜んでいるのか泣いているのか判断のつかない眼つきを見ていた。

「さあ、どうぞお引き取りを」

と、重ねて主が促すと、人々の間に漸くざわめきが湧き上ったが、それでもなお、あっさりその場を出て行った者は幾人もいなかった。不承々々に立ち上ったもの丶、大部分はへんな眼をして顔を見合わせ、ちょっと出て行きそうにして又立ち止ってしまったり、柱や戸の蔭にひそんだりして、事件の落着を見届けなければ気が済まないと云う風であった。此の人たちの好奇心に充《み》ちた視線が、期せずして屏風に囲まれた御簾の方に注がれていた時、屏風の向う側ではどんなことが起りつ丶あったか。――時平は国経が袂《たもと》の端を彼に渡して彼方《かなた》へ逃げて行ったのを知ると、無言でその袂を自分の方へしずかに引いた。そして、今しがた国経がしていた通りに、御簾の隙間へ半身を入れて、うしろから此の大輪《たいりん》の花の如きものを抱きか丶えた。と、さっき屏風の彼方で嗅《か》いた、あの甘いほのかな薫《かお》りが今はした丶か咽《む》せ返るように鼻を撲《う》つのであった。女はその時までなお扇をかざしていたが、

「憚りながら、もうわたくしのものにおなりになったのですよ。お顔をお見せになって下さい」と、そう云って時平がそっと袂の上から手をとらえると、手はわな〳〵とふるえながら扇を膝《ひざ》のあたりへ置いた。御簾の間《ま》には燈火がないので、うたげの席にともっている大殿油《おおとなぶら》の穂先が、屏風に遮《さえぎ》られながら遠く此方側へまたゝきを送っているのであるが、そのうすら明りの中に匂うほのじろいものが始めて接するその人の面輪《おもわ》であることが分ると、時平は自分の計画がいみじくも此処まで運んだことに云いようのない満足をおぼえた。

「さあ、御一緒に、わたくしの館《やかた》へ参りましょう」

彼はいきなりその人の腕《かいな》を取って肩にかけた。女は引き立てられながらさすがに躊躇《ちゅうちょ》するらしく見えたが、でもしなやかに少し抵抗したゞけで、やがてする〳〵と体を起して行くのであった。

屛風の外で待っていた人々は、急には出て来ないであろうと思えた左大臣が、忽《たちま》ち恐ろしく嵩高《かさだか》な、色彩のゆたかなものを肩にかけながら物々しい衣《きぬ》ずれの音をひゞかして出て来たのに、又驚きを新たにした。左大臣の肩にあるものは、よく見ると一人の上臈《じょうろう》*、――此の館の主が「宝物」だと云ったその人に違いなかった。その人は右の腕を左大臣の右の肩にかけ、面を深く左大臣の背に打つ俯《ぶ》せて、死んだようにぐったりとなりながら、それでもどうやら自分の力で歩みを運んでいるのであったが、さっき御簾からこぼれて見えたきらびやかな袂や裾が、丈《たけ》なす髪とよじれ合いもつれ合いつゝ床を引きずって行く間、左大臣の装束とその人の五衣《いつつぎぬ》とが一つの大きなかたまりになって、さや〳〵と鳴りわたりながら階隠《はしがくし》の方へうねって行くのに、人々はさっと道を開いた。

「帥殿《そち》、それでは戴いて帰ります！」

「はっ」

と云って国経は、畏《かしこ》まって頭を下げたが、すぐ立ち上って、

「御車、御車」

と云いながら、自分が先に階《きざはし》を下りると、車の簾《すだれ》を両手で高くかゝげ持った。時平が重くて美しい肩の荷物を持て扱いながら、喘《あえ》ぎ〳〵車の際《きわ》まで辿《たど》り着くと、雑色《ぞうしき》*や舎人《とねり》*たちが手に〳〵かざす松明《たいまつ》の火のゆらめく中で定国や菅根やその他の人々が力を添え、両側から掬《すく》い上げるようにして辛うじてその嵩張《かさば》るものを車へ入れた。国経は簾をおろす時に、

「私をお忘れにならないで」

と、一と言云ったが、生憎《あいにく》なことに車の中は真っ暗で、もうその人の顔は見えず、せめて別れの言葉ぐらい聞かしてくれるかと思っているうちに、あとから乗り込んだ時平の姿で、眼の前が一杯に塞《ふさ》がれてしまった。

その時、――と云うのは、北の方のあとに続いて時平が車に乗った時、下襲《したがさね》の尻が簾から食《は》み出して地に垂れたのを、誰か混雑に紛れつゝ寄って来て、手に取り上げて、簾の中へ押し入れてやった者があったが、それが平中であったのに気づいた人は殆《ほとん》どなかった。その夜平中は席にいたゝまれない心持で暫く席を外していたのであったが、昔の恋人が時平に拉《らっ》し去られるのを見ては怺《こら》えきれなくなったのであろう。あり合う陸奥紙《みちのくがみ》に、

物をこそいはねの松の岩つゝじ
いはねばこそあれ恋しきものを*

と、走り書きをして、小さく畳んで、不意に何処からか左大臣の車の側に現れ、下襲の尻を簾の中へ押し込むのと一緒に、人知れずそれを北の方の袖の下へ挿《さ》し入れたのであった。

その五

国経は、北の方を乗せた時平《しへい》の車が供《とも》の人数を従えて去って行くのを見送ったまでは、幾分か意識がはっきりしていたけれども、車の影が見えなくなると、俄《にわ》かに緊張が弛《ゆる》んだせいか、内攻していた酔いが発して、勾欄《こうらん》のもとにくた〳〵とくずおれてしまった。そしてそのまゝ簀子《すのこ》の板敷に倒れ伏して寝入りかけたのを、女房たちが扶《たす》け起して寝所へ連れて

行き、装束を脱がしたり、床に就《つ》かしたり、枕《まくら》をあてがったりしたのであったが、当人は一切前後不覚で、それきりぐっすりと一と息に眠った。が、およそ何時間ぐらい過ぎた時分か、へんに襟《えり》もとがうすら寒く、何処からか蓐《しとね》の中へすう〳〵風が入り込むようなので、ふと眼を覚ますと、もう閨《ねや》の中がしら〴〵と暁に近いほの明るさになっていた。国経はぞっと身ぶるいをして、なぜこう今朝《けさ》は寒いのか、自分は何処に寝ているのか、此処はいつもの自分の寝所と違うのか、――と思いながら、そこらあたりを見廻すと、眼に触れる帳《とばり》や蓐や、それらに沁《し》み着いている香《こう》の匂や、すべて朝ゆう馴染《なじみ》の深い我が家の閨であることは疑うべくもないのであったが、一ついつもと違うところは、今朝は自分がひとりぼっちで寝ているのであった。彼も世間の老人なみに早くから眼が覚める方なので、夜明け方の鶏《とり》の鳴く音を聞きながら、まだすや〳〵と眠っている妻の顔を、ちょうど今朝ぐらいのうすら明りの中で打ち眺めるのが常なのであるが、今朝はその顔のあるべきところに、主《ぬし》のない枕が空《むな》しく置いてあるばかり。いや、それより何より、いつもはしっかり北の方に纏《まつ》わり着き、隙間もなく手足を絡《から》み着かせて、二つの体が一つ塊のようになって寝ているのに、今朝は襟頸《えりくび》や腋《わき》の下や方々に隙間が出来、そこをすう〳〵した風が通り抜けるので、これではいかさま肌寒いのも道理であった。……

今朝に限ってあの人が此処に、自分の腕の中に抱かれていないのはどう云う訳か。あの人は何処へ行ったのか。――国経はそう考えると、何か奇怪な幻影《げんえい》のようなものが頭の隅

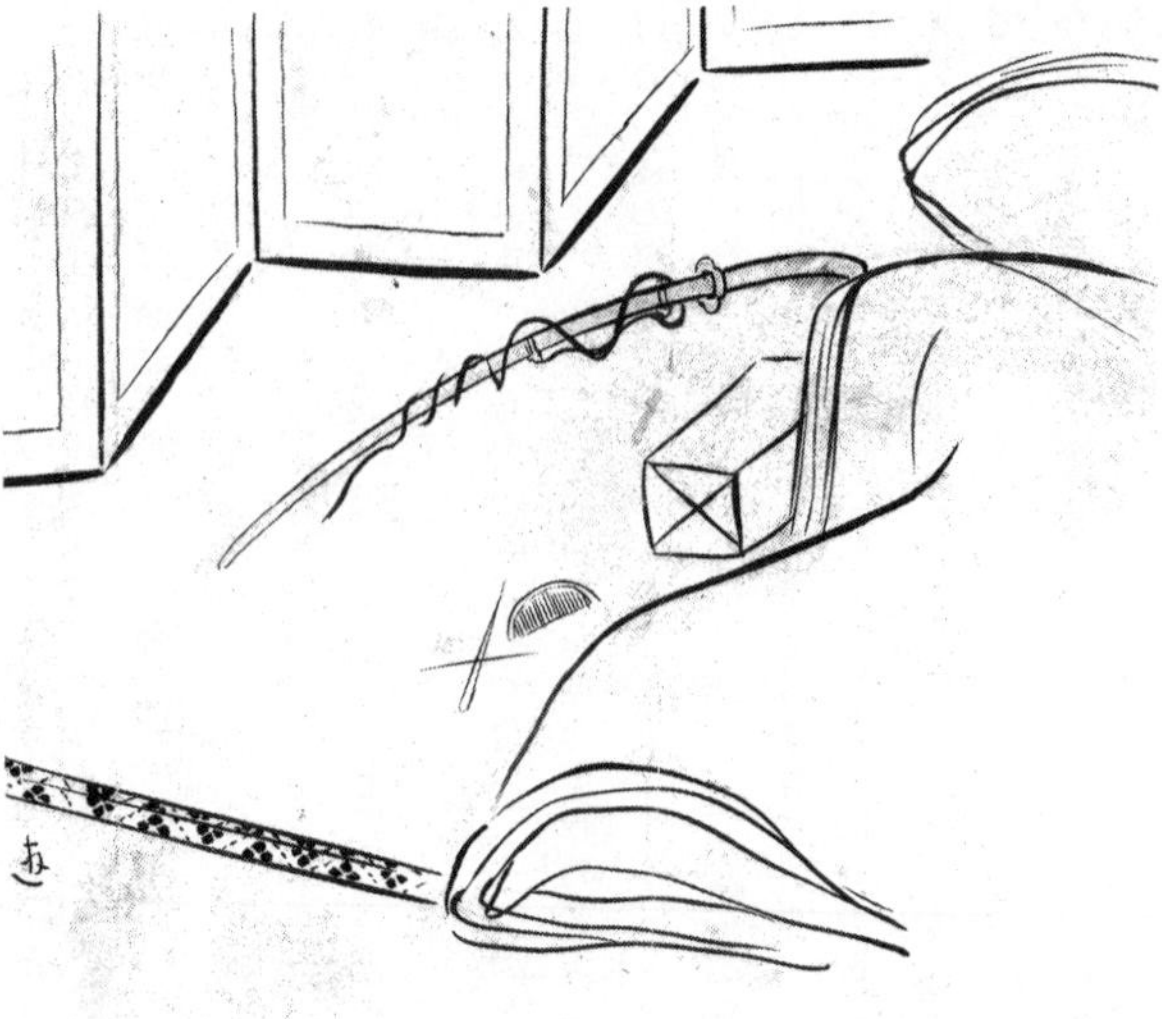

にこびりついていて、それが少しずつ髣髴《ほうふつ》とよみがえって来、朝の光が次第に明るさを増すのにつれて、その幻影もいよ〳〵あざやかな輪郭を取って浮かび上って来るのを覚えた。彼は何とかしてその幻影を、酔余《すいよ》の揚句《あげく》に見た一場の悪夢である、と云う風に思い做《な》そうとしてみたが、昨日の夕方からの出来事の記憶を、一つ〳〵気を落ち着けてじっくりと呼び返しつゝ、吟味してみると、どうやらそれは夢ではなくて事実であるらしいことが、否《いな》み難くなって来るのであった。

「讃岐《さぬき》、………」

と、国経は次の間《ま》に控えている筈の老女を呼んだ。これはむかし北の方の乳人《めのと》をしたことのある、四十あまりになる女で、嘗《かつ》て讃岐介の妻になり任国へ下って暮すうちに、夫に死なれたので北の方の縁を頼って来、こゝ数年来大納言家に奉公をしているのであるが、大納言にすれば年の若い北の方を娘のように思うところから、どうかした折には此の女房を娘の母親のように思い、夫婦間のことは勿論、家事万端《ばんたん》の相談をしたりするのであった。

「もうお眼ざめでいらっしゃいますか」

と、讃岐はそう云って枕許《まくらもと》に畏まったが、国経は顔を夜着の襟に埋めたまゝ、

「うむ」

と一と言、不機嫌に答えた。

「いかゞでいらっしゃいますか、御気分は」

「頭痛がして、胸がむか〳〵する。わしは二日酔いをしたようだ。………」

「何ぞお薬を持って参りましょうか」

「昨夜は大分過《すご》したらしいが、どのくらい飲んだであろうか」

「さあ、どのくらい召上りましたやら。………あんなにお酔い遊ばしたのを、ついぞ見たことはございません」

「そうか、そんなに酔っておったか」

国経はそこで顔を出して、

「讃岐」

と、少し調子を変えて云った。

「今朝眼がさめたら、わしはひとりで寝ている。………」

「はい」

「これはどう云うことなのか。上《うえ》は何処へ行かれたのか」

「はい、………」

「はいでは分らん。いったいどう云う訳なのだ。………」

「昨夜のことを、おぼえておいでにならないのでございましょうか」

「今少しずつ思い出しているのだが、………上はもう此の館《やかた》におられないのだろうか。………あれは夢ではなかったのだろうか。………わしは左大臣がお帰りになろうとするのを、無理にお引き止めした。そうしたら左大臣が、箏《そう》のこと丶馬だけでは物足らぬ、もっと立派な引出物をせい、物惜しみをするなと仰せになった。そこでわしはあの命よりも大切な人を、引出物として差上げた。………あれは夢ではなかったのだろうか」

「ほんとうに、お夢であったらようございますものを。………」

不意に、何だか鼻をす丶るような音がしたので、国経が顔を上げてみると、讃岐は袖で面を隠して、じっと俯向《うつむ》いているのであった。

「それでは、夢ではなかったのか。………」

「憚《はばか》りながら、何ぼう酔うていらっしゃったにしましても、どうしてあんな物狂おしい真

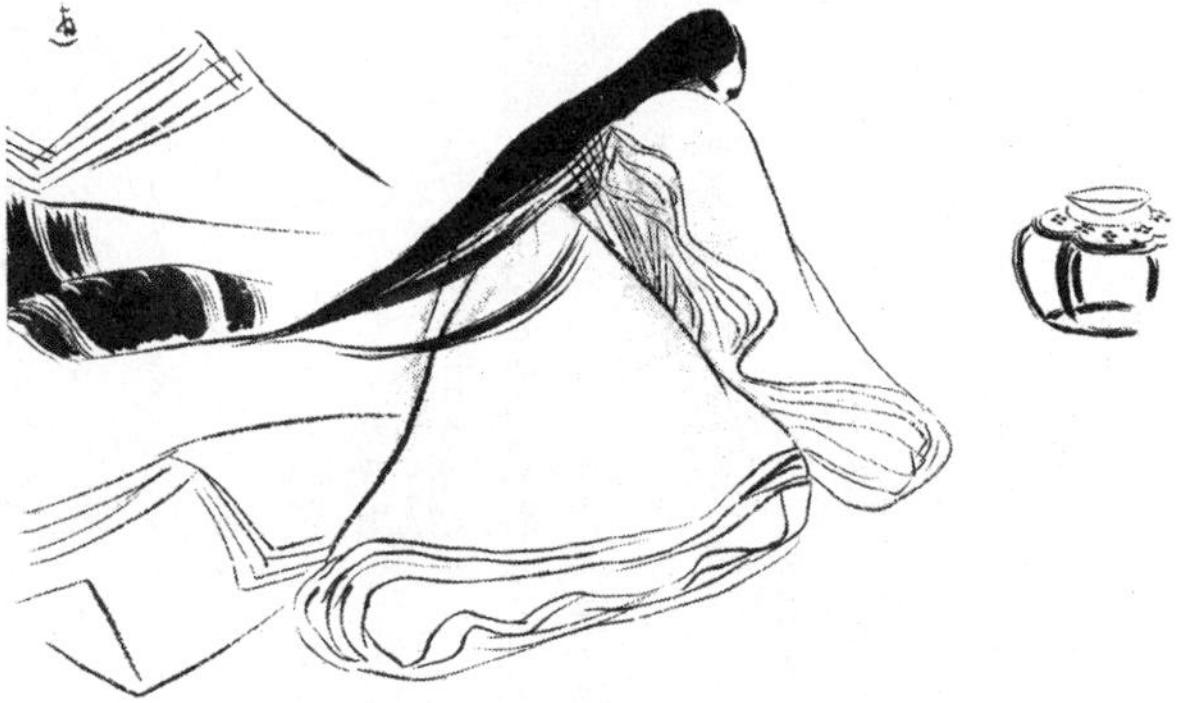

似をなさいましたか。………」

「もうそんなことを云うのは止せ。今更《いまさら》取返しのつかないことだ」

「でも、左大臣とも云われるお方が、本気で人妻を奪い取るようなことをなさいましょうか。昨夜のことはお戯《たわむ》れで、今朝はきっとお返し下さるのではございますまいか」

「そうであってくれたらよいが、………」

「何なら、お迎えの人を出して御覧になりましたら、………」

「そんなことが出来るものか。………」

国経は又すっぽりと夜着を被《かぶ》って、

「もうよい、彼方へ行ってくれ」

と、聞き取りにくい濁声《だみごえ》で云った。

今になって考えれば、なるほどそれは自分の胸に正《まさ》しく覚えのあることである。気狂いじみた行為ではあるが、左様なことを仕出来《しでか》した心理については、自分には説明が付かないでもない。自分は昨夜の饗宴を、平素の左大臣の恩に報いる絶好の機会であると思い、出来るだけのもてなしをしたには違いなかったが、一方では、自分の力に限りがあって、到底左大臣を満足させる程の款待《かんたい》*をなし得ないのを、恥《はず》かしくも歯痒《はがゆ》くも感ずる念が一杯であった。自分にそう云う自責の心持、――――こんな貧弱な饗応をしたのでは相済まない、何がなもっと喜んで戴くことは、――――と云う心持があった矢先に、左大臣からあゝ云う風に云われ、剰《あまつさ》え「物惜しみをするな」とまで云われたのがぐっと答えて、左大臣が所望《しょもう》とあらば、どんな物でも差出す料簡《りょうけん》になったのであった。それに自分は、謎をかけられるまでもなく、左大臣の所望するものが何であるかを、大凡《おおよ》そ察し得たのであった。昨夜の左大臣は、あの御簾の方へ始終横眼を使ってばかりいた。最初はそれも控え目であったが、だん〳〵露骨になり、しまいには夫である自分の見ている前で、伸び上って秋波《しゅうは》を送ったりした。………自分がいかに老耄《ろうもう》し、血のめぐりが悪くなっているからと云って、あんなにまでされて気が付かずにいられようか。………

………国経はこゝまで記憶を辿《たど》って来て、さて、昨夜のあの時の自分の感情が妙な風に動いたことを思い出すのであった。と云うのは、時平のそう云う眼に余る行動を見ながら、奇怪にも彼はその無礼を不愉快に感ぜず、却《かえ》って幾分かうれしいような気がしていたのであった。………

………なぜ自分は嬉《うれ》しかったのか。………なぜ嫉妬《しっと》を感じないで、得意に感じたのだろう

か。……自分は前から、あゝ云う世にも稀な人を自分が妻にしていることを、無上の幸福としていたのであるが、正直を云うと、世間がその事実に無関心でいることが物足りなくもあったのだ。自分は誰かに、時々自分の此の幸福を見せびらかして、羨ましがらせてやりたかったのだ。だから左大臣が羨《せん》望《ぼう》に堪えぬ顔つきをして簾の奥へ流《ながし》眄《め》を送ったのを見ては、大いに満足したわけであった。自分は斯様《かよう》に老耄し、官位は漸《ようや》く正三位大納言を以て終る運命にあるけれども、而《しか》も自分は、此の年の若い美男子の左大臣にさえ欠《か》けているものを持っている、いや、恐らくは、九重《ここのえ》の奥にまします帝でさえも、此れほどの人を後宮《こうきゅう》に持ってはおら

れないであろう。自分はそう思うことで云うに云われぬ誇りを感じ、それで嬉しかったのであった。………が、それだけならば誰に話しても分って貰えることだけれども、実は自分の胸の中には、又もう一つの感情があった。つまり自分は、二三年来生理的に夫たる資格を失いかけているところから、此のまゝでは、——何とかしてやらなければ、——妻に申訳がないと云う気持が、昂《こう》じて来ていたのであった。自分は自分を幸福だと感ずる半面に、自分のような老いぼれを夫に持った人の不幸を、だん〳〵強く感じつゝあったのだ。尤《もっと》も世には悲惨な運命に泣く女はいくらもあるので、そのくらいなことを一々不憫《ふびん》がっていては際限がないけれども、これは普通の、ありふれた女ではないのである。左大臣はおろか、帝の后《きさき》と云ってもよい程の容貌と品威に恵まれた人が、相手もあろうに無能力者の老翁の伴侶《はんりょ》となったのである。自分は最初はその人の不幸を、努めて見て見ないふりをしていたのであったが、その人のめでたさ、いみじさが、肝《きも》に銘じて分って来るに従い、自分のようなものがこれだけの人を独占している罪の深さを、反省しないではいられなくなった。自分は天下に自分ほどの仕合わせ者はないと思っているけれども、妻の方では何と思っているであろう。自分がどんなにその人を大切にし、いつくしんだにしたところで、妻は内心迷惑こそすれ、決して有難いとは感じていまい。妻は此方が何を問うてもはっきり答えない人なので、お腹《なか》の中は知るよしもないが、ひょっとすると、此の老翁が早く死んでさえくれたらと、いつまでも長寿を保っている夫を恨み、その存在を呪《のろ》っているので

はなかろうか。………
………自分はそれに気が付くにつれ、もし適当な相手があって、此の気の毒な、いとしい人を、今の不幸な境涯から救い上げ、真に仕合わせにしてやることが出来るのであるなら、進んでその人に彼女を譲ってやってもよい、いや、譲るべきが至当である、と思うようになったのであった。どうせ自分の余命はいくばくもないのであるから、晩《おそ》かれ早かれ、彼女にそう云う運命が廻って来ることであろうけれども、女の若さと美しさにも自《おのずか》ら限りがあることを思えば、彼女のためには一日も早くそうなった方がよいのである。自分も彼女から死ぬのを待たれているくらいなら、今から死んだつもりになって、彼女の半生を明るくしてやりたい。恋しい人を此の世に遺《のこ》して死んだ人

間が、草葉の蔭からその人の将来を絶えず見守ってやるように、自分は生きながら死んだと同じ心持になるのだ。そうしてやったら、彼女も始めて、此の老人の愛情がいかに献身的なものであったかと云うことを、理解するであろう。その暁にこそ、彼女は此の老人に向って無限の感謝と万斛《ばんこく》*の涙をそゝぐであろう。彼女は恰《あたか》も、故人の墓に額《ぬか》ずくような気持で、あゝあの人は私のためにこんなに親切にしてくれた、ほんとうに可哀そうな老人であったと、泣いて礼を云ってくれるであろう。自分は何処か、彼女からは見えない所に身を隠して、余所《よそ》ながら彼女のその涙を見、その声を聞いて余生を送る。その方が、いとしい人から恨まれたり呪われたりして暮すよりは、自分としてもどんなに幸福であるか知れない。………

自分は昨夜、左大臣のあのしつッこい所作《しぐさ》を見ているうちに、平素胸中にわだかまっていたそう云ういろ〳〵なもや〳〵が、酔いが発するのと共に次第に湧き上って来るのを覚えた。いったい此の人が、そんなにも自分の妻に気があるのだろうか。もしそうならば、自分が日頃夢見ていたことが、或《あるい》は実現されるかも知れない。自分が本気で、その計画を実行に移すつもりなら、今こそ無二の機会であり、此の人こそその資格のある人物である。官位、才能、容貌、年齢、あらゆる点から云って、此の人こそ、自分の妻にふさわしい相手である。此の人ならば、ほんとうにあの人を幸福にしてやることが出来るのである、と、自分はそう思ったのであった。

自分の心にそう云う考が萌《きざ》していたところへ、左大臣があんな工合に積極的に出て来たので、自分は一も二もなかった。自分の念願と左大臣の念願とが図《はか》らず合致したことに、自分はひどく感激した。一つには左大臣の恩に報い、一つにはいとしい人への罪のつぐないが出来ると思うと、自分は有頂天になった。そして咄嗟《とっさ》にあゝ云う行動に出てしまった。……あの瞬間にも、お前はそんなことをしてよいのか、いくら恩返しをすると云っても、余り寛大過ぎはしないか、……酔った勢で飛んだことをして、覚めてから地団太踏《じだんだふ》むのではないか、……お前が愛する人のために献身的になるのはよいが、果してお前はその後の孤独に堪えられるのか、と云う囁《ささや》きが聞えないでもなかったのであるが、なに構うものか、後のことは後のことだ、善と信じて疑わないなら、酒の勢を借りてゞも断行すべきだ、生きながら死んだ人間になる覚悟をした者が、何で孤独が

恐《こわ》いものか、………と、強《し》いて自ら危惧《きぐ》の念を嘲《あざけ》って、とう〳〵あの人の袂《たもと》の端を、左大臣に執《と》らせてしまったのであった。

………

国経は、昨夜の自分の行動がどう云う動機に基づいていたかを、今は詳細に突き止めることが出来るのであったが、でもそのために少しでも心の憂鬱《ゆううつ》が軽くなるのではなかった。彼はしずかに夜着の中に顔を埋めて、ひし〳〵と迫る悔恨の情に身を委《ゆだ》ねた。あゝ、己《おれ》は何と云う軽卒なことをしたのか。………いくら恩返しのためだからと云って、恋しい妻を人に譲るなんと云う馬鹿をする者があるだろうか。………こんなことが世間に知れたら、全く物笑いの種でしかない。………左大臣だって感謝するよりは舌を出して可笑しがっておられるだろう。あの人

にしたって、熱狂的な愛情から出た行動であることを理解しないで、却って己の薄情を恨んでいるだろう。………実際、左大臣のような人なら他にいくらでも美しい妻を求めることが出来るけれども、自分があの人を逸してしまったら、二度と再びこんな所へ誰が来てくれよう。それを考えたら、自分こそ最もあの人を必要としたのだ。自分は死んでもあの人を手放すべきではなかったのだ。………昨夜は一時の興奮に駆られて、孤独なんか恐くはないような気がしたけれども、今朝覚めてからの数時間でさえこんなに辛《つら》いのに、此れからずっと此の淋しさがつゞくとしたら、何として堪えて行けるであろう。………国経はそう思った途端に、涙がぽろ〳〵とこぼれて来た。老いれば小児《しように》に復《かえ》ると云うが、八十翁の大納言は、子供が母を呼ぶように大きな声で泣き喚《わめ》きたかった。

その六

妻を奪われた国経が、恋慕と絶望に苛《さいな》まれつゝその後なお三年半の歳月を生きた間のことは、後段滋幹《しげもと》のくだりに於《お》いてやゝ詳細に触れる折があろう。今は暫《しばら》く筆を転じて、あの夜あの車の中へ「物をこそ」の歌を投げ入れた平中《へいじゆう》の方へ叙述を移そう。

平中も亦《また》、国経ほどではなかったにしても、やゝそれに似た、或る後味のほろ苦いものを嘗《な》めさせられたのであった。もと〳〵此の事の起りは、去年の冬の或る夜、彼が本院の館に伺候《しこう》した折、左大臣からあの北の方のことをいろ〳〵尋ねられたので、ついうっかりと、好い気になっておしゃべりをしたのが始まりであることを思えば、彼は誰を恨むよりも、己《おの》れの浅慮を恨まねばならない。いったい彼は、「われこそは当代一の色事師《いろごとし》である」*と己惚《うぬぼ》れているところへ持って来て、おっちょこちょいの癖があるので、しば〳〵時平に巧い工合におだてられて、泥を吐かされるのであるが、それにしても、もしあの当時時平があゝ云う暴挙に出るであろうことが予想されたら、あんなおしゃべりはしなかった筈であった。彼も、此の道にかけては油断のならない左大臣が、あの北の方のことを知ったら何かいたずらをしはしないか、と云う懸念《けねん》は抱いたけれども、自分のような官位の低い軽輩と違って、まさかに朝廷の重臣である人が、そう軽々しく夜遊びに出かけ、他人の家に忍び込んで北の方の閨《ねや》へ這《は》い寄る、と云う訳にも行くまい、そこは一介の左兵衛佐《すけ》の方が気楽だと、そう思って安心していたので、あんな工合に、衆人環視の中に於いて堂々と人妻を浚《さら》って行くような派手なことが可能であろうとは、全く考え及ばなかったのであった。彼に云わせれば、妻は夫の眼を掠《かす》め、夫は妻の眼を掠めて、無理な首尾をし、危い瀬戸を渡り、こっそりと切《せつ》ない逢う瀬を楽しむところにこそ恋の面白味は存するのである。地位や権勢を利用して他人の所有物を強奪《ごうだつ》するのでは、身《み》も蓋《ふた》もない野暮《やぼ》な話で、自慢にも何もなりはしない。左大臣のやり方は、他人の面目や世間の掟《おきて》を蹈み躙《にじ》った傍若無人《ぼうじやくぶじん》な行

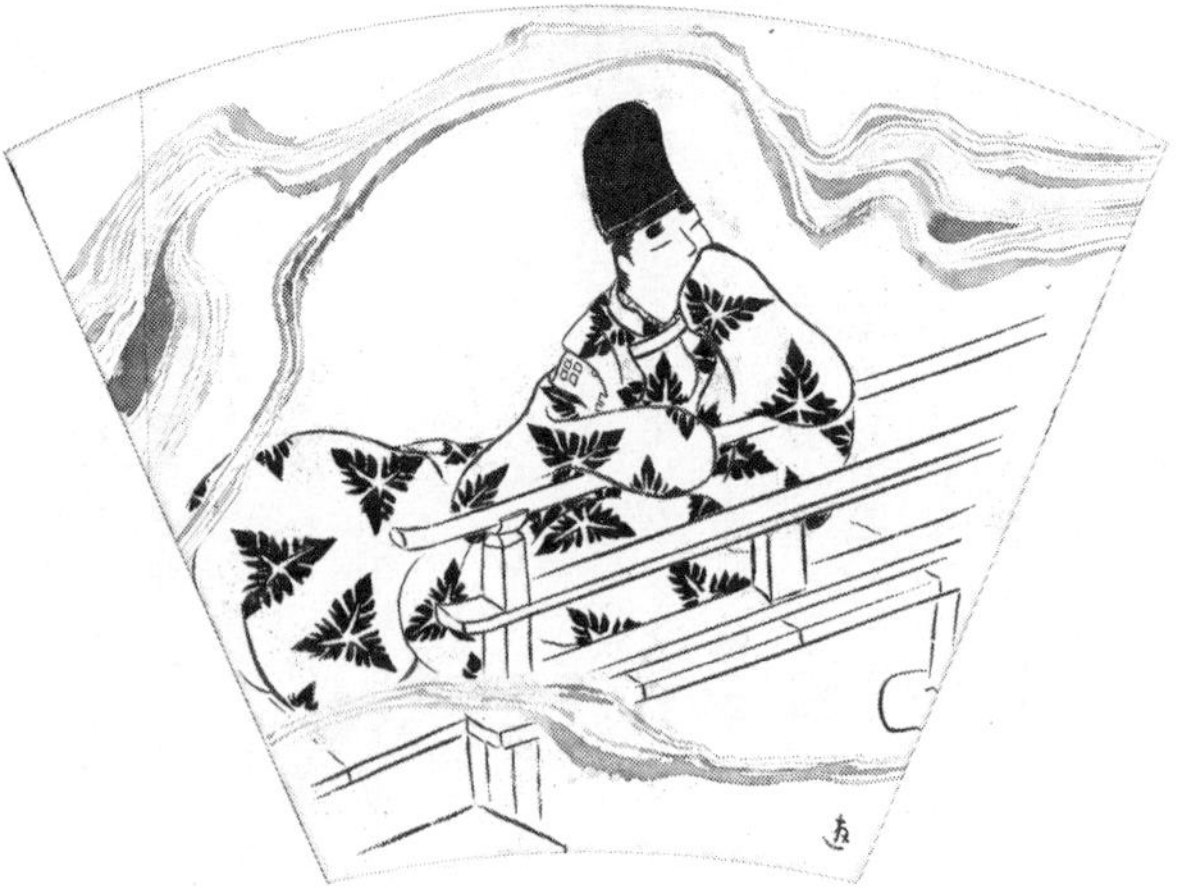

為であるのみか、色道の方でも仲間の仁義を無視した仕方で、あれでは色事師の資格はないと云うべきである。そう思うと平中は、何か知ら不愉快なものが胸に残るのであった。女に好かれる男の常として、なまけ者ではあるけれども、洒脱《しゃだつ》で、のんきで、人あたりがよくて、めったに物にこだわらない彼なのであるが、今度は例になく、時平のしたことが腹が立ってならなかった。元来彼があの北の方に寄せていた感情は、前にも云うように通り一遍の色恋よりは深いものがあったので、あの当時もしあのまゝで進んだならば、まだもっと関係が続いたかも知れないのに、彼にしては柄《がら》にもなくあの好人物の老大納言に惻隠《そくいん》の情*を催して、これ以上罪を重ねることが厭《いと》わしくなったところから、努めて彼女のことを

忘れるようにして、遠のいたのであった。時平は勿論彼のそう云う胸中を知っていよう筈はないけれども、それにしても平中は、時平のためにその折角の心づかいを無駄にされてしまったのである。平中は罪を重ねると云っても、たゞ内々で大納言の妻である人と契《ちぎ》り、とき／＼数時間逢っていたに過ぎないのであるが、時平は大納言に僅かばかりの恩を売り、あの老人を前後不覚に酔わしておいて、彼が命よりも大切にしているものを、あっさりと自分の所有に移した。平中の場合と時平の場合と、老人に取って孰方《どっち》が余計残酷であるかは言を俟《ま》たない。平中は今、自分の過去の恋人がたま／＼彼の手の届かない貴人の許《もと》へ拉《らっ》し去られたと云うだけのことに、遣る方ない忿懣《ふんまん》を感じているのであるが、老大納言の災厄はなか／＼そんな生やさしいものではない。而もあの老人がそう云う災厄を蒙《こう》むるに至ったのは、平中が時平に詰まらぬおしゃべりをしたからなのである。平中は、老人を不幸に陥《おとしい》れた元兇《げんきょう》は自分であり、老人は何もそのことを知らずにいるのだと思うと、何と詫び言を云ってよいか分らないのであった。

だが人間は身勝手なもので、平中にして見れば、自分よりは老人の方が比較にならぬほど気の毒なことは分っていながら、馬鹿を見たのは誰よりも自分であると云う気がして、ひどく忌《い》ま／＼しいのであった。それと云うのが、何分今云ったような事情もあって疎遠になったのであるから、もはやその人に興味を失ったとは云っても、実のところはまだ心底から忘れ去っていたのではなかった。もっとはっきり云うならば、一往は忘れていたのだ

けれども、時平がその人に好奇心を抱いていることが明かになるや否や、意地悪くも一旦失いかけていた興味が、猛然と復活して来たのであった。彼は去年のあの晩以来、時平が急に伯父の大納言に接近し始め、しきりに歓心を求めるようになり出したのを、何となく不安な気持で眺めながら、それにしてもどう云う積《つも》りであろうかと、密《ひそ》かに時平の意図を疑い、事件のなりゆきに注意を怠らなかったのであるが、恰《あたか》もその矢先に、あの饗宴の話が持ち上り、自分もそれに随行するように命ぜられたのであった。
あの晩、平中は虫が知らすと云うのか、今に何かゞ起るのではないかと云う予覚があって、最初から憂鬱になってい

た。彼は左大臣が自分を此の席に加えたことを、必ず訳がありそうに感じていたが、宴が始まると非常な速力で酒が進行し、左大臣や取巻き連中が寄ってたかって老翁を酔わせるようにしたり、左大臣が一方ではあの御簾《みす》の方へ頻々《ひんぴん》と色目を使い、一方では平中を摑《つか》まえて変な皮肉を浴びせたりしたので、一層不安が募《つの》ったのであった。彼は時平が腕白小僧のように眼を光らして、泥酔した顔を火照《ほて》らし、喚《わめ》き、唄い、笑うのを見ると、いよ〳〵何か大きな危険が御簾の中の人の上に迫りつゝあるように思え、それにつれてだん〳〵昔の愛情が、昔と同じ強さを以て蘇生《よみがえ》って来るのを覚えた。そして時平が簾中《れんちゅう》に闖入《ちんにゅう》した時は、座に堪えられず慌てゝ席を外《はず》したのであったが、やがてその人が車に乗せられて連れて行かれようとするけはいに、又じっとしていられないで、車の際へ走り寄って、夢中であの歌を投げ込んだのであった。

その夜平中は、再び警固《けいご》の人数に加わって車の跡に附き随い、左大臣の邸まで供をして行って、そこからひとりとぼ〳〵と深夜の街を家路に就いたが、その途々も、一歩は一歩毎《ごと》に恋しさが増して行った。行列が本院の館《やかた》に着いて、その人が車から下りる時に、せめて一と眼逢えもしようかと願っていたのに、とう〳〵その望みも空しく終り、もはや永久に隔絶し去ったことを思うと、更にその人を愛惜《あいせき》する念が燃え上って来るのであった。自分はあの人をまだこんなにも恋していたのか、あの人へ寄せる熱情が、どうしてこんなにも消えずにいたのかと、彼は自分を訝《あや》しまずにはいられなかったが、蓋《けだ》し平中の思慕の情は、夫人が彼の及び難い高根《たかね》の花になったと云う事実に依って、挑発《ちょうはつ》されたところもあろう。つまり夫人が老大納言の北の方であるうちは、いつでも自分の欲する時に撚《よ》りを戻すことが出来たのに、今やそのことが不可能になったので、そのための口惜しさが重《おも》な原因であったのだと、云えなくもあるまい。

因《ちな》みに云うが、前掲の平中の「物をこそ」の歌は、古今集には読人《よみびと》しらずとして載っており、「物をこそいはねの松の」が「思ひ出づるときはの山の」となっている。又十訓抄《じっきんしょう》は此の歌の作者を国経としているが、その文に曰《いわ》く、

時平公はすべておごれる人にておはしけるにや、御をぢの国経大納言の室《しつ》は在原棟梁《ありわらむねやな》の女なりけるを、たばかりとりて我が北の方にし給ひけり、敦忠卿の母なり、国経卿歎き給ひけれども、世のきこえにはゞかりてちから及ばざりけり

思ひ出づるときはの山の岩つゝじ
　いはねばこそあれ恋しきものを

此の歌は、国経卿その比《ころ》よみ給ひけるとぞ*

と。なるほど、歌としては「物をこそ」より「思ひ出づる」の方が格調が高いように感じられるし、又これを国経老人が詠んだと云う風に考えて見るのも哀れが深いが、そう云う詮議《せんぎ》立《だ》て*は此の小説の埒外《らちがい》であるから、今は孰方《どちら》でもよいとしておこう。たゞ、こゝにもある通り、時平は夫人在原氏をたばかり取る目的で連れ去ったのであるから、もちろん明くる朝になっても大納言の所へ返して寄越しはしなかった。それどころか、予《あらかじ》めしつらえて置いた寝殿の奥の一と間に住まわせて寵愛《ちょうあい》したので、翌年には早くも後の中納言敦忠である男子を生むに至り、遂には世人も此の夫人を貴んで「本院の北の方」と呼ぶようになった。気の弱い国経はそんな有様を見ながらどうすることも出来ず、今昔物語の叙述に従えば、「妬《ねた》く悔しく悲しく恋しく、人目には我が心としたる事のやうに思はせて、心のうちにはわりなく恋しく」*思いつゝ遣《や》る瀬《せ》ない日を送ったのであるが、平中はなおあきらめ切れず、大胆にも今は左大臣の妻である人に、隙があったら密《ひそ》かに云い寄ろうとしたのであった。後撰集《ごせんしゅう》巻十一恋三の部に、「大納言国経朝臣《あそん》の家に侍《はべ》りける女に、いと忍びて語らひ侍りて行末まで契《ちぎ》りける比《ころ》、此の女俄かに贈太政大臣（時平）に迎へられて渡り侍りにければ、文だにも通はす方なくなりにければ、かの女の子の五つばかりなる、本院

の西の対《たい》に遊び歩《あり》きけるを呼び寄せて、母に見せ奉れとて腕《かひな》に書きつけ侍りける。

平定文《たひらのさだぶみ》*

昔せしわがかねごとの悲しきは

いかに契りし名残《なごり》なるらん*

と云う歌が載っているのは、その何よりの證拠であるが、この歌のあとに又、「返し、読人しらず」として次のような歌が見えるのは注目に値いする。——

うつゝにて誰ちぎりけん定めなき

夢路にまよふ我は我かは*

時平は国経や平中とのいきさつがあるので、新夫人の身辺を油断なく見張らせ、めったな人は寄せつけぬように用心したであろうことは想像に難くないのであるが、平中はいかにかして警戒の目をくゞり、幼童を手馴ずけて歌の取次をさせることには成功したのである。此の幼童と云うのは、十訓抄には「かの女の若君の、とし五つばかりなるが」とあり、世継物語にも「若君のかひなに書いて」とあって、夫人在原氏と国経との間に生れた男の子、後の少将滋幹《しげもと》のことなのであるが、蓋《けだ》し此の児だけは、母なる人が本院の館へ連れ去られた後も、乳人《めのと》などに伴われて自由に出入りすることを許されていたか、又は大目に見て貰っていたのであった。如才《じよさい》のない平中はかねてからそれに眼をつけ、巧く此の児に取入っていて、或る日此の児が本院の館へ来、母が住んでいる寝殿の、西の対屋《たいのや》*で遊んでいるところへ行き遇わして、すかさず取次を頼んだのであろう。それにつけても、彼が何とかしてその人に近づこうと思い、暇があれば此のあたりをうろ〳〵していた情況が察しられるが、少年の腕に歌を書いたとは、急の場合で紙などの持ち合わせがなかったのか、紙では却って落ち散る恐れがあったからであろうか。北の方は、我が子の腕に書いてある昔の男の歌を読んで、ひどく泣いたが、やがてその文字を拭《ぬぐ》い取って、「うつゝにて」の返歌を、同じように腕に書き記し、「これをその方《かた》にお見せ」と云って我が子を突き遣ると、自分は慌《あわ》てゝ几帳《きちよう》のかげに身を隠した。

今を時めく左大臣の北の方に、こんな工合にして平中が取次を頼んだのは一度や二度ではなかったと見えて、大和物語には又別な歌が伝わっている。――

ゆくすゑの宿世《すくせ》も知らず我がむかし
契りしことはおもほゆや君*

北の方はこれにも返歌を与えたらしいのであるが、生憎《あいにく》その歌は残っていない。が、文を通わすことは出来ても逢うことは許されなかったので、さしもの平中も次第に望みを失って匙《さじ》をなげたらしく、やがて此の夫人との関係は果敢《はか》ない終りを告げたのであったが、そうなると自然、此の好色漢の心は、再び嘗《かつ》てのもう一人の恋人、あの侍従の君の方へと傾いて行った。それと云うのが、此の人も左大臣家の女房として、同じ本院の館のうちにいるのであるから、夫人の方が脈がないと極《き》まれば、平中としては手ぶらですご〳〵引込む気になれず、もと〳〵嫌《きら》いでも何でもなかった此の人を、せめて此の際物にしなければ自分の男が廃《すた》ってしまうように、恐らくは考えたことでもあろう。しかし意地の悪いことにかけては一と通りでない侍従の君が、今とな

っては尚更おいそれと平中に靡《なび》く筈はなかった。もし平中があの時翻弄されながらも一途《いちず》に熱意を失わないで追い廻したら、結局試験に及第したことになって、許されたのに違いないのであるが、途中で脇道へ外《そ》れたゝめに、相手はすっかり機嫌を損じて一層旋毛《つむじ》を曲げてしまい、もう何を云って来ても鼻であしらって、てんで取り上げないのであった。

一人の恋人は他人に奪われ、もう一人の恋人には手きびしくはねつけられた平中が、色事師《いろごとし》の面目にかけてもと、必死になって侍従の君に泣きを入れたいきさつは、煩《わずら》わしいので茲《ここ》に詳述するのを避けよう。読者は世にも自尊心の高い、男を悩《じ》らすことに特別な興味を抱く侍従の君が、再び前と同じような、或は前よりも何層倍か苛酷《かこく》な試練を平中に課したであろうことを、そして平中が、今度は実に辛抱強く一つ〳〵の試練に堪えて、兎《と》にも角《かく》にも彼女の誇りを満足させ、許しを得る迄に漕《こ》ぎ着けたや、こしい経路を、宜しく想像すべきである。が、漸く平中も思いを遂げて、長い間のあこがれの的であった人と逢う瀬を楽しむ境涯《きょうがい》*になったもの丶、それから後も皮肉屋の女の癖は改まらず、や丶もすれば意想外な悪戯《いたずら》を考え出して嬲《なぶ》りものにし、目的を果たさずに帰って行く男のあとから舌を出したり、べかこうをしたりすることが、三度に一度ぐらいは必ずあるので、平中もしまいには業《ごう》を煮やして、糞《くそ》、忌ま〳〵しい、いつ迄馬鹿にされているのだ、こんな女を思い切れないなんてことがあるものかと、何度か決心をしては、何度か誘惑に負ける、と云うようなことを繰り返していたのであったが、あの今昔《こんじゃく》物語や宇治拾遺《うじしゅうい》物語*に出ている有名な逸話は、多分その頃の出来事だったのであろう。聞くところに依れば、此の逸話は故芥川龍之介氏の著書*にも紹介されているそうであるから、読者の多くは既に知っておられるであろうが、それを読まない人々のために、今その大要を物語ることにしよう。

さて平中は、何とかして侍従の君のアラを捜し出してやりたい、いくらあの女が非の打ちどころのない美婦人であるからと云って、結局は普通の人間に過ぎないのだと云う證拠を見たら、これほどに迷い込んだ夢もさめて、愛憎《あいそ》を尽《つ》かすことが出来るであろう、と、そ

う思った末に考えついたのは、あのようなみめうるわしい女であっても、その体から排泄《はいせつ》するものは、われ〳〵と同じ汚物《おぶつ》であろう、ついては何とかしてあの女のお虎子《まる》*を盗み出し、中にしてあるものを見届けてやりたい、そうしたら己も、あんな顔をしてこんなむさい物を出すかと思って、一遍に厭気《いやけ》がさすであろう、と云うことであった。

ついでながら、筆者はその時分のお虎子《まる》がどんなものであったかを知らない。今昔にはたゞ「筥《はこ》」と云ってあるが、宇治拾遺には「かはご」と云ってあるので、皮で造った筥が普通だったのであろうか。何にしてもそう云う地位の女房たちは、筥の中に用を足して、それを時々召使の女に捨てに行かしたのであった。で、平中が例の局《つぼね》のあたりへ行って物蔭にひそみながら、筥の始末をする召使の出て来るのを待っていると、或る日、年の頃十七八の、可愛らしい姿形をした、髪の長さは袙《あこめ》*の丈《たけ》に二三寸足りない程なのが、瞿麦《なでしこ》重ねの薄物の袙を着、濃い袴《はかま》をしどけなく引き上げて、問題の筥を香染めの布に包み、紅い色紙《いろがみ》に絵を書いた扇でさし隠しながら出て来たので、こっそり跡をつけて行って、人目のない所へ来た時、不意に駈《か》け寄って筥に手をかけた。

「あれ！　何なさいますの」

「ちょっと！　ちょっと此れを……」

「あれ！　此れはあなた……」

「いゝんだよ、分ってるよ！　ちょっと寄越《よこ》し給え」

女が呆《あき》れている隙に、平中はすばやく筥を奪い取って一目散に走り去った。

後生大事にその品物を袂のかげに抱えながら、我が家へ逃げ帰った平中は、一と間のうちに閉じ籠ってあたりに誰もいないのを確かめてから、先ずそれを恭《うやうや》しく座敷にすえて、とみこうみした。これが自分の深くも心を打ち込んだ人の物を入れてある容器かと思うと、直ぐには蓋《ふた》を開けるのが惜しい気がして、なおよく見ると、普通にあるような皮籠《かわご》ではなくて、金色の漆《うるし》の塗ってある立派な筥であった。彼は改めてそれを手に取り、上げて見たり、下げて見たり、廻して見たり、中の重みを測って見たりしていたが、やがて恐る〳〵蓋を除《の》けると、丁子《ちょうじ》の香に似た馥郁《ふくいく》たる匂が鼻を撲《う》った。不思議に思って中を覗《のぞ》くと、香の色をした液体が半分ばかり澱《おど》んでいる底の方に、親指ぐらいの太さの二三寸の長さの黒っぽい黄色い固形物が、三きれほど円《まる》くかたまっていた。が、何しろそう云うものらしくない世にもかぐわしい匂がするので、試みに木の端きれに突き刺して、鼻の先に持って来て見ると、あの黒方《くろほう》と云う薫物《たきもの》、――沈《じん》と、丁子《ちようじ》と、甲香《こうこう》と、白檀《びやくだん》と、麝香《じやこう》*とを煉《ね》り合わせて作った香の匂にそっくりなのであった。

「中を突き刺して鼻にあてゝ嗅げば、えも云はず馥《かぐは》しき黒方の香にてあり、すべて心も及ばず、これは世の人にあらぬなりけりと思ひて、これを見るにつけても、いかで此の人に馴《な》れ睦《むつ》びんと思ふ心狂ふやうにつきぬ」*とは今昔の描写であるが、要するに、たゞの人間に過ぎないと云う證拠を見てあきらめようとしてかゝったのが、却って反対の結果を生み、なか〳〵愛憎を尽かすどころではなかったのであった。と、あまり不思議でたまらないので、その筥を引き寄せて、中にある液体を少し啜《すす》って見た。でも平中は、やはり非常に濃い丁子の匂がした。平中は又、棒ぎれに突き刺したものをちょっぴり舌に載せて見ると、苦い甘い味がした。で、よく〳〵舌で味わいながら考えると、尿《によう》のように見えた液体は、丁子を煮出した汁であるらしく、糞のように見えた固形物は、野老《ところ》や合薫物《あわせたきもの》を甘《あま》葛《づら》の汁で煉り固めて、大きな筆の欄《つか》に入れて押し出したものらしいのであったが、しかしそうと分ってみても、いみじくも此方の心を見抜いてお虎子《まる》にこれだけの趣向を凝《こ》らし、男を悩殺するようなことを工《たく》むとは、何と云う機智に長《た》けた女か、矢張《やはり》彼女は尋常の人ではあり得ない、と云う風に思えて、いよ〳〵諦《あきら》めがつきにくゝ、恋しさはまさるのみであった。

人間の運は、一遍悪い方へ曲り始めると何処まで曲るか分らないもので、さすがの平中も、侍従の君のお虎子《まる》の匂を嗅いでからと云うものは、何処へ行っても色事が成功せず、悉《ことごと》く失敗つゞきであった。まして侍従の君はます〳〵驕慢《きょうまん》に、残酷になり、彼が熱を上げれば上げるほど冷《ひや》やかな仕打をし、もう少しと云う所へ来ては突っ放すので、可哀そうな平中は、とう〳〵それが原因で病気になり、悩み死に丶死んでしまった。——「いかで此の人に逢はで止みなんと思ひ迷ひける程に、平中病み付きにけり、さて悩みける程に死にけり」*と、今昔物語ではそうなっているのである。尤《もっと》も、こゝに一つ書き洩らしてならないことは、十訓抄に依ると*、侍従の君は本来平中の女であったのを、これも時平が邪魔をして横取りをした、と云うことになっている。そこで筆者が想像するのに、もと〳〵此の婦人は本院の館に仕えていた女房なのであるから、恐らくは早くから時平が手を着けてい

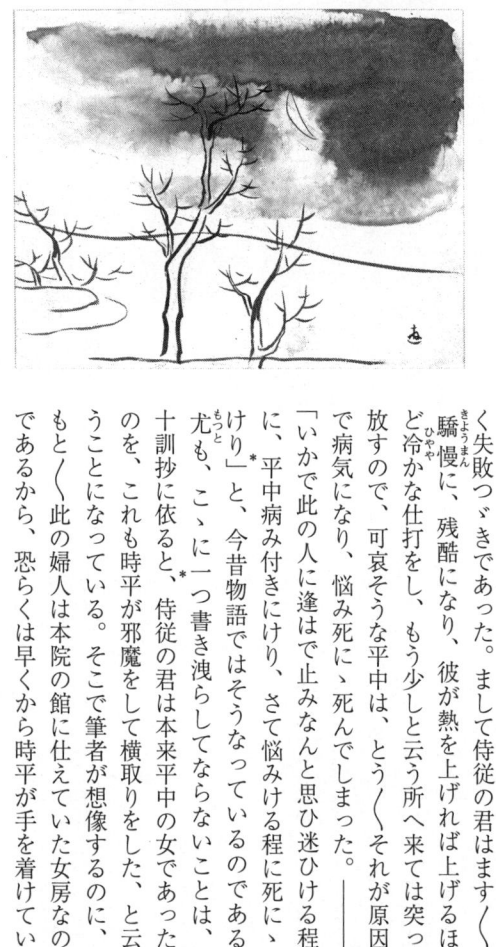

なかった筈はなく、平中はそれを知らずにか、或は知りつゝか、三角関係を結んだのであろう。されば、お虎子《まる》の一件を始めとして侍従の君の彼に対するさま〴〵な悪戯の数々は、ひょっとすると背後で此の女を操っていた左大臣の入れ智慧《ぢえ》であったかも知れない。そうだとすれば、平中を殺したのは時平であると云うことにもなる。

その七

筆者は前に、平中《へいじゆう》の歿年は延長元年とも六年とも云われていて、確かでないと云うことを記した。今、侍従の君のことが原因で病死したと云う今昔《こんじやく》の記事に従えば、何となく平中の方が時平《しへい》より先に死んだような感じを受けるが、前掲の後撰集の詞書《ことばがき》などを読むと、矢張平中は後まで生きていたのであろうか。だがまあそれも孰方でもよいとして、北の方奪取事件があってから四五年の後、延喜《えんぎ》九年四月四日に、*時平が三十九歳の若さを以《もつ》て卒去《そつきよ》したことははっきりしている。

此の左大臣が有為《ゆうい》の材を抱いて早死《はやじに》をしたのは、積る悪業の報いであるように当時の人々は見たのであるが、就中《なかんずく》その報いの最たるものは、菅公《かんこう》の怨霊《おんりよう》の祟《たた》りであるとされたのであった。これより先、菅公が筑紫の配所で薨《こう》じたのは延喜三年二月二十五日であるが、

同六年の七月二日には、時平と共に菅公讒奏《ざんそう》*の謀議に加わった右大将大納言定国が四十一歳を以て卒《しゅっ》し、同八年十月七日には、これも時平の一味であった参議式部大輔菅根が五十三歳を以て卒した。而も菅根の場合は、雷神となっている菅公の霊に蹴殺されたことになっているが、菅公が雷になって生前の怨《うら》みを報じたと云う怪異談のうち、時平とその一族に関係のある部分を、以下に少しく述べて見よう。

菅公の霊が始めて姿を現わしたのは、薨去《こうきょ》の年の夏、或る月の明かな夜、五更《ごこう》*が過ぎて天がまだ全く明けきらない頃、延暦寺《えんりゃくじ》第十三世の座主《ざす》法性房《ほっしょうぼう》尊意《そんい》が四明が嶽*の頂に於いて三密《さんみつ》の観想*を凝《こ》らしている時であった。中門のあたりと覚《おぼ》しい所にほと〳〵と戸を叩《たた》く者があるので、開けて見ると、亡くなった筈の菅丞相が彳《たゝず》んでいた。尊意は胸騒ぎを隠しながら、恭《うやうや》しく持仏堂に請《しよう》じ入れて、深夜の御光臨は何御用にて候《そうろう》哉《や》と問うと、丞相の霊が答えて、自分は口惜しくも濁世《じよくせ》に生れ合わせて無実の讒奏を蒙《こうむ》り、左遷流罪《させんるざい》の身となったについては、その怨みを報ぜんために雷神となって都の空を翔《あまがけ》り、鳳闕《ほうけつ》*に近づき奉ろうと思っている、此の事は既に梵天《ぼんてん》、四王、閻魔《えんま》、帝釈《たいしやく》、五道冥官《みようかん》、司令、司録等の許しを得ているので、誰に憚《はばか》るところもないのだが、たゞ貴僧は法験《ほうげん》*がめでたくおわしますので、貴僧の法力《ほうりき》で抑えられるのが一番恐ろしい、何卒《なにとぞ》年来の師壇の契《ちぎ》り*を思って、たといその折朝廷からお召しがあっても、お請《う》けにならないように願いたい、自分は此のことを申上げたいと存じて、只今態々《わざわざ》筑紫から参ったのです、と云うのであった。

そこで尊意は、おん歎きの次第は御尤もであるけれども、古《いにし》えより賢人が小人のために禍を蒙った例は珍しからず、貴下御一人に限った運命ではないのであるし、凡《およ》そ世の中は無道なものなのであるから、左様にお恨みなさるのは浅ましゅう存ずる、どうかそのようなお考は思い止って戴きたい、だが、そう云っても貴下と愚僧とは年来のよしみも深いことなので、折角のお頼みとあるなら、たとい眼《まなこ》を抜かれてもお言葉に従って、宣旨《せんじ》を御請けしないことに致しましょう、但し天下は皆王土であり、愚僧も王民の一人である上は、もしお召しの宣旨が数度に及んだら、二度まではお断り申上げるけれども、三度目にはお請

けしなければなりますまい、と、そう答えると、丞相の霊が忽《たちま》ち顔色を変じて凄《すさま》じい形相《ぎょうそう》になった。尊意が、咽《の》喉《ど》が渇《かわ》いておいでゞしょうと云って柘榴《ざくろ》をすゝめたのを、丞相は取って口に啣《ふく》んでひし〳〵と嚙《か》み砕き、妻戸のふちに吐きかけたかと思うと、見る〳〵一条の火焔となって燃え上ったが、尊意が灑水《しゃすい》の印《いん》*を結ぶと、たちどころにその火が消えた。

それから間もなく洛中《らくちゅう》の空に黒雲が蔽《おお》い広《ひろ》がって大雷雨が襲来し、風を起し雹《ひょう》を降らして、宮中の此処彼処《ここかしこ》に落雷した。満廷の朝臣たちが戦《おのの》き恐れ、或は板敷の下に這《は》い入り、或は唐櫃《からびつ》の底に隠れ、或は畳を担《かつ》いで泣き、或は普門品《ふもんぼん》*を誦《ず》しなどする中で、時平がひとり毅然《きぜん》として剣を抜き放ち、空に向って雷霆《らいてい》を叱咤《しった》したのは此の時の話であるが、その後風雨がなお止まず、遂に鴨川の洪水《こうずい》を見るに至った。法性房尊意も宣旨が三度に及んだので、已《や》むを得ず参内して、法力を以て雷電を取り鎮め、帝のおん悩みを除いたのであったが、その時尊意の乗った車が鴨川の浜にさしかゝると、水が自然に退《ひ》いて車を通した。又宮中に於いて尊意が加持祈禱《かじきとう》している時、帝は夢に不動明王《ふどうみようおう》が火焔の中で声を厲《はげ》まして呪文《じゆもん》を唱えていると見給い、おん眼がさめて御覧になると、それは尊意の読経《どきよう》の声であったと云う。

しかし尊意の法力も度重なっては効を奏さなかったのか、その後五年を経《へ》、八年の十月には菅根朝臣が電撃を受けて震死*した。時平は九年の三月頃から何となく所労の気味で床についたが、菅丞相の怨霊がしば〳〵枕頭《ちんとう》に現れて呪いの言葉を洩らすので、陰陽師《おんみようじ》や医師を招いて、さま〴〵の祈禱、療治、灸治《きゆうじ》等をして見るけれども一向に利《き》き目がなく、今はたゞ死を待つばかりの状態となった。一家一門の悲歎やる方なく、此の上は高徳の聖《ひじり》を聘《へい》してその法力に縋《すが》ろうと云うことになったが、それには当時天下にその名が著聞していた浄蔵法師を措《お》いて他になかった。此の浄蔵と云う僧は、昌泰三年の昔、菅公がまだ右大臣として時平と昇進を競っていた頃、「離朱《りしゆ》の明も睫上《せふじやう》の塵を視る能《あた》はず、仲尼《ちゆうぢ》の智も篋中《けふちゆう》の物を知る能はず云々」*の句のある一書を菅公に呈して、明年必ず公に禍の及ぶであろうことを告げ、早く官を退いて保身の術を講ずべきことを諷《ふう》した文章博士《もんじようはかせ》三善清行の第八子で、母は弘仁天皇の孫女であった。幼にして聡敏《そうびん》比なく、四歳にして千字文《せんじもん》を読み、七歳にして出家せんことを求めたが、十二歳の時宇多上皇に見出されて、上皇の法の弟子となった。その後上皇は勅して彼を叡山《えいざん》に上らせて登壇受戒せしめ給い、玄昭律師に附して密教を学ばしめ給うたが、生来多才多藝の人で、顕密《けんみつ》の両宗*は勿論《もちろん》のこと、十種に余る学問技術を身につけていたと云われ、医道、天文、悉曇《しったん》*、相人《そうにん》*、管絃、文章、卜《ぼく》筮《ぜい》*、占相*、舟師*、絵師、験者《げんざ》*、持経者*等々の道に練達してい、音曲《おんぎょく》などの諸藝にかけても肩を並べる人がなかったと云われる。左大臣家では此の浄蔵を懇請したので、浄蔵が行ってみると、既に時平の面上に死相が現れているので、もはや定業《じようごう》*は免れ難く、たといいかようの術を施しても万死に一生を得ることはむずかしい旨を申したのであったが、病人も、附き添う家族の人々も、頻《しき》りに乞うて止まないので、辞するに由なく、兎《と》も角《かく》も加持祈禱に努めた。折柄浄蔵の父の清行も見舞いに行って枕頭に坐していたが、浄蔵が一心に祈りつゞけると、病人の左右の耳から青龍*が出て口より火焔《かえん》を吐き、清行に向って云うのに、自分は生前尊閣の諷諫《ふうかん》*を用いなかったゝめに左遷の憂《う》き目を見、筑紫の空に流寓《るぐう》して果敢《はか》ない最後を遂げたのであるが、今、梵天帝釈《ぼんてんたいしやく》の許しを得、雷となって自分に辛かった人々に怨みを報じようとしているのに、尊閣の息《そく》浄蔵が法力を以て妨《さまた》げをなし、自分を降伏させようとするのは心外である、尊閣願わくは浄蔵法師を制せられよ、と云うのであった。清行はそれを聞いて恐れ畏《かしこ》み、浄蔵に命じて直ちに祈禱を中止せしめたが、浄蔵

が病室を退去するや、須臾《しゆゆ》*にして時平は事切《ことき》れてしまった。

宇多上皇は、上皇の法の弟子である浄蔵が左大臣の邸に於いて最後まで加持祈禱の勤めをせず、中途で退出したことを聞召《きこしめ》されて大いに御気色《みけしき》を損ぜられたので、浄蔵は深く勅勘《ちょっかん》*の身を慎《つつし》み、三箇年の間横川《よかわ》の首楞厳院《しゅりょうごんいん》に籠居《ろうきょ》して修練苦行の日を送ったと云うが、世間一般の人々は、時平がそう云う死に方をしたことを当然のように考えて、あまり同情する者はなかった。而も報いは時平一人に止まらず、長く子孫にまで及んだのであって、彼の三人の子息のうち、長男の八条大将保忠は、承平六年七月十四日に四十七歳を以て歿し、三男の中納言敦忠、――あの新夫人在原氏が生んだ晩年の子は、天慶《てんぎょう》六年三月七日に三十八歳を以て歿した。尤も保忠の歿年は四十七歳と云うのであるから、その頃として若死とは云えないかも知れないが、事実は菅公のたゝりを気に病む余り病気に取り憑《つ》かれ、枕許《まくらもと》に験者を招いて薬師経を読み上げさせていたところ、経の中に宮毘羅《くびら》大将と云う文句があったのを、「汝を縊《くび》る」*と聞き違えて悶絶《もんぜつ》し、それきりになってしまったと云うので、矢張《やはり》尋常の死に方ではなかった。そのほか、宇多天皇の女御《にょうご》に上って京極御息所《きょうごくみやすどころ》と云われた女子があったが、これも短命を以て終り、他の一人の女子仁善子と醍醐《だいご》天皇の皇太子保明親王との間に生れた康頼王は、時平の外孫に当り、保明親王の薨去後に皇太子に立ったが、これも延長三年六月十八日に、僅《わず》か五歳を以て薨《こう》じた。たゞ二男の富小路右大臣顕忠が、康保二年四月廿四日を以て六十八歳で歿したのは例外であるが、此の人は心がけのよい人で、平生《へいぜい》菅公の霊を畏《おそ》れ敬い、毎夜庭に出て天神《てんじん》を拝した。又身を持《じ》すること謹厳で、倹約を旨とし、大臣の位に六年の間いたけれども、家にあっても、外にあっても、大臣の作法を振舞わず、外出の時は前駆*を具して行くことはめったになく、車ぞいにも四人の供は召連れず、いつも車の尻の方に乗った。食事をするにも贅沢《ぜいたく》な器《うつわ》を用いず、土器《かわらけ》に盛って、台などもなしに、折敷《おしき》*に載せて直《じ》かに畳の上に置いた。手水《ちょうず》を使うにも半挿盥《はんぞうだらい》*を用うることはなく、寝殿の日隠《ひがくし》の間に棚を作らせて、小桶に小さい柄杓《ひしゃく》をつけておき、毎朝仕丁《じちょう》*がそれに湯を入れるだけで、手を洗う時は自ら水をかけに行くようにし、人手を煩《わずら》わすことはなかった。そう云う人であったから、右

大臣にまで昇進し、後に正二位を贈られたのであるが、此の大臣の孫たちのうちで、三井寺の心誉、興福寺の扶公等、仏門に入った者は恙《つつが》なきことを得て、大僧都《だいそうず》や権僧正《ごんそうじょう》の地位に至った。僧になった者は、此の外にも敦忠中納言の子右兵衛佐佐理《すけまさ》、その子の岩倉の菩提房文慶等があり、これらは孰《いず》れも仏道に帰依《きえ》したお蔭で禍を免れることが出来たのであるが、結局昭宣公の長男たる時平の後裔《こうえい》は栄えずにしまって、四男の忠平が、後に従一位摂政関白太政大臣になったのみならず、その一門は皆出世して顕要《けんよう》*の職に就《つ》いた。それは菅公が左遷の時、右大弁であった忠平は密《ひそ》かに菅公に同情して兄に与《くみ》せず、その後も絶えず配所へ消息を通わして、

慇懃《いんぎん》を結んでいたからであると云われる。

時平の三男の敦忠は、三十六歌仙の一人であって、本院中納言とも、枇杷《びわ》中納言とも、又土御門中納言とも云われ、百人一首の、「あひ見ての後の心にくらぶれば*」の作者として知られているが、「此の権中納言は本院の大臣の在原の北の方の腹に生ませ給へる子也、年は四十ばかりにて形有様美麗になんありける、人柄もよかりければ世のおぼえも花やかにて*」と今昔物語も書いているように、時平とは違って、優しい、人好きのする人物であり、一面には母方の曽祖父業平の血を引いた、多感で情熱に富む詩人でもあった。但し百人一首一夕話《いっせきわ》*に、夫人在原氏は国経の館から時平に拉《らっ》し去られる時に、既に敦忠を懐妊していた、されば敦忠はまことは国経の胤《たね》であるが、夫人が本院へ移ってから生れたゝめに、時平の子として育てられたのであると云う記事が見える。そうだとすれば、敦忠は少将滋幹の実弟になる訳であるが、一夕話の記事は何に基づいているものか、筆者はその出所を詳《つまびら》かにしないけれども、或は当時世上にそう云う風説もあったのであろうか。此の敦忠が天慶六年に早世《そうせい》してからは、禁中で管絃の御遊《ぎょゆう》がある時は博雅三位がなくてはならない人になり、三位に差支えがあるとその日の御遊を中止し給うようになったが、故老たちはそれを聞いて、今は世が末で管絃の名手もいなくなった、敦忠中納言が存生中は、博雅三位が左様に重んぜられることはなかったのに、と云って歎いたと云う。此の一事を以ても、敦忠の死が人々に惜しまれたこと、又敦忠が和歌ばかりでなく、管絃の道にも秀《ひい》でゝいた

ことが偲《しの》ばれるのである。

参議藤原玄上《はるかみ》の女子で、皇太子保明親王の御息所《みやすどころ》に上った人があったが、敦忠がまだ左近少将であった時分に、お二人の間の後朝《きぬぎぬ》の使*を勤めさせられたものであった。そんな縁故から、そのゝち親王がおかくれになると、御息所は敦忠と契《ちぎ》るようになり、敦忠は限りもなく此のお方をいとしい人に思ったのであったが、或る時、「わたくしの一族は皆短命でございますから、私もそう長いことはございますまい。わたくしが死にましたら、あなたはあの文範《ふんのり》のものになられますでしょう」と云ったことがあった。文範と云うのは民部卿播磨守で、敦忠の家の家司《けいし》をしている男だったので、御息所が、

「まあ、そんなことがあるものですか」と云われると、「いゝえ、きっとそうなります、私は空から見ておりますよ」と敦忠は云ったが、果してその予言の通りになった。時平の子たちや孫たちが天神の祟《たた》りと云うことを神経に病んで、始終安き心地もなかったことは、保忠の例を見ても察しられるが、敦忠も亦《また》、自分が到底長生きの出来ない運命を担《にな》っていることを知り、ひそかに諦めていたのであった。

前記の御息所の外に、敦忠にはなお数人の思い人があった。今、敦忠集を見ると、その大部分は恋歌であって、中にも斎宮雅子《さいぐう》内親王との贈答が多く、此のおん方とは随分長く契り交していたことが想像されるが、後撰集巻十三恋五の部には、宮が斎宮にならせられて伊勢へお下りになった時の敦忠の歌が、次のような詞書と共に載っている。——

西四条の前斎宮《さきの》まだみこにものし給ひし時、心ざしありて思ふこと侍りける間に、斎宮に定り給ひにければ、その明くる朝《あした》に榊《さかき》の枝につけてさしおかせ侍りける

伊勢の海の千尋《ちひろ》の浜に拾ふとも
　今は何てふかひかあるべき＊

又、小野宮左大臣実頼の女子で、彼が「みくしげ殿の別当」と呼んでいる人を、久しく恋いわたりながらなか〳〵逢うことが出来ないので、或る年の師走《しわす》の晦日《つごもり》に、

もの思ふと過ぐる月日も知らぬまに
　今年もけふに果てぬとか聞く＊

と書いて送ったが、父の左大臣が事情を嗅《か》ぎつけて
いよ〳〵逢わせないようにしたので、又次のように
書いて送った。

いかにしてかく思ふてふことをだに
人づてならで君に語らん*

季縄《すえなわ》の少将の女子の右近《うこん》と云う人とも、此の女がまだ宮中に奉公をしていた頃に云い交したことがあったが、後に宮仕えを止めて里へ帰ってからは、ふっつり訪ねても来ないようになったので、女の方から、

忘れじと頼めし人はありときく
いひしことの葉いづちいにけん*

と云ってやると、矢張何とも返事はしないで、雉子《きじ》を贈ってよこしたので、女が重ねて云ってやった。

栗駒の山に朝たつ雉子よりも
かりにあはじと思ひしものを*

此の外に、長男の助信の母に当る人で、参議源等《みなもとのひとし》の女子もいるが、なお敦忠集に、「はじめの北の方」と呼ばれている女や、「すけまさの母君」と呼ばれている女が見えるのは、前記の女たちの中の人々か別の人々かよく分らない。「すけまさ」と云うのは二男の佐理のことであるが、これはあの行成《こうぜい》や道風《とうふう》と並び称せられた能書家の佐理とは違う。敦忠集に依ると、*佐理の母は佐理を生んで死去したので、子は小母のところに預けられて、「あづま」と云う幼名で呼ばれていたが、あづまが二つになった時に敦忠がその子を見に行って、たいそう泣いて、下のような歌を詠んだ。——

　むつごともまだいひ出でゞ別れにし*
　　人のかたみはあづまなりけり

此のあづまの佐理が後に出家をしたことは、前に記した通りである。

その八

平中《へいじゅう》、時平《しへい》、及びその子孫たちの後日譚《ごじつたん》はあらまし以上の如くであるが、あの可哀そうな老大納言と、彼が夫人在原氏の腹に儲《もう》けた子の滋幹《しげもと》は、その後どうなったことであろうか。

国経《くにつね》には滋幹の外に三人の男子があって、尊卑分脈《そんぴぶんみゃく》*所載の順序に従えば、長男が滋幹、

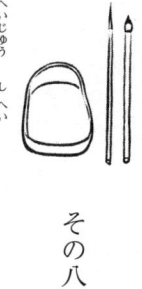

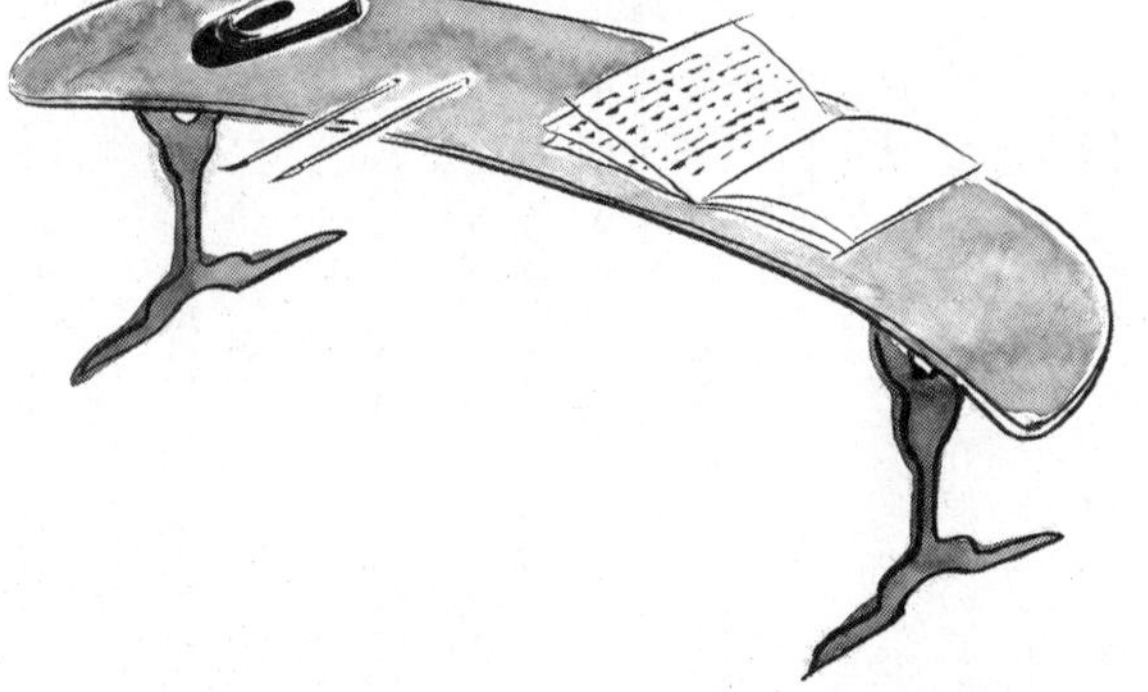

次男が世光、三男が忠幹、四男が保命となっている。此のうち、忠幹の母は在原氏ではなく、伊予守未並と云う者の女子としてあって、此の後裔《こうえい》は後まで長くつゞいたらしいが、世光と保命には後がなく、且《かつ》その母は誰であるとも記してない。しかし滋幹は、あの事件の時に五歳ぐらいであったとすれば、老大納言が七十二三歳頃の子でなければならないが、それ以後国経は八十一歳で死ぬ迄の間に、更に三人もの子を生ませたり、他の婦人と契《ちぎ》ったりしたのであろうか。それとも尊卑分脈所載の順序は出鱈目《でたらめ》で、世光以下三人の男子は滋幹より前か、同時ぐらいに生れた庶子《しょし》でゞもあるのだろうか。そう云えば国経は、五十歳も年の違う在原氏を妻にする前には、誰かを妻にしていたのであろうが、その人には子がなかったのであろうか。それらのいろ〳〵な不審については、今は何事をも明かにする手がゝりがない。なお、滋幹

は、尊卑分脈に従五位上左近少将と肩書がしてあって、亮明、正明、忠明と云う三人の男子を儲けたことになっているが、此の子供たちの母も誰であるか分らず、且三人ながら跡が絶えていて、子孫がない。それに滋幹の名は、公卿補任《くぎようぶにん》*等には全く見えていないので、彼がいつ従五位になり、いつ左近少将になったのかは明かでなく、生年月日や歿年等も知るよしがない。尊卑分脈以外のもので滋幹に関した記事を拾えば、大和物語に、

しげもとの少将に、女、

　恋しさに死ぬる命を思ひいでゝ

　　とふ人あらばなしとこたへよ*

少将かへし

骸《から》にだに我きたりてへ露の身の

　消えばともにと契りおきてき*

と云うのが見え、後撰集巻十一恋三の部に、藤原滋幹として、

宵に女にあひて必ず後にあはんとちかごとをたてさせてあしたに遣《つかは》しける

千早振《ちはやぶる》神ひきかけて誓ひてし

　こともゆゝしくあらがふなゆめ*

と云うのが見えるのが、普通に知られているのであるが、此のほかに、余り世間に読まれていないものに、遒古閣文庫《しゆうこかくぶんこ》所蔵の写本の滋幹の日記*がある。これは残欠《ざんけつ》で、遒古閣本

以外にも写本が二三あるようだけれども、何処にも完本は伝わっておらず、大体に於いて天慶五年の春頃から以後七八年の間に亙《わた》って、折々書き継がれたらしく思われるものが、部分的に残っているだけであるが、その内容は、殆《ほとん》ど全部が母を恋い慕う文字で埋まっているのである。

ところで、滋幹の生母は即ち敦忠の生母であることは読者も御承知の通りであるが、此の母はいつ頃まで生きていたのであろうか。われ〳〵は拾遺集《しゅういしゅう》巻五賀の部所載源公忠の、「万代《よろづよ》もなほこそあかね」*の歌の詞書に依って、権中納言敦忠が母のために賀筵《がえん》*を設けたことがあるのを知り、その賀は多分五十の賀であろうことを推定するのであるが、滋幹の日記を見ると、敦忠の死んだ明くる年、天慶七年にもまだ此の母はながらえていたのであって、それは実に、彼女の第二の夫であった贈太政大臣時平の死後三十五年の星霜《せいそう》を経てい、彼女は当時六十歳前後、滋幹は四十四五歳に達していたであろう。滋幹がそう云う齢になってもなお、母のことが忘れられず、折にふれては面影を想い浮かべてなつかしがっていたと云うのには、尤もな理由が存するのであって、昔、あの事件のあった当座、五つ六つの幼童の頃にこそ彼も本院の館《やかた》へ出入りすることを許されていたものゝ、七八歳になった頃からは早くもさま〴〵な浮世の掟《おきて》に制せられてそうも行かなくなったらしく、その後ずっと、母が健在であることは聞き及びながら、親しく会う機会に恵まれずにいたのであった。いったい誰の場合でも、母の顔を全く知らないのなら格別、頑是《がんぜ》ない時分におぼ

ろげながら母を見た記憶があり、而も間もなくその母が余所《よそ》の男の所へ走ってしまったと云うようなことに出遭うと、その子の母を思慕する情は尋常一様でないのであるが、況《いわ》んやその母が世にも稀なる美女であった場合、又況んや、よう〳〵物心のついた年頃に、今は他人の妻になっている母の許《もと》を訪れたり、その母の手で腕へ歌を書かれたりした、異常な思い出を持つ場合に於いてをや、そして又況んや、その母が現に存命中であることが分っている場合に於いてをや、である。かく考えて来れば、滋幹の日記が母恋しさの余りに綴《つづ》られた文章のような観があるのも道理であって、現存しているのは断片的な部分々々に過ぎないけれども、その他の部分も必ずや母への憧憬《どうけい》で埋まっていたことであろう。いや、事に依ると、滋幹は、四十二三歳に及んでから、いよ〳〵母を思う念が切《せつ》になって、生れて始めてこう云うものを筆にする気になったのではなかろうか。実際それは、日記と云えば日記であるが、幼くして母に

生き別れ、やがて父に死に別れた少年時代の悲しい回想から説き起して、それより四十年の後、天慶某年の春のゆうぐれに、西坂本に故敦忠の山荘の跡を訪《たず》ねて、図《はか》らずも昔の母にめぐり逢う迄のいきさつを書いた、一篇の物語であると云ってもよいのである。

日記に依って想像するのに、滋幹の母の記憶は、彼が四つぐらいの時から少しずつ残っているらしいのであるが、最初の頃のは極《きわ》めておぼろげな、霞《かすみ》のように淡いものであるに過ぎない。彼は自分の身に取っても、父の国経に取っても、一生涯の大事件であったあの夜のこと、――――母が本院の大臣に連れて行かれた夜のことについては、何もおぼえていないのであって、たゞいつからか、母がもう自分の家にいないようになったことを、誰かに聞かされて、急に大変悲しくなって泣いたのであった。彼にその話をしてくれたのは、多分老女の讃岐《さぬき》であったか、乳人《めのと》の衛門であったか、孰方《どちら》かであろう。その時分、彼は夜な〳〵乳人に抱かれて眠ったのであったが、乳人は彼がいつ迄も母の名を呼んで泣き止まないのに当惑して、

「さあ〳〵、おとなしくお眠《やす》み遊ばせ。お母さまはこゝにはいらっしゃいませんけれども、そう遠くない所にいらっしゃるのですよ。おとなしくしていらっしゃれば、きっとお母さまの所へ連れて行って上げますよ」

と、そう云ったので、幼い滋幹はたとえようもなく嬉しくて、

「ではいつ？」

と、聞くと、

「そのうちに」

と、云うのであった。

「きっとでございます」

「きっとだね」

「きっと、きっと？——うそではないね」

こんな問答を毎夜のように繰り返しつゝ、寝かされながら、乳人はあゝ云っているけれども、気休めに云うのであろうと、子供心に疑いを挟んでいたのであったが、それでも乳人はそのことについて讃岐と話し合ったものらしく、或る日ほんとうに、讃岐が彼の手を引いて母の所へ連れて行ってくれたのであった。が、幼童の記憶と云うものは全くたわいのないものなので、どう云う訳か、そんな大事の日のことを、まるきり彼は思い出すことが出来ないのである。彼の記憶は古い映画のフィルムのようにきれ〴〵で、前後につながりのない場面々々が、或るものはぼんやりと、或るものは怪しいほどくっきりと、映像をとゞめているのであるが、それらの数々の映像のうちで、今もしば〳〵浮かんで来るのは、本院の館の、とある渡殿《わたどの》の勾欄《こうらん》のもとにうずくまって、所在なさそうに前栽《せんざい》のけしきを眺めている自分の童姿であった。

彼はその渡殿の向うにある寝殿に、母が住んでいることを知っており、自分はその母に会うためにそこで待たされていたのであったが、いつも、やゝ久しく待っていると讃岐が出て来て、此方へ入らっしゃいと云う合図をした。母はめったに端近《はしぢか》いあたりへ姿を現わすことはなく、母屋《おもや》の奥の方の一と間に垂《た》れ籠《こ》めていて、彼が行くと必ず膝の上に載せて頭を撫で、頬ずりをしてくれるので、

「お母さま」

と云うと、

「和子《わこ》」

と云って、ぎゅっと抱きしめてくれるのであった。だが、それだけで、一と言二た言やさしい言葉はかけてくれたけれども、しみ〴〵とした話などを聞かしてくれることがなかったのは、まだ何を話しても理解の行かない年頃だったからであろうか。彼はたまにしか会

えない母の顔を、そう云う折にしっかり見覚えて置きたかったので、抱かれながら仰向《あおむ》いて見たが、残念なことには部屋が暗いのと、額から垂れたゆたかな髪が輪郭を覆《おお》い隠しているので、厨子《ずし》の中にある御仏《みほとけ》を拝むようで、心ゆくまで見きわめたことはなかった。母のようにみめかたちのすぐれた人は稀であると云うことは、女房たちが噂《うわさ》するのを聞いて知っていたので、うつくしいと云うのはこう云う顔のことなのかと思ってはいたが、ほんとうにそうと得心《とくしん》が行っていたのではなかった。たゞ母の衣には、何と云うものか特別に甘い匂のする香が薫《た》きしめてあっ

たので、じっと無言で抱きしめられている間が好い気持であった。そして家に帰ってからも、なお二三日はその移り香が頬や掌《てのひら》や袂《たもと》などに沁《し》み着いていたので、母が自分の身に附き添うているように思えた。

幼年の彼が母をほんとうに美しいと感じたのは、あの、平中に摑《つか》まえられて腕に歌を書かれた時のことであった。あれは渡殿の軒に近く紅梅が綻《ほころ》びていたことを思うと、或る春の日のことであったのは間違いないが、彼が西の対屋《たいのや》の簀子《すのこ》のところで、二三人の女童《めのわらわ》を相手に遊んでいると、大人《おとな》の男がニコ〳〵しながら傍へ寄って来て、

「もし、………もうお母さまにお会いになったんですか」

と、そう云って彼の肩へ手を置いたので、滋幹は、

「まだ、………」

と云おうとしたけれども、そんなことを云ってよいかどうか分らないので、黙ってその大人の顔を見上げた。彼はその大人が平中であったことを後に至って知ったのであるが、でもその時も全然見覚えのない人ではなく、前からたび〳〵見かけたことのある顔であった。

「まだなんですね」

と、男は滋幹が不安そうにもじ〳〵している様子を見て、大凡《おおよ》そ察したらしく云った。それから、あたりに気をかねながら、小腰をかゞめて、耳の端《はた》へ口を寄せて、

「和子《わこ》は賢いお子ですね、ほんとうに賢い〳〵」

と、そう云ってから、

「お母さまにお会いになるのでしたら、憚《はばか》りながら、私がお願いしたいことがあるんですよ。………ねえ、和子、聴《き》いて下さいますでしょうね」

「どんなこと?」

と、滋幹が云うと、

「あの、ちょっと、………」

と、背中の方へ手を廻して、女童たちのいる所から二三間離れた方へ連れて行って、

「お母さまに歌を差上げたいんですが、届けて下さいますか知ら」

滋幹は、自分が母に会うことは内證なのであるから、決して人にしゃべってはいけないと、讃岐や乳人に云

いつけられていたので、返事に窮してためらっていると、男はしきりに、そう云う心配には及ばないこと、自分は和子の母上をよく知っているので、和子が取次をしてくれたら母上もきっと喜ばれるであろうことを、さま〴〵に言葉をかえて繰り返して云い、和子はそう云っても聞き分けのよい賢いお子であると、二た言目にはそれを云い添えた。最初は幼い子供を不安がらすまいと、努めて愛想笑《あいそ》いを浮かべて、あやすように云っていたのであるが、しゃべっているうちにいつか真剣さの溢《あふ》れた表情になり、どうにかして納得《なっとく》させようと一生懸命になっているのが、滋幹にも分った。普通そう云う時の大人の顔は、子供には恐《こわ》いものなので、滋幹もいくらか脅やかされて薄気味悪く感じたのであったが、その半面に、さも思い詰めた、子供にも同情心を起させないでは措《お》かないような哀願的な態度が見えた。

男は子供が頷《うなず》いたので、又「賢い〳〵」を云いながら、注意深くあたりを見廻して、

「ちょっと、ちょっと、………」

と、滋幹の手を曳《ひ》いて、とある一と間の屏風《びょうぶ》の蔭へ引っ張って行った。と、そこの机に置いてあった筆を取って硯《すずり》にひたすと、

「じっとしていて下さいよ」

と云いながら、滋幹の右の袂《たもと》を肩の方までまくり上げて、二の腕から手頸《てくび》の方へかけて、考え〳〵歌の文句を二行に書いた。

書いてしまっても、墨の乾《かわ》くのを待つ間手を握ったまゝ放さずにいるので、まだ何かされるのではないかと云う気がしたが、墨が乾くと、まくり上げた袂をていねいにおろして、

「さあ、これをお母さまにお見せして下さい、誰も外の人のいないところで。……………ようございますね、お分りになりましたね」

滋幹は点頭《てんとう》したゞけであったが、

「お母さまにだけお見せになるんですよ、ほかの人には何卒《どうか》お見せにならないで」

と、男は重ねて念を押した。

それから多分滋幹は、いつものように渡殿で讃岐が合図してくれるのを待ってから、母に会いに行ったのであろう。

そのところは記憶がうすれているのであるが、几帳《きちょう》のかげに這入って行って、膝の上に抱かれた時、

「お母さま」

と云って、袂をまくって見せたのであった。母は一と眼で直ぐに事情を悟ったらしかったが、部屋が暗いので、几帳を押し除《の》けて、外の明りを入れた。そして我が子を膝からおろして、明るい方へ腕を向けさせて、何度も〳〵繰り返して読んだ。滋幹は、誰がこれを書いたかとも、誰に頼まれたのかとも、母が一切そう云うことを尋ねないで、何も彼《か》も分っているらしいのが不思議であったが、ふと、眼の前をきらりと落ちたものがあるので、訝《あや》しみながら振り仰ぐと、母が涙を一杯ためてあらぬ方角を視詰《みつ》めていた。母の容貌を心から美しいと思ったのは、その一瞬のことであったが、それはちょうどその時に、春の日ざしの照り返しが、まともに母の顔の上にたゞよっていて、いつも奥深い暗いところでばかり見ていた輪郭が、くっきり浮き出していたせいであった。母は子供に気付かれたと思うと、慌《あわ》てゝ顔を子供の顔にぴったりと擦りつけたので、却って何も見えなくなってしまったが、その代り睫毛《まつげ》にたまっていた涙の玉が子供の頬に冷めたく触れた。滋幹は、後にも先にも母の顔をまざ〳〵と見たのはその一瞬間だけであったが、而もその時の目鼻立の印象と、その美しさの感銘とが、長く脳裡に焼きつけられて、生涯消えずにいたのであった。母がそうして顔を押しつけていたのは、どのくらいの時間であったか、その間母は泣いて

いたのか、考えごとをしていたのか、等々のことも滋幹には思い出せないのであるが、やがて母は女房に半挿《はんぞう》を持って来させて、滋幹の腕にある文字を拭《ぬぐ》った。女房が拭い取ろうとするのを制して、母が自分で拭ったのであったが、拭い取る時にいかにも惜しそうに、一字々々、頭へ刻みつけるように視《み》すえつゝ消した。それから母は、さっき平中がしたように我が子の袂をまくり上げて、左の手で彼の手を握り、前の文字を消したあとへ、前と同じくらいの長さに文字を走らした。

初めに滋幹が腕をまくって見せた時は、母のほかには誰もいなかったのであるが、知らぬ間にそこへ女房が二三人来ていたので、滋幹は平中に云われたことが気にかゝったが、でもその人たちは母に信頼されていて、総《す》べてのことを知らされていたらしいのであった。彼は母が自分の腕に字を書いたことはよく覚えているけれども、母にどんなことを云われたかは覚えがなく、事に依ると、母は黙ってそれらのことをしていたようにも思えるのであった。

母が文字を書いてしまうと、

「若様」

と、いつからか傍に来ていた讃岐が云った。

「あのお方にお母さまの此のお歌を見せてお上げなさいませ。いゝえ、まだきっとその辺においでになります。さっきの所へ早くいらしって御覧遊ばせ」

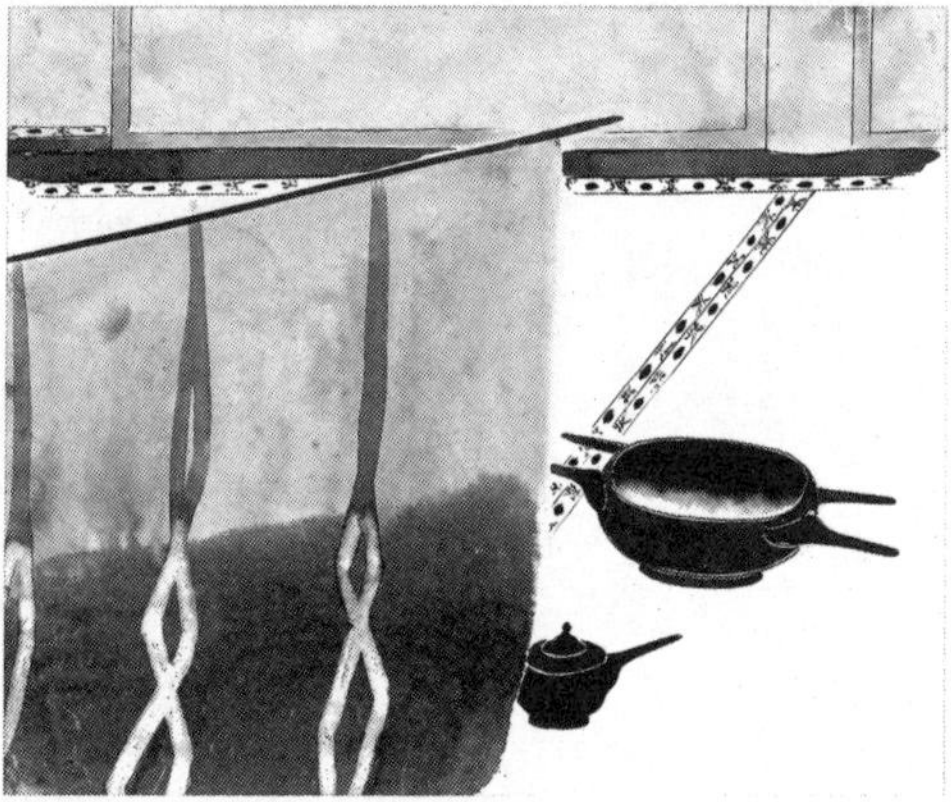

彼がそう云われて、西の対屋《たいのや》へ戻って来ると、果してあの男が簀子《すのこ》のところに待ち構えていて、

「お丶、何か御返事があったでしょうか。

――お丶お丶、賢いく〳〵」

と、跳《と》び着くように寄って来て、わく〳〵した口調で云った。

滋幹は後に、その時の自分が母と平中との間に恋の取次をしたのであること、自分は平中に利用されたのであったこと、等を知ったのであるが、少くとも当時、母の側近に仕えていた女房たちと讃岐だけは、そのことを知っていたのであろうし、ひょっとしたら、讃岐こそ平中の同情者であって、母との間の連絡に滋幹を利用することを平中に教えたのも、彼女であったかも知れない。なぜなら、それもはっきりとは覚えていないのだけれども、滋幹が又あの屏風のある部屋へ連れ込まれて、母の筆の跡を平中に示した時、たしかその場に讃岐が居合わせたのみならず、これを消すのは勿体《もったい》のうございますねと云いながら、文字をきれいに拭《ふ》いてくれたのも、どうやら彼女であったような気がするのである。

腕へ文字を書かれたのはその時一遍だけであったか、それからも一二遍そんなことがあったか、そこのところはおぼろげであるが、その後も西の対へ行くと、平中がうろ〳〵していて、彼を呼びとめて文を托《たく》したことはあった。滋幹がそれを持って行くと、母は返事を書いたこともあり、書かなかったこともあったが、だん〳〵最初の時のような感動を示さないようになり、厭《いと》わしいと云う顔つきをすることもあったので、しまいには彼は平中に使を頼まれるのを迷惑に感じた。そして平中も、いつか姿を見せなくなったのであるが、間もなく滋幹も母に会うことが出来ないようになった。それは乳人が母の館へ連れて行くことを控えるようになったからで、母に会いたいと滋幹が云うと、お母さまはもう直き赤ちゃんがお生れになるので、今は引き籠っていらっしゃるのです、と云ったりした。その頃母はほんとうに妊娠したのであったらしいが、滋幹の出入りすることが禁ぜられたのは、外にも故障が起ったらしいのであった。

こんな風にして滋幹は、それきり母の姿を見ることがなかった。彼に取って「母」と云うものは、五つの時にちらりとみかけた涙を湛《たた》えた顔の記憶と、あのかぐわしい薫物《たきもの》の匂の感覚とに過ぎなかった。而もその記憶と感覚とは、四十年の間彼の頭の中で大切に育《はぐく》まれつゝ、次第に理想的なものに美化され、浄化されて、実物とは遥かに違ったものになって行ったのであった。

滋幹の父に関する思い出は、母のそれに比べると晩《おそ》く、いつから記憶が始まっているか確かでない。が、多分その時期は彼が母に会えなくなった頃からであろう。それと云うのが、そうなる迄は父に接触する折がめったになく、それから後に父の存在が急にはっきりして来たからであった。彼のおぼえている父は、徹頭徹尾、恋しい人に捨てられた、世にも気の毒な老人と云う印象に尽きるのであるが、そう云えば一体、我が子の腕にある平中の歌に一掬《いっきく》の涙を惜しまなかった母は、父と云うものをどう思っていたのであろうか、滋幹はついぞ母からそれを聞かされたことはなかった。彼は几帳のかげで母の膝に抱かれた時、自分の方からも父のことを云い出したことはなかったが、母も、お父さまはどうしていらっしゃる、と云うようなことを、嘗《かつ》て一度も問うたことはなかった。それに、あの讃岐にしても、外の女房たちにしても、平中には妙に同情していたらしいのに、国経のことは誰もあまり口にした者はなかっ

たが、その中で乳人の衛門だけが例外であった。

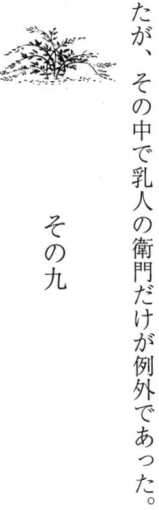

その九

乳人《めのと》は滋幹に、若様がお母さまをお慕いになるのは御尤《ごもっと》もですが、ほんとうにおいとおしいのはお父さまでございますよ、と云い、お父さまは淋しがっておいでゞすから、大切にして、慰めてお上げにならなければいけませんよなどゝも云った。彼女は別段母を悪くは云わなかったが、平中《へいじゅう》とのことを知っていて、彼と母との媒介をする讃岐に対しては反感を持っていたようであった。そして、滋幹までがその媒介に利用されていることに気がついてからは、いよ〱讃岐を憎み出したようであったが、滋幹が母の館《やかた》へ行けないようになったのは、或はそんな関係から乳人が左様に取計らったのでもあろうか。若様がお母さまに会いにいらっしゃるのは致し方がございませんが、人に頼まれてお取次などをなさってはいけませんよ、と、滋幹は乳人にそう云われて、恐い眼で睨《にら》まれたこともあった。母が亡くなってからの父は、出仕を怠っている日が多く、昼間《ひるま》から一と間に閉じ籠って病人のようにしていることがしば〱であったし、余所目《よそめ》にもひどく憔悴《しょうすい》して、鬱々《うつうつ》としているように見えたので、そう云う父が子供にはひとしお薄気味悪く、近づきにくい感じ

がして、なか〳〵慰めに行くどころではなかったのであるが、お父さまはお優しい人なのですよ、若様が行ってお上げになればどんなにお喜びになりますことか、と、乳人は云って、或る日滋幹の手を執《と》って、父の部屋の前まで引っ張って行き、さあ、と、障子を開けて無理に中へ押し込んだことがあった。もとから痩《や》せていた父は、一層痩せて眼が落ち窪《くぼ》み、銀色の鬚《ひげ》をぼう〳〵と生やして、今まで臥《ね》ていたのが起きたところらしく、狼《おおかみ》のような恰好《かっこう》をして枕もとにすわっていたが、その眼でジロリと見られた途端に、滋幹は体がすくんで、口もとに出かゝっていたお父さま、と云う声が、咽喉《のど》の奥に痞《つか》えた。

親子はしばらく、互に眼で探りを入れながら見合っていたが、でもそのうちに、滋幹の心を圧していた恐怖感が次第に和《やわ》らいで、或る云い知れぬ甘いなつかしい感覚に代った。それが何に原因するのか滋幹にも最初は分らなかったが、間もなく彼は、あの、母が常に薫《た》きしめていた薫物《たきもの》の香が、此の部屋の中に満ち〳〵ていることに気づいた。そして、よく見ると、父がすわっているあたりに、むかし母が身に着けていた袿《うちき》や、単衣《ひとえ》や、小袖や、さま〴〵な衣裳が取りちらかしてあるのであった。と、突然父が、

「和子はこれを覚えているかね」

と云いながら、鉄の棒のようにコチ〳〵した腕を伸ばして、花やかな一枚の衣の衿《えり》をつまんだ。

滋幹が傍へ寄ると、父はその衣を両手で捧げるようにして滋幹の前へ突き出したが、次にはそれに自分の顔を押しあてゝ長い間身動きもせずにいた。それから漸く顔を上げると、

「和子もお母さんに会いたいだろうね」

と、しんみりした、同感を求めるような口調で云った。滋幹は父の容貌を、それほど仔細《しさい》に見たことはなかったのであるが、眼のふちには眼やにが溜り、前歯があらかた脱け落ちていて、そのうえ声が皺嗄《しわが》れているので、何を云うのか、ちょっとは聞き取りにくかった。それに、父はそんな風に云うのだけれども、その顔は笑ってもいなければ泣いてもいなかった。たゞもう一途《いちず》な、執心《しゅうしん》の強い生真面目《きまじめ》な表情で、じっと此方の眼の中を視すえているので、滋幹は又気味悪くなって来て、

「うん」

と、頷《うなず》いたきり立っていた。すると父はだん〳〵深く眉根を寄せて、

「もうよい、彼方《あちら》へおいで」
と、不機嫌そうに云い切った。
そんなことがあってから、又滋幹は当分父の傍へ寄り着いたことはなかった。お父さまは今日もお内にいらっしゃいますよ、と云われると、却《かえ》って父の部屋の方へは行かないようにしたくらいであったが、父は一日閉じ籠って、殆ど姿を見せないのであった。たま〳〵部屋の前を通り過ぎる時、耳をすまして中の様子を窺《うかが》っても、生きているのか死んでいるのか、コトリとの音も聞えなかったが、恐らく此の間のように、母の衣裳の数々を取り出して、そのなまめかしいかおりの中に埋まっているのであろうと、滋幹は推した。

そのゝち、その同じ年であったか、明くる年であったか、晴れた秋の日の爽《さわ》やかな午《ひる》過ぎに、父が珍しくも前栽《せんざい》に出て、萩がたわゝに咲いている遣《や》り水《みず》のほとりに、ぼんやりと石に腰かけていたことがあった。滋幹はその時ほんとうに久振《ひさしぶり》に父を見かけたのであったが、そうして石に憩《いこ》うている父の恰好には、長い道中を歩いて来て、くたびれ切って道ばたに休んでいる旅人のようなところがあった。衣服などもひどく垢《あか》づいて、よれ〳〵になっていて、袂や裾が綻《ほころ》びたりちぎれたりしていたのは、もうその時分、身の周《まわ》りの世話をする女房などがいなくなっていたのか、いてもそう云う女たちに手を触れさせることを厭《いと》ったのであろう。滋幹は、少しく傾きかけた日があか〳〵と父の半身を照らして、痩せ衰えた頰がつやゝかにかゞやいているのを見ながら、それでも敢《あえ》て近寄ろうとはせず、五六歩離れて佇《たたず》んでいると、父が小声で何かぶつ〳〵呟《つぶや》いているのが聞えた。その、呟いているものが、普通の言葉ではなくて、何かの文句に節《ふし》をつけて、口のうちで暗誦しているのであるらしいことは察しられたが、滋幹が傍で聞いているのには全く気が付かないかのように、何となく水の面へ眼を落して、同じ文句を二三遍も繰り返していたかと思うと、

「和子」

と云って、やっと少年の方を向いた。

「わしは和子に此の詩《からうた》を教えて上げる。此れは唐土《もろこし》の白楽天《はくらくてん》と云う人の作ったもので、子供にはむずかし過ぎて意味が分らないであろうが、そんなことはどうでもよい。わしが云う通りに覚えさえしたらよいのだ。今に和子が大人になったら、自然に分る時が来る」

滋幹は、

「さ、こゝへおかけ」

と云われて、父と並んでその石の端へ腰をかけた。父は最初、子供に覚え易《やす》いように、一句ずつ句切ってゆっくりと云い、滋幹が一句を唱え終るのを待って次に進むようにしたが、そうしているうちにだん〳〵教えていると云う心持を忘れ、己《おの》れの感情の赴《おもむ》くまゝに声を張り上げ、抑揚をつけて朗吟し出した。——

失うて庭の前の雪となり
飛んで海の上の風に因《よ》る
九霄応《きゅうせうまさ》に侶《とも》を得たるなるべし
三夜籠《ろう》に帰らず
声は碧《みどり》の雲の外に断《た》え
影は明《あきら》けき月の中に沈む
郡斎《ぐんさい》これより後は
誰《たれ》か白頭の翁に伴はん*

滋幹は他日成長してから、此の詩が白氏文集《はくしもんじゆう》にある「鶴を失ふ」と云う題の五言律詩であることを発見したので、当時は何のことか解し得なかったのであるが、しかし此の文句はそれから後も、父がたび〳〵酒に酔っては口号《ずさ》んでいたことがあるので、耳に胼胝《たこ》が出来るほど聞かされたものであった。今になって考えれば、父は逃げ去った母を鶴になぞらえ、悶々《もんもん》の情を此の詩に托していた訳であるが、父がこれを吟ずる時の悲痛な声の調子を聞けば、子供心にも父の胸にある断腸の思いが自分に伝わって来るのを感じた。前にも云うように、父の声は皺嗄《しわが》れていて高い音が出せなかったし、息切れがするので声を長く引くことも出来なかったので、その吟じ方は技巧的には拙劣であったが、「九霄応に侶を得たるなるべし」と云う句、「声は碧の雲の外に断え、影は明けき月の中に沈む」と云う句、「誰か白頭の翁に伴はん」と云う句などを誦する時は、技巧を超絶した凄愴《せいそう》な実感が籠って、そゞろに人を動かさないでは措《お》かないものがあった。

父は滋幹がその詩を暗誦し得るようになったのを見て、

「それが覚えられたら、もっと長いのを教えて上げよう」

と云って、もう一つ、ほんとうに前のよりはずっと長いのを授けてくれたが、それは「我《われ》念《おも》ふ所の人あり」と云う「夜雨」の詩であった。——

我念ふ所の人あり

隔たりて遠き〳〵郷《さと》にあり

我感ずる所の事あり
結ぼれて深き〱腸《はらわた》にあり
郷は遠くして去《ゆ》くことを得ざれども
日として瞻《あふ》ぎ望まざることなし
腸は深くして解くことを得ざれども
夕《ゆふべ》として思ひ量《はか》らざることなし
況《いは》んや此の残燈の夜に
独《ひと》り宿りて空堂にあるをや
秋の天殊《そら》に未だ暁《あ》けず
風と雨と正に蒼々《さうさう》
頭陀《づだ》の法を学ばざれば
前よりの心安《いづく》んぞ忘る可《べ》けん*

此の終りの句の、「頭陀の法を学ばざれば、前よりの心安んぞ忘る可けん」と云う言葉を、父はやゝもすれば独語のように詠じていたが、それから間もなく仏道に心を傾けるようになったのは、恐らく此の句などに影響されたせいであろう。なお滋幹は、何と云う題の詩か不明であるが、「夜深うして方《まさ》に独り臥《ふ》したり、*誰《た》が為《た》めにか塵《ちり》の牀《とこ》を払はん」「形羸《つか》れて朝餐《てうさん》の減ずるを覚ゆ、睡り少うして偏《ひと》へに夜漏《やろう》の長きを知る」*「二毛暁に落ちて頭を

梳《くしけづ》ること懶《ものう》し、両眼春昏《くら》くして薬を点ずること頻《しき》りなり」*「須《すべから》く酒を傾けて腸《はらわた》に入るべし、酔うて倒るゝも亦《また》何ぞ妨げん」*等々、いろ〳〵とそれに似たような句があったことを、きれ〴〵に覚えているのである。父はそれらの句を、悄然《しょうぜん》として庭の片隅に佇《たたず》みながらこっそり吟誦していることもあり、人を遠ざけて独りで酒杯を挙げながら、感極まった声を放って泣いて謡《うた》っていることもあったが、そんな折には父の両頬に涙が縷々《るる》と糸を引いていた。

その時分、讃岐《さぬき》はいつからか館にいないようになっていたのであるが、思うに彼女は母が逃げ去ると間もなく、自分も父を見限って母の方へ身を寄せたのではあるまいか。滋幹の記憶する限りでは、乳人《めのと》の衛門が滋幹のことも父のことも、何くれとなく面倒を見てくれていた。どうかすると彼女は、頑是《がんぜ》ない滋幹をたしなめるのと同じ口調で父をたしなめたりしたが、彼女が最もやかましく云ったのは父の飲酒のことであった。

「お年を召して、外には何もお楽しみがおありにならないのでございますから、少しはお宜《よろ》しゅうございますけれども、………」

乳人がそんな風に云うと、父はしお〳〵と、子供が母に叱《しか》られたようにうなだれて、

「心配をかけて済まないな」

と云いながら、大人《おとな》しく聴いているのであった。全く、老年に及んでいとしい人に背《そむ》かれた父が、前から好きであった酒を一層嗜《たしな》むようになり、それを唯一の伴侶《はんりよ》とするに至ったのは是非もないことだけれども、その酔い方がだん〳〵狂暴に、常軌《じようき》を逸するようになって行ったので、乳人が案じるのも無理はなかった。父は乳人に諫《いさ》められると、その時は素直に詫びるのであるが、その日のうちに直ぐもう正体もなく酔いしれると云う有様で、詩を吟じたり、泣き喚《わめ》いたりするくらいはまだしも、夜中にふら〳〵と何処《どこ》かへ出て行って、二三日も帰って来ないことがしば〳〵だったので、

「何処へおいでになったのでしょう」

と、乳人や女房たちが額を鳩《あつ》めて相談しながら溜息をついたり、それとなく人を出して捜索させたりしていることも珍しくなかった。滋幹もそんな時には、子供は子供なりに胸を痛めたものであったが、二三日すると、夕方にひとりでひょっこり帰って来たこともあり、

誰も気が付かぬうちに、部屋に戻って臥《ね》ていたこともあり、人に見付けられて連れて来られたこともあった。一度などは、都を離れた遠い野末《のずえ》に行き倒れていたのを捜し出されたとやらで、戻った時の姿を見ると、髪は乱れ、衣は破れ、手足は泥にまみれて、乞食坊主《こじきぼうず》のようになっていた。乳人は呆《あき》れて、

「まあ」

と云ったきり、涙をぽろ〳〵零《こぼ》しているばかりであったが、父も極《き》まり悪そうに下を向いて何も云わず、こそ〳〵と部屋へ逃げ込んで、夜着《よぎ》に顔を埋めてしまった。

「あんな風にしていらっしゃったら、しまいにはほんとうに気狂いにおなり遊ばすか、体をお損じ遊ばすか、………」

と、乳人は蔭で云い暮らしていたが、そう云う父が、それほど溺愛《できあい》していた酒を、或る時からふっつり止めてしまったのであった。

滋幹は、父がどう云う動機から酒を断《た》つに至ったのか、その間《かん》の事情を詳《つまびら》かにしないのであるが、彼がそれに気が付いたのは、

「お父さまは近頃殊勝《しゅしょう》におなりなされて、一日しずかにお経を読んでいらっしゃいます」

と、乳人が彼に語ったことがあるからであった。思うに父は、母恋しさに堪えかねて、酒の力で紛《まぎ》らそうとしたのであったが、酒では到底紛らしきれないことを感じて、仏の慈悲に縋《すが》ろうとしたのであろうか。つまり、「頭陀の法を学ばざれば、前よりの心安んぞ忘るべけん」と云う白詩《はくし》の示唆《しさ》に従った訳なので、それは父の死ぬ一年ほど前、滋幹が七つぐらいの時のことであった。その時分になると、父はもう狂暴性がないようになり、終日仏《ぶつ》間《ま》にいて、冥想《めいそう》に耽《ふけ》るとか、看経《かんきん》するとか、何処かの貴い大徳《だいとこ》*を招いて仏法の講義を聴《ちょう》聞《もん》するとか、云うような日が多くなったので、乳人や女房たちは愁眉《しゅうび》を開いて、どうやら殿も落ちついておいでになった、あの御様子なら安心ですと云って喜んでいたのであったが、しかし滋幹には、そうなってからでも矢張何となく近づきにくい、薄気味の悪い父であることに変りはなかった。

乳人はよく、仏間が余りひっそりしていることがあると、

「若様、お父さまの所へいらしって、何をなすっていらっしゃいますか、そうっと覗《のぞ》いて

「御覧遊ばせ」

と、そう云ったので、滋幹が恐る〳〵仏間の前へ行って、閾際《しきいぎわ》に跪《ひざまず》いて、音を立てぬように障子に手をかけて、一寸《いっすん》ばかりする〳〵と開けて見ると、正面に普賢菩薩《ふげんぼさつ》*の絵像《えぞう》を懸《か》け、父はそれに向い合って寂然と端坐していた。滋幹の方には後姿しか見えないのだけれども、暫くじっと窺《うかが》っていても、父は経を読むのでも、書を繙《ひもと》くのでも、香を薫《た》くのでもなく、たゞ黙然と坐っているだけなので、

「お父さまはあゝして何をしていらっしゃるの？」

と、或る時乳人に尋ねると、

「あれは、不浄観《ふじょうかん》*と云うことをなすっていらっしゃるのです」

と、乳人が云った。

その不浄観と云うのは大変むずかしい理窟《りくつ》のあることなので、乳人にも委《くわ》しい説明は出来ないのであったが、要するに、それをすると、人間のいろ

〳〵な官能的快楽が、一時の迷いに過ぎないことを悟るようになる、そして、今まで恋しい〳〵と思っていた人も恋しくなくなり、見て美しいとか、食べておいしいとか、嗅《か》いで芳《かんば》しいとか感じた物が、実は美しくも、おいしくも、芳しくもない、汚《けがら》わしい物であることが分って来る。お父さまは何とかしてお母さまのことをお諦《あきら》めになろうとして、その修行《しゆぎよう》をなすっていらっしゃるのですよ、と云うのであった。

そう云えば滋幹は、父について生涯忘れることの出来ない或る恐ろしい思い出を持っているのであるが、それはちょうどその前後のことであった。その頃父は幾日間も、昼夜の別なく静坐と沈思をつゞけていて、いつ食事をし、いつ眠るのであろうかと、滋幹は不審に堪えかね、夜中乳人に気付かれぬように寝間を忍び出て、仏間のところへ行って見ると、障子の中にはかすかに燈火がともってい、父は昼間と同じ姿勢で坐っていた。例の如く隙《すき》間《ま》から覗《のぞ》いていた滋幹は、いつ迄たっても父の姿が彫像のように動かないので、再びそっと障子を締めて、部屋へ戻って寝てしまったが、その明くる晩も気になって覗きに行くと、依然として父は昨夜の通りにしていた。が、たしか三日目の夜中のこと、又しても好奇心に駆られて、足音をさせないように爪先立《つまさきだ》てゝ歩いて行って、障子をいつも程に細目に開け、じーっと息を凝《こ》らしていると、燈台の灯先《ほさき》が風のないのにゆら〳〵としたと思った途端に、父が俄《にわ》かに両肩を揺がして、身じろぎをした。父の動作は甚しく緩慢なので、どう云う目的で動き出したのか最初は察しが付かなかったが、やがて、片手を床につき、

非常に重い物を引き扛《あ》げるような息づかいをして、自分の身をそろ〳〵と真っすぐ起して、立ち上るのであった。老年の結果、それでなくても立ち居がのろくなっているのに、長い間端坐の形を崩さずにいたので、そう云う風にしなければ急には立てなかったのであろうが、さて立ち上ると、よろけるように歩きながら部屋の外へ出るのであった。

滋幹が訝《あや》しみながら跡をつけると、父は脇目もふらずに前方を視つめ、階《きざはし》を下りて、金剛草履《こんごうぞうり》を穿《は》いて、地上に立った。月が皎々《こうこう》と冴《さ》えていたのと、そこらに虫の音が聞えていたのとで、季節が秋であったことは確かであるが、つゞいて庭に下りた滋幹は、自分もあり合う大人の草履を突っかけたけれども、足のうらが冷え〳〵として、水の中を渉《わた》っているような感じがし、月の光で地面が霜を置いたように真っ白だったので、冬ではなかったかと云う気もするのである。父が歩くにつれて、地上にくっきり映っている父の影が揺れて行ったが、滋幹はそれを蹈《ふ》まないように可《か》なり離れて附いて行った。父がうしろを振り返ったら見付けられたかも知れなかったが、父の様子は、歩きつゝなお冥想に沈んでいるような工合で、いつの間にか館《やかた》の門を出て、何かはっきり目指すところがあるらしく、すうっと歩いて行くのであった。八十歳の老翁と七八歳の幼童の足であるから、そう遠くまで行ったのではないであろうが、それでも相当の道のりを来たように滋幹は感じた。彼は父からはずっとおくれて見え隠れに跡をつけたが、深夜の路上には親子の外に全く人影が絶えていたし、父の姿が遥かに白く月光を反射していたので、見失う恐れはなかった。路は、初めはいかめしい築地《ついじ》の邸がつゞいていたのが、だん〳〵みすぼらしい網代《あじろ》の塀《へい》や、屋根に石ころを置いた侘《わ》びしい低い板葺《いたぶき》の家などになったが、それも次第に疎《まば》らに、ところ〴〵に水たまりだの空地だのが多くなり、芒《すすき》やその他の秋草が丈高く伸びていたりした。そしてそれらの叢《くさむら》にすだく虫の音が、二人が近づくとふっと止み、遠のくと又鳴き出しながら、町はずれへ行けば行くほど雨のようにしげく喧《かまびす》しくなって行った。そのうちに、家が一軒もなくなって、見渡す限りぼう〳〵と草の生えた中に、細い野道がひとすじうねっている所へ出た。一本道であるけれども彼方《あちら》へ曲り此方《こちら》へ曲りしている上に、草が人間の背よりも高く、父の姿がとき〴〵それに没してしまうので、今度は滋幹は一二間の距離まで近寄って行ったが、両側から路の方へ蔽《おお》いかぶさっている草を掻き分けながら行くので、袂《たもと》も裾《すそ》もしたゝか露に濡れて、つめたい雫《しずく》が襟もとまで沁み入るのであった。

父は、小川に橋のかゝった所へ来ると、それを渡って、なお真っ直ぐにつゞいている路の方へは行かないで、川のふちへ降りて、少しばかり河原のようになっている砂地を、川下の方へ歩き出した。と、橋から一丁ばかり下のちょっと小高く盛り上った平地に、土饅《どまん》頭《じゅう》が三つ四つ築いてあって、それらはいずれも土が柔かで新しく、頂上に立て、ある卒塔婆《そとば》も真っ白な色をしており、折柄の月に文字まではっきり分るのであった。卒塔婆を立てないで、代りに小さな松杉などを植えたのもあり、土饅頭でなく、柵《さく》で囲って、石を積み上げて、五輪の塔を据えたのもあり、簡単なのは、屍体を一枚の莚《むしろ》で蔽うて、しるしの花を供えたゞけのもの

もあったが、中には又、此の間の野分《のわき》で卒塔婆が倒れ、土饅頭の土が洗われて、屍体の一部が下から露出しているのもあった。何かを捜し求めるように土饅頭の間をうろ〳〵している父の跡から、滋幹は殆ど踵《きびす》を接するくらいに附いて行ったが、父は附けられていることを意識しているのかいないのか、さっきから一度も振り返ったことがなかった。屍骸《しがい》の肉を貪《むさぼ》っていたらしい犬が一匹、不意に叢《くさむら》の間から跳び出して慌てゝ何処かへ逃げ去ったが、父はそんなものにも眼もくれなかった。彼が何かしら異常に緊張し、それに精神を打ち込んでいるらしい様子は、後姿からでも判断が出来た。そして、程なく滋幹は、父の足が止まったので、自分もピタリと歩みをとゞめた瞬間に、体じゅうが総毛立《そうけだ》つものを眼前に

見た。

月の光と云うものは雪が積ったと同じに、いろ〳〵のものを燐《りん》のような色で一様に塗り潰《つぶ》してしまうので、滋幹も最初の一刹那《せつな》は、そこの地上に横《よこた》わっている妙な形をしたものゝ正体が摑《つか》めなかったのであるが、瞳《ひとみ》を凝《こ》らしているうちに、それが若い女の屍骸の腐りたゞれたものであることが頷《うなず》けて来た。若い女のものであることは、部分的に面影を残している四肢《しし》の肉づきや肌の色合で分ったが、長い髪の毛は皮膚ぐるみ鬘《かつら》のように頭蓋《ずがい》から脱落し、顔は押し潰《つぶ》されたとも膨れ上ったとも見える一塊の肉のかたまりになり、腹部からは内臓が流れ出して、一面に蛆《うじ》がうごめいていた。昼を欺《あざむ》く光の下でそう云うものを見た凄《すさま》じさは、凡そ想像に難くないが、滋幹は恐さに顔を背《そむ》けることも、身動きすることも、まして声を発することも出来ず、その光景に縛りつけられたようになって立っていた。が、父はと見ると、しずかにその屍骸に近寄って、まず恭《うやうや》しく礼拝してから、傍に置いてある莚《むしろ》の上にすわるのであった。そして、さっき仏間でしていたように凝然《ぎようぜん》と端坐して、とき〴〵屍骸の方を見ては又半眼に眼を閉じて沈思し出したのであった。

その時月はひとしお研《と》ぎすまされたように冴え、四辺の寂寞《せきばく》は前より一層深まっていた。風がおり〳〵かすかに渡って、すゝきがざわ〳〵する外には、虫の音が際立《きわだ》ってひゞくばかりであった。そう云う中でひとり影の如く孤坐《こざ》している父を見ることは、何か奇怪な夢の世界に引き入れられた感じでもあったが、でもあたりには鼻を衝《つ》く屍臭が瀰漫《びまん》していたので、そのために滋幹は否応《いやおう》なしに現実の世界へ呼び戻された。

此の、滋幹の父が女の屍骸を見た場所と云うのは、何処のことか明かでないが、蓋《けだ》しその頃の京都の街には、こう云う風な屍骸の捨て場が方々にあったのであろう。当時は疱瘡《とうそう》とか麻疹《はしか》とか云う疫癘《えきれい》*が流行《はや》って死人が多く出たりすると、一つには伝染を恐れるのと、一つには処置に困るのとで、何処と云うことなく、空地があれば病人の屍骸を運んで行って、しるしばかりに土をかけたり、莚で蔽うたりして葬ったものらしいので、これもそう云う場所であったかと察しられる。

その十

父がその屍体と相対して冥想に耽《ふけ》っていた間、滋幹はとある塚のうしろに蹲踞《うずくま》って息を詰めていたのであったが、中天にあった月がやゝ西に傾き、彼が身を隠していた一と束の卒《そ》塔婆《とば》の影が地上に長く横《よこた》わるようになった頃に、父は漸く立ち上って帰路に着いた。滋幹は又、来た時と同じ路を、跡を追って行ったのであるが、彼が思いがけなく父から声をかけられたのは、さっきの小川の橋を渡って、すゝき原へさしかゝった時であった。

「和子《わこ》、……和子は今夜、わしが彼処で何をしていたと思う?」

父はひとすじ路《みち》の中途で、今歩いて来た方へ向き直って立ち止まり、滋幹が後から来るのを待ち構えていたのであった。

「わしは和子が跡を附けていたのを知っていたのだよ。わしは少し考があって、わざと和子のするようにさせていたのだ。………」

そう云っても滋幹が黙っているので、父は一段と声を和《やわら》げ、優しみのある調子でつゞけた。

「ねえ、和子、わしは和子を叱る訳ではないのだから、正直に云って御覧。和子は今夜のわしのした事を初めから見ていたのだろうね」

滋幹は、

「うん」

と頷《うなず》いて見せてから、

「お父さまのなさることが心配だったものですから、………」

と、言訳《いいわけ》のつもりで附け加えた。

「和子はわしが気が狂ったとでも思ったのだね」

父は可笑《おか》しがるような口元をして、はっ、はっ、と力なく笑ったようではあったが、その声はあまり微《かす》かなので聞き取れなかった。

「和子ばかりではない、皆がそう云う風に思っているようだね。………しかしわしは気狂いではないのだよ。わしのしていることには訳があるのだ。和子が安心するように、その訳を聞かして上げてもよいのだが、………どうだな、聞いてくれるかな。………」

そう云って、父はそれから館《やかた》へ帰る途々《みちみち》、滋幹と並んで歩きながら次のようなことを語って聞かしたのであった。当時の滋幹には勿論それの大要だけでも会得《えとく》出来よう筈はなかったので、彼が日記に書き留めているのは、父の語った言葉そのまゝではなくて、後年、大人になってからの彼の解釈が加わっているものなのであって、それは要するに、仏家が云うところの不浄観のことであるが、筆者も仏教の教理には暗いので、誤りを冒《おか》すことなく伝え得るかどうか覚束《おぼつか》ない。筆者は此のことで、日頃眷顧《けんこ》*を蒙《こうむ》っている天台宗の某碩学《せきがく》*などにも尋ね、参考書なども貸して戴いたのであるが、調べ出すといよ〳〵深奥《しんおう》で分りにくゝなるばかりである。尤《もっと》もこゝではそんなに深く説き及ぶ迄もないのであるから、たゞ順序として、物語の進行に必要な面にだけ触れて置こう。

不浄観のことが分り易い仮名交《かなまじ》り文で書いてある書物は、他にもあるかも知れないが、筆者が知っているのでは、世に慈鎮和尚の著とも云い、又勝月房慶政上人《しょうにん》の著とも云う「閑居の友」*がある。此の書は往生伝《おうじょうでん》や発心集《ほっしんしゅう》*に洩れている往生発心者の伝記、名僧智識の逸話等を集録したもので、その巻の上の、「あやしの僧の宮づかひのひまに不浄観をこらす事」、「あやしのをとこ野はらにてかばねを見て心をおこす事」、「からはしかはらの女のかばねの事」、その巻の下の、「宮ばらの女房の不浄のすがたを見する事」等を読めば、不浄観と云うのがどう云うことか大凡その見当はつくのである。

今、同書に拠《よ》って一例を挙げると、こゝにこんな話がある。――

昔、比叡山《ひえいざん》の或る上人のもとに召使*われている中間僧《ちゅうげんそう》*があった。僧とは云うが寺男のような者で、上人に仕えていろ〳〵な雑用を勤めるのであったが、平素主人を大切にして、云いつけたことは一事をも違えず、まことに忠実な性質だったので、上人も少からず信頼していた。かくて月日を送るうちに、此の男が毎日夕刻になると何処かへ行って見えなくなり、明くる朝早く帰って来るようになった。それを知った上人は、多分夜な〳〵坂本へでも通うのであろうと思って、その男を甚しく憎んだ。彼が朝帰って来る時の様子を見ると、何となく打ち沈んでいて、内心その人と顔を合わすのを厭《いと》う風があり、いつも涙ぐんでいるので、大方通う所の女が心のまゝにならないのであろう、きっとそうに違いないと、上

人を始め皆がそれにきめていた。然《しか》るに、或る時上人が使を遣《や》ってその男の跡をつけさせると、男は西坂本（江州の坂本ではなく、比叡山の西側の山麓、即ち現在の京都市左京区一乗寺《いちじょうじ》辺）を下って蓮台野《れんだいの》へ行くのであった。使は合点が行かないで、何をするかと窺《うかが》っていると、彼方此方《かなたこなた》を踏み分けて行って、云いようもなく腐りたゞれた死人の傍に寄って、或は眼を閉じ、或は眼を開いて祈念を凝らし、たび〳〵それを繰り返しつゝ声も惜しまず泣くのであったが、夜もすがらそう云う風にして、暁の鐘の声が聞える頃に、漸く涙を押し拭うて帰るのであった。使者は自分も感激して涙を流しながら戻って来たので、どうであったと上人

が尋ねると、さあ、その事でございます、あの男がいつも打ち沈んでしおくとしていましたのも道理でございます、実はこれくしかくの次第で、夕暮になると見えなくなりますのも、そのためだったのでございます、あゝ云う貴い聖《ひじり》の行いをしていた人を、妄《みだ》りに疑った罪の程も恐ろしゅう存ぜられまして、と云うので、主の上人も驚いて、その後はその中間僧を敬うて、常人のようには扱わなかった。すると或る朝、食事に粥《かゆ》をこしらえて持って来たので、あたりに人がいないのを見すまして、お前は不浄観を凝らすことがあると云う噂だが、ほんとうかね、と尋ねると、どう致しまして、左様なことは学問のある偉いお方がなさることです、私がそのようなことの出来る人間かどうか、様子でもお分りでございましょう、と云うのであった。上人が重ねて、いや、お前のことは今では皆が知っている、愚僧もかねぐ心のうちではお前を貴くも有難くも思っていたのであるから、隠さずに云ってくれるがよい、と云うと、左様ならば申しますが、と云って、実は何事も深くは存じませぬけれども、少しばかり心得ていることがございます、と云う。定めし験《げん》があるであろうな、試《ため》しに此の粥を観じて見せよ、と云うと、男は折敷《おしき》を取って粥の上に蓋《ふた》をして、暫時《ざんじ》眼を閉じて観念を凝らしていたが、やがて蓋を開けると、粥が悉《ことごと》く白い虫に化していた。それを見た上人はさめぐと泣いて、必ず我を導き給えと、男に向って掌《たなごころ》を合わせた。

――以上が、「あやしの僧の宮づかひのひまに不浄観をこらす事」の説話であって、「閑

居の友」の著者は此のあとに、「いとありがたく侍《はべ》りける事にこそ」と云って、説明を加えて云うのに、愚かな者でも、塚のほとりに行って乱れ腐った死人のむくろを見れば観念が成就《じょうじゅ》し易《やす》いと云うことは、天台大師も次第禅門《しだいぜんもん》と云う文に説いておられるくらいであるから、此の中間僧もそれを学んだのであろう。摩訶止観《まかしかん》*の中には、観のことを説いて、「山河も皆不浄也、くひものきもの又不浄也、飯は白き虫の如し、衣は臭き物の皮の如し」と云ってあるが、かの中間僧の観念のいみじさは、自然と聖教の文に合致しているのである。又天竺《てんじく》の仏教比丘《びく》も、器物《うつわもの》は髑髏《どくろ》の如し、飯は虫の如し、衣は蛇《くちなわ》の皮の如しと説き、唐土の道宣《どうせん》律師も、器《うつわ》はこれ人の骨也、飯はこれ人の肉也と説いておられるのであるが、かような人々の説き給うことなどを知る筈のない無学の僧が、その教を実行して

いたと云うのは、何とも頼もしい限りである。人はたとい此の中間僧のような境地には至り得ない迄も、そう云う道理が分り出して来たら、五欲*の思いがだん〳〵に薄らいで、心の持ち方が改まるであろう。――――「此のことわりを知らぬもの、こまやかなる味はひには貪欲《どんよく》の心も深く起り、おろそかなる味はひ落ちぶれたる衣には瞋恚《しんい》*の思ひ浅からず、よしあしは変れども、輪廻《りんね》の種となることはこれ同じかるべし。（中略）それにつけてもあはれ無益に侍るべきかな、夢のうちのかりそめのこと故に、永き世に眠らんこと、辛くぞ侍るべきなど思ふべきにや」*と云っている。

「あやしの男野原にてかばねを見て心をおこす事」*と云うのも、大体同じ趣意の教訓を含んだ説話であって、或る男が野原で浅ましい女の屍骸を見て帰ってから、その形相《ぎようそう》が頭にこびりついて離れず、妻と相抱いて寝ながら、妻の顔をさぐり合わすと、額のありどころ、鼻のありどころ、唇のありどころ等々が、悉くその死人の相にそっくりであるように思われて、結局無常を悟るに至ると云う筋で、「止観のなかに、人の死にて身のみだるゝより、遂にその骨を拾ひて煙となす迄の事を説きて侍るは、見る眼も悲しう侍るぞかし、斯《か》やうの文も暗き男のおのづからその心おこりけん事」は、猶々《なおなお》有難い事であると云っている。

そこで、その修行とはどう云うことをするかと云うのに、かの禅僧が坐禅する時のように独りしずかに座を組んで瞑目沈思《めいもくちんし》し、一事に向って想念を集注するのである。その一事と

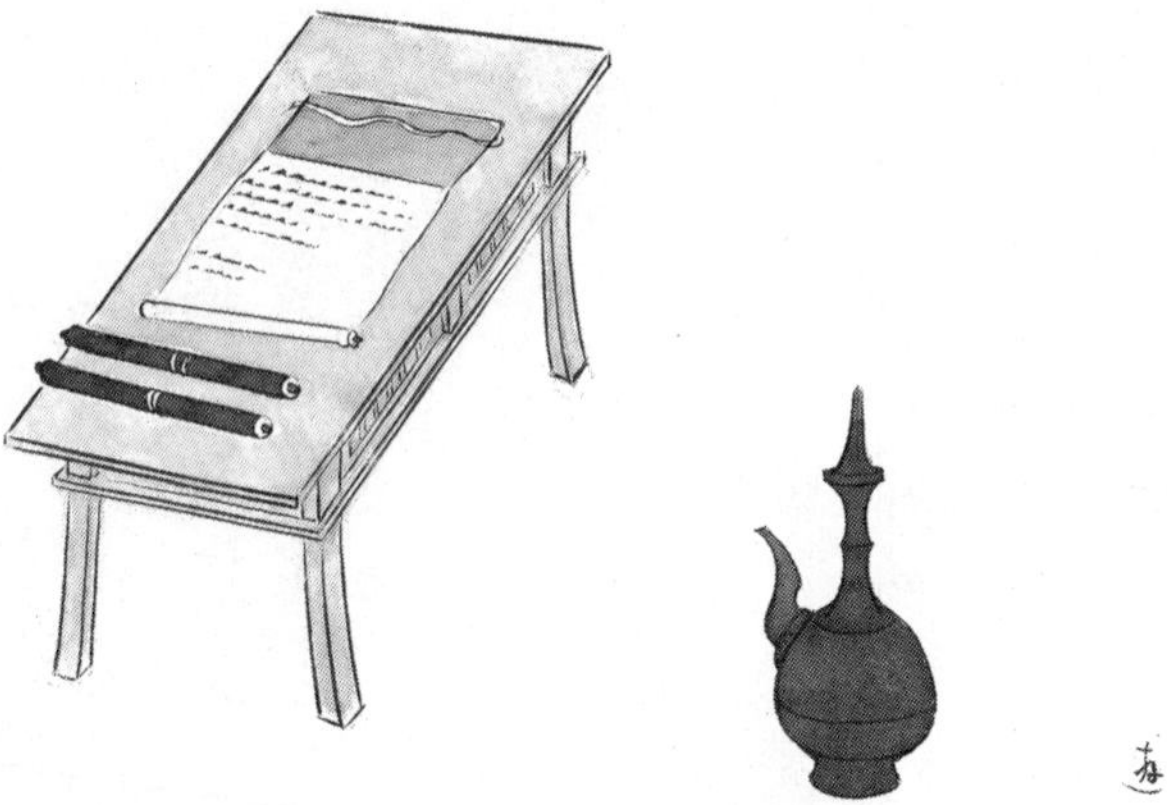

は、たとえば自分の身は父母の婬楽《いんらく》の結果の産物であって、本来は不浄不潔な液体から生れたものであると云うこと、大智度論*の言葉を引用すれば、「身内の欲虫、人の和合する時男虫は白精、涙の如くにして出で、女虫は赤精、吐《と》の如くにして出づ、骨髄の膏《あぶら》流れて此の二虫をして吐涙の如くに出でしむ」*るのであって、此の赤白の二渧《にてい》の澙合したものが自分の肉体であると云うことを考える。次にいよ〳〵生れ出る時は、むさく臭い通路から出るのであること、生れてから後も大小便をたれ流し、鼻の孔《あな》から洟汁《はなじる》をたらし、口から臭い息を吐き、腋《わき》の下からぬる〳〵した汗を出すこと、体内には糞や尿や膿や血や膏《あぶら》が溜ってい、臓腑《ぞうふ》の中には汚物が充満し、いろ〳〵の虫が集っていること、死んでからはその屍骸を獣が啖《くら》い、鳥が啄《ついば》み、四肢が分離して流れ出し、腥《なまぐさ》い悪臭が三里五里の

先まで匂って人の鼻を衝《つ》き、皮膚は赤黒《しゃっこく》となって犬の屍骸よりも醜くなること、要するに此の身は生れ出る前から死んだ後までも不浄であると云うことを考える。摩訶止観と云う書には、これらの思索の順序が述べられていて、人体の不浄なる所以《ゆえん》が種子不浄*とか五種不浄*とか云う風に、細かく分けて説明されているのであるが、同書は又、人が死んでからその屍骸の変化して行く*過程を描くのに委曲を尽し、第一の過程を壊相《えそう》とか、第二の過程を血塗相《けつとそう》とか、第三を膿爛相《のうらんそう》、第四を青瘀相《しようおそう》、第五を噉相《たんそう》とか云う風に説いていて、まだこれらの相を諦観《ていかん》*しないうちは、妄《みだ》りに人に恋慕したり、愛着したりするけれども、もしこれらを諦観し終れば、慾心がすべて止んで、たった今まで美しいと感じたものが、とても鼻持ちならないように思えて来る。それは恰《あたか》も、糞を見ないうちは飯が喰えるけれども、一旦あの臭気を嗅《か》いだら、胸がムカ〳〵して食えなくなるのと同様である、と云っている。

しかし、ひとり静坐してこう云う道理を考えたり変化の過程を想像したりするだけでは、なお十分に体得出来ない場合もあるので、時には人の屍骸の放置してある所へ出かけて行き、止観に書いてあるような現象の起るのを眼《ま》のあたりに見たりすることも、矢張一方法とされているのであって、前掲の中間僧はそれを実践していたのである。かの僧が夜な〳〵山を抜け出して蓮台野《れんだいの》へ行ったように、一度や二度でなく、何度も繰り返して屍骸の変貌するさまを観察し、壊相や、血塗相や、膿爛相を眼に馴染《なじ》ませると、しまいには一室

のうちにあって端坐瞑目したゞけで、それがまざ〳〵と見えるようになる。いや、それどころでなく、たとい衆人の眼には絶世の美人と映ずる婦人を拉《らっ》し来《きた》っても、行者の眼には一箇の忌まわしい腐肉や血膿のかたまりとして映ずるようにさえなるので、修行の功を試すためには左様《さよう》な美人を実際に連れて来て眼の前に据えつゝ、観念を凝《こ》らすことなどもあると云う。で、そう云う功を積んだ行者がひとたび不浄観を行《ぎょう》ずると、生きた美人がひとり行者自身の主観に醜悪に映ずるばかりでなく、第三者の眼にまでそう見えるようになる。かの中間僧が、主の上人《しょうにん》に粥《かゆ》を観じて見せよと云われて観念を凝らした時、粥が化して白い虫の集団に

なったと云うのはその意味であって、真に不浄観を成就《じょうじゅ》すればそう云う奇蹟を行うことさえ出来るのである。

さて、少将滋幹の日記に依れば、彼の父翁の老大納言も亦、不浄観を行じようとしたのであって、而も老大納言の場合は、かの失われた鶴、――声を碧雲《へきうん》の外に断ち、影を明月の中に沈めた佳人《かじん》の艶姿が、いつ迄も眼底を去りやらず、断腸の思い*に堪えられないまゝに、その幻《まぼろし》に打ち克《か》とうとして一念発起《ほっき》するに至ったことは明かであって、その夜の父は滋幹を相手に、まず不浄観の説明から始めて、自分は何とかして自分に背《そむ》いた人への恨みと、恋慕の情とを忘れてしまいたい、心の奥に映っているかの人の美貌を払拭《ふっしょく》して、煩悩《ぼんのう》を断ち切ってしまいたい、自分の行為は狂的に見えるかも知れないけれども、自分は今、その修行をしているのである、と、そう語ったのであった。

「そんならお父さまは、あゝ云うものを見にいらっしゃるのは今夜が始めてゞはないんですね」

父の長話が一段落へ来た時に滋幹が尋ねると、父はいかにもそうだと云うように頷《うなず》いて見せた。父はもう数箇月も前から、折々月の明かな夜を選んで、家の者たちの寝静まった時刻をうかゞい、何処と限ったことはなく、野末《のずえ》の墓場などへ忍んで行ってひとしきり観念を凝らしてから、明け方にこっそり戻っていたのであった。

「そうしてお父さまは、もう迷いがお晴れになったんでしょうか」

滋幹がそう云うと、

「い丶や」

と云って、父は立ち止まって、遠い山の端《は》の月の方へ眼をやりながらほっと息をした。

「なか〳〵晴れるどころではない。不浄観を成就すると云うことは、口で云うような容易《たやす》いものではないんだよ」

それきり父は、滋幹の方から話しかけても相手にならず、何かしら考に囚《とら》われている様子で、家に着くまで殆ど一語を発しなかった。

父のあとについて滋幹がそう云う夜歩きの供《とも》をしたのは、その一と夜だけであった。父は前から人目を忍んで時々そんなことをしていたと云うのであるから、恐らくその以後に於いても、なお幾度かさまよい出たことがあるに違いなく、たとえばその翌日なども、夜更《よふ》けて父がしめやかに戸を開けて出るけはいを、滋幹はそれと気づいていたけれども、父も滋幹を連れて行こうとはしなかったし、滋幹も、再び父の跡を附けようとは思わなかった。それにしても、父があの時まだ頑是《がんぜ》ない幼童を捉《とら》えてあんな風に自分の心境を語ったのは、どう云うつもりだったのか、滋幹は後になってもいぶかしく思う折があったが、彼は実に生涯にたゞ一度、父と二人きりでそんなにも長い時間を話し合った訳であった。尤《もっと》も「話し合う」と云っても大部分は父がしゃべり、滋幹は聞かされていたのであって、父の言葉の調子は、最初は何となく重々しく、少年の心を圧するような沈鬱味を帯びていたけれど

も、語り進むに従って、訴えてゞもいるような云い方になり、しまいには滋幹の思いなしか、泣きごえを出しているようにも聞えた。そして滋幹は子供心に、相手が幼童であることをも忘れて取り乱しているような父が、とても観念を成就することなどは出来ないであろう、恐らくいくら修行をしても徒労に終るのではあるまいか、と云うような危惧《きぐ》を抱いたのであった。彼は、恋しい人の面影を追うて日夜懊悩《おうのう》している父が、苦しさの余り救いを仏の道に求めた経路には同情が出来たし、そう云う父を傷《いた》ましいとも気の毒とも思わないではいられなかったが、でも、ありていに云うと、父が折角美しい母の印象をそのまゝ大切に保存しようと

努めないで、それをことさら忌《い》まわしい路上の屍骸に擬《ぎ》したりして、腐りたゞれた醜悪なものと思い込もうとするのには、何か、憤《いきどお》りに似た反抗心の湧《わ》き上るのを禁じ得なかったのであった。実際、彼はもう少しで、

「お父さま、お願いです、私の大好きなお母さまを汚さないで下さい」

と、話の途中で幾度か叫びたくなったのを、辛《かろ》うじて怺《こら》えたのであった。

そう云うことがあってから十箇月ばかりを経、明くる年の夏の終りに父は此の世を去ったのであるが、最期《さいご》の折には果して色慾の世界から解脱《げだつ》しきれていたであろうか。嘗《かつ》てあんなにも恋い焦《こが》れていたその人を、一顧《いっこ》の価値もない腐肉の塊であると観じて、清く、貴く、豁然《かつぜん》*と死んで行ったであろうか。それとも少年の滋幹が予想したように、結局仏にも救われないで、再びいとしい人の幻に苛《さいな》まれながら、八十翁の胸の中になお情熱の火を燃やしつゝ、息を引き取ったのであろうか。――滋幹は、父の内部の闘争がどう云う結末を告げたかについて確證は挙げ得ないのであるが、しかし父の死に方が決して人の羨むような安らかな往生ではなかったことから推量して、多分あの時の自分の予想が誤まってはいなかったように思うのであった。

いったい、普通の人情からすれば、逃げ去った妻を諦めきれない夫として、その妻が彼に生んでくれた一人の男の子を、今少し可愛がってもよい筈であり、妻への愛情をその子に移すことに依って、いくらかでも切ない思いを和《やわら》げようとすべきであるが、滋幹の父はそ

うでなかった。彼の場合は、彼を捨て、行った妻そのものを取り戻すのでなければ、他の何者を、たといその人の血を分けた現在の我が子を持って来ようとも、決してそんなものに胡麻化《ごまか》されたり紛らされたりするのではなかった。それほど父の母を恋うる心は純粋で、生一本《きいっぽん》であった。滋幹は、父が彼にやさしく話しかけてくれた記憶を一度も持たない訳ではないが、それは必ず母のことが話題になっていた時に限り、そうでない時の父と云うものは、凡《およ》そ子に対して冷淡な人でしかなかった。だが又滋幹は、子を顧みる暇のないほど、母のことで頭が一杯になっていた父であると思うと、その冷淡を少しも恨む気になれず、寧《むし》ろそうであってくれたことを嬉しくさえ感じるのであるが、何にしても、あの夜のことが

あってからの父は、いよ〳〵子に対して冷淡になり、滋幹のことなど全く念頭にないように見えた。云って見れば、いつでもじっと眼の前にある虚空《こくう》の一点を視詰めたきりの人のようであった。そんな訳なので滋幹は、最後の一年間ばかりの父の精神生活について、父自身からは何も聞き得なかったのであるが、でも、父が一時止《や》めていた酒を再び嗜《たしな》むようになったこと、依然として仏間に閉《と》じ籠《こも》ってはいたけれども、もうその壁には普賢菩薩《ふげんぼさつ》の像が見えなくなっていたこと、そして経文《きょうもん》を読む代りに、いつか又白詩を吟ずるようになっていたこと、等々には心づいていたのであった。

その十一

筆者は、老大納言がどう云う精神状態に於いて死んだかについて、せめてもう少し委《くわ》しい資料を得たいのであるが、何分にも滋幹の記録にはこれ以上のことを見出だせないので、たゞ、前後の事情から判断を下し、最後には遂に救われなかった人として、――――いとしい人の美しい幻影に打ち敗《ま》かされ、永劫《えいごう》の迷いを抱きつゝ死んで行ったのであろうと、考えるより外はない。蓋《けだ》し此のことは、老大納言その人に取っては傷《いた》ましい結末であったけれども、滋幹に取っては、父が母の美しさを冒瀆《ぼうとく》せずに死んでくれたことになるので、何

物にもまさる喜びであったかと推量される。

かくて、老大納言卒去《そつきよ》の翌年に左大臣時平が死に、それから約四十年の間に時平の一族が次々に滅んだことは既に記した通りであるが、天子は醍醐《だいご》、朱雀《すざく》を経て村上《むらかみ》となり、世の中は藤原氏や菅原氏の栄枯盛衰の外にも、いろ〳〵な有為転変《ういてんぺん》があった。その間滋幹は、何処でどう云う風にして人となり、少将の位にまで昇進したのであるか、日記は母のことを語るに忙しくて、自分のことは閑却されているのであるが、記事の様子から想像すると、父の死の直後何年間かは、乳人《めのと》の許《もと》に引き取られて養育されていたのであろう。かの讃岐《さぬき》と云う老女は、後に北の方の許へ走って本院の女房になったことまでは分っているが、それきり日記に現れて来ない。又滋幹の腹ちがいの兄弟たちや、彼等の母に当る人々のことは、何の交渉もなかったのであろうか、此の日記の全篇を通じて何処にも消息は伝えられていない。しかし滋幹は、自分の胤《たね》ちがいの弟に当る中納言敦忠《あつただ》に対しては、余所《よそ》ながら深い親愛の情を寄せていた。彼と敦忠とは門地《もんち》や官位が違う上に、父同士の間に夫人のことでいきさつがあったことが妨げになって、何となく双方に遠慮があり、互に余り接近することを避けていたらしいのであるが、にも拘《かかわ》らず滋幹は、ひそかに敦忠の人柄に好感を抱き、蔭ながらその人の幸福を祈りつゝ、常にその行動を見守っていたのであった。それと云うのも、畢竟《ひっきょう》敦忠が母親似であったからで、中納言を見ると、遠い昔に会った母の風貌《ふうぼう》を想い起してなつかしさに堪えないと、滋幹は幾度か記しているのである。そして、自分の容貌が不幸にして母に似ず、父に似ていることを歎き、母が逃げ去ってからの父が、母を恋しがるばかりで自分を可愛がってくれなかったのは、自分の顔が母親似でなかったからであろう、と云い、敦忠が時平の死後も母と一緒に暮らしているのを羨み、母はあのめでたい男ぶりの敦忠をさぞいつくしんでいるであろうが、自分のような醜い顔をした子息は、たとい一緒に暮らすことが出来たところで可愛がっては貰えないであろう、母は父を嫌《きら》ったように、必ず自分をも嫌ったであろう、などゝも云っているのである。

ところで一方、滋幹の激しい思慕の対象であった母なる人、その後の夫人在原氏は、どんな風にして余生を送っていたことであろうか。——彼女は時平に先立たれた時が二十五

六歳だったであろうが、それからは若く美しい未亡人として静かな生涯を生きたのであったか、或は又も第三第四の男を作ったのであったか。嘗《かつ》て老大納言の妻として、平中《へいじゅう》と云う情人を持っていた女性であってみれば、少くとも人目を忍んで誰かと甘いさゝやきを交《かわ》すぐらいなことがあっても不思議はないが、そう云うことも今はすべて知られていない。父よりも母を偏愛した滋幹は、たとい母のことについて悪い風聞《ふうぶん》があったとしても、そんなことを記す訳はないが、こゝでは暫く彼の日記を信用して、母は左大臣の遺《わす》れ形見《がたみ》の敦忠の成長を楽しみに、侘《わ》びしくつゝましく後家《ごけ》を通して行ったのであるとしておこう。それにしても、前の夫の老大納言が彼女に焦《こが》れつゝ苦しみ悶《もだ》えて死んだことや、平中が彼女に背《そむ》かれた悔《くや》し紛《まぎ》れに侍従の君を追い廻して、とう〳〵そのために命を落す羽目に

なったことなどを聞いては、どんな感想を持ったことであろうか。左大臣が権勢を恣《ほしいまま》にしていた間こそ、彼女も本院の北の方として多くの人の崇敬を集め、羨望の的となっていたであろうが、左大臣の死後は、恐らく昔日《せきじつ》の栄華《えいが》も一朝の夢と化して、万事に不如意《ふにょい》を喞《かこ》つ身の上となったであろう。彼女に凄《すさま》じい熱情を注いだ男たちが次々に死に、左大臣の一家一門が菅丞相の祟《たた》りに依って一人々々斃《たお》れ、最後にいとし子の敦忠までが取られて行ったのを見ては、彼女もそゞろに無常の風が身に沁みたであろう。

だが、滋幹は、そんなに母と云うものに憧れつゞけながら、どうして彼女に近寄ろうとしなかったのであろうか。左大臣の存生中は兎《と》も角《かく》も、大臣が卒去してからは、逢うのに格別の支障もないように思えるけれども、敦忠をさえ避けるようにしていたとすれば、まして母を訪《おとな》うことなどは、彼の地位として差控えなければならなかったのであろうか。それについて滋幹の日記は云う、――自分は十一二歳の頃、幾度か母に逢いたいと云う望みを洩らしたことがあったが、世間のことはそう簡単に行くものではありませぬ、お母さまはもう余所《よそ》のお家の人なのですと、そのつど乳人《めのと》に戒められた。お母さまはもうあなた様のお母さまではなくて、われ〳〵よりは身分の高いお方のお母さまなのですと、乳人はそうも云って聞かした。――と。滋幹は又云う、――やがて自分は成人し、乳人の膝下《しっか》を離れて一人立ちするようになり、何事も自分で判断して処理する年齢に達したが、そうなってからはいよ〳〵乳人の云った言葉が本当であったことが分って、なか〳〵母に逢う

機会などは得られなかった。自分は年が行けば行くほど、母と自分との距離が遠くなるのを感じた。たとい夫の左大臣は亡くなられても、矢張母は自分などの手の届かない雲の上の人、高貴の家の後室《こうしつ》として多くの人に冊《かしず》かれつゝ、立派な居館の玉簾《たまだれ》の奥に朝夕を過しているものと想像された。そう考えると、まことに乳人の云った通り、もうその人は自分などが「母」と呼ぶべき人ではなかった。悲しいことだが、自分の「母」は既に此の世にいないものと思わなければいけないのであった。――と。蓋《けだ》し、それでなくても、自分は父の老大納言と共に母に見限られたのであると思っていた滋幹は、母に対して一種の僻《ひが》みを抱いていたらしいので、そんなことが一層母との間を心理的に遠ざける因となったのでもあろう。

そうこうするうち、天慶六年三月*に敦忠が死に、それから程なく母は出家したのであったが、その噂は滋幹の耳にも這入らない筈はなかった。今迄滋幹と母との仲を隔てゝいた障壁の一つは、

敦忠と云うものゝ存在であったと察しられるが、今やその人が逝去《せいきよ》したとすれば、図《はか》らずもこゝに機会は廻《めぐ》って来た訳で、もし滋幹が欲するならば、母に逢う道は容易に見出されたであろう。嘗てその道を阻《はば》んでいた浮世の義理や掟《おきて》などは、今となっては全く除かれていたであろうし、まして尼《あま》となった母は、西坂本の敦忠の山荘のほとりに庵《いおり》を結んで暮らしていたので、そう云う消息も滋幹は、風のたよりに聞いていたに違いなかった。もはや母の身の周《まわ》りには監視の眼もなく、草の庵の柴の戸ぼそは近づく者を拒まないで、誰に向っても開放されている筈であった。とすれば、定めて滋幹も心が動いたことであろうが、それでも猶《なお》しばらくは決心しかねて、ためらっていたらしい様子が見える。それは前に云ったような僻《ひが》みだの含羞《はにか》みだのゝせいもあろうが、その外にも、滋幹には別に何か、現実の母に会うことを恐れる気持があったのではなかろうか。

思うに、昔父の老大納言が不浄観を行《ぎょう》じた時に、母の幻影の冒瀆《ぼうとく》されることを歎いて父を恨んだ滋幹、――――四十年来その人と隔絶しながら、おぼろげな記憶の中にある面影を理想的なものに作り上げて、それを胸奥に秘めて来た滋幹は、いつ迄も母を幼い折に見た姿のまゝで、思慕していたかったであろう。然るに、それから四十年の星霜《せいそう》を経《へ》、さま〴〵な移り変りの末に世捨て人となって仏に仕えている現在の母は、どんな風になっているであろうか。滋幹の記憶する母は、二十一二歳の髪の長い頰の豊かな貴婦人であるのに、西坂本の庵室《あんしつ》に隠栖《いんせい》する尼僧の母は、すでに六十歳を越した老嫗《ろうおう》であることを思う時、滋幹の心は自然冷めたい現実の前に出ることを尻込みしなかったであろうか。彼にして見れば、永久に昔の面影を抱きしめて、あの時に聞いたやさしい声音《こわね》や、甘い薫物《たきもの》の香や、腕の上を撫《な》でゝ行った筆の穂先の感触や、そう云うさま〴〵な回想をなつかしみつゝ、生きて行く方が、なまじ幻滅の苦杯を嘗《な》めさせられるより、遥かに望ましいことのように思えたでもあろうか。滋幹自身は格別そう云う告白をしている訳ではないが、母が尼となってから後、なお数年の歳月が空《むな》しく過ぎたのには、多分以上のような事情があったのではなかろうかと、筆者は推測するのである。

出家した滋幹の母が住んでいた西坂本、即ち今の京都市左京区一乗寺のあたりに敦忠の山荘があったことは、拾遺集《しゅういしゅう》巻八雑《ぞう》上の部伊勢の歌に、「権中納言敦忠が西坂本の山庄の滝の岩にかきつけ侍りける」として、

音羽川せき入れて落す滝つせに
人のこゝろの見えもするかな*

とあるのに徴《ちょう》して明かで、その頃の京都の市中から馬を走らせて行く分には、左程《さほど》の道のりではなかったであろう。恰《あたか》も当時滋幹は、しば〳〵叡山の横川《よかわ》に定心房《じょうしんぼう》良源*を訪ねて仏の教を聴いていたので、彼がもしその帰るさに道を雲母坂《きららざか》に取って下山したならば、つい母の住む麓《ふもと》の里へ出られたのであった。そして実際、彼は折々山の上から西坂本の空を眺めて恋々《れんれん》としたこともあり、足が知らず識らずその方へ向きかけたこともあったが、いつも自分で自分を制して、ことさら外《ほか》の道を選ぶようにしていたのであった。

が、それから又何年かを経た年の春であった。横川の良源の房に一宿した滋幹は、翌日、日もたけなわの頃に房を出て、峰道から西塔、講堂を過ぎて根本中堂の四つ辻《つじ》へ来た時、ふと、急に心が惹《ひ》かれるようになって、雲母坂の方へ道を取った。「急に」と云うのは、その時ゆくりなくそんな気を起したと云うのではなくて、前から一度その道を行こう〳〵と思いつゝ、何となくそれを引き止めるものがあって、果たさずにいたのに、その日は春も弥生《やよい》半ばで、霞の罩《こ》めた遠山のけしき、ところ〴〵の谷あいの花の雲などに誘われて、ついうか〳〵と逍遥《しょうよう》してみたくなったのであった。そして、それには外に此れと云う目的があったのではなかったけれども、そっちの道を下って行けば西坂本へ出るのであるから、母の住む里はどんな所か、それとなく様子を探っておきたい、ぐらいなことは念頭にない訳でもなかった。

滋幹が坂路へかゝったのは、日がよう〳〵西に傾きかけた頃で、水呑峠の地蔵堂のあたりを過ぎ、音羽の滝のひゞきを耳にしながら麓に着いた時分には、いつしか空になまめかしいおぼろ月が輝き初めていた。かの壬生忠岑《みぶのただみね》の歌に、

おちたぎつ滝の水上《みなかみ》年つもり
　老いにけらしな黒きすぢなし*

とあるのは、此の滝を詠《よ》んだのであると云うが、滝の末が音羽川と云うひとすじの流れになってお り、道はその川の岸に沿うて下っているので、何心なく辿《たど》って行くと、低い籬《まがき》を結《ゆ》いめぐらした構えの向うに、前栽《せんざい》の木立《こだ》ちを透《す》かして別荘風の家の見える所へ出た。滋幹は、垣根が朽ちて倒れているのを跨《また》ぎ越え、構えの内へ二た足三足這入って行って、暫くあたりを窺っていたが、森閑《しんかん》として人の住んでいそうなけはいもない。東の方にはと比叡の峰つゞきの丘が聳《そび》え、西の方がだら〳〵と

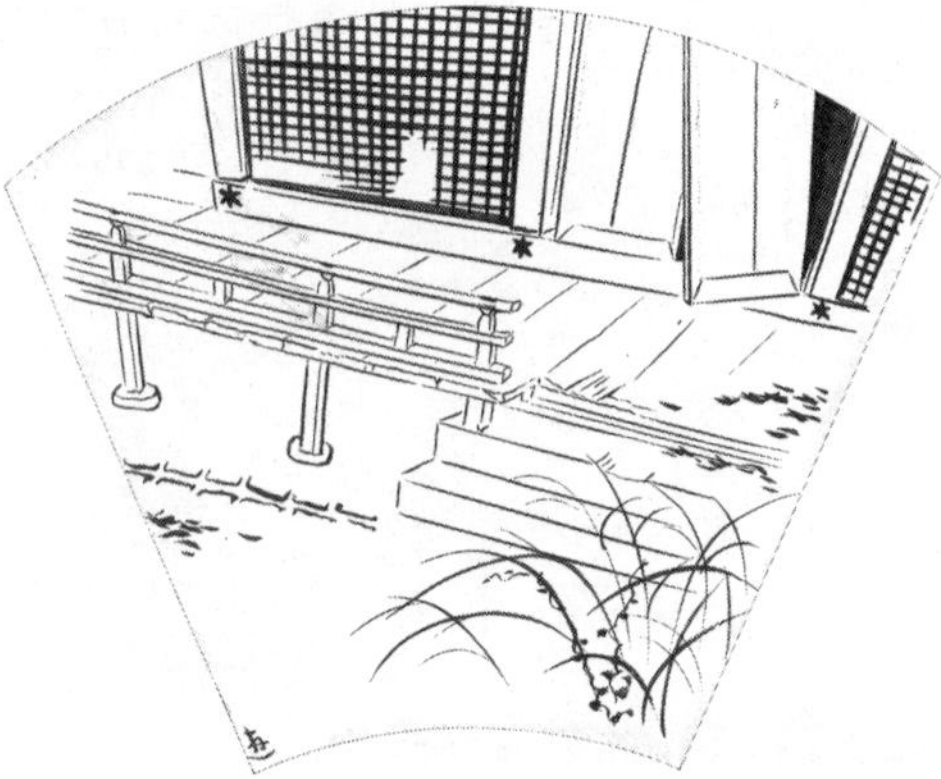

緩《ゆる》やかな斜面になっている地勢を占めて、池を掘り、石を据え、築山《つきやま》を作り、遣《や》り水《みず》を引きなどした庭の趣は、むかしはどんなにか結構を極めていたのであろうが、今は凄じく荒れ果てゝ、地面には雑草が生いしげり、木々の幹には蔦葛《つたかずら》の蔓《つる》が網のように絡《から》み着いているのであった。

此のあたりは山に近い上に木立《こだち》が深いので日が遠く、まして黄昏時《たそがれどき》なので、冷え〴〵とした空気が身に沁むのであったが、去年の落葉の積っている所までのを掻き分けながら、母屋《おもや》と覚しい建物の所まで行って見ると、そこも今は廃屋《はいおく》になっているらしく、格子《こうし》が固く鎖《とざ》してあって、夕ぐれであるのに一点の灯《ひ》も洩れてはいない。階《きざはし》に腰をおろして疲れを休めていた滋幹は、妻戸の蝶番《ちょうつがい》が損じて扉が一枚外《はず》れかゝっているのに気がつき、床に上って中を覗《のぞ》いて見たけれども、内部は真っ暗で、黴臭《かびくさ》い湿気の匂がするばかりである。滋幹は、以前は誰の住まいであったのかしらんと思い、或はこゝが亡き中納言の山荘ではなかったろうか、と云うことに心づいた。

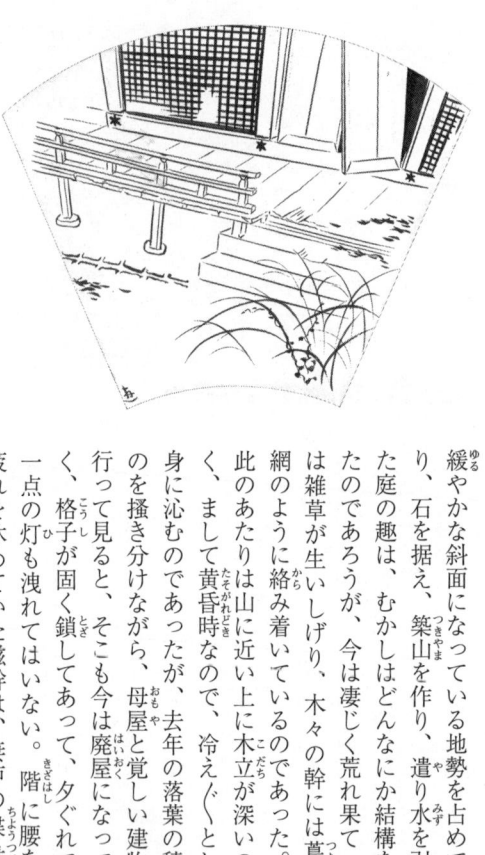

いかさま、中納言が逝去してからは誰も住む人がなくて、朽ちるにまかせてあるのであろうか。そうだとすれば、嘗《かつ》て中納言と共に此の山荘に起き臥《ふ》しゝ、中納言の死後も何処か此の近くに庵《いおり》を結んでいたと云う母も、今は恐らく此の地に住んでいないのではあるまいか。いかに世を捨てたからと云って、女の身で此のような淋しい所に暮らしていられはしないであろう。………滋幹はそんなことを考えながら、耳の奥がじーんとするような静かさの中になお暫く憩《いこ》うていた。その間にも四辺《しへん》の暗さと寂寥《せきりよう》さとはひし〳〵と加わって来るのであったが、一度は母が住んでいた跡かと思えば、矢張直ぐには立ち去りかねるのであった。

と、その時、梟《ふくろう》の啼《な》く声に交って、微《かす》かにせゝらぎの音が聞えるようなので、その音をたよりに、彼は漸《ようや》く身を起して遣り水の流れに沿いながら、池を廻り、築山を越え、植込みの間をくゞって行くと、果して崖《がけ》に一条の滝が懸《かか》っていた。崖の高さは七八尺もあるであろうか、急な断崖ではなくて、なだらかな勾配《こうばい》のところ〴〵に形の面白い石を配置し、落ちて来る水がそれらの間を屈曲《くつきよく》しつゝ、白泡《しろあわ》立って流れるように作られてい、崖の上からは楓《かえで》と松が参差《しんし》*と枝をさしかわしながら滝の面へ蔽《おお》いかぶさっているのであるが、蓋《けだ》し此の滝は、さっきの音羽川の水を導いて来て、こゝへ堰《せ》き入れたのであろう。滋幹はそう心づくと、あの、「音羽川せき入れておとす」と云う伊勢の歌が胸に浮かんだ。なるほど、此の歌にある「滝つせ」は、此の流れを詠んだものであることは明かで、此の山荘が亡き中納言の別業《べつぎょう》の跡であることは、今は疑いを入れないのであった。

滋幹は、黄昏の色が又一段と濃さを増して、水の面さえ見分けにくゝなって来たので、こゝらあたりで引き返そうかと思いながら、なお何となく心残りが感じられるまゝに、川瀬の石を跳び越え〳〵、いつか滝の落ち口より上の方へ登って行った。もうその辺は構《かま》えの外であるらしく、泉石のたゝずまいも人為的な庭園の風情《ふぜい》はなくて、次第に殺風景な山路になっているのであったが、ふと向うを見ると、渓川《たにがわ》の岸の崖の上に、一本の大きな桜が、周囲にたゞよう夕闇を弾《はじ》き返すようにして、爛漫《らんまん》と咲いているのであった。「見る人もなくてちりぬる奥山の」*と云う貫之《つらゆき》の歌は紅葉を詠じたものだけれども、かゝる時、かゝる谷あいに、人知れず春を誇っている花も亦《また》、「夜の錦」*であることに変りはない。恰《あたか》もそれは、路より少し高い所に生えているので、その一本だけが、ひとり離れて聳《そび》えつゝ傘のように枝をひろげ、その立っている周辺を艶麗《えんれい》なほの明るさで照らしているのであった。誰でも経験することであるが、人通りのない暗い夜路などを行く時、たま〳〵美しい妙齢《みょうれい》の女の一人歩きをしているのに出遇うと、男の人に出遇ったよりも却って無気味な恐怖に襲われる。それと同じに、こう云う無人の境にあって静かに咲き満ちている此の夕桜には、何か魔物めいた妖麗《ようれい》さが附き纏《まと》っているように思えて、彼は我が眼を疑いながら、左右《さう》なく近寄ろうともせず、遠くから眺め渡していた。桜のある崖は、それが殆《ほとん》どひとかたまりの大きな岩の苔蒸《こけむ》したもので、川のおもてから一丈程抽《ぬき》んでゝいるのである

が、ひとすじの細い〳〵清水が、何処からか出て来て、その崖の下をめぐって、下の渓川へ流れ落ちてい、崖の中途から一と叢《むら》の山吹の花が、清水の方へしなだれかゝっているのである。でも、そう云えばさっきから余程の時が過ぎているのに、滋幹の佇《たたず》んでいる所から、向うのこま〴〵とした景色がこんなに鮮かに見えるのは、――花が雪あかりのような作用をして、あたりの物象を暗まぎれから浮き上らせているのであろうか、――と、ちょっと滋幹はそんな気がしたが、それは花のあかりではなくて、花の上の空にかゝった月が、今しも光を増して来たのであった。土の上はしっとりと湿《しめ》っていて、空気の肌ざわりはつめたいのだけ

れども、空は弥生《やよい》のものらしくうっすらと曇って、朧々《ろうろう》と霞んだ月が花の雲を透して照っているので、その夕桜のほの匂う谷あいの一郭が、幻《まぼろし》じみた光線の中にあるのであった。嘗《かつ》て滋幹は幼少の折に、父の跡をつけて野路を行き、青白い月光の下で凄惨《せいさん》な場面を目撃したことがあったが、あれは秋の真夜中の鋭く冴《さ》えた月であって、今日のようなどんよりした、綿のように柔かく生暖かい月ではなかった。あの時の月は地上にある微細な極小物までも照らし出して、屍骸の腸《はらわた》にうごめいている蛆《うじ》の一匹々々をも分明に識別させたのであったが、今宵《こよい》の月はそこらにあるものを、たとえば糸のような清水の流れ、風もないのに散りかゝる桜の一片《ひとひら》二片、山吹の花の黄色などを、あるがまゝに見せていながら、それらのすべてを幻燈の絵のようにぼうっとした線で縁取っていて、何か現実ばなれのした、蜃気楼《しんきろう》のようにほんの一時空中に描き出された、眼をしばだゝくと消え失せてしまう世界のように感じさせる。………

そんな不思議な、特殊な明るさの中のことであるから、いつからそこにそう云うものがあったのか判然しないのであるが、やがて滋幹は全く思いがけない或るもの、――――何か白いふわ〳〵したものが、その桜の木の下でゆらめいているのに眼が留まった。一杯に花をつけた枝の一つが、ついその上あたりまで垂れ下っているので、最初はそれに見紛《まご》うて分りにくかったのであるが、花にしては余りに大きく白いふわ〳〵したものは、或は彼が心づく前からそこにひらめいていたのかも知れなかった。実を云うと滋幹は、それに眼を留

めてから間もなく、それが非常に小柄な僧侶《そうりよ》、――その背の低さと肩の細さから判断して恐らくは尼僧、――と推定される人物の、桜の幹に寄り添うて彳《たたず》んでいるのであること、そしてその尼――かも知れない人は、年老いた僧がしば〳〵防寒用に用いるあの白い絹の帽子を、頭からすっぽり被《かぶ》っているので、それがあゝ云う風にゆらめいているのであることに、大体気がついていたのであったが、それでもそうと気づいた途端に、いや〳〵、これは夢なのだ、こんな所にどうして尼などがいるものか、自分は夢を見ているのか、そうでなければあの魔物じみた夕桜の妖精《ようせい》が現れたのだ、………と、そんな風に、内心自分の視覚の世界を

否定しようとするものがあって、確かに我が眼で見つゝあるものを故意に信じまいとしていたのであった。

でも、彼がしきりに否定しようとするにも拘《かかわ》らず、月の面を蔽《おお》うていた雲の羅《うすもの》が少しずつ剝《は》がれて行くに従い、だん〳〵とその人影は刻明になって来て、半信半疑であったものが、今は尼であることに紛れもなかった。彼女が被っている帽子は、ちょうど後世のお高祖頭巾《そずきん》*のように首の全部を覆《おお》い隠して、肩の上まで垂れているので、顔はこゝからは分らないけれども、しょんぼり彳《たたず》んで空の方を仰いでいるのは、花に見惚《みと》れているのであろうか、花の上にある月にあこがれているのであろうか。……………と、尼はしずかに花の下を去って、その崖を下り始めた。そして清水のほとりに来て身をかゞめながら、手をさしのべて山吹の枝を折ろうとするのであった。

尼がそうしている間に、滋幹も亦《また》我知らず歩みを運んでいた。彼が出来るだけ足音を忍ばせながら、そうっとうしろに近寄って行くと、尼は手折《たお》った山吹を持って立ち上り、又崖の方へ引き返そうとするところであった。いかさま、こゝへ来て見ると、その崖の上の苔《こけ》の間に微かなひとすじの坂路があって、そこを登り詰めたあたりに傾きかゝった小さな門が建っているのは、多分その奥が庵室《あんしつ》になっているのであろう。

「もし、………」

身近に人のけはいがするのに驚いた尼の、はっと此方を振り返った時に、滋幹は何かの力

で背後から突かれたように尼の方へのめり出ていた。

「もし、………ひょっとしたらあなた様は、故中納言殿の母君ではいらっしゃいませんか」

と、滋幹は吃りながら云った。

「世にある時は仰《お》っしゃる通りの者でございましたが、………あなた様は」

「わたくしは、………わたくしは、………故大納言の遺《わす》れ形身《がたみ》、滋幹でございます」

そして彼は、一度に堰《せき》が切れたように、

「お母さま！」

と、突然云った。尼は大きな体の男がいきなり馳《は》せ寄ってしがみ着いたのに、よろ〳〵としながら辛《かろ》うじて路ばたの岩に腰をおろした。

「お母さま」

と、滋幹はもう一度云った。彼は地上に跪《ひざまず》いて、下から母を見上げ、彼女の膝《ひざ》に靠《もた》れかゝるような姿勢を取った。白い帽子の奥にある母の顔は、花を透かして来る月あかりに暈《ぼか》されて、可愛く、小さく、円光を背負っているように見えた。四十年前の春の日に、几帳《きちょう》のかげで抱かれた時の記憶が、今歴々と蘇生《よみがえ》って来、一瞬にして彼は自分が六七歳の幼童になった気がした。彼は夢中で母の手にある山吹の枝を払い除けながら、もっと〳〵自分の顔を母の顔に近寄せた。そして、その墨染《すみぞめ》の袖に沁みている香《こう》の匂《におい》に、遠い昔の移《うつ》り香《が》を再び想い起しながら、まるで甘えているように、母の袂《たもと》で涙をあまたゝび押し拭《ぬぐ》った。

ハッサン・カンの妖術

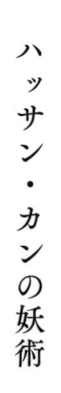

大正六年（一九一七）十一月
「中央公論」

今から三四十年前に、ハッサン・カンと云う有名な魔法使いが、印度のカルカッタに住んで居て、土地の人は無論のこと、あの辺を旅行する欧米人の驚異の的になって居た事は、予もかねてから話に聞いて知って居た。しかし、予が彼に就いて稍《や》〻《や》詳細な知識を得るに至ったのは、つい近頃で、ジョン・キャメル・オーマン氏*の印度教に関する著書*の中に、此の魔術者の記事を見出してからである。

此の書の著者は、嘗《かつ》てラホールの大学に博物学の教授を勤め、印度の宗教や文学や風俗に就いて、数種の著述を試みた人であるから、其の云うところは十分に信頼するに足りると思う。著者はハッサン・カンの事を、先《ま》ず次のように書き出して居る。——

Some thirty years ago, or thereabouts, Calcutta knew and took much interest in one Hassan Khan, who had the reputation of being a great wonder-worker, ……Several European friends of mine had been acquainted with Hassan Khan, and witnessed his performances in their own homes. It is directly from these gentlemen* and not from Indian sources, that I derived the details which I now reproduce.…………

オーマン氏は、欧羅巴人の目撃した妖術の実例を、二つ三つ列挙した末に、ハッサン・カンが自《みずか》ら人に語ったと云う言葉を引いて、彼が神通力《じんつうりき》を体得するようになった由来を述べて居る。伝うる所に依ると、此の妖術者は生れながらに其のような力を持って居たのではなく、少年の頃はたゞ平凡な、一箇の回教*の信徒であったが、或る日偶然、自分の村にさまようて来た印度教の僧侶に見込まれて、術を授かったのだと云う。僧侶は最初、ハッサン・カンに極めて厳格な四十日の断食《だんじき》を課し、さま〴〵な禁厭《きんえん》*の方法や呪文の唱え方を教えた後、とある山陰の洞穴の前に連れて行って、窟《いわや》の中にあるものを見て来いと云う命令を下した。――“With much trepidation I obeyed his behests, and returned with the information that the only thing visible to me in the gloom was a huge flaming eye.”*――彼は其の時のことを斯《こ》う話して居るが、物凄い、真暗な洞穴の奥には、一箇の、爛々と燃え輝く巨大な眼球が見えたのである。すると僧侶は、「それでよろしい。もうお前には神通力が備わって居る。」と宣告して、試みに大道の石ころに向って一つ一つ印*を結ばせた。そうして更《さら》に斯う云った。「さあ此れから家《うち》へ帰って、お前の部屋の戸を締めて置いて、此の大道の石ころを運んで来るように、お前の眷属《けんぞく》に命令して見るがいゝ。お前には人間の眼に見えぬ眷属が附いて居て、いつでもお前の用を足すのだ。」――ハッサン・カンは云われるまゝに家へ帰って、自分の部屋の戸を閉じて、口の内で眷属に命令を云い渡すと、その言葉がまだ終るか終らぬうち、彼は不思議にも、例の石ころが忽然《こつぜん》と自分の足元に横わって居るのを発見して、云い知れぬ恐怖と驚愕とに打たれたと云う。

以上の話でも分るように、彼の魔法は主として彼の影身《かげみ》に添うて居る或るスピリット、即ちジン*（djinn）と称する魔神の眷属が媒介となるのであった。而《しか》も此のジンは、必ずしも彼に対して常に柔順な家来ではなく、どうかすると其の命令に腹を立てたりするらしかった。現に、オーマン氏の知って居る四五人の欧羅巴人が、或る時彼と共に食卓を囲みながら、此の場へ直ちに一壜のシャンパンを出して見ろと云う注文を、冷やかし半分に提出した事があった。彼は冷やかされたのが癪《しゃく》に触ったのか、ひどく興奮した調子で、何やらぶつ〳〵としゃべって居たが、やがて憤然と席を離れてヴェランダに立ち、虚空《こくう》に向って声を荒らげつゝ二たび三たび命令を伝えた。すると三度目の言葉が終るや否や、空中からシャンパンの壜がつぶての如く飛んで来て、鋭い勢でハッサン・カンの胸に中《あた》り、床に落ちて粉微塵に砕けてしまった。

「どうです、此れで私の魔法の力が分ったでしょう。しかし私はあまり性急に云いつけたので、ジンを怒らせてしまったのです。」

と、彼はその折一座を顧みて、息を弾ませながら云った。

まだ此の外にも、オーマン氏は彼に関する奇怪な逸話を紹介して居るが、予は今こゝで、其れを読者に取り次ごうとするのではない。予が此の小説の中で、特に諸君に語りたいと思うのは、近ごろハッサン・カンの衣鉢《いはつ》を伝えた印度人が、わが日本へやって来て、而《しか》も東京に住んで居ること、並びに予が其の印度人と懇意になって、親しく幻術を実験したことである。それを諸君に話す前に予《あらかじ》め諸君の好奇心を唆って置く必要から、予はたゞちょいと、オーマン氏の著書を引用したに過ぎないのである。

予が初めてあの印度人に会ったのは、たしか今年の二月の末か三月の上旬であったろう。ちょうど中央公論の四月の定期増刊号へ、玄奘三蔵《げんぞうさんぞう》の物語*を寄稿する事になって、そろ〳〵執筆しかけて居る時分であった。或る日の朝、予はあの物語を書く為めに、アレキサンダア・カニンハム氏*の印度古代地理*とヴィンセント・スミス氏*の「玄奘の旅行日誌」(The itinerary of Yuan Chwang)*とを調べたくなって、上野の図書館*の特別閲覧室へ出かけて行った。その折、予は予の隣に席を占めて、英語の政治経済の書籍を傍に堆《うずたか》く積み上げたまゝ、熱心に読書して居る一人の黒人を見たのである。勿論当時の予は彼に就いて格別の注意を払わなかったが、たま〳〵予の繙《ひもと》いて居る物が印度に関する書冊であった為めに、彼の方では多少の好奇心を起したらしく、予の風采や挙動などを、頻りにちら〳〵と偸《ぬす》み視るような様子であった。予はそれから暫《しば》らく図書館に通って、毎日朝の十時頃から午後の二時頃まで、相変らず印度古代の地理や風俗を調べて居ると、例の印度人も必ず近くの椅子に陣取って、時々何か話しかけたそうに、じっと予の方を見詰めて居るらしかった。年配は三十五六かと思われる、小太りに太った、やゝ背の低い体格の男であった。豊かな漆黒の髪を綺麗に分けて、いつも紺羅紗の背広服を着て、一日は暗緑色のネクタイにラッキー・ビーン*のピンを飾り、他の日には黄橙色の羽二重のネクタイにブラックストーン*のピンを刺して居た。兎《と》に角《かく》、その服装は余り上品な感じを与えなかったにも拘らず、そのでっぷりした円顔の中にある、冴えた大きな瞳と、濃い長い眉毛と、厚い唇の上に伸びて居る八字髭と、それから小鼻の両側に刻まれた深い皺とは、エジプトのプリンスが所蔵して居ると云う中世印度の肖像画の、タメルラン*の容貌に髣髴《ほうふつ》とした趣があって、一種の威厳と柔和とを含んで居るように思われないでもなかった。

予は二日目あたりから、いつか此の印度人と懇意になってしまいそうな、ぼんやりした期待を抱き始めたが、しかし三日目までは別段そう云う機会もなくて済んで居た。ところがちょうど其の日の朝のことである。特別閲覧室に隣接して居る目録室の、欧文のカード・キャタローグの"In………"の部の抽き出しを開けて、予が専ら"Indian mythology"の参考書を漁《あさ》って居ると、例の黒人は其処から少し隔った"R………"の部の抽き出しを開いて、何か書物を捜し求めて居るらしかった。予は其の時咄嗟《とっさ》の間に彼が"R………"の中で調べて居るのは"Revolution"の項ではなかろうかと思ったりした。――――そう思ったのは、多分彼が印度人であって、此の間から重に政治経済の書を読んで居る事を、うすうす知って居たせいであろう。――――するとやがて、彼は"R………"の抽き出しを閉じて"P………"を開いた。予は又其の時も"Politics"若《も》しくは"Political economy"の文字を聯想させられた。彼は幾冊かの書物の名を、鉛筆で紙片へ書き留めながら、間もなく更に“P………”を閉じて“K………”に移り、アルファベットの順に並んで居る目録の抽き出しを、次第に逆に遡《さかのぼ》って、だん〳〵“I………”の方へ近づいて来るのであった。そうしてしまいには予と擦れ〳〵になって、現在予が手をかけて居る筐《はこ》の中の、而も同じく“Ind………”の部分を覗き込むようにしながら、極めて突然、

「私も此のケースの中に見たい物があるのですが、あなたは何をお調べになりますか。」

と云うような言葉を、もう少し拙い日本語で話しかけた。

「私も此の“Indian mythology”の所を調べて居ますが、大分手間がとれますから何卒お先に御覧なさい。」

予はこう答えて目録から首を擡《もた》げた際に、眼の前に立って居る印度人の、鼻端の両側の窪んだ所が、さながら煤《すす》が溜ったように真黒であるのを見つけ出して、頗《すこぶ》る奇異に感じた事を覚えて居る。

「あゝそうですか。私は Industry のところをちょいと見せて貰えばいゝのです。直きに済みますから、ちょいと私に貸して下さい。」

彼は「ちょいと」と云う度毎に、にこ〳〵しながら軽く頭を下げて、其の抽き出しを譲り受けた。

こんな出来事が縁になって、それから一日二日の間に、二人はとう〳〵懇意になってしまったのである。

予は最初彼が印度人である事に興味を感じて、一時の好奇心から附き合って居るに過ぎなかったが、だん〳〵話をして見ると、思いの外に多方面な趣味と知識があるらしかった。殊《こと》に驚いたのは宗教や美術に関する造詣《ぞうけい》の深い事で、予が印度古代の建築や風俗を知る為めに、適当な参考資料はないかと云うと、彼は言下にデヴィス、カニンハム、フウシェエなどの著書*の名を五つ六つすら〳〵と挙げて、予を少からず煙に巻いた。何でも生れはパンジャブ*のアムリツァル*で、婆羅門教《ばらもんきょう》*を奉ずる商人の息子であるが、四五年前に、高等工業学校*へ入学する目的で日本へやって来たのだと云った。

「しかしあなたは、先日政治経済の本を頻りに読んで居ましたね。」

予が斯う云って不審がると、彼は言葉を曖昧にして、

「なあに別段、政治経済と限った事はありません。私は何でも手あたり次第にいろ〳〵の物を読むのです。――――実は高等工業学校の方を去年卒業してしまったのですが、印度へ帰っても面白い事もありませんから、斯うしてぶら〳〵遊んで居ます。一つ日本の文学でも研究して見ましょうかね。」

など、いかにも閑人《ひまじん》らしい口吻を弄する様子が、何処となく普通の留学生と違って居て、事に依ったら「印度の独立」*を念頭に置く憂国の志士ではあるまいかと、思われるような節《ふし》もあった。

もう一つ、彼に就いて意外に感じたのは、互に名乗り合う以前から、彼が予め予の名や職

業を心得て居た事である。

「あゝ、そうですか、あなたが谷崎さんですか。私はあなたの小説を読んだ事があります。」

と、彼は云った。聞けば宮森麻太郎氏*のリプレゼンタティヴ・テエルズ・オヴ・ジャパン*を繙いた時、巻頭に載って居た英訳の「刺青」*を非常に面白く読んだので、それ以来「タニザキ」と云う名を覚えて居たのだそうである。

「――それで分りました。あなたは今度、何か印度の物語を書こうとして居るのでしょう。此の間から印度の事を大変委しく調べて居るから、私は妙だと思って居ました。失礼ですが、あなたは印度へいらしった事があるのですか。」

予が「いゝえ」と答えると、彼は眼を円くして、詰《なじ》るような口調で云った。

「なぜ行かないのです？　此の頃は宗教家や画家が盛んに日本から出かけて行くのに、あなたはどうして行かないのです。印度を見ないで印度の物語を書く？　少し大胆過ぎますね。」

予は彼に攻撃されて、耳の附け根まで真赤にしながら、慌てゝ苦しい弁解をした。

「私が印度の物語を書くのは、印度へ行かれない為めなんです。こう云うとあなたに笑われるかも知れないが、実は印度に憧れて居ながら、いまだに漫遊の機会がないので、せめて空想の力を頼って、印度と云う国を描いて見たくなったのです。あなたの国では二十世紀の今日でも、依然として奇蹟が行われたり、ヴェダの神々*が暴威を振ったりして居ると云うじゃありませんか。そう云う怪しい熱帯国の、豊饒《ほうじょう》な色彩に包まれた自然の光景や人間の生活が、私には恋しくて〳〵堪らなくなったのです。それで私は、あの有名な玄奘三蔵を主人公にして、千年以前の時代を借りて、印度の不思議を幾分なりとも描いて見ようと思ったのです。」

「成る程、玄奘三蔵はいゝ思い附きですね。いかにもあなたが云うように、印度の不思議は二十世紀の今日でも、玄奘三蔵が歩いた時代と余り違っては居ないでしょう。私の生れたパンジャブの地方へ行けば、科学の力で道破することの出来ないような神秘な出来事が、未だに殆ど毎日のように起って居ます。………」

二人がこんな話をしたのは、天気の好い或る日の午後、昼飯を済ませて図書館の裏庭を散歩して居る折であった。前にも云ったように、それ程日本語の巧みでない彼は、少し込み入って来ると知らず識らず英語を交えて、ブライアのパイプ*を握った右の手頸を上げ下げしつゝ、静かな、しかし力のある語気で云った。

予の好奇心は其の時いよ〳〵盛んになった。恰《あたか》も玄奘三蔵の物語を書こうとして居る際に、此の印度人と相知るようになったのは、願うてもない仕合わせである。彼の故郷のパンジャブ地方に、現在行われつゝある不思議と云うのは如何なる事か、予は直ちに質問を試みないでは居られなかった。

「神秘な事件と云うと、たとえばどんな事でしょうか。参考のために伺いたいと思いますが、………」

予はこう云いかけて、ふと、彼の顔色を窺ったが、まだ何か知ら云いたい事があったにも拘らず、それきり次ぎの言葉を出さずに、黙って凝視を続けるべく余儀なくされた。なぜかと云うと、今まで機嫌よくしゃべって居た彼の相貌が、予の質問を発する瞬間に恐ろしく変ってしまった事を発見したからである。彼は火の消えかゝったパイプを口に啣《くわ》えたまゝ、南向きの、日あたりのいゝ樹に凭《もた》れて、両腕を固く組んで俯向きながら、上眼づかいにじっと一方を眺めて居る。――――その眼はいつの間にか、眉毛《まゆげ》の下の、深く窪んで居た眼窩の中に這入り切らぬほど、大きく一杯に押し拡がって、黒眼と白眼との境界がくっきりと分るように冴え返って居た。其の眼は、陰翳《いんえい》と云うものゝ微塵もない、西洋料理に使う磁器の皿のような地色と硬さとを持つ眼であった。真白な西洋紙のまん中へ濃い墨の斑点を打ったような、全く潤おいのない、鋭い光と云うよりも底気味の悪い明るさを持つ眼であった。そうして何処か遥かな所で聞える物音に注意を凝らすが如くであった。また額には、上眼を使って居る為めに、太いだぶ〳〵した皺が重畳《ちょうじょう》として起伏して居た。予は其の皺の夥しい数と逞ましい波状とに就いても、普通の人の額に刻まれるものとは非常に違って居る事を看取せずには居られなかった。要するに全体の表情が沈鬱、恍惚、悔恨、などの孰れをも含んで居るような、孰れとも異なって居るような、一見して甚《はなは》だ奇異の感じを抱かせるものであった。

彼の怪しい瞳は、予が呆然として彼の姿を睨み詰めて居る間、遂に一遍も予の方へ注がれなかった。予はそれでも、あまり長く沈黙するのを不自然であると悟ったので、暫らくしてから、

「ねえ、どうでしょう、その話を私に聞かせてくれませんか。」

と、遠慮深く尋ねて見た。

すると、遠くを眺めて居た彼の瞳は、やがてぐるりと眼窩の中で一廻転して、予の方へ向けられたが、其れは予の顔に注意すると云うよりも、以前の物音が予の顔の中に聞えるのであるらしかった。而も依然として上眼を使って居て、例の額の皺の数は、洗い出しの木《もく》目《め》の如く、微動だもする様子がない。

「……ねえ、どうでしょう。其の話を……」

重ねて斯う云いながら、予は口元に作り笑いを浮べて、彼の鼻先へ乗り出して行った。けれども彼は相変らず黙々として、たゞ飽く迄も視線を予の方へ注いで居る。そうするうちに、彼の眼球はます〳〵大いさと明るさとを増して来て、予の胸の奥の、何かひやりとしたものに触れたようであった。予は何等の理由も予感もなしに、突然かすかな身ぶるいが襲って来るのを覚えた。

とう〳〵其の日は、それきり彼と話をする機会がなかった。予が裏庭から閲覧室へ戻ると、

程なく彼も這入って来たが、始終澄まし込んで、無愛想な面つきをして居た。どう云う訳で、彼の態度はこんなに急変したのであろう。予は彼に視詰められた時、何故《なにゆえ》戦慄を感じたのであろう。――こう云う疑問は当然予の心を囚えたけれども、しかし其れ程いつ迄も予を悩ましはしなかった。恐らく彼は、世間によくある気むずかしやの人間で、一日の内に二度も三度も機嫌の変る性分なのに違いない。彼の瞳が予を怯《おび》えさせたのは、此の頃神経衰弱に罹って居る予の感覚が、たま〳〵珍しい人種の眼の色に接した為めにあり得べからざる幻影を見たに違いない。予はそう云う風に簡単に解釈した。

然《しか》るに、彼の不機嫌は思いの外長く続いて、その後毎朝閲覧室で出遇っても、まるきり予の顔を忘れてしまったように、一言の挨拶をもしなかった。今日は機嫌が直るだろう、明日はきっと直るだろう。――予は図書館を往復する道すがら、そう云う期待を抱かずには居られなかったが、一日立ち、二日立つうちに、だん〳〵望みが絶えて行って、結局此のまゝ交際が断たれてしまいそうな、覚つかない心地もした。

運よく彼と懇意になったのに、雑誌の締切りが近づいて来る結果、折角の話を聞く暇もなく、稿を起さなければならない事が、予には此の上なく口惜しかった。正直を云うと、予はもう大略参考書を調べ終って、図書館の必要もなくなって居ながら、何とかして彼の話を聞きたさに上野へ通って居るのであった。そうして、ちょうど四日目の朝になった時、予は是非とも今日のうちに話を聞くか、或はあきらめて筆を執るか、孰れかに極めてしまおうと思った。

その日は、長らく吹き続いた北風が止んで、今年になって始めての春らしい陽気であった。小石川*の予の家からは、電車の便が悪いので、俥《くるま》*で往くことにして居た予は、団子坂*を走らせながら、遥かに上野の森を望むと、其処にはもう、霞が棚引いて居るのかとさえ訝《あや》しまれる程の、うらゝかな青空が、暖かそうに晴れ渡って居た。桜木町辺*の、新築の家が並んで居る一廓には、ところぐ\の邸の塀越しに蕾を破った梅の花が真珠のように日に映えて居た。予は何となしに、毎年季節の変り目に感ずるような生きぐ\とした喜びが、疲れた脳髄に沁み込んで行くのを覚えた。

その喜びは、図書館の前に俥を乗り捨てた後迄も、猶暫らく続いて居た。予は威勢よく階段を馳せ上って、閲覧室へ這入って行くと、先ず何よりも大きな洋館の窓の外の、紺碧の色に心を惹かれて、一番壁に近い方の空席を占領した。そうして、外から忍び込む爽やかな気流を深くく\吸いながら、じっと大空を仰いで居ると、白い柔かい雲の塊が、巍然《ぎぜん》として聳え立つ図書館の三階の屋根の上を、緩く絶え間なく越えて行くのであった。予の眼は本を読む事を忘れて、長い間其れをうっとりと眺めて居た。しまいには雲が動かないで、図書館の屋根の方が蒼穹《そうきゅう》を渡って行くように見えた。

例の印度人は、大分離れた場所に席を取って、予の方へ背中を向けて、英字新聞の綴じ込みらしいものを余念もなく筆記して居たが、やがて、煙草でも喫《の》みたくなったのであろう、ふいと立ち上って室の外へ姿を消したきり、容易に戻って来なかった。

「――――そうだ、きっと裏庭を散歩して居るに相違ない。彼を摑まえるのは今のうちだ。」

こう気がつくと、予は急いで裏庭へ降りて行った。

上野の図書館へ通ったことのある人は、多分知って居るだろう。その裏庭は音楽学校*に隣接して居て、境界の所にさゝやかな土手が築かれて居る。予は、とある植え込みの蔭に身を寄せて、忍びやかにあたりを見廻すと、今しも印度人が土手の下に蹲踞《うずくま》りつゝ、ブライアのパイプから、鮮やかな煙を吐いて居るのを認めたのである。煙は、まるで粘《ねば》っこい飴のように、しっとりと凝り固まって、真赤な彼の唇を絹糸の如く流れ落ちて、静かな朝の、澄み切った大気の中に浮かんで行った。彼の顔色は此の四五日来の曇りが取れて、絵に画いた達磨のように円々と穏和であった。ちょうど其の折、音楽学校の教室の方から、慵《ものう》げに響いて来る甘い柔かい唱歌の音《ね》につり込まれながら、半ば無意識に爪先で足拍子を蹈んで居るのが、機嫌のよい證拠であるように感ぜられた。予はつか〳〵と彼の傍に姿を現わして、わざと平然たる態度を装い、

「お早う。」

と、快活な調子で云った。

彼は素直に項《うなじ》を擡《もた》げて、しげ〳〵と予の額のあたりを注視して居るようであったが、晴れやかな眉の間には、見る〳〵うちに疑り深い表情が色濃く湛えられた。その眼つきの激し

い変りかたは、日向ぼっこをして居る猫が、物に驚いた時の様子によく似て居た。予は心中に「しまった」と思いながら、強いて馴れ〳〵しい眸《まなざし》をして、猶も何事かを云おうとすると、恰も其れを制するが如く、俄に彼はぷうッと面を膨らせて徐《おもむ》ろに首を左右に振った。

何と云う妙な男だろう。何か予に対して感情を害して居るのか知らん。――――予はいろ〳〵に考えて見たけれど、別段そんな覚えはなかった。寧ろ印度と云う国の不思議さが、此の男に乗り移って居るような心地がした。予は漠然と、彼の持って居る奇怪な性癖が、一般の印度人に共通なものであって、而もわれ〳〵日本人の到底理解することの出来ない、心理作用であるかのように想像した。

兎にも角にも、その時まで僅かに望みを嘱《しょく》して居た予の計画は、全然画餅《がべい》に帰したのである。もう此の上は断念して、明日から早速執筆するより仕方がなかった。折角図書館へ来たついでに、参考の足しになりそうな書籍を二三冊繙いた後、戸外へ出たのは日暮れ方の五時過ぎであったろう。地上の夕闇が刻一刻に、舞台の電気仕掛のように急激に濃くなって、見て居るうちに夜に変ろうとする刻限であった。山下から電車に乗る積りで、公園の森の中をさまようて行った予は、周囲が暗くなるのではなくて、自分の視力が衰えつゝあるような心細さに襲われた。遠くきら〳〵と瞬いて居る動物園のアーク燈*の光を視詰めて居ると、鬱蒼とした園内の樹木の蔭から、丹頂の鋭い啼き声が一二遍聞えて、さながら空谷に谺《こだま》するように、反響を全山に伝えて行く。予は駱駝《らくだ》*のモオニングに厚い羅紗*の外套を纏うて居たが、昼間の温度に引き換えて、冷え〳〵とした気流の襟もとに沁み入るのを覚えた。今朝家を出る時に、「晩の御飯には大根のふろふきを拵えましょう。」と云った妻の言葉が想い出されると、急に疲労と空腹とを感じて、予の足取りは自《おのず》から速くなった。ふと、自分が今歩いて居る路は、上野の公園*ではなくて、何処か人里を離れた、深山の奥ではあるまいかと云うような、取り止めのない考えが朦朧と予の念頭に浮かんだ。現在自分の身辺を包んで居る闇黒と寂寥と、亭々たる無数*の大木とは、予に此のような空想を起させるのに十分であった。予は暗闇を辿って居るうちに、自分の服装や容貌までが、全然別箇の人間に変って居るような気分になった。自分が今朝、俥に乗って出て来た小石川の家や、つい先《さつき》まで本を読んで居た図書館や、そう云う物の在る世界は、此処から非常に隔った、遠い彼世《あのよ》の幻であって、其処へ行けば以前の自分が今頃大根のふろふきを喰べて居るのではなかろうか。或は又、人間の肉体から魂の抜け出す事があるとしたら、今の自分は魂だけになって居るのではあるまいか。それとも自分は、現在夢を見て居るのだろうか。——予は念の為めに、今来た路をもう一遍引き返して、図書館の前まで戻って見ようかと思った。いくら戻っても〳〵図書館などはある筈がないような心地がした。今から僅か十分か十五分の後に、賑かな灯の街へ出て、電車に乗って、多数の人間と肩を擦り合いながら、小石川の家へ帰る事が出来るとすれば、其れこそ却って夢に違いない。

………

「谷崎さん、………」

その時、予の後ろから、妙にもぐ〳〵と口籠《くちごも》った、曖昧な声で、予の名を呼びかける者があった。予の妄想は突然破れた。

「谷崎さん、………あなたは今お帰りですか。」

予は殊更に路のない林の中を縫って居たのに、相手は斯かる暗闇で、いかにして予を認めることが出来たのか、其れが第一に不思議であった。予は簡単に「えゝ」と答えたまゝ、物に襲われたようになって、急ぎ足で東照宮*の鳥居の傍の、アーク燈の明るみの方へ出て行った。

振り返って見ると、相手は彼《か》の印度人であった。茶の中折を眼深《まぶか》に被って、寒そうに外套の襟を立てゝ、いつの間にか予と殆ど肩を並べて居る。予が彼の声を判じ得られなかったのは、彼の唇に黒びろうどの襟巻が纏わって居る為めに、発音がはっきりしなかったせいであろう。

暫らくの間、二人は黙って爪先を見詰めながら歩いて居た。ちょうど精養軒*の前から、清水堂*の下あたりまで行く内に、彼は一遍ごほんと咳をしたゞけであった。予は勿論たび〳〵失敗を重ねて居るので、十分に相手の意図をたしかめずには、横眼で見る気にもなれなかった。

「タニザキさん、私は大変失礼しました。……」

彼が斯う云ったのは、もう公園の出口に近づいた時分である。語り出すと同時に、彼は俄に活気づいて、携えて居たステッキを振り上げて、頭の上の桜の枝を払ったりした。

「私は以前、どうかすると、不意に気分が憂鬱になって、人と話をするのが嫌になる事がありました。その憂鬱は三日も四日も、或る時は一と月も続きました。しかし先年日本へ来てからさっぱり其れがなくなって居たのに、此の四五日来、久し振りで発作《ほっさ》がやって来たのです。私は非常に失礼しました。あなたが私に話があるのを知って居ながら、私は全くどうする事も出来ませんでした。」

「あゝそうでしたか、其れならほんとうに安心しました。私は又、あなたが何か私に対して、感情を害して居られるのかと思って、此の間から心配して居たのです。」

予は欣然《きんぜん》*として答えたのであった。実際、その日は甚しく落胆して、到底明日から創作に従事する気力がなく、いつも執筆の間際《まぎわ》になって感ずるような、精神の緊張が失われて居たのであった。予は広小路の時計台*を眺めながら、

「どうです、今ちょうど六時ですが、少し其の辺を散歩して、一緒に晩飯をたべてくれませんか。お察しの通り、私は至急に、あなたにいろ〳〵伺いたい事があるのです。」

こう云うと、彼は早口に「よろしい、よろしい。」と、愉快そうな声で応じた。

その晩、「玄奘三蔵」を書き上げるのに必要な事項を、予が一と通り聴き取った場所は、池ノ端の「いづ栄《えい》*」の二階であった。最初は何処かの洋食屋へ行く積りであったが、入れ込み*の座敷では万事に都合が悪いので、此処の一室を択んだのである。予は予め、質問の要領を手帳に列記して置いて、歴史、宗教、地理、植物等の、広汎な範囲に渉って、片端から尋ねて行くと、彼は立ち所に逐一説明を与えてくれた。やがて話題は所謂「現代印度の奇蹟」に移って、彼が親しく目撃したと云う、パンジャブ地方の預言者や仙人の、不思議な妖術や物凄い苦行の実例が、滔々*として彼の唇から縷述《るじゅつ》*された。凡《およ》そ二時間ばかりと云うもの、予は殆ど息をもつかずに、無限の感興に浸りながら耳を欹《そばだ》てた。

「………一体、印度人の信仰から云うと、Asceticism*と云うこと、つまり難行苦行《なんぎょうくぎょう》の法は、人間が神に合体する為めに是非とも必要なものなんです。われ〳〵の持って居る『悪』は、凡《す》べてわれ〳〵の物質的要素、――即ち此の肉体から来るのですから、能《あた》う限り肉体を苦しめる事に依って、われ〳〵の霊魂は段々宇宙の絶対的実在と一致します。此れを仏教の言葉で云えば、起信論*に所謂浄法薫習《じょうほうくんじゅう》*と云う事です。われ〳〵の肉体を苦しめる度が、より強ければ強いだけ、それだけ高く霊魂は神の領域に上って行きます。そこで今度は、斯う云う事が云われるようになりました。――今迄肉体の牢獄に繋がれて居た魂が、次第に宇宙の精霊に薫習するに従って、遂には反対に、物質の世界を支配するようになる。自分の肉体は勿論のこと、其れを包んで居るあらゆる現象の上に、絶対無限の自在力を持つようになる。結局どんな人間でも、難行に服しさえすれば、此の世の中の事は、必ず自分の思うがまゝになると云うのです。」

彼はしゃべって居るうちに、盛んに日本酒の杯を挙げた。そうして、いつの間にか予の質問を其方除《そっちの》けに、まるで演説のような口調で、止めどもなく雄弁になった。

「……だから玆《ここ》に或る人間があって、何か一つの神通力を得たいと思えば、難行の功徳《くどく》で其の目的を達する事が出来るのです。あなたは多分マハバアラタ*の中にある二人の兄弟の話を覚えて居るでしょう。彼等は三世《スリーワールズ》を支配しようと云う祈願を立てゝ、さまぐ〳〵の難行に服しました。たとえば頭の頂辺《てっぺん》から足の先まで、体中に泥土を塗って、木の皮の衣《ころも》を着て、人跡稀なるヴィンデイヤの山巓《さんてん》に閉じ籠ったり、爪先で立ったり、数年間も眼瞬きをせずに眼を開いて居たり、断食断水を行ったり、それでも目的が遂げられないので、最後には自分の体の肉を割いて、火に投じたりしたのでした。この時ヴィンデイヤの山は燃ゆるが如き兄弟の信仰の為めに熱を発し、天地の神々は兄弟の宿願の大規模なのに恐怖を感じて、能う限りの迫害を加えました。しかし彼等は遂に此れ等の困苦に打ち克って、梵天《ブラアマ》*から望み通りの権力を授けられたのです。以上の神話でも分るように、難行の目的は必ずしも罪障*消滅にあるのではなく、寧ろ此の世で擅《ほしいまま》なる暴威を振い、若しくは敵を征服したいと云うような、反道徳的の動機のものが多いのです。畢竟《ひっきょう》、不屈不撓*の意志を以て飽くまで苦行を続けさえすれば、その人間はどんなに偉大な宿願をも成就する事が出来るのですから、一とたびそう云う行者が現われると、外の者は、人間でも神様でも大恐慌を来たします。その證拠には昔ウッタナバダ王の王子で、僅か五歳の少年が大願を発した為めに、世界中の神々が大騒ぎをしたと云う伝説があります。少年は継母の妃に虐待されて、国王の位を継ぐ事が出来ない代りに、宇宙第一の権力を得ようとして、天人、*夜叉、*阿修羅*などの妨害を物ともせず、執拗に難行を継続しました。すると神々は驚き惶《あわ》てゝヴィシェヌの大神の救いを求め、漸く大神の調停に依って、少年の希望に制限を加えたのです。そこで、少年の魂は天に昇って北極星となりました。斯くの如く、人間の難行苦行は神々の脅威となるばかりでなく、神々自身も亦難行を必要とする場合があって、かの造物主の梵天《ブラアマ》さえ、行を修めなければならないのです。………」

だん〳〵酔が循《まわ》るにつれて、彼の大きな冴えた瞳は、ねっとりと油を滴らしたように潤って居た。彼は非常に物をよく喰う男であった。器用な手つきで箸を使いながら、二人前の中串の鰻を見る〳〵うちに平げてしまったが、片手は絶えず杯に触れて居た。そうして、たま〳〵話に身が入って来ると、忽ち箸と杯とを捨てゝ、あぐらを掻いて居る両足の親指の先を、両手で頻りにぐい〳〵と引張るような癖があった。

「いや、有難う。此れだけ話を伺えば、私は大きに助かります。どうぞ今夜はゆっくりと飲んで下さい。」

予はノート・ブックを閉じて、料理と酒とを更に追加しなければならなかった。

「私はカバヤキが大好きなのです。酒なら日本酒でも西洋酒でも、何でも構わず飲むのです。———印度人は愛国心がない代りに、コスモポリタンですからな。」

こんな皮肉らしい冗談を云って、大声で笑い出した時分には、彼はもう泥酔に近くなって居た。予はその真黒な、触ると埃《ほこり》が手に着きそうな襟頸の辺が、火照《ほて》って光って居るのを見た。

「タニザキさん、私は今夜は非常に愉快です。日本へ来てから今日まで一人も友達がなく、始終孤独で暮らして来たのに、あなたのような有名な小説家と、親密になる事が出来たのは此の上もない光栄です。ねえ、タニザキさん、どうぞ私の酒を飲むのを許して下さい。私は元来酒飲みで、毎晩ウイスキイをやるのですが、今夜のように酔っ払ったことはめったにありません。あなたは多少迷惑かも知れませんが、多分堪忍してくれるでしょう。」

予はたしかに迷惑であった。此の印度人と懇意になる事を願っては居たもの丶、今夜は成るべく、一二時間で用談を済ませて、感興の消えやらぬ間に、一枚でも半枚でも稿を起して見たかったのである。然るに彼は予にいつ迄でも相手をさせて、一と晩中しゃべり続けそうな気勢であった。しまいには膳を押し除《の》けて、その髯面《ひげづら》を殆ど頬擦りせんばかりに近寄せながら、予の右の手をしっかりと捕えた。

「……ねえ、タニザキさん、私は今夜あなたと友達になった證拠に、自分の身の上を話そうと思うのです。私は此の間、商人の息子だと云いましたが、あれは全く譃なんです。

実は商人の息子でもなく、婆羅門教の信者でもありません。私は今はフリー・シンカア*です。そうして私の父と云うのは、パンジャブの国王、デュリープ・シング*の家臣でした。

——こう云ったらばあなたは恐らく、私がどんな人間だかお分りになったでしょう。」

彼は予の手頸をぐいと引張って、何か謎をかけるような眼つきで、暫らく予の瞳を見据えて居た。予はデュリープ・シングの名を聞くと同時に、果して彼が曲者《くせもの》である事を、——革命党の志士である事を推量せずには居られなかった。なぜかと云うと、デュリープ・シングと云うのは、千八百四十九年に、パンジャブが英国に併呑された時の国王であって、彼はその後、英国に対して一とたび叛旗を翻した事を、つい此の間参考書*の中で読んで居たからである。

「分りました。私は始めから、あなたがそう云う人間ではないかと、想像して居たのです。やっぱり私の考えて居た通りでした。」

「ふん、あなたはえらい、あなたはさすがに小説家だ。」

彼は斯う云って軽く予の肩を叩きながら、詳細に自分の閲歴を語り出した。その話に依ると、彼の父親はデュリープ王に寵愛された侍従であって、祖国が併合の厄難に会った時、王に随行して欧羅巴《ヨーロッパ》に渡り、長らく英国に逗《とど》まって居た。その頃国王はまだ頑是ない少年であって、父も漸く二十《はたち》を越した青年に過ぎなかった。二人は彼の地で泰西*の教育を受け、基督教《キリスト》の信徒となったが、数年の後、全くイギリス風の紳士と化して、父は再び印度に帰って来たのである。そうして、二度目の妻を娶って、カルカッタに住んで居た間に、生れたのが彼であった。

「……欧羅巴の文明の空気を吸って来た父の思想は、その時分からだん〳〵オリエンタリズム*に復帰し始めたようでした。私は早くから父に英語を習って居ましたが、やがて英語よりもサンスクリット*が必要だと云い出して、ヴェダの経文*を覚えさせられました。子供のことで、ハッキリした事情は分りませんでしたが、父は何でも晩年に及んで、不平と煩悶との為めに、始終いら〳〵した、面白くない余生を送って居たようです。彼は英国人の政治のしかたを、いや、寧ろ一般に西洋の科学的文明と云うものを、恐ろしく呪って居ました。その結果一旦帰依《きえ》した基督教の信仰を捨てゝ、婆羅門教に改宗したくらいでした。」

彼は更に言葉をついで、最後に父が国王の叛乱に加担した折の、幼い記憶を予に語った。そうして、祖国の独立に関する意図と画策とは、自分が父から受け継いだ唯一の遺産であると云った。

「……たとえ失敗に終ったとは云え、私は父の事業に対して、満腔*の同情を持って居ますが、たゞあの時分の、父の思想の傾向に就いては、多少間違って居る所があろうと思うんです。私は父が余り極端な西洋嫌いになったのが、悪かったのだと思います。つまり、欧羅巴の物質的文明を軽蔑し過ぎた事、就中《なかんずく》科学の価値を否定した事、此れはたしかに父の大きな誤りでした。今日《こんにち》印度の大陸が英国人の有に帰して、容易に独立の機運を作り得ないのは、みんなわれ〳〵の同胞が私の父と同様に、科学的文明の力を覚《さと》らない結果なのです。東洋流の虚無思想に惑溺して、物質の世界を閑却して居る結果なのです。

……」

彼の話題は、漸く彼の最も興味を有するらしい方面に落ちて行った。予は眼前に、酒を呷《あお》って国事の非なるを慨嘆する燕趙《えんちょう》悲歌《ひか》の士*を見たのである。彼は口を極めて祖国の人民の無気力を罵倒し、迷信を呪咀し、社会制度を非難した。印度に立派な宗教や、文学や、藝術などが存在したのは、遠い昔の夢であって、今ではたゞ懶惰《らんだ》*なる邪教と蒙昧なる妖法との栄えて居る、「あなたの小説の材料にしかならない国土」だと云ったりした。

「私は勿論、精神よりも物質の方が貴いと云うのではありません。東洋の哲学が、西洋の其れに劣って居ると云うのでもありません。しかし、兎に角、祖国が完全に独立する為めには、徒らに政権を回復しようと焦るよりも、寧ろ人民の間に科学的知識を鼓吹し、経済思想の開発を促すのが急務だろうと信ずるのです。そうして、全印度の人民が物質的文明の恩沢を知り、十分に其れを消化し利用するようになったならば、独立の機運は自然に熟して来る訳で、日本帝国の勃興は其の適例だろうと思うのです。」

彼は斯う云う見地から、一つには又英国官憲の監視を逃れる必要から、成る可く露骨なる政治運動に関係する事を避けて、専ら電気工業や化学工業に関する学問を研究した。それで日本へやって来て、高等工業学校の電気科を卒業したのであるが、実は此れからどうしたものかと、目下の処方針に迷って居る。最初の計画では、卒業後直ちに帰国したならば、普《あまね》く同胞の資本家を糾合《きゆうごう》して、西洋人の財力や知識を藉《か》らずに、何か殖産興業の株式会社を起そうと云う考えであったけれど、とても自分の力では、今から急にそう云う仕事が出来そうもない。結局、もう一二年日本に滞在する事にして、現在では諸方面の工業会社の経営方法を、実地に就いて視察したり見学したりする傍、各国の法律や歴史や制度文物を調べて居る。自分は飽く迄も実業を手段とし、独立運動の伝播の方を本来の目的とする者で、あまり迂遠な道を取りたくないから、将来国へ帰ったら会社を組織する一面に、多数の技師を養成して、彼等に理化学以外の学問――政治経済の知識をも注入し、隠密《おんみつ》の間に愛国心を喚起して、革命の種子を植え付けようと企てゝ居る。

「どうです、私は可なり遠大な計画を持って居るでしょう。ちょうど日本の頼山陽が*『歴史』に依って尊王討幕のムーヴメントを刺戟したように、私は『実業』に依って独立の機運を導こうと云うのです。いくら革命々々と云って騒いだって、金がなければ全く手も足も出ませんからね。――どうです、私の考えは間違っては居ないでしょう。あなたはたび〳〵友達から夢想家だと云って笑われますが、そんな事はないでしょう。あなたは一体どう思いますね。」

「さあ、あなたの事はよく分らないが、一般に印度人は空想の力が豊富に過ぎるようですね。たとえば経文《きょうもん》や叙事詩の中に現れて居る空想は、美しいには美しいけれど、あまり荒唐無稽で、際限もなく雄大で、放埒《ほうらつ》に流れて居るようですね。」

予はせめても、問題を宗教や文学の方面へ引き戻そうとして、内々話頭*を転じたのであった。然るに予の謀略は見事に失敗して、彼の談柄はます〳〵岐路に入り、ます〳〵饒舌に奔放になった。要するに彼は、夢想家と云われるのを非道く気にかけて、自分にだけは印度人の通弊がない事を、極力弁護するのであった。革命家はアイディアリスト*であってはならない。自分は吉田松陰よりも西郷南洲*を取り、マッツジニ*よりもカブール*を愛し、孫逸仙*よりも蔡鍔《さいがく》*を尊敬する、などゝ云った。

「いや、お蔭で今夜は非常に面白く過しました。私とあなたとは大分立ち場が違うけれども、お互に東洋の一国に生れた以上は、同情と理解とを持ち合って、双方の事業を扶け合う事が出来ると思います。此れから時々、こうして一緒に飯でも喰って、意見を交換するようにしようじゃありませんか。」

予は斯う云って、そろ〳〵帰り仕度をし始めながら、殊更に懐中時計を出して見た。もう十一時近くであった。

女中が勘定書きを持って来る間、膳の上には食う物も飲む物もなくなって居るのに、彼はまだ何か知らしゃべって居た。そうして、予が五円*なにがしかの金を支払うべく、蟇口の蓋を明けようとすると、彼はいきなり、

「勘定は私が払います、私があなたを奢《おご》ります。」

と云うや否や、ズボンのポケットへ手を突込んで、カチンと音をさせながら、膳の上へ十円の金貨を一枚投げ出した。

予が無理やりに金貨を引込めさせて、自分の金を払う迄には、長い間押し問答をしなければならなかった。すると今度は、「折角私も金を出したのだから、此れで今夜は吉原*へ行こう。」と云い張って、又候《またぞろ》私を梃擦《てこず》らせた。驚いた事には、彼は大概一週に一度は吉原へ行くので、角海老《かどえび》*の何とか云う華魁《おいらん》*とは古い馴染であると云った。

「それにしても、どう云う訳であなたは金貨を持って居るのです。」

「私は金貨が大好きなんです。いつも日本銀行へ行つて、札を金貨に取り換えて貰って、ざく〳〵とポケットに入れて歩くのが、何だか馬鹿に好い気持なんです。此れ御覧なさい、此の通りですよ。」

こう云って、彼は片手の掌に一杯の金貨を載せて予の眼前で振って見せた。予には其の額がどれ程あるか、ちょいと想像もつかなかった。

「ね、こんなにあるから大丈夫です。此れから直ぐに自動車に乗って出掛けようじゃありませんか。」

予は明日の仕事を控えても居るし、それに此の頃、遊びの興味を覚えなくなったので、どうしても附き合う気にはなれなかった。予は彼を引き立てるようにして、兎も角も「いづ栄」の門口を出た。

「あなたが行かないのは残念ですが、そんなら私一人でも行きます。私の家は遠方ですから、此れから帰るのは大変です。」

彼は上野の停車場前の、タキシーの溜《たま》りまで予を連れ込んだが、其処でとう〳〵あきらめたらしく、独りで自動車に乗って、角海老へ走らせたようであった。

別れる時、念の為めに住所を尋ねると、彼は車台の窓から首を出して、「此の頃に是非来てくれろ。」と繰り返しながら、予の掌に一葉の名刺を残して行った。「府下荏原郡大森山王一二三番地、印度人　マティラム・ミスラ*（Matiram Misra）」――名刺には日本字と英字とで、こう刷ってあった。

予は其の明くる日から図書館通いを止めにして、半月ばかり家に籠って「玄弉三蔵」を脱稿した。何分《なにぶん》後れて書き始めたので、締め切りの期日に追われた為めに、余り満足な出来栄えではなかったが、四月の中央公論に其れが発表せられると、早速大森のミスラ氏へ宛て、雑誌と礼状とを送って置いた。いずれ暇を見て、一遍訪ねる積りで居ながら、伊香保*へ旅行したり、母の喪《も》*に会ったり、いろ〳〵と用事にかまけて忘れて居た。此の頃、予が母するると、五月の下旬になって、或る日ミスラ氏から一封の手紙が着いた。此の頃、予が母の死を時事新報*で読んだと云って、変な日本文の悔《くや》み状《じょう》をよこしたのである。予は早速返事を書いて彼の好意を謝した上に、近々御伺いしようと思うが、御都合はどうかと云うような意味を認《したた》めてやった。

それに対する彼の答は、直ちに予の手許に届いた。「自分は大抵、午後の六時か七時過ぎには在宅して居るから、いつでも遊びに来て貰いたい。たゞし、運悪く角海老などへ出かけた留守に、御来訪にあずかると恐縮するから、成るべく前に御通知を願います。」と云うのであった。にも拘らず、予は予《あらかじ》め通知を出さずに、突然思い立って、或る日の夕方大森へ出かけて行った。

ミスラ氏の家へ着いた時分には、もう表は真暗になって居た。それに、ちょうど六月の十日頃の事で、空はいつの間にか入梅らしくどんよりと曇り、湿潤な夜風と共に細かい雨を降らして居た。彼の住まいは、院線《いんせん》*の鉄路に沿うた山の手に立って居る、小ぢんまりとした、バンガロウ風のカッテエジ*であった。一体西洋館の邸宅と云うものは、こんな晩には妙に陰鬱に見えるもので、彼の家も矢張りそう云う感じを起させた。門の左右に低いかなめの生垣があって、さゝやかな庭を隔てゝ木造の母屋が控えて居る。そうして、全体に蔦の葉が若芽のように絡《から》まって居て、往来に面する窓からは一つも明りが洩れて居ない。纔かに門燈のしょんぼりと灯《とも》って居るのが、植え込みの芭蕉の新芽を葉の裏から照らして、その葉が風に揺ぐ度毎に、しと〳〵と滴《したた》り落ちる雨垂れが、夜目にも鮮かに光って居る。予は玄関の呼鈴のボタンを捜すのに大分手間を取って夥《おびただ》しく雨に濡れた。

出て来たのは年の若い、日本人の下女であった。刺*を通ずると程なくミスラ氏が自《みずか》ら現れ

て、なつかしそうに予の手を強く振りながら、

「さあどうぞお上り下さい。こんなお天気に、今夜あなたが来てくれようとは全く意外でした。ほんとうに暫らく振りでしたね。」

と云って、玄関の右手の一室へ案内しかけたが、ふと思い付いたらしく、

「あなた、応接間よりも私の書斎を見てくれませんか。彼処の方が落ち着いて話が出来ます。」

こう云って、予を書斎へ導いて行った。

廊下から室内へ招ぜられた時、予が最初に眼に触れたものは、部屋の中央の、著しく大きなデスクであった。天井に吊された電燈の、緑色の絹のシェードから落ちる光線が、ちょうど真下にある机の表面をくっきりと照らして、其処だけが幻のように明るくなって居た。主人は今まで、何か製図のような仕事をして居たと見えて、机の上には一杯に図面が拡げられ、定規《じょうぎ》だのコムパスだの絵の具だのが散らばって居た。

「突然お訪ねして、勉強の邪魔になりはしませんかね。お忙しければ今度ゆっくり伺いますが、……」

予が斯う云うと、

「忙しいことがあるもんですか。あんまり暇で退屈だから、ドロウイングをやって居るんです。ね、あなた、ちょいと此れを見て下さい。」

と、彼はパイプを握った手で図面の上を指しながら、

「此れをあなたは何だと思います。――――此れが其の、私が国へ帰ってから設立しようと云う水力電気の会社の図面です。此の土地の広さが大凡そ十エーカーばかりあって、森林を切り開いた、山の中腹にあるのです。そうして此処に湖水があって、此の水で電気を起そうと云うのです。………」

その会社の資本が何百万円で、何ボルトの電気を作るとか、此処には社員が何百人働いて居て、此の部屋では何をするとか、予が仕方なしに聴いて居ると、彼は一々精密なプランに就いて、熱心に説明するのであった。図は大型の二枚の紙へ、平面と立体と別々に引いてあって、丹念に色彩を施され、「パンジャブ州水力電気株式会社設計図」と云うような文句が、英文で麗々しく記入されて居た。兎に角見た所では、立派な建築の大会社であるらしかった。

「………するとあなたの計画は、いよ〳〵実現されるんですね。いつ頃印度へお帰りになるのです。」

「なにまだ帰りはしませんよ。此れは皆空想《みんな》ですよ。あっは、、、、。」

彼はいきなり、ドシンと椅子へ腰を落して大声で笑い出した。

「資本金も湖水も十エーカーの土地も、残らず私の空想ですよ。私はたゞ紙の上へ、墨と絵の具で大会社を建てゝ見たのです。同じ空想でも、此のくらい頭と労力を使うと、なか

〳〵立派なものが出来ますな。つまり一種の藝術ですな。あっはゝゝゝゝ。」

予は思わず竦然《しょうぜん》*として、彼の顔色を窺わずには居られなかった。「事に依ったら此の男は、発狂したのではあるまいか。」――――こう云う考えが、その瞬間に予の脳中に閃いたのである。

予は内々、彼の素振りや部屋の様子に眼を配った。二人はその時、デスクを隔てゝ向い合って居たが、ちょうどミスラ氏の口髭から上は、ラムプの笠の影に隠れて、突きあたりの本箱の辺は暗さが一番濃くなって居た。室内の広さは十五畳ぐらいあったであろう。書斎としては可なり贅沢で、装飾や設備なども整って居るように見えた。本箱の左側の壁にはガス・ストーヴが切ってあって、右側には護謨《ゴム》の樹の植木鉢の向うに、一間の硝子戸が嵌まって居た。硝子戸の外には、大森の海を遠望するヴェランダがあるらしく、折々其れへ南風がばた〳〵と打突《ぶっ》かって居た。

下女が紅茶を運んで来る間に、ミスラ氏は製図の器具を片附けて、再び機嫌よく語り始めた。その挙動には別段不審な点はない。以前よりもいくらか話し振りが性急《せいきゅう》になって、眼の働きが鋭くなったかと、感ぜられるだけであった。黒っぽいセルの背広を着て、素敵に大きいエメラルドの指輪を嵌めて、相変らず達磨然たる容貌を持って居た。

「私は今でも、毎日午前中は上野の図書館*に通って居ます。近頃*は政治経済にも飽きてしまったので、此の間ショウペンハウエルとスウェエデンボルグとを読んで見ました。あゝ云う物もたまには面白い気がしますね。」

話はそう云う方面から、だん〳〵宗教や哲学の領域に這入って行った。彼は西洋のメタフィジック*と大乗仏教の唯心論*とを比較して、東洋人の考え方は科学的でないけれども、事物の核心《かくしん》を把握する直覚力に至っては、西洋人の及ぶ所でないなど、云った。

「だから哲学や宗教の極致が、現象の奥に潜んで居る霊的実在を洞観*して、大悟徹底*する事にあるのだとすれば、東洋の方が西洋よりも遥かに進んで居るようです。西洋人の得意とする分析だとか帰納だとか云う方法を以て、現象の奥の世界を見る事は出来ない訳です。……………」

彼は直ぐに例の演説口調を出して、いつぞや「いづ栄」の二階で会った時のように、雄弁になり饒舌になった。その論旨は必ずしも彼の独創の見ではなく、随分是れ迄に云い古された説であったが、いかにも舌端に精気が溢れて、ぱッと見開いた瞳の中に脅かすような力があって、予を飽く迄も傾聴させずには措かなかった。

「ですがあなたは、此の前ひどく東洋の虚無思想を攻撃して、科学を謳歌して居たじゃありませんか。近頃はオリエンタリズムが好きになったんですね。」

予はやっとの事で隙を狙って、此の質問を彼の長広舌の間に挟んだ。

「いや、私は先《せん》からオリエンタリズムが嫌いではありません。私は嘗て一遍でも、科学万能論を唱えた覚えはありません。」

彼は威丈高になって、机を叩きながら云った。

「私が東洋の虚無思想を攻撃したのは、愛国者としての立場からです。私の意見に従えば、人物質と霊魂とは徹頭徹尾反対なもので、何処まで行っても一致する筈はないのだから、人間は是非とも二つの内の、孰れか一つを選ばなければならないのです。従って一箇の民族が、国家としての繁栄を望み、権力を持ちたいと願うならば、霊魂を捨てゝ物質に就くより外はないでしょう。その点に於いて、科学的文明を築き上げた欧羅巴人は物質界の優者です。若《も》しも印度人が人間の住む此の地上に於いて、欧羅巴人と覇を争おうとするならば、婆羅門教や仏教の哲学は有害にして無益なものです。――――そう云う訳で、祖国の独立を生涯の事業にして居る私としては、東洋流の厭世観*を攻撃せずには居られませんが、一旦自分の立ち場を離れゝば、印度人の抱いて居る思想や哲学は、古来人間の頭の中で考えられたもの丶内で、一番幽玄な、一番深遠な、科学の力で突き破ることの出来ない真理だろうと思います。われ〳〵は長らく西洋流の教育を受けて来た結果、科学的に證明された真理でなければ、真理でないように考える癖がありますが、しかし、未だに印度人の説の方が、正しくはないかと思う事が屢〻ありますす。われ〳〵は物質の世界を支配する法則だけを科学に教わるので、心霊界の秘密*を知って居る者は、たゞ印度人だけなのです。物質と物質との関係は科学に依って説明されるかも分りませんが、物質と霊魂との交渉は、印度人でなければ説明する事は出来ません。此の間もあなたにお話ししたように、今日《こんにち》印度の行者《ぎょうじゃ》の中には、科学者に解けない謎を解いて、奇蹟を證明する事の出来る人々が、決して少くはないのです。現に、私がまだ五つ六つの子供の時分、カルカッタに住んで居た頃に、たび〳〵会った事のあるハッサン・カンと云う男などは、実に不思議な術を行う坊主でした。………」

此の妖術者の名を聞くと同時に、予は胸を躍らせて、我知らず膝を進めたのであった。

「あゝそのハッサン・カンの事です。私はとうから其れをあなたに聞こうと思って居たのです。」

予は手を挙げて、猶もしゃべり続けようとするミスラ氏を制した。

「………実は此の前『いづ栄』の時にも、尋ねて見ようと思いながら、外の話に紛れてしまったので、今夜は忘れずに居たのでした。私は其の魔法使いの伝記を、或る本の中で読んだのですが、もう少し委しい事蹟を知りたかったのです。それにしても、あなたが彼に会った事があるのは、ほんとうに意外でした。」

「いや、それよりもあなたがハッサン・カンの名を知って居る方が意外ですよ。お望みとあればお話ししてもようござんすがね。………」

彼は不意に横を向いて、硝子戸の外の暗闇を眺めた。その時彼の眼は眩《まぶ》しい物を視詰めるように細かく瞬《またた》いて、小鼻の周囲には得意らしい、或は又狡猾らしい、奇態な微笑が浮かんで居た。

「……何分子供の時分の事で、はっきりとは覚えて居ませんが、私の父がハッサン・カンの信者になって居た為めに、彼は折々私の家へやって来ました。あなたは今、彼の事を魔法使いだと云いましたが、決して単純な魔法使いではないのです。彼は一派の宗教を開いた聖僧なのです。」

「私の読んだ本の中には、彼を回教の信者としてあって、時には随分、魔術を使って悪事を働いた人物のように書いてありましたが、其れは間違って居るんですね。」

「いや、間違いと云う訳でもありません。」

彼の口調は次第に以前ほど雄弁でなくなって、遠い記憶を辿りながら、もの静かに、考え〳〵言葉を足して居るようであった。

「ハッサン・カンは若い頃には、回教を信じて居た事があるのです。彼が時々魔法を使って、悪事を働いたと云うのも、全然譃ではありませんが、其れはたま〳〵彼の宗旨を誹謗《ひぼう》した者に懲罰を加える為めだったのです。つまり宗旨を弘める為めに得意の魔法を利用したので、決して何の理由もなしに、悪事を働きはしませんでした。元来われ〳〵印度人の考えて居る魔法――Sorcery*――と云うものは、人間が難行を修めて解脱《げだつ》の妙境に達した時に、自然に体得する神通力であって、基督教徒が悪魔の使いとして斥けて居る巫《ふ》術《じゅつ》*とは、大変に趣が違って居ます。支那でも孔子は、怪力乱神*を語らずなど丶云って居ますが、印度に於ける魔法の地位は此れと全く反対で、アタルヴァ・ヴェダ*の経典を見ても分る通り、数千年の昔から、宗教上非常に重大な要素となって居るのです。われ〳〵の云う魔法使いは、世間普通の奇術師や巫覡《いちこ》*の類を指すのではなく、現象の世界を乗り超えて宇宙の神霊と交通し得る、聖僧の事を意味するのです。ハッサン・カンはつまりそう云う人だったのです。殊に彼の宗旨では、魔法は一層重大なもので、その宗教の殆ど全部であったと云ってもいゝくらいでした。彼の教義にしろ、哲学にしろ、宇宙観にしろ、悉く皆魔法に依って解決されるのでした。……」

「すると、その魔法と云うのは、たとえばどんな事をするのでしょう。何かあなたが御覧になった実例に就いて、説明を願いたいのですが。」

頂点に達した予の好奇心は、予を極端に性急にさせた。動《やや》ともすると、抽象的の議論になりたがる彼の談話を、時々正しい方角へ向き直させるのに、予は油断なく努力しなければならなかった。

「まあ、待って下さい。追い〳〵実例をお話ししますが、彼の魔法を説明するには、先ずどうしても、彼の宗教から説明しないといけないのです。」

ミスラ氏は斯う云って、悠々と紅茶を飲んで、その茶碗の中へ眼を落したまゝ、暫らく何事かを沈思するようであった。

相手の一言半句をも逃すまいとして、緊張しきって居た予の聴覚は、折から戸外にざあと云う響きを立てゝ、土砂降りになり始めた雨の音を聴いた。蒸し暑い、息の詰まるような部屋の中はひっそりとして、家の周囲を流れる点滴が、室内の物を濡らしはせぬかと思われるほど、親しみ深く間近く聞えて居る。遥かに大森の停車場の方で、汽車の汽笛が濛々たる雨声の底から奈落《ならく》へ沈んで行くように悲しげに鳴って居る。

「………委しく云うと非常に長くなりますが、大体の要領だけを話しましょう。彼の宗旨と云ったところで、やはり仏教や印度教の哲学に胚胎《はいたい》して居るのですから、われ〳〵にはさほど珍しい思想ではありません。」

やがて、ミスラ氏は机の上に一枚のレタア・ペエパアを拡げて、其れに鉛筆で図を書きながら言葉を続けた。

「ハッサン・カンの説に従うと、宇宙には七つの元素があって、其れが此の現象世界を形作って居ると云うのです。所謂七つの元素とは、第一が燃土質、第二が活力体、第三が星雲的体形、第四が動物的霊魂、第五が地上的睿智《えいち》、第六が神的霊魂、そうして第七が太一《たいいつ》生命《せいめい》とも名づくべきものです。ところが此れ等の七つの元素は、始めから箇々別々に存在して居たものではなく、更に其の上にある涅槃《ニルヴアーナ》*に帰してしまいます。つまり世界万有の根源は涅槃であって、涅槃だけが永遠不滅の、真の実在だと云うことになります。涅槃がどうして七つの元素を生み、生滅流転《しようめつるてん》の世界を作るかと云うのに、其れは仏教や数論派*の哲学と同じく、無明《むみよう》*の働きに依るものだとしてあります。無明が涅槃を牽制して始めて太一生命を生み、太一生命が又無明に感染して神的霊魂を生み、それからだん〳〵第五、第四、第三の元素が分派するのです。ですから太一生命は、宇宙の大主観たる涅槃の海に、無明の影がほんのりとかゝった状態なので、まだ認識の主体もなく、対境*もない場合を云うのです。さて、その次ぎの第六元素即ち神的霊魂と云うのは、太一生命が箇々の小主観に分裂した最初の形で、其れはたゞ『無象《むしょう》の相《そう》』若しくは生存の意志だけを持って居ます。次ぎの第五元素たる地上的睿智になって、漸く認識の対象たる客観を生じます。それから第四の動物的霊魂では、外境に対する喜怒哀楽の感情が激しくなって、種々雑多なる欲望や執着が増して来るのです。ハッサン・カンは第七元素の太一生命を純主観的存在と名づけ、第六元素から第四元素の動物的霊魂までを、半客観的存在と名づけました。畢竟無明の涅槃に感染する度が、濃くなれば濃くなる程、物質は精神に打ち勝って、客観性が強くなって行くのです。それで第三元素から第一元素までは、精神的分子の最も稀薄な状態であって、此れを純客観的存在と名づけます。一切の無生物は此の部類に属するもので、日月星辰*は第三元素から成り、風、火、水等は第二元素から成り、其の他多くの鉱物は、第一元素から成って居ます。以上でざっと、実在及び現象に関する彼の見解を、説明した積りですが、猶一言重要な点を附け加えると、ハッサン・カンは一元論者*であって、二元論者ではないと云うことです。涅槃を精神とし、無明を物質だとすれば、二元論者のようにも考えられますが、無明も元来は、涅槃の内に含まれて居るので、恰も金属に銹《さび》の生ずるように、清浄静寂なる涅槃の表面の曇って来たものが、無明だと云う事になります。

……………」

「いや、お蔭で大変よく分りました。するとハッサン・カンの説は、馬鳴《めみよう》菩薩《ぼさつ》*の唯心論に近い所があるようですね。第七元素の太一生命と云うのは、仏教の阿梨耶識*だと解釈すれば、間違いはないでしょう。」

「まあ、もう少し辛抱して聞いて下さい。此れからが愈〻彼の世界観 Cosmology に這入るのです。此れもやっぱり、印度古代の伝説に依った者で、先ず宇宙を永遠不滅の世界と、生滅輪廻《りんね》の世界との二つに分けます。不滅の世界は、蒼天の最上層に位する涅槃と、その下層にある無色界、色界の二世界*で、無色界には太一生命が遍満し、色界には神的霊魂が浮動して居ます。さて色界の下層には欲界があり、その下層には須弥山《しゅみせん》*の世界があって、此等の世界は摩訶劫波《まかごうは》*の間に一遍壊滅に帰し、空劫《くうごう》*を経て再び形成せられる所の、生滅の世界です。生滅界の最高級にある欲界は、須弥山の頂辺《てっぺん》から色界に至る迄の、空間を占めている世界で、其処には、神的霊魂と地上的睿智との化合物たる諸天人や、低級の神々が住んで居ます。欲界以下の須弥山の構造は、普通に知れ渡って居るものと大差はありませんから、極く簡単に説明してしまいましょう。此の山は宇宙の中央に屹立《きつりつ》して居て、高さが八万由旬《ゆじゅん》、周囲が三十二万由旬。山の北面は黄金から成り、東面は白銀から成り、南面は瑠璃、西面は玻璃から成ると云われて居ます。須弥山の外側には七内海《ないかい》と七金山とを隔てゝ鹹海《かんかい》があり、その又外廓に大鉄囲山が繞《めぐ》って居て、世界全体を包んで居ます。此等の九山八海は、その底にある金輪水輪風輪*の三輪に依って支持せられ、金輪と水輪の厚さは併せて十一億二万由旬、風輪の厚さは十六億由旬です。ところで、われ〳〵人間は此の世界の何処に住んで居るかと云うと、須弥山を取り巻く鹹海の四方に、各〻四つの洲《しま》があって、南方にある閻浮提洲《えんぶだいしゆう》*が、人間の棲息して居る国土なのです。即ち閻浮提洲は地球上の大陸に相当する訳で、日本や印度や欧羅巴は、皆此の洲《しま》に属して居るのでしょう。その他の三洲にも一種の人類が住んで居るのだそうですが、われ〳〵とは容貌や形状が大変違って居ると云うことです。人間以外の生物の内で、龍鬼、夜叉、阿修羅、緊那羅《きんなら》等の悪神悪鬼は、欲界の下方にある須弥山の中腹から、山麓に亙って散在し、畜生は大海を主なる住処とし、餓鬼は閻浮提洲の地下五百由旬の所に住み、地獄は四大洲の地下一千由旬の所にあります。――――ハッサン・カンの世界構成説は、大凡そこんなもので、今もたび〳〵云うように、別段新しい教義ではありませんが、此れを魔法と結び付けるに従って、一大異彩を放って来るのです。」

しゃべって居るうちにミスラ氏は知らず識らずに鉛筆を動かして、レタア・ペエパアの上に立派な須弥山の図を描いた。その図は彼の談話よりも一層綿密で、山頂から山麓に到る間の、輪廻の世界の種々相や、其処に生えて居る植物や、宮殿の景色や、ところ〴〵に聳え立つ峰巒《ほうらん》*の名前や、山腹の中天を運行する日や月や星までも附け加えてあった。

「……われ〳〵は涅槃や須弥山の世界を、伝説に依ってぼんやり想像して居るだけで、実際に見た者もなければ、信じて居る者もありません。殊に科学的知識を備えた現代の人間には、たゞ滑稽な、矛盾に充ちた、古代人の妄想として考えられるばかりです。然るにハッサン・カンは、自分の説に疑を挿む者があれば、いつでも其の人に須弥山の世界を見せてくれるのです。どうして見せるかと云うと、最初に先ず、魔法に依って、其の人の心身を分解し、精神を虚空に遊離させてしまいます。断って置きますが、人間の精神は神的霊魂と、地上的睿智と、動物的霊魂との、三元素から形成されて居るのですから、一旦遊離した精神は、更に此れ等の元素に分れます。その時、その人の精神は第六元素の神的霊魂のみとなり、次第に浄化されて、無色界の太一生命に復帰し、遂に昇騰《しょうとう》して最上層の涅槃界に這入るのです。もう其の折は、其の人の精神は即ち宇宙の大主観と同一であって、『其の人』は直ちに涅槃なのです。然るに、涅槃は無明の薫染《くんせん》*を受けて、今度は反対に下層世界へ沈澱し始めます。第一に無色界へ降《くだ》り、次ぎには色界へ降り、次ぎには欲界へ降って、抽象的存在がだん〳〵具象的存在に変り、とう〳〵須弥山の頂上へ降って来る迄に、再び其の人の精神が、神的霊魂に依って形作られます。こゝで其の人は、欲界の住者たる天人の形体と、性質とを備えるようになり、遊行自在《ゆぎょうじざい》の通力を得て、或いは天空に飛翔し、或いは奈落に潜入し、須弥山の山腹にある悪神の世界から、海底の地獄、餓鬼の世界を洽《あまね》く経廻って、六道《ろくどう》*の有様を仔細に見る事が出来るのです。こうして結局、四大洲を巡覧して、鹹海中の閻浮提洲に辿り着くと、ハッサン・カンが中途まで迎えに出て、其の人を地上のもとの住み家へ連れて行きます。同時に其の人は、いつの間にか天人の通力を失って、全く以前の『其の人』の姿に復《かえ》って居るのです。――――此れがハッサン・カンの魔法の内の、最も重要な、最も驚くべき術なのです。其れは一種の催眠術だと云う人があるかも知れません。しかし、催眠術だとすれば、少くとも天人から人間に戻った瞬間に、夢から覚めたと云う感じを伴う筈ですが、彼の魔法にかゝった人々は、遂に最後まで、そう云う感じを抱かないのです。第一、須弥山の世界へ迎えに出て来たハッサン・カンが、人間になった後までも、ちゃんと眼の前に控えて居るくらいですから、夢と現実との境界らしいものは、何処にも見付からないのです。世間では魔法だと云いますが、ハッサン・カン自身に云わせれば、其れは難行の功徳《くどく》に依って、体得せられる正法《しょうほう》*でなければなりません。此の正法を学んだ人は、生きながら輪廻の世界を解脱《げだつ》し、自分は勿論、他人の霊魂をも、自由に須弥山上の涅槃界へ、導く力を持つようになるのです。そうして此れが、宗教の極致であると云うのです。」

「成る程、其れでハッサン・カンの魔法と云うものが、始めて私に分りました。今のあなたのお話がほんとうだとすれば、いかにも其れは驚くべき、宇宙その物のように偉大なる魔術です。恐らく彼の魔術の前には、他の一切の科学も哲学も、何等の権威をも持たないでしょう。――私は実は、そんなに素晴らしい、そんなにサブライム*なものだろうとは、少しも予想して居ませんでした。私の読んだ本の中には、彼が時折ジンと称する魔神を呼び出して、不思議な術を行う事だけが記してあったに過ぎないのです。」

「あゝそうでしたか、その本の中にはジンの事が書いてありましたか。」

こう云いながら、ミスラ氏は何故《なぜ》か非常にあわたゞしげに、突然椅子を立ち上ったが、頭痛でもするように片手で額を抑えたまゝ、部屋の四方を緩やかに歩き始めた。

「どうしたのです、何処か気持が悪いのですか。」

「いや、」

と云って、彼はちょいと首を振って、何となく切なそうな、或る感情を押し隠して居るらしい様子で、

「………そのジンと云うのは、須弥山の中腹の、夜叉の世界に住んで居る魔神なのです。………」

と、無理に平静を装うような声で云った。

「ハッサン・カンは、仮りに人間の姿に変じて、閻浮提洲へ降りて来ましたが、彼は其の実、色界に住んで居る大梵天の神であって、先年娑婆を死去した後は、自分の旧《もと》の世界に帰り、もろ〳〵の光明仏の間に交って、未だに其処に生きて居るのです。ところでジンと云う魔神は、大梵天*に奉侍する家来ですから、ハッサン・カンが人間界に居た間は、いつでも彼の影身に添うて居たのです。そうして、今でも往々、大梵天の使者となって、神のお告げを伝える為めに人間界に降りて来ますが、ジンの声を聞く事の出来る者は、ハッサ

ン・カンの信者だけなのです。彼の宗旨を信ずる者には、ジンの声が聞えるばかりでなく、その姿までも、――――あの物凄い姿までも、眼に見えるようになるのです。……」

予は、ミスラ氏が、「その姿」と云ってから更にまた「あの物凄い姿」と云い直したのを、不審に思わずには居られなかった。それればかりではない、今迄室内を漫歩して居たミスラ氏はそう云い切って置いて、ぴたりと立ち止まって、相手の返答を待って居るように、しげ〳〵と予の顔色を窺って居るのである。

「あの物凄い姿と云うと、――――それではあなたは、ジンを見たことがあるのでしょうか。」

こう云った予の声は、かすかなふるえを帯びて居た。予は此の質問を発するのに、何だか心が進まなかった。此の質問の後に来るものは、恐ろしい事実であるように感ぜられた。

「そうです。――――私は見た事があるのです。私は以前、ハッサン・カンの信者だったのです。」

ミスラ氏は斯う云って、漸う少し落ち着いたように腰を卸した。

「私は正直を云うと、此の問題に触れるのが不安なようでもあり、愉快なようでもあるのです。それで先《さつき》から、云おうか云うまいかと躊躇して居たのですが、話が此処まで進んだ以上、今更隠す必要もありませんから、白状してしまいましょう。――――私の覚えて居るハッサン・カンと云う人は、意地の悪そうな眼つきをした、吃《ども》りの癖のある、前歯のぼろ

〳〵に欠け落ちた爺さんでした。しかし私は、その爺さんから直接に教化されたのではなく、彼の熱烈なる崇拝者であった私の父から、信仰を授けられたのです。その時分私の父はハッサン・カンの第一の高弟であって、殆ど其の師に劣らぬ位の、魔法の達人になって居ました。父は己れの魔法に依って、印度の独立を成就するのだと云って居ました。私は屢〻父の魔法にかけられて、須弥山の世界に遊び、兜率天《とそつてん》*から八熱地獄*の底までも、経めぐったことがありました。そうして、たしか八つになった歳に、父は私に魔法を伝授してやると云って、ヒマラヤの山奥に連れて行って、パスパティナアト*や、ゲダルナアト*の霊場を巡礼し、遂にベルチスタンのヒンガラジ*の寺院までお参りをしました。それからカルカッタへ帰って来て、一箇月間の断食《だんじき》をした後、私はとう〳〵魔法の秘術を教えられたのです。私は自由に、ジンを呼び出す事も出来れば、自分や他人の魂を、須弥山の世界へ遊ばせる事も、出来るようになったのです。父は死んでから天人になって、須弥山の最頂上の、善見城《ぜんけんじょう》*に住んで居ますが、私は折々其処へ行って、恋しい父に会った事がありました。」

予とミスラ氏の二人の顔は、明るいデスクの面を隔てゝ、ラムプの笠の暗がりの中に相対して居た。予はミスラ氏の、異様に燃えて輝いて居る瞳の光が、急に気味悪く感ぜられて、俯向いてしまった。予の眼は自然と、デスクの上の須弥山の図面を見た。その図は既に、単なる古人の妄想ではなく、欧洲やアメリカの地図と同様に、実在世界の縮図であるかと考えると、予はもう半分、魔法にかゝって居るような心地がした。

「………その後私は、成人するに従って、此の間池ノ端の鰻屋でお話しした通り、印度人の宗教的傾向を、甚しく呪うようになりました。父の事業の失敗は、宗教熱にかぶれた為めだと、信ずるようになりました。私は心の底から、ハッサン・カンの邪教を憎み、民を愚にする妖法であると断定しました。それで折角覚え込んだ魔法や教義を、殊更に忘れるように努力して、成る可く西洋の科学的思想に親しみ、自分の頭脳を改造しようと試みたのです。此の改造は随分骨が折れましたが、それでも結局、成功を遂げたように思われました。いや、一時はたしかに、成功したに相違ありませんでした。最近二十年の間と云うもの、私の心はもう全く印度的でなくなって、思想は元より感情の作用までも、西洋流に変ってしまったと、信じ切って居たのでした。すると、つい今から二三箇月前、ちょうどあなたに始めて図書館で会った時分です。或る晩のこと、不意に私の眼の前に、ジンの姿が現われたのです。それから続いて一週間ばかり、ジンは毎日私の傍へやって来て、天に昇ったハッサン・カンや、私の父の命令を伝えるのです。『お前は何と云う心得違いな人間だ。お前は決して、お前の頭脳を改造する事は出来ないのだ。お前はもう、昔の信仰や宗教を捨てゝしまった積りで居るが、お前の父や、お前の教祖は、未だにお前を見放しはしない。その證拠には、お前は今でも神通力を持って居るのだ。譃だと思うなら、験《ため》して見るがいゝ。そうして、一日も早く、お前の使命を自覚するがいゝ。』――ジンは始終、こう云う言葉を私の耳に囁きました。あなたはあの頃、私がひどく憂鬱になって、沈んで居たのを覚えて居るでしょう。私は以前、子供の時代に、ジンを見ると必ず憂鬱になる癖がありました。それを私は、あの時久し振りで味わったのです。たしかあなたは、二人で鰻屋へ行った日の朝、図書館の庭で、何か私に話をしかけたでしょう。すると私が、俄かに不機嫌になって、遠くの方を睨んで居たのを、よもやお忘れにはなりますまい。あの折私は、あなたの声を聞くと同時に、ジンの声を聞いたのでした。………」

ミスラ氏は自分で自分の言葉の恐ろしさに堪えざるものゝ如く、肩を縮めて、両手をしっかりと胸にあてゝ、総身をぶる〳〵と戦《おのの》かせつゝ語るのであった。彼の両眼は瘋癲《ふうてん》病者《びょうしゃ》の其れのように、無意味に虚空に見開かれ、頤は激しい痙攣を起し、額の生え際には汗がびっしょりとにじんで居た。

「………あの時から今日になるまで、私は絶えず、十日に一度ぐらいずつ、ジンの襲撃を受けて居るのです。ジンはいつも、『魔法を試して見ろ。』と云って、執拗に私を促すのです。私は随分長い間、彼の忠告に反抗して居ましたが、此の頃になって、自分の心に少年時代の神通力が、現在残って居るかどうかと云う事を、一遍試して見なければ、不安心のような気になりました。それで、十日程前、先月の末の或る晩のこと、私はとう〳〵思い切って、此の部屋の中に閉じ籠って、二十年来一度も口に上さなかった、秘密の呪文を唱えて見たのです。すると、どうでしょう、私の身体は忽ち分解作用を起し、第六元素に還元した私の霊魂は、飄々《ひょうひょう》と天空に舞い上り、涅槃界から無色界に降り、無色界から色界欲界と順々に降って、一瞬の間に善見城の父の住所に着いたのです。父は予め私の来るのを知って居て、涙を流して私に意見を加えました。それから先は委しく説明する迄もありません。幼い時分に、幾度も巡歴した事のある六道の世界を、父に案内されながら通り過ぎて、途中で父に別れを告げ、難なく人間界へ戻って来ました。――――結局私は、未だに神通力を備えて居ると云う事を、證拠立てられてしまったのです。私の頭を組み立てゝ居る科学的知識は、その根柢から動揺し出したのです。あなたは多分、目下の私が、どれ程煩悶して居るかと云う事を、推量して下さるでしょう。私はどうして、私の習った化学や、天文学や、物理学や、生理学と、此の須弥山の世界とを調和させたらいゝでしょう。科学はわれ〳〵に経験を重んじる事を教えます。而も須弥山の世界の光景は、私に取って確かな経験なのです。科学上の事実よりも、更に明かな事実なのです。私の脳髄は、何処までも印度人の脳髄でした。私はやはり、非科学的な人間に生れて居たのでした。」

こう云って、ミスラ氏は腹だゝしげに髪の毛を掻き挘りながら、机の上に突俯してしまった。

こゝまで書いて来れば、読者は恐らく、それから以後に起った其の晩の出来事を、既に想像したであろう。最初に魔法の説明を聴き、次ぎに魔法の実験談を聴いた予は、最後に自《みず》ら、実験する事が出来たのである。

予はミスラ氏に、斯う云ったのであった。

「あなたは今、自分の神通力に依って遍歴して来た須弥山の世界を、たしかな事実だと信じて居る。断じて夢や妄想ではないと主張して居る。そうして、其れが夢でない為めに、あなたは煩悶して居るのである。就いては其の須弥山の世界を、私にも一つ見せてもらいたい。果して其れが催眠術でないかどうか、今度は私に判断させて貰いたい。若しも私が、自分の経験から、催眠術であることを證拠立てたら、あなたの煩悶は全く消滅するだろう。」

予の発案に対して、ミスラ氏は強いて反対を唱えなかった。のみならず、彼は自分の魔法を此の間から他人に試しては見なかったので、彼の方にも十分な好奇心があるらしかった。

そこで直ちに、実験が行われたのである。

予は其の晩の経験を、――一生忘れる事の出来ないあの経験を、いかにして読者に伝えたらいゝであろう。あの時の世界の有様や、予の心持を、今になって考えて見ても、予はやっぱりミスラ氏と同様に、事実であるとしか思われない。少くとも、其れは決して夢や催眠術ではない。

予が目撃した須弥山の世界を、詳細に語ろうとすれば、何年かゝっても語り尽す事は出来ないだろう。其れは殆ど、宇宙と同量の紙数を要し、文字を要するに極まって居る。こゝでは単に、その内の最も興味ある、最も重な経験の二三を、簡単に記載するだけにして置こう。

予は先ず、ミスラ氏と向い合って、椅子に腰をかけたまゝ、能う限り呼吸を止めて居るように命ぜられた。予には其れが寸毫も苦痛でなく、いつ迄でも、極めて愉快に続けられた。予の感覚は、第一に嗅覚から、味覚、触角、視覚と云う順序に消滅して行って、聴覚だけがやゝ暫らく残って居た。予の耳には長い間、ミスラ氏の呪文の声が聞え、置き時計の十一時の鳴るのが聞えた。やがて、聴覚も全然消滅してしまったが、意識は極めて明瞭で、五感以外の、或る一種の内感覚が保たれて居た。予は確実に、自分が今何をされつゝあり、いかなる状態にあるかを知って居た。予の存在の全体は、たゞ清浄な恍惚感だけであった。予はもう、神的霊魂になったらしく、だん〳〵上方に向って昇騰しつゝある事が、内感覚に依って知覚された。

程なく、太一生命に合して、無色界に達したようであった。予は、『予』と云うものが、稀薄なる微気的《びきてき》大身体である事を感じた。けれどもしまいには、その感じさえなくなってしまった。恐らく、涅槃界に這入ったのであったろう。………

…………………………………………………………

予は再び、おぼろげなる意識を持ち始めた。何か、存在を慕う傾向と云うようなものが、頻りに予を下の方へ、引っ張って行くらしかった。

予は予の周囲に、予と同じような、多数の霊魂の浮動するのを知った。

予の内感覚は、次第に元のようにはっきりして来た。予はいつの間にか、『予』と云うものが密着不離の皮衣に包まれて居る事に心付いた。予は今までの内感覚の外に、運動感覚を持つようになった。皮衣の裡には、既に筋肉があり、内臓があるらしかった。須臾《しゆゆ》にして、五感が一つ一つ、嗅覚を先にして恢復して行った。予の瞳は光線を見、色彩を見、自分の身体を見た。予は、欲界の下層にある、須弥山の頂上に住む天人であった。予は狂喜して躍《おど》り起《た》った。……………

…………………………………………………………………………

予は天空を飛行して、山頂から山麓へ下った。須弥山の四方を形成する四種の地質は、各〻その色を虚空《こくう》に反射して、北方の空は金色《こんじき》に輝き、東方の空は白銀の光に燃えて居た。四天王の世界を過ぎて、広目天《こうもくてん》や持国天等の風貌に接した時、予は図らずも、奈良東大寺の戒壇院にある彼等の彫刻を想い浮べた。

諸仏と悪魔との戦が到る所に演ぜられて居た。持軸山の頂に立って、数万由旬《ゆじゅん》の高さから、下界に放尿して居る阿修羅もあった。日輪と月輪とを迫害して居る悪鬼もあった。予は、その外無数の荘厳な世界や暗澹たる世界を見たが、就中、最も予の心を傷ましめたものは、鹹海《かんかい》中の弗婆提《ほつぼだい》*の洲《しま》に住んで居る、我が亡き母の輪廻《りんね》の姿であった。母は一羽の美しい鳩となって、その島《しま》の空を舞って居た。そうして、たま〳〵通りかゝった予の肩の上に翼を休めて、不思議にも人語を囀りながら、予に忠告を与えるのであった。

「わたしはお前のような悪徳の子を生んだ為めに、その罰《ばち》を受けて、未だに仏に成れないのです。私を憐れだと思ったら、どうぞ此れから心を入れかえて、正しい人間になっておくれ。お前が善人になりさえすれば、私は直ぐにも天に昇れます。」――――こう云って啼く鳩の声は、今年の五月まで此の世に生きて居た、我が母の声そっくりであった。

「お母さん、私はきっと、あなたを仏にしてあげます。」

予は斯く答えて、彼女の柔かい胸の毛を、頰に擦り寄せたきり、いつ迄も其処を動こうとしなかった。

二人の稚児

大正七年（一九一八）四月
「中央公論」

二人の稚児《ちご》は二つ違いの十三に十五であった。年上の方は千手丸《せんじゆまる》、年下の方は瑠璃光丸《るりこうまる》と呼ばれて居た。二人は同じように、まだ頑是ない時分から女人禁制《きんぜい》の比叡の山に預けられて、貰い上人の膝下《ひざもと》で育てられた。千手丸は近江の国の長者の家に生れたのだそうであるが、或る事情があって、此の宿房へ連れて来られたのは四つの歳のことである。瑠璃光丸は某《それがし》の少納言の若君でありながら、やはり何かの仔細があって、よう〳〵乳人《めのと》の乳を離れかけた三つの歳に、都を捨てゝ王城鎮護の霊場に托せられたのである。二人は勿論、そう云うはなしを誰からともなく聞かされては居るもの丶、自分たちに明瞭な記憶があるのでもなく、たしかな證拠があると云う訳でもない。自分たちには父もなく母もなく、たゞ此れまでに丹精して養うて下された上人を親と頼み、仏の道に志すより外はないと思って居た。

「お前たちは、よく〳〵仕合せな身の上だと思わなければなりませぬぞ。人間が親を恋い慕うたり、故郷に憧れたりするのは、みな浅ましい煩悩の所業であるのに、山より外の世間を見ず、親も持たないお前たちは、煩悩の苦しみを知らずに生きて来られたのだ。」と、折々上人から諭されるにつけても、二人は自分たちの境遇の有り難さを、感謝せずには居られなかった。上人のような高徳の聖《ひじり》でさえ、此の山へ逃げて来られる以前には、有りと有らゆる浮世の煩悩に苦しめられて、其の絆《きずな》を断ち切るまでに、長い間の観行《かんぎよう》*を積まれたのだそうである。まして上人のお弟子の中には、朝夕経文の講釈を聴きながら、未だに煩悩を絶やす事が出来ないのを、歎いて居る者が多勢あると云う。二人は世の中を知らないお蔭で、それほど恐ろしい煩悩と云う悪病に、罹らずに済んでしまうのである。煩悩を滅せば、やがて菩提《ぼだい》の果を證することが*出来ると云う其の煩悩を、始めから解脱《げだつ》して居る自分たちは、近いうちに稚児髷を剃り落して戒律を受けたなら、必ず師の御坊にも劣らぬような貴い出家になれるであろうと、其れを楽しみに日を送っていた。

けれども二人は、子供らしい無邪気な好奇心から、煩悩の苦しみとやらに充ちて居る浮世と云うものがどんな忌まわしい国土であるか、其処に住みたいとは願わぬまでも、それについていろ〳〵の想像を廻らして見る事はあった。上人を始め多くの先達《せんだち》の話に依れば、此の穢《けが》わしい世の中で、西方浄土の俤を僅かに伝えて居るところは、自分たちの居る山だけだそうである。山の麓から四方へひろがって、青空の雲につゞいて居るあの広い〳〵大地、――あの大地こそは、経文のうちにまざ〳〵と描かれて居る五濁《ごじよく》*の世界であると云う。二人は四明が嶽*の頂きから、互に自分の故郷だと聞かされている方角を瞰《み》おろしては、たわいのない夢のような空想を浮べずには居られなかった。或る時千手丸は近江の国

を眺めやって、うす紫の霞の底に輝いて居る鳰海《におのうみ》*を指《ゆびさ》しながら、

「ねえ瑠璃光丸、あすこが浮世だと云うけれども、そなたは彼処をどんな土地だと思うて居る。」

と、兄分らしいませた口調で、もう一人の稚児に云った。

「浮世は塵埃《ちりほこり》にまみれた厭《いや》な所だと聞いて居るが、此処から見ると、あの湖の水の面は、鏡のように澄んで居る。そなたの眼にはそう見えないだろうか。」

瑠璃光丸は、そんな愚かな質問をして、年上の友に笑われはせぬかと危ぶむように、恐る〳〵云った。

「だが、あの美しい水の底には恐ろしい龍神が棲んで居るし、湖の縁《ふち》にある三上山《みかみやま》と云うところには、その龍よりももっと大きい蜈蚣《むかで》が棲んで居る事*を、そなたは多分知らないのだろう。山の上から眺めると浮世はきれいに見えるけれども、降りて行ったら其れこそ油断のならぬ土地だと上人が仰っしゃったのは、きっとほんとうに違いない。」

こう云って、千手丸は口元に悧巧そうな笑みを洩した。

或る時は瑠璃光丸が、遥かな都の空を望んで、絵図をひろげたような平原に、蜿蜒《えんえん》*と連なって居る王城の甍《いらか》をさし示しながら、

「ねえ千手丸、あすこも浮世に違いないが、彼処には、此の寺の薬師堂や大講堂にも劣らない、立派な楼閣がありそうに見えるではないか、そなたはあの人家を何だと思う。」

と、不審らしく眉をひそめた。

「あすこには、日本国を知ろしめす皇帝の御殿がある。浮世のうちでは、彼処が一番浄く貴い住まいなのだ。しかし人間があの御殿に住まえるような、十善の王位*に生れるには、前世にそれだけの功徳を積まなければならないのだ。だからわれ〳〵は、やっぱり此の山で修業をして、今生に出来るだけの善根を植えて置かなければなるまいぞ。」

こう云って、千手丸は年下の児を励ました。

だが、励ます方も、励まされる方も、此れだけの問答では、容易に好奇心を満足させる訳には行かなかった。上人の仰せに従えば、浮世は幻に過ぎないと云う。山の上から眺めた景色が、たとい美しそうに見えても、ちょうど水の面に映って居る月の光のようなもので、影に等しく泡に等しいものであると云う。――「あの、尾上《おのえ》の雲を見るがよい。遠くから眺めると雪のように清浄で、銀のようにきら〳〵と輝いて居るが、あの雲の中へ這入って見ると、雪でもなく銀でもなく、濛々とした霧ばかりである。お前たちは、此の山の谷底から湧き上る雲の中に包まれた覚えがあろう。浮世はその雲と同じことだ。」――こう云って説明されると、成る程それで分ったような気はするが、やはり何となく物足りなかった。二人が分けても物足りなく感じたのは、浮世に住んで居る人間の一種で、総べての禍の源《みなもと》とされている女人《にょにん》と云う生物《いきもの》を見たことのない事であった。

「麿《まろ》が此の山へ登ったのは、三つの歳であったそうだが、そなたは四つになるまで在家《ざいけ》に居たと云うではないか。そんなら少しは浮世の様子を覚えて居てもよさそうなものだ。外の女人は兎に角として、母者人《ははじゃひと》の姿なりと、頭に残っては居ないか知らん。」

「まろは時々、母者人の俤を想い出そうと努めて見るが、もうちっとで想い出せそうになりながら、うすい帳《とばり》に隔てられて居るようで、懊《じ》れったい心地がする。まろの頭にぼんやり残って居るものは、生温《なまあたたか》いふところに垂れて居た乳房の舌ざわりと、甘ったるい乳の香《かおり》ばかりだ。女人の胸には、男の体に備わって居ない、ふっくらとふくらんだ、豊かな乳房があることだけはたしからしい。たゞそれだけがおり〳〵おもい出されるけれども、それから先は、まるきり想像の及ばない、前世《さきのよ》の出来事のようにぼやけて居る。………」

夜になると、上人のお次の部屋に枕を並べて眠る二人は、こんな工合にひそ〳〵話をするのであった。

「女人は悪魔だと云うのに、そんな優しい乳房があるのは不思議ではないか。」

こう云って瑠璃光丸が訝《あや》しめば、

「成る程そうだ、悪魔にあんな柔かい乳房がある訳はない。」

と、自分の記憶を疑うように、千手丸も首をかしげる。

二人は幼い頃から習い覚えた経文に依って、女人と云うものが如何に獰悪《どうあく》な動物であるかを、よく知って居る筈であった。しかし女人が、いかなる手段で、いかなる性質の害毒を流す物であるかは、殆ど推量する事が出来なかった。「女人最為ニ悪難一一《にょにんはもつともあくなんをなすこといちなり》。

縛着牽レ人入二罪門一《ばくぢやくしてひとをひいてざいもんにいる》」*と云う優塡《うてん》王《おう》経《きよう》の文句だの、「執レ剣向レ敵猶可レ勝《けんをとりててきにむかうはなおかつべし》、女賊害レ人難レ可レ禁《にょぞくひとをそこなうはきんずべきことかたし》」*と云う智度論*の文句から察すれば、女人は男子を高手小手に*縛《いまし》めて、恐ろしい所へ曳き擦って行く盗賊のようにも考えられた。けれども又、「女人は大魔王なり、能く一切の人を食ふ。」*と、涅槃経*に説かれた言葉に従えば、虎や獅子より更に巨大な怪獣のようでもあった。「一とたび女人を見れば、能く眼の功徳を失ふ。縦《たと》ひ大蛇を見るといへども、女人をば見るべからず。」*と、宝積経《ほうしやくきよう》*に書いてあるのが本当であるとしたら、山奥に棲む蟒《うわばみ》のように、あの体から毒気を噴き出す爬虫類でもあるらしかった。千手丸と瑠璃光丸とは、さまぐ〳〵の経文の中から、女人に関する新しい記事を捜して来ては、それを互に披露しあって、意見を闘わすのであった。

「そなたも麿《まろ》も、その恐ろしい女人を母に持って、一度は膝に搔き抱かれた事もあるのに、こうして今日《きよう》まで恙《つつが》なく育って来た。それを思うと、女人は猛獣や大蛇のように、人を喰い殺したり毒気を吐いたりする物ではないだろう。」

「女人は地獄の使なりと、唯識論*に書いてあるから、猛獣や大蛇よりも、もっとすさまじい形相《ぎようそう》を備えて居るのだろう。われ〳〵が女人に殺されなかったのは、よほど運が好かったのだ。」

「だが、」

と、千手丸は相手の言葉を遮って云った。

「そなたは唯識論の、其の先の方にある文句を知っているか。女人地獄使《にょにんじごくし》、永断仏種子《ようだんぶちしゅし》、外面似菩薩《げめんじぼさち》、内心如夜叉《ないしんにょやしゃ》*、――――こう書いてある所を見ると、たとい心は夜叉のようでも、面《おもて》は美しいに相違ない。その證拠には、この間都から参詣に来た商人《あきうど》が、うっとりと麿の顔を眺めて、女子《おなご》のように愛らしい稚児だと独り語を云うたぞや。」

「まろも先達《せんだち》の方々《かたがた》から、そなたはまるで女子《おなご》のようだと、たび〳〵からかわれた覚えがある。まろの姿が悪魔に似て居るのかと思うと、恐ろしくなって泣き出した事さえあるが、何も泣くには及ばない、そなたの顔が菩薩のように美しいと云うことだと、慰めてくれた人があった。まろは未だに、褒められたのやら誹《そし》られたのやら分らずに居る。」

こうして話し合えば話し合うほど、ます〳〵女人の正体は、二人の理解を越えてしまうのであった。

大師結界*の霊場とは云いながら、此の山の中にも毒ある蛇や逞しい獣は棲んで居る。春になれば鶯が啼いて花が綻び、冬になれば草木が枯れて雪が降るのは、浮世と少しも変りがない。只異なって居るのは女人と云う者が一人も居ない事だけである。それほど仏に嫌われて居る女人が、どうして菩薩に似て居るのだろう。それほど容貌の美しい女人が、どうして大蛇よりも恐ろしいのだろう。

「浮世が幻であるとしたら、女人もきっと美しい幻なのだ。幻なればこそ、凡夫は其れに迷わされるのだ。ちょうど深山《みやま》を行く旅人が、狭霧《さぎり》の中に迷うように。」

いろ〳〵考え抜いた末に、二人は斯う云う判断に到達した。美しい幻、美しい虚無、――それが女人と云うものであると、否でも応でも決めてしまわなければ、二人の理性はどうしても満足を得られなかった。

年下の瑠璃光丸の好奇心は、恰も幼児がお伽噺《とぎばなし》の楽園を慕うような、淡い気紛れなものであったが、年上の千手丸の胸に蟠《わだかま》って居るものは、好奇心と云う言葉では表わせないほどに強かった。夜な〳〵彼と向い合って、すや〳〵と熟睡する瑠璃光丸の無心な寝顔を眺めては、自分ばかりが何故《なにゆえ》こうまで頭を悩ますのであろうと、彼は他人の無邪気さを羨まずには居られなかった。そうしてたま〳〵眼を潰《つぶ》れば、眼瞼《まぶた》のうちに種々雑多な女人の俤がありありと浮かんで、夜もすがら彼の眠を騒がせる。或る時は三十二相*を具足する御仏の姿となって、紫磨金《しまごん》*の光の中に彼を抱擁するかと見たり、或る時は阿鼻地獄*の獄卒*の相を現じて、十八本の角の先から燃え上る炎の舌で、刹那に彼を焼き殺すかと見たりする。そうして、悪魔に魘《うな》されてびっしょりと冷汗を掻き、瑠璃光丸に呼び醒まされて、蓐《しとね》の上に飛び起きる事などもある。

「そなたは今しがた、妙な譫語《うわごと》を口走って呻《うな》って居た。何ぞ物怪《もののけ》にでも襲われたのか。」

こう云って尋ねられると、千手丸は耻かしそうに項《うなじ》を垂れて、

「まろは女人のまぼろしに責められたのだ。」

と、声をふるわせて答えるのである。

日を経るまゝに、だん〳〵子供らしい快活と単純とが、千手丸の素振や表情から失われて行った。隙さえあれば、彼はこっそり瑠璃光丸の目を盗んで、大講堂の内陣に彳《たたず》みながら、観世音や弥勒《みろく》＊菩薩の艶冶《えんや》＊な尊容に、夢見るような瞳を凝らしつゝ、茫然と物思いに耽って居た。そう云う折に、彼の頭を一杯に塡《うず》めて居るものは、唯識論の「外面似菩薩」の一句であった。内心は夜叉に等しいにもせよ、又その姿は幻に過ぎないにもせよ、この山の数多《あまた》の堂塔におわします諸菩薩のような人間が、世の中に生きて居るとしたら、どんなに端麗な、どんなに荘厳なものであろう。こう考えると、女人に対する恐怖の念はいつの間にか消滅して、跡に残るのは怪しい憧れ心地であった。薬師堂、法華堂、戒壇院、山王院、――彼は山内到るところの堂宇をさまようて、其処に安置してある本尊だの、脇士《わきじ》だの、楣間《びかん》＊を飛颺《ひよう》する天人の群像だのを、飽かずに眺め入りながらうと〳〵と日を送った。もう此の頃では、年下の児を相手にして、女人の噂などを語り合おうともしなかった。「女人」の二字を口にするのが、瑠璃光丸には何でもない事のように思われるのに、彼には不思議に罪の深い悪事であるように感ぜられて来た。

「自分はなぜ、瑠璃光丸のような無邪気な態度で、女人の問題を扱おうとしないのだろう。眼には尊い御仏の像を拝みながら、なぜ心には浅ましい女人の影が浮ぶのだろう。ひょっとしたら、此れが煩悩と云うものではないかしらん。」――そう気が付くと、彼は身の毛のよだつような心地がした。山の上には煩悩の種がないと云う、上人のお言葉を頼みにしては居るもの丶、自分はいつしか煩悩の囚人《とりこ》となって居るのではあるまいか。いっそのこと、彼は日頃の胸中の悶えを、上人に打ち明けて見ようかとも思ったが、「たやすく人に打ち明けてはなるまい。」と、絶えず耳元でさ丶やく声が聞えて居た。その悶えは苦しいと同時に甘かった。たゞ何となく、大切に蔵《しま》って置きたいようなものであった。

千手丸が十六になり、瑠璃光丸が十四になった歳の春であった。東塔をめぐる五つの谷には山桜が咲き乱れて、四十六坊をつ丶む青葉若葉に、梵鐘の響きが蒸されるような、鬱陶しい、ものうい陽気が続いた。或る日の明け方、二人は上人の仰せをうけて、横川《よかわ》*の僧正の許へ使いにやられた帰り路に、人通りの稀な杉の木蔭に腰をおろして、暫く疲れを休めて居た。千手丸はおり〳〵深い溜息をつきながら、兜率谷《とそつだに》*の底から立ちのぼる朝靄の、尾上の雲にながれて行くさまを、一心に視つめて居たが、ふと、

「そなたはさぞ、ちかごろの麿の様子を不審に思って居やるだろう。」

こう云って、にこりともせずに年少の友の方を振りかえった。

「………まろはそなたと浮世の話をし合ってから、女人の事が気にか丶って、明け暮れ此のように悩んで居る。まろはゆめ〳〵、女人に会いたいと思うのではないけれど、耻かしいことには、如来の尊像の前に跪《ひざまず》いて、いくら祈願を凝らしても、女人の俤が眼の先にちらついて、片時も仏を念ずる隙がない。何と云う呆れ果てた人間になったのだろう。

……」

瑠璃光は驚いて、千手の頰から流れ落ちる涙を見た。泣いて居るからには、千手は定めし真面目なのであろう。それにしても、女人の問題がどうして彼に此れほどの苦悶を与えるのか、その理由が瑠璃光には分らなかった。

「そなたはまだ、出家をするのに一二年間《ま》があるが、まろはことし得度《とくど》*するのだと、上人が仰っしゃっていらしった。だが、この忌まわしい根性が直らぬうちは、菩提の道へ志したとて何の効《かい》があろう。たとい六波羅蜜《ろくはらみつ》*を修し、五戒*を守っても、頭の中の妄想が一期《いちご》の障りとなって、まろは永劫に、輪廻の世界から逃れる事は出来ないだろう。成る程女人は、虚空にかゝる虹のような、仮の幻であるかも知れない。しかしわれ〱のような愚かな凡夫が、虹をまぼろしと悟るのには、有り難い説教を聴くよりも、いっそ雲の中へ這入って見た方が、容易に合点が行くものだ。それ故まろは、出家をする前に一遍そっと山を下って、女人と云うものを見て来ようと決心した。そうしたらきっと幻の意味が分って、立ちどころに妄想が消え失せるに違いない。」

「そんな事をして、上人に叱られはしないだろうか。」

迷いの雲を打ち払う為めに、女人の正体を究めに行くと云う千手の決心は、いかにもいじらしい。けれども瑠璃光には、たった一人の友を恐ろしい浮世へ放してやるのが、心もとなく感ぜられた。琵琶の湖の龍神だの、三上山の蜈蚣《むかで》だのが、出て来たらどうする気だろうか。女人に手足を縛られて、真暗な穴ぐらへ曳き込まれはしないだろうか。万一生きて帰って来ても、「わしが許すまで山を下りてはなりませぬ。」と、厳しく警《いまし》められた上人の掟を破って、再び山に住むことが出来るだろうか。

「浮世には無数の厄難が待ち構えて居る事は、勿論覚悟して居るのだ。猛獣の牙にかゝり、盗賊の刃に脅やかされるのも、仏法修行の一つではないか。過《あや》まって命を落しても、こうして煩悩に苦しめられて居るよりは、増しではないか。それに先達《せんだち》の話では、都はこゝから僅かに二里の道のりで、朝早く山を下れば、昼少し過ぎには帰って来られると聞いて居る。都へ行くのが遠ければ、麓の坂本の宿《しゆく》*へ降りても、女人を見ることは出来るそうな。たった半日上人の眼を掠めれば、まろの望みは遂げられるのだ。よしや後になって露顕しても、悟りの道の妨げになる疑惑を晴らす事が出来たら、必ず上人も喜んで下さるに極まって居る。そなたが案じてくれるのは忝《かたじけな》いが、どうぞ止めずに置いてくれ。まろの決心は堅いのだ。」

千手はきっぱりと云い切って、脚下《あしもと》に展《ひら》けて居る琵琶湖の水面の、暁の霧の中を滑るように昇って行く日輪を眺めながら、

「幸い今日は又とない好い折だ。此れから出かければ未の刻には帰って来られる。無事で戻ったら、今宵はそなたに珍しい浮世の話を語って進ぜよう。それを楽しみに待って居るがよい。」

と、瑠璃光の肩へ手をかけて、宥《なだ》め賺《すか》すようにした。

「そなたが行くなら、まろも一緒につれて行ってくれ。」

こう云って、今度は瑠璃光が泣いた。

「恙なく帰って来られゝばよいが、たとい半日の旅にもせよ、そなたの身に若《も》しもの事があったら、いつの世に再び会えるだろう。命を捨てゝも厭《いと》わないと云うそなたと、今こゝで別れるような不人情な真似は出来ない。まして上人にそなたの行くえを尋ねられたら、まろは何と云って答えたらよいだろうか。どうせ叱られるくらいなら、そなたと一緒に山を出て見たい。そなたの為めに修行になるなら、まろの為めにも修行になるに極まって居る。」

「いや〳〵、妄想の闇に鎖されたまろの心と、そなたの胸の中とは、雪と墨ほどに違って居る。浄《じよう》玻璃《はり》*のように清いそなたは、わざ〳〵危険を冒して、修行をするには及ばないのだ。そなたの体に間違いがあったら、それこそ麿は上人へ申し訳がないではないか。面白い所へ出掛けるのなら、そなたを捨てゝ行きはしない。浮世はどんなにいやらしい、物凄い土地なのか、運よく命を完うして帰って来たら、まろの迷いの夢もさめて、きっとそなたに委しい話をして聞かすことが出来るだろう。そうすればそなたは、自分で浮世を見るまでもなく、幻の意味が分るようになるのだ。だから大人しく待って居るがよい。もし上人がお尋ねになったら、山路に蹈み迷って、まろの姿を見うしなったと云って置いてくれ。」

それでも千手は、名残惜しそうに瑠璃光の傍へ寄って、長い間頬擦りをした。物心がついてから一度も離れた例《ためし》のない友と山とに、ちょいとでも別れるのが辛いようでもあり勇ましいようでもあった。彼の感情は、始めて戦場へ出る士卒の興奮によく似て居た。実際死ぬかも知れないと云う懸念と、功を立てゝ凱旋したらと云う希望とが、小さな胸に渦を巻いた。

二日立っても三日立っても、千手は帰って来なかった。谷へでも落ちて死んだのではあるまいかと、同宿の人々は八方へ手分けをして、山中を残らず捜し廻っても、彼の姿は見えなかった。

「上人さま、わたくしは悪い事をいたしました。先日わたくしは上人さまへうそを申したのでございます。」

こう云って、瑠璃光丸が上人の前に手をつかえて、生れて始めて不妄語戒《ふもうごかい》*を犯した事を懺悔したのは、千手が居なくなってから、十日程過ぎた後であった。

「横川から帰る道すがら、千手どのを見失ったと申したのは譃でございます。千手どのはもう此の山には居りませぬ。たとい人に頼まれたとは云え、心にもない偽りを申したのは、わたくしが悪うございました。どうぞお許し下さりませ。なぜわたくしはあの時に、千手どのを止めなかったのでございましょう。」

そう云いながら、瑠璃光丸は畳へひれ伏してくやし泣きに身を悶えた。

自分が兄とも頼んで居た千手丸は、今ごろ何処をうろついて居るだろう。いかなる野末の草に寝《い》ね、露に濡れて居るだろう。半日のうちに戻って来ると、あれ程堅く云い残した言葉を思えば、きっと何か変事があったに相違ない。此の上は徒らに山内を捜索するより、浮世を隈なく調べて貰いたい。そうして幸いに生き長らえて居たら、一刻も早く救い出して貰いたい。――瑠璃光丸はそう決心して、叱られる事を覚悟しながら、千手が山を降りた動機を、包まず上人に白状したのであった。

「一旦浮世へ出て行ったからには、大海の中へ石ころを投げたも同然。千手の体は、もうどうなったか分りはせぬ。」

上人は少年に対して威厳を示す為めに、ことさら眼をつぶって息を吸い込むようにして、考え深い口調で云った。

「それにしても、お前は妄想に迷わされずによく山に残って居た。年は下でも、お前と千手とは幼い時分から機根*が違って居た。――さすがに血と云うものは争われない。」

千手丸は百姓上りの長者の悴、瑠璃光丸はやんごとない殿上人《てんじょうびと》の種である。「血と云うものは争われない。」と云う文句は、二人の器量や品格が比較される度毎に、以前から屢〻人の口の端に上って、瑠璃光の耳にも響いて居たが、それを上人から聞かされるのは今日が始めてゞあった。

「ほしいまゝに掟を破って、山を脱け出るとは憎い奴だが、そんな愚かな真似をした罰で、憂き目を見て居るだろうと思うと、不便《ふびん》にも感ぜられる。今ごろは犬に食われたか賊に浚われたか、恐らく無事で生きては居まい。もう此の世にはいないものとあきらめて、冥福を祈ってやるとしよう。それにつけてもお前は決して煩悩を起してはなりませぬぞ。千手丸がよい見せしめだ。」

こう云って上人は、悧発らしい、くり〳〵とした瑠璃光の眼の球を覗きながら、「何と云う賢い児だろう。」と云わぬばかりに、その背筋を撫でゝやった。

毎晩瑠璃光はたった一人で、上人のお次の部屋に寝なければならなくなった。別れる時に、「では直き帰って来る。」と云い捨てゝ、人目にかゝらぬように、わざと往き来の淋しい崎《き》嶇《く》たる岨道《そばみち》*を、八瀬《やせ》*の方へ辿って行った千手丸の後姿が、夜な〳〵彼の夢の中で、小さく〳〵遠くへ消えた。今になって考えれば、見す〳〵命を落す事に極まって居たものを、無理にも断念させなかったのは、自分にも罪があるような気がするけれども、あの折自分が一緒に行ったら、どんな禍が待って居たゞろうと思うと、彼は己れの幸運を祝福せずには居られなかった。

「此れと云うのも、自分には御仏の冥護が加わって居たのだ。自分は飽くまでも上人の仰せを守り、行く末高徳の聖《ひじり》になって、必ず千手丸の菩提を弔ってやろう。」

そう繰り返して、瑠璃光は心に誓った。果して自分が、上人から褒められたほどの鋭い機根を備えて居るなら、いかなる難行苦行にも堪えて、遂には真如法界の理《ことわり》*を悟り、妙覚*の位を證する事が出来るに違いない。――――こう思うだけでも、けなげな彼の頭の中には、信仰の火が燃え上るように感ぜられた。

やがて其の年の秋が来た。千手が山を下ってから既に半年の月日が過ぎた。満山の蟬しぐれがうら悲しい蜩《ひぐらし》の声に代り、やがて森の梢がそろ〳〵黄ばみ始めた時分である。瑠璃光丸は或る日ゆうべの勤行《ごんぎょう》を終って、文殊楼の前の石段を、宿院の方へ降りて行くと、

「もし、もし、あなたさまは瑠璃光丸さまと仰っしゃいますか。」

こう云って、あたりを憚るように、石段の上から小声で呼びかける者があった。

「わたくしは山城の国の深草の里から、主《あるじ》の使で、あなたさまをお尋ね申して参りました。この文を私からあなた様へ、直き〳〵にお渡し申すように、云い付かって居《お》るのでございます。」

男は楼門の蔭に身を隠して、袂の裏に忍ばせてある文の端を、何か曰《いわ》くがありそうにちらりと示しながら、頻りにぺこ〳〵お時儀をして瑠璃光をさしまねいた。

「――――こう申したゞけではお分りになりますまいが、くわしい訳は此れにしたゝめてございます。此の文を、成るべく人目にかゝらぬように御覧に入れて、是非御返事を伺って参れと云う、主の申し付けでございます。」

瑠璃光は、いやしい奴僕《ぬぼく》の風俗をした、二十《はたち》あまりの薄髯のある男の顔を、胡散《うさん》らしく見守って居たが、何心なく受け取った文の面に眼を落すと、

「お丶、千手どの丶手だ。」

と、我を忘れて叫ばずには居られなかった。その甲高《かんだか》い調子を、男は制するようにして言葉を続けた。

「さようでございます。よく覚えて居て下さいました。その文の主《ぬし》は、あなたさまと仲好しであった千手丸さま、今の私のあるじでございます。ことしの春、山を降りると程なく恐ろしい人買いに浚われて、長い間いたましい思いをなさいましたが、未だに御運が尽きなかったのでございましょう、ちょうど二た月ばかり前に、深草の長者の許へ下男に売られたのが縁となって、あの優しいみめかたちを長者の娘に見初められて、今では其の家の聟になり、何不足ない羨ましい御身分におなりなさいました。ついてはいつぞやの御約束通り、浮世の様子をあなた様へお知らせ申したく、この文を持参いたしたのでございます。浮世は決して、山の上で考えて居たような幻でもなく、恐ろしい所でもない。女人と云うものは、猛獣や大蛇などに似ても似つかない、弥生の花よりもきらびやかで、御仏のように情深いものだと云うことが、こま〴〵と書いてある筈でございます。千手丸さまは、長者の娘ばかりか多くの女人に恋い慕われて、明日《あす》は神崎、きょうは蟹島、江口*と云うように、処々方々を浮かれ歩いて、二十五菩薩*よりもうるわしい遊女の群《むれ》にかしずかれながら、

春の野山を狂い飛ぶ蝶々のような、楽しい月日を送っておいでになるのでございます。かほどに面白い浮世とも知らずに、わびしく暮らしておいでになるあなた様の御身の上を考えると、お気の毒でなりませんので、成ろう事ならそっと深草の里へお迎え申して、昔のよしみに此の仕合わせを分けて上げたいと、かように主人は申して居ります。私がお見受け申しても、あなた様は千手丸さまにも勝った美しい、愛らしいお稚児でいらっしゃるのに、こう云う山の中でお果てなさるのは、あまり勿体のうございます。あなた様のようなお立派な御器量のお方が、世の中へお出でになったら、どんなに人々から持て囃されいとしがられるでございましょう。まあわたくしの申すことが譃かまことか、その文を御覧なすって下さいまし。そうして是非、わたくしと一緒に深草へお出で下さいまし。私は此れから近江の国の堅田の浦へ打ち越えて、あすの明け方には再び此処へ戻って参ります。それまでの間によく〳〵分別をなすって、決心がおつきになったら、誰にも見咎められないように、此の楼門の下で私を待っていらっしゃいまし。必ず〳〵悪いようにはいたしませぬ。もしあなた様をお連れ申す事が出来たら、主人はどれほど喜ぶでございましょう。」

こう云って、にこ〳〵笑って居る男の風体が、瑠璃光には訳もなく恐ろしかった。半歳ぶりで思いもかけぬ友の消息を得た嬉しさを、しみ〴〵と味わう暇もなく、自分の一生の運命にかゝわる重大な問題を、不意に鼻先へひろげられた彼は、暫く息が詰まるような、眼が眩むような心地に襲われて、戦慄しながら立ちすくんで居た。

「さても其の丶ちの数々の事ども、いづこに筆に起しいづこに筆をとゞむべくさふらふやらむ。みづから山に罷りこし絶えて久しき対面《たいめ》して、まのあたり申し聞えんとおぼえ候へども、一旦掟を破りさふらふ身にては、一乗*のみね高くそばだちて仰ぐべからず、一味*のたに深くたゝへて近づきがたしとこそ覚え候へ………」

こう書いてある手紙の端を持ったまゝ、瑠璃光は自分の身を疑うが如く、たゞ上《うわ》の空で、ところ〲の文言を慌《あわただ》しく読み散らした。「半日がほどにて帰り候はんなど申し候て、かく打ち過しさふらふ間、さだめてわれに謀《はか》られたりとおぼし召され候はんこと、かへす〲もくちをしく心ぐるしくおぼえ候。千手が身に於いては、さるこゝろがまへ初より露ばかりも候はず、その日のゆふぐれ宿坊へ戻り候はんとてすでに雲母越《きららごえ》*にさしかゝり候をりふし、俄かに物蔭よりをどり出でたる人のさまにて、浅ましう口をふたがれ眼をふたがれて何処《いずく》ともなく舁き行かれさふらふほどのこゝち、仏罰たちどころにいたりて生きながら三途八難*に赴くかとおぼえ候ひしぞや。」こう云う殊勝な文句もあれば、また思い切って大胆な、「あらをかしやあらをかしや、」と云う言葉を以て書き起した、神をも仏をも憚らぬような一節が見えた。「あらをかしやあらをかしや、浮世は夢にても幻にても候はず、まことは西方浄土を現じたる安楽国*にて候ぞや。けふこのごろの千手が為めには、一念三千*の法門も、三諦円融《さんたいえんゆう》*の観行《かんぎょう》も、さらに要ありとも覚えずさふらふ。円頓《えんどん》*の行者たらんよりは、煩悩の凡夫たらんこと、はるかに楽しくよろこばしく候ぞかし。かように申しさふらふことをば、かまへて御惑ひあるべからずさふらふ。とく〳〵御《おん》こゝろをひるがへして、山を降りさせたまふべきなりとおぼえ候。」――此れがまさしくあの千手丸の口吻であろうか。あれほど信心深かった、煩悩の二字を呪いに呪って居た千手丸の、此れがほんとうの料簡であろうか。その文章の全幅に溢れて居る冒瀆な言語と、妙に浮き〳〵した調子と、一種人を圧迫するような意気組みとは、瑠璃光の胸に強い反感を挑発すると共に、一方ではそれと同じ強さを以て、長い間頭の奥に潜んで居た「浮世」に対する好奇心が、むら〳〵と湧いて来るのであった。

「あすの朝までゞよろしゅうございますからとっくりとお考えなさいまし。申すまでもございませんが、決して他人に相談をなすってはなりません。此の山の坊さんたちの云うことは、みんな真赤な譃でございます。あなた様のような罪のないお稚児に、世の中をあきらめさせようとして、好い加減な気休めを云うのでございます。兎にも角にも、其の文をゆっくり御覧になった上、御自分で御分別をなさいまし。ようございますか。」

男は瑠璃光の顔つきに表れて居る狐疑*の色を、それと見て取ってそゝのかすように云った。そうして、いそがしそうに二三度軽く頭を下げて、すた〳〵と石段を駈け降りて行った。

それでもまだ、瑠璃光の体のふるえは止まらなかった。男は純潔な生一本《きいっぽん》な少年の心に、這入り切れないほどの重苦しい物を托して行った。自分が明日の朝までに用意して置く返答に依って、自分の将来がどうにでもなる。――そんな大事件が、彼の手に委ねられた例《ためし》は嘗てなかった。そう自覚するだけでも、彼は激しい動悸を制することが出来なかった。夜になっても、不安と興奮とに脳裡を支配されて、彼は到底与えられた問題を、静かに落ち着いて考える訳には行かなかった。長《とこし》えに封ぜられて居た「女人」の秘密を発《あば》き、いたるところに驚異の文字を連ねてある不思議な手紙を、もう少し胸騒ぎが治まってから読み返して見ようと思いながら、そっと机の上に載せたまゝ、彼は瞑目して一心に仏を念じた。なつかしい旧友の消息ではあるけれど、折角自分が勇猛《ゆうみよう》精進《しようじん》*の志を堅めて、随縁《ずいえん》起《き》行《ぎよう》*の功を積もうとして居るものを、不意に横あいから掻き乱そうとするのが、恨めしくもあり腹立たしくもあった。

「読めば迷いの原《もと》になる。いっそ焼き捨てゝしまおうかしらん。」

こう思う傍から、「そんなに危険を感ずるほど、自分は弱い人間ではない。」と、己れの卑怯を嘲笑《あざわら》う気にもなった。自分が迷うのも迷わぬのも、御仏の思召一つである。浮世が幻でないと云う千手丸の言葉が、果してどれだけ信ずるに足るか、どれだけ自分を誘惑するか。その誘惑に堪えられないくらいなら、自分は御仏に捨てられたのであると、おり〳〵頭を擡げて来る好奇心が、彼にいろ〳〵の弁解の辞を作らせずには措かなかった。

「……そも〳〵女人のやさしさ美しさ、絵にも文にもかきつくしがたく、何にたとへ何にくらべてか告げまゐらせ候はん。……きのふもよどの津*に舟をうかべて、江口とまうすところに参りさふらへば、川ぞひの家々よりあまたの遊女《あそびめ》たち水にさをさして寄りつどひ候ありさま、せいしぼさち*の降り立ちたまふか、楊柳観世音*の仮形《けぎよう》したまふかとあやしまれて、世にもめでたくありがたくおぼえさふらひしに、やがて千手が舟をめぐりて口々に催馬楽《さいばら》*をうたひどよもし候へば、何にてもあれ、歌一首きかせてんやと申しさふらふほどに、一人の遊女*ふなばたをたゝいて、有漏路《うろじ》より無漏路《むろじ》へかよふ釈迦だにも、羅睺《らご》羅《ら》が母はありとこそきけど、くりかへしくりかへし、節をかしううたひ出で候ものか。

……」

その前後の文章は、千手が渾身《こんしん》の力をこめて、瑠璃光の道心*を突き崩そうとして居るような書き方であった。生れ落ちてから十六年の後、はじめて世間と云うものを見せられた若《わこ》人《うど》の、無限の歓喜と讃嘆とが、其処に声高く叫ばれて居た。或るところでは有頂天になって踊り上り、或るところでは自分を歎いて居た上人を怨み、或るところでは幼馴染の瑠璃光の為めに、昔に変らぬ友情を誓って、下山をすゝめて居るのであった。瑠璃光は今までに此れほど深い読後の印象を、経文の一節からも、他の何物からも受けた事はないように感ぜられた。

「十万億土*の彼方にあると信ぜられて居た極楽浄土は、つい此の山の麓にある。其処には無数の生きた菩薩が居て、自分が行けばいつでも款待してくれる。」――――此の驚くべき事実は、もはや一点の疑う余地もない。千手の手紙には書き洩らしてあるけれども、其処には定めて迦陵頻伽《かりようびんが》*や孔雀や鸚鵡が囀って居るのであろう。金銀赤珠《しやくしゆ》*の階道が築かれて居るのであろう。忽ち瑠璃光の眼の前には、お伽噺にあるような素晴らしい空想の世界が描き出されたのであった。それほど楽しい世界へ降りて行くことが、何故《なにゆえ》悟道の妨げになるのであろう。何故上人は、その世界を卑しみ、その世界から自分たちを遠ざけようとなさるのであろう。彼は誘惑に打ち克とうとする前に、打ち克たなければならない理由を知りたかった。

彼はほの暗い燈火のかげに文を繰り展《ひろ》げて、幾度も読み返しながら、一と晩中、まんじりともせずに考え明かした。自分の智識、自分の理解力のあらゆる範囲から、手紙の事実を否認するに足るだけの、何等かの拠りどころを掴み出そうと藻掻いても見た。我ながらけなげであると思われるほど、良心の声に耳を傾け仏の救いを求めても見た。そうして結局、彼が最後の決心を躊躇させて居るものは、たゞ住み馴れた宿院の生活に対する未練と、上人の訓戒が強いる盲目的な畏敬との外には、何も存在しないのであった。

しかし、此の二つの物は案外執拗に彼の心を把えていた。彼がどうしても山を降りまいと努めるならば、此の二つの感情を、出来るだけ高調するより道はなかった。

「お前は千手丸の言葉を信じて、仏陀の教や上人の警めを信じないのか。勿体なくも仏陀や上人を謔つきだと云うのか。それでお前は済むと思うのか。」

こう、彼は声に出してまで呟いて見た。浮世は千手丸の云うように、きっと面白い所に相違ない。けれども其の面白さに引かされて、十四年来築き上げた堅固な信仰を、一朝にして抛ってしまってよいであろうか。自分は此の間から、難行苦行に堪えようと云う誓いを立てゝは居なかったか。現世の快楽を得られたにしても、その為めに仏罰を蒙って、来世で地獄へ堕ちるのであったら、十倍二十倍の苦痛ではないか。

「血と云うものは争われない。………」

この文句が、その時ふと瑠璃光の胸に浮かんだ。自分と千手丸とは幼い折から機根が違って居る。自分には御仏の加護がある。自分が今、運よく「来世の応報」を想い出したのも、必ず御仏の加護に違いない。来世と云うものがある以上、自分はどうして仏罰を恐れずに居られよう。千手丸は信じて居ないようであるが、上人はわれ〳〵に現世の快楽を禁ぜられたのであろう。それでこそ始めて、自分の機根が優れて居ると云えるではないか。自分は飽く迄も来世を信じ、仏罰を信じよう。上人が自分を褒めて下すったのは、此処のことを云うのではないか。

その考は、たとえば天の啓示のように瑠璃光の頭上に降って来た。最初は電光の如く閃々《せんせん》ときらめいて居たものが、次第に海の波濤の如くひろがって、ひた〳〵と瑠璃光の魂を浸し、全身に漲って来た。そのすが〳〵しい、嚠朗《りゆうろう》*たる音楽に酔って居るような心持は、三昧の境地に這入った行者でなければ味い得ない、貴い宗教的感激であるかのように覚えたのであった。瑠璃光は我知らず掌《たなぞこ》を合わせて眼に見えぬ仏を拝んだ。そうして、胸の奥で次の言葉をつゞけざまに繰り返した。

「しばしの間でも今生の栄華に心を移して、来世の果報を捨てようとした愚かな罪を、どうぞお許し下さいまし。もうわたくしは二度と再び、今夜のような浅ましい考を起すことはございませぬ。どうぞお許し下さいまし。」

もうどんな事があっても、自分は人の誘惑に乗りはしない。千手丸が現世の快楽に耽りたいと思うなら、独りで勝手に耽るがよい。それで来世は無間《むげん》地獄へ真っ倒《さかさ》まに落されて、無量劫*の苦しみを忍ぶがよい。その折にこそ自分は西方浄土へ行って、高い所から彼の泣き喚く姿を瞰おろしてやろう。もう何と云われても、自分の信念は揺ぎはしない。自分は危機一髪の際に喰い止めたのだ。もう大丈夫、もうたしかだ。

瑠璃光が斯う云う決心に到達した時、長い秋の夜がしろ〲と明るくなって、暁の勤行の鐘が朗らかに鳴った。彼は平生より幾層倍も緊張した心を抱いて、今しがた眼を覚ましたらしい上人の居間へ、うや〲しく伺候した。

千手丸の使の男は、その日の朝の卯の刻ごろに、文殊楼の石段のほとりに待って居ると、果して其処へ瑠璃光丸はやって来たが、少年の答は彼の予期に外れて居た。

「浮世は面白いであろうが、まろには少し仔細があって、山を降りるのを止めにする。まろは女人の情《なさけ》よりも、やはり御仏の恵みの方が有り難い。」

と、瑠璃光は云った。そうして懐から昨夜の文殻を取り出しながら、

「まろは、此の世で苦労する代りに、後の世で安楽を享ける積りだと、千手どのに伝えておくれ。此の文を持って居ると却って心の迷いになる、どうぞ此れも、ついでに持って帰っておくれ。」

男が不思議そうに眼をしばだゝいて、何事をか云おうとして居る隙に、急いで瑠璃光は文殻を地に投げ捨てゝ、後をも見ずに宿房の方へ姿を消した。

かくて其の年の冬になった。

「もうお前も、来年は十五になる。千手丸の例もあるから、春になったら早々出家をするがよい。」

と、上人は瑠璃光に云った。

だが、一旦旧友の消息に依って、掻き乱されそうになった彼の心は、一時の情熱で無理に抑えては居たものゝ、決して長く平静を保っては居なかった。彼の胸にも、だん〳〵煩悩が曙の光を放ち始めた。嘗て千手丸を苦しめた妄想の意味が、彼にもよう〳〵分りかけて来た。彼も千手丸と同じように、女人の俤を夢に見たり、堂塔の諸菩薩の像に蠱惑《こわく》を感ずる時代となった。どうかすると、彼は千手丸の手紙を返してしまったのが、惜しいような気持がした。ことによったら、また深草から使の男が来はしまいかと、何となく待たれる日もあった。彼は上人に顔を見られるのが恐ろしかった。

けれども、未だに「御仏の冥護」*を信じて居る瑠璃光は、千手丸のような無分別な行動を取ろうとはしなかった。彼は或る時上人の前に畏まって、こんな事を云った。

「上人さま、どうぞわたくしの愚かさを憐んで下さいまし。今ではわたくしも、千手どのを嘲笑うことが出来ない人間になりました。どうぞ私に、煩悩の炎を鎮める道を、女人の幻を打ち消す方法を、授けて下さいまし。解脱の門に這入る為めには、どんなに辛い修行でも厭わぬ覚悟でございます。」

「お前は其れを、よくわしに懺悔してくれた。見上げた心がけだ。感心な稚児だ。」

と、上人が云った。

「そう云う邪念が萌《きざ》した時には、偏《ひと》えに御仏の御慈悲にお縋り申すより仕方がない。此れから二十一日の間、毎日怠らず水垢離《みずごり》*を取って、法華堂に参籠するがよい。そうすればきっと御利益《ごりやく》に与って、忌まわしい幻を打ち払うことが出来るだろう。」

こう上人が教えてくれた。

ちょうど其の明くる日から二十一日目の、満願の夜であった。瑠璃光が堂内の柱に靠れながら、連日の疲労の結果とろ〳〵と居睡りをして居ると、夢の中に気高い老人の姿が現れて、頻りに彼の名を呼んで居るらしかった。

「わしはお前によい事を知らせて上げる。お前は前世《さきのよ》で、天竺《てんじく》の或る国王の御殿に仕えて居る役人であった。その時分、其処の都に一人の美しい女人が居て、お前を深く恋い慕って居た。しかしお前は、其の頃から道心の堅固な、情慾に溺れない人間であった為め、女人はどうしてもお前を迷わす事が出来なかったのだ。お前は女人の色香を斥《しりぞ》けた善因に依って、此の世では上人の膝下に育てられ、有り難い智識を授かる身の上になったが、お前を慕うて居た女人も、未だにお前を忘れかねて、姿を変えて此の山の中に住んで居る。お前が女人の幻に苦しめられて居るなら、その女に会ってやるがよい。その女は、お前を迷わせようとした罪の報いで、此の世では禽獣の生《しょう》を享けたが、貴い霊場を棲み家として、朝夕経文を耳にした為めに、来世には西方浄土に生れるのだ。そうして、漸く極楽の蓮華の上で、お前と共に微妙の菩薩の相を現じて、尽十方*の仏陀の光明に浴するのだ。その女は今、独りで此の山の釈迦が嶽*の頂きに、手疵《てきず》を負うて死のうとして居る。早く其の女に会ってやるがよい。そうしたら、其の女はお前より先に阿弥陀仏の国へ行って、お前の菩提心を蔭ながら助けてくれるだろう。お前の妄想は必ず名残なく晴れるだろう。――わしはお前の信仰を賞《め》ずる余り、普賢菩薩*の使者となって兜率天*から降りて来たものだ。お前の信仰が行くすえ長く揺がないように、此の水晶の数珠を与える。決してわしの言葉を疑うてはなるまいぞ。」

瑠璃光がはっとして我に復《かえ》った時、もう老人の姿は見えなかったにも拘らず、彼の膝の上には、正しく水晶の数珠が暁の露のように、珊々《さんさん》と輝いて居た。

十二月も末に近い朝まだきの、身を切るような寒風の中を、釈迦が嶽の頂上へ登ろうとするのは、いたいけな稚児に取って、三七日の水垢離に増す難行であろうものを、浅からぬ三世の宿縁*を繋いで居る女人の、現世の姿に会いたさに、嶮しい山路を夢中で辿って行く瑠璃光には、何の苦労も何の障礙*も感ぜられなかった。途中から霏々《ひひ》*として降り出した綿のような雪さえも、彼の一徹な意志と情熱とを、ます〱燃え上らせる薪に過ぎなかった。見る〱うちに天も地も谷も林も、浩蕩《こうとう》*たる銀色に包まれて行く間を、彼は幾たびか躓《つまず》き倒れながら進んだ。

よう〱頂上に達したと思われる頃であった。渦を巻きつゝ繽紛《ひんぷん》*として降り積る雪の中に、それよりも更に真白な、一塊の雪の精かと訝しまれるような、名の知れぬ一羽の鳥が、翼の下にいたましい負傷を受けて、点々と真紅の花を散らしたように血をしたゝらせながら、地に転げて喘ぎ悶えて苦しんで居た。その様子が眼に留まると、瑠璃光は一散に走り寄って、雛をかばう親鳥の如く、両腕に彼女をしっかりと抱き締めた。そうして、声も立てられぬほどの嵐の底から、弥陀の称号*を高く〱唱えて、手に持って居た水晶の数珠を彼女の項《うなじ》にかけてやった。

瑠璃光は、彼女よりも自分が先に凍え死にはしないかと危ぶまれた。彼女の肌へ蔽いかぶさるようにして、顔を伏せて居る瑠璃光の、可愛らしい、小さな建築のような稚児輪*の髪に、鳥の羽毛とも粉雪とも分らぬものが、頻りにはら〱と降りかゝった。

（大正七年三月作）

母を恋ふる記

大正八年（一九一九）一月十八日から
同年二月十九日まで
「大阪毎日新聞」「東京日日新聞」
（ただし、「東京日日新聞」は同年一月十九日から
二月二十二日まで）

いにしへに恋ふる鳥かもゆづる葉の
三井の上よりなき渡り行く*
——萬葉集——

……空はどんよりと曇って居るけれど、月は深い雲の奥に呑まれて居るけれど、それでも何処からか光が洩れて来るのであろう、外《と》の面《も》は白々と明るくなって居るのである。その明るさは、明るいと思えば可なり明るいようで、路ばたの小石までがはっきりと見えるほどでありながら、何だか眼の前がもや〳〵と霞んで居て、遠くをじっと見詰めると、瞳が擽《くすぐ》ったいように感ぜられる、一種不思議な、幻のような明るさである。何か、人間の世を離れた、遥かな〳〵無窮の国を想わせるような明るさである。その時の気持次第で、闇夜とも月夜とも孰方《どっち》とも考えられるような晩である。しろ〴〵とした中にも際立って白い一《ひ》とすじの街道が、私の行く手を真直に走って居た。街道の両側には長い〳〵松並木が眼のとゞく限り続いて、それが折々左の方から吹いて来る風のためにざわ〳〵と枝葉を鳴らして居た。風は妙に湿り気を含んだ、潮の香の高い風であった。きっと海が近いんだなと、私は思った。私は七つか八つの子供であったし、おまけに幼い時分から極めて臆病な少年であったから、こんな夜更けにこんな淋しい田舎路を独りで歩くのは随分心細かった。

なぜ乳母《ばあや》が一緒に来てくれなかったんだろう。乳母はあんまり私がいじめるので、怒って家《うち》を出てしまったのじゃないか知ら。そう思いながらも、私はいつも程恐がらないで、其の街道をひたすら辿って行った。私の小さな胸の中は、夜路の恐ろしさよりももっと辛い遣るせない悲しみのために一杯になって居た。私の家が、あの賑かな日本橋の真中《まんなか》にあった私の家が、*斯う云う辺僻《へんぴ》な片田舎へ引っ越さなければならなくなってしまったこと、昨日に変る急激な我が家の悲運、*――それが子供心にも私の胸に云いようのない悲しみをもたらして居たのであった。私は自分のことを可哀そうな子供だと思った。此の間までは黄八丈*の綿入れに艶々とした糸織*の羽織を着て、ちょいと出るにもキャラコ*の足袋に表附き*の駒下駄*を穿《は》いて居たものが、まあ何と云う浅ましい変りようをしたのだろう。まるで寺小屋の芝居に出て来る涎《よだれ》くり*のような、うすぎたない、見すぼらしい、人前に出るさえ耻かしい姿になってしまって居る。そうして私の手にも足にもひびやあかぎれが切れて軽石のようにざら〳〵して居る。考えて見れば乳母が居なくなったのも無理はない。私の家にはもう乳母を抱えて置く程のお金がなくなったのだ。それどころか、私は毎日お父さんやお母さんを助けて、一緒に働かなければならない。水を汲んだり、火を起したり、雑巾がけをしたり、遠い所へお使いに行ったり、いろ〳〵の事をしなければならない。

もう、あの美しい錦絵のような人形町の夜の巷をうろつく事は出来ないのか。水天宮《すいてんぐう》の縁日*にも、茅場町《かやばちょう》の薬師様*にも、もう遊びに行く事は出来ないのか。それにしても米屋町*の美代《みい》ちゃんは今頃どうして居るだろう。鎧橋*の船頭の悴《せがれ》の鉄公はどうしたゞろう。蒲鉾屋の新公や、下駄屋の幸次郎や、あの連中は今でも仲よく連れだって、煙草屋の柿内の二階で毎日々々芝居ごっこをして居るだろうか。もうあの連中とは、大人になるまで恐らくは再び廻り遇う時はない。それを考えると恨めしくもあり情なくもある。だが、私の胸を貫いて居る悲しみは単に其のためばかりではないらしい。ちょうど此の松並木の月の色が訳もなく悲しいように、私の胸には理由の知れない無限の悲しみが、ひし〳〵と迫って居るのである。なぜ此のように悲しいのだろう。そうして又、それ程悲しく思いながらなぜ私は泣かないのだろう。私は不断の泣虫にも似合わず、涙一滴こぼしては居ないのである。たとえば哀音に充ちた三味線《しゃみせん》を聞く時のような、冴え〴〵とした、透き徹った清水のように澄み渡った悲しみが、何処からともなく心の奥に吹き込まれて来るのである。

長い〳〵松原の右の方には、最初は畑があるらしかったが、歩きながらふと気が付いて見ると、いつの間にやら畑ではなくなって、何だか真暗な海のような平面がひろ〴〵と展《ひら》けて居る。そうして、平面のところ〴〵に青白いひら〳〵したものが見えたり隠れたりする。左の方から、例の磯ッ臭い汐風が吹いて来る度に、其の青白いひら〳〵は一層数が多くなって、皺がれた、老人の力のない咳を想わせるような、かすれた音を立てながらざわ〳〵と鳴って居る。海の表面に波頭が立つのか知らとも考えたが、どうもそうではないらしい。

海があんなカサカサした声を出す訳がない。どうかした拍子には、魔者が白い歯をムキ出してにや〳〵笑って居るようにも見えるので、私は成るべく其の方へ眼をやらないように努めた。けれども、薄気味が悪いと思えば思うほど、やっぱり見ずには居られなくなって、時々ちらりと其の方を偸《ぬす》み視る。ちらり、ちらり、と、何度見ても容易に正体は分らない。ざあーッと云う松風の音の間から、カサカサと鳴る声がいよ〳〵繁く私の耳を脅かして居る。すると、そのうちに左の松原の向うの遠いところから、ど、ど、どゞん――と云うほんとうの海の音が聞えて来た。あれこそたしかに波の音だ。海が鳴って居るのだ、と私は思った。その海の音は、離れた台所で石臼を挽くように、微かではあるが重苦しく、力強く、殷々《いんいん》*と轟いて居るのである。

浪の音、松風の音、カサカサと鳴るえたいの知れぬ物の音、――私は時々ぴったりと立ち止まって、身に沁み渡るそれ等の音に耳を傾けては、又とぼ〳〵と歩いて行った。折々、田圃の肥料《こやし》の臭いのようなものが何処からともなく匂って来るのが感ぜられた。過ぎて来た路を振り返ると、やはり行く手と同じような松の縄手*が果てしもなくつゞいて居る。孰方を向いても人家の灯らしいものは一点も認められない。それに、先《さつき》からもう一時間以上も歩いて居るのに人通りが全くない。たま〳〵出会うのは左側の松原に並行して二十間置きぐらいに立って居る電信柱だけである。そうして其の電信柱も、あの波の音と同じようにゴウゴウと鳴って居る。私はしょざいないなさに一本の電信柱を追い越すと、今度は次の電信柱を目標にして、一本、二本、三本、………と云う風に数えながら歩いて行くのであった。

三十本、三十一本、三十二本、………五十六本、五十七本、五十八本、………こう云うようにして、私が多分七十本目の電信柱を数えた時分であったろう、遠い街道の彼方に始めて一点の灯影が、ぽつりと見え出したのである。自然と私の目標は電信柱から其の灯の方へ転じたが、灯は幾度か松並木の間にちら〳〵と隠れては又現れる。灯と私との間隔は電信柱の数にして十本ぐらい離れて居るらしく思われたけれど、歩いて見るとなか〳〵そんなに近くではない。十本どころか、二十本目の柱を追い越しても、灯は依然として遠くの方でちら〳〵して居る。提灯の火ほどの明るさで、じっと一つ所に停滞して居るようであるが、しかし或は私と同じ方角に向って同じような速力で一直線に動きつゝあるのかも知れない。………

私が、よう〳〵其の灯のある所から半町*ほど手前までやって来たのは、それから何分ぐらい、或は何十分ぐらい後であったろう。提灯の明るさほどに鈍く見えて居た其の光は、やがてだん〳〵強く鮮かになって、その附近の街道の闇を昼間のようにハッキリと照して居る。ほの白い地面と、黒い松の樹とを長い間見馴れて来た私は、その時やっと、松の葉と云うものが緑色であったことを想い出した。其の灯はとある電信柱の上に取り附けられたアーク燈*であったのである。ちょうど其の真下へ来た時に、私は暫く立ち止まって、影をくっきりと地面に映して居る自分の姿を眺め廻した。ほんとうに、松の葉の色をさえ忘れて居たくらいなのだから、若《も》しも此の辺でアーク燈に出遇わなかったら、私は自分の姿まででも忘れてしまったかも知れない。こうして光の中に這入って見ると、今通って来た松原も、此れから行こうとする街道も、私の周囲五六間ばかりの圏の内を除いては、総べて真黒な闇の世界である。あんな暗い処を自分はよく通って来たものだと思われる。恐らくあの暗闇を歩いた折には自分は魂ばかりになって居たかも分らない。そうして、此の明るみへ出ると共に肉体が魂の所へ戻って来たのかも分らない。

其の時私はふっと、例のカサカサと云う皺嗄《しわが》れた物の音が未だに右手の闇の中から聞えて居るのに心付いた。白いヒラヒラしたものが、アーク燈の光を受けて、先よりは余計まざ〳〵と暗中に動いて居るようである。其の動くのが薄ぼんやりとした明りを帯びているだけに、却って一層気味悪く感ぜられる。私は思い切って、松並木の間から暗い方へ首を出して、そのヒラヒラした物をじっと視詰めた。一分……二分……暫く私はそうして視詰めていたけれど、矢張正体は分らなかった。白い物がつい私の足の下から遠い向うの真暗な方にまで無数の燐が燃えるようにぱっと現れては又消えてしまう。私はあまり不思議なので、ぞっと総身に水を浴びたようになりながらも、猶暫くは凝視を続けていた。そうしているうちに次第々々に、ちょうど忘れかゝっていたものが記憶に蘇生《よみがえ》ってくるような工合に、或は又ほの〴〵と夜が明けかゝるような塩梅《あんばい》に、その不思議な物の正体がふいっと分って来たのである。その真暗な茫々たる*平地は一面の古沼であって、其処に沢山の蓮が植わっていたのである。蓮はもう半分枯れかゝって、葉は紙屑か何ぞのように乾涸《ひから》びている。その葉が風の吹く度にカサカサと云う音を立てゝ、葉の裏の白いところを出しながら戦《そよ》いでいるのであった。

それにしても其の古沼は非常に大きなものに違いない。もう余程前から私を脅かしているのである。全体これから先何処まで続いているのかしらん。――そう思って、私は沼の向うの行く手の方を眺めやった。沼と蓮とは眼の届くかぎり何処までも何処までも横わっていて、遥かにどんよりと曇った空に連なっている。まるで暴風雨の夜の大海原を見渡すようである。が、その中にたった一点、沖の漁《いさ》り火のように赤く小さく瞬くものがある。

「あ、彼処に灯が見える。彼処に誰かゞ住んでいるのだ。あの人家が見え出したからには、もう直き町へ着くだろう」

私は何がなしに嬉しくなって、アーク燈の光の中から暗い方へと、更に勇を鼓して道を急いだ。

五六町ばかり行くうちに、灯はだん〳〵近くなって来る。其処には一軒の茅葺の百姓家があって、その家の窓の障子から灯が洩れて来るらしい。彼処には誰が住んでいるのだろう。事によると、あのわびしい野中の一軒家には、私のお父さんとお母さんがいるのではないかしら。彼処が私の家なのではないかしら。あの灯の点っている懐かしい窓の障子を明け

ると、年をとったお父さんとお母さんとが囲炉裏の傍で粗朶《そだ》*を焚いていて、

「お〻潤一か、よくまあお使いに行って来てくれた。さあ上って火の傍にお出で。ほんとうに夜路は淋しかったろうに、感心な子だねえ」

そう云って、私をいたわって下さるのではないかしら。

街道の一と筋路は百姓家のあたりで少しく左の方へ折れ曲っているらしく、右側にあるその家の明りが、ちょうど松並木のつきあたりに見えている。家の表には四枚障子が締め切ってあって、障子の横の勝手口には、縄暖簾《なわのれん》が下っているらしい。暖簾を洩れる台所の火影が街道の地面をぼんやりと照して、向う側の大木の松の根本にまで微かにとゞいている。……もうその家の一間ばかり手前まで私はやって来た。暖簾の蔭の流し元で何かを洗っているらしい水の音が聞える。軒端の小窓からは細い煙がほの〲と立ち昇って、茅葺の軒先に燕の巣のようにも〱と固まっている。今時分何をしているのだろう。こんな遅い時刻に夕餉《ゆうげ》の支度をしているのだろうか。そう思ったとたんに、嗅ぎ馴れた味噌汁の匂がぷーんと私の鼻をおそって来た。それから魚を焼くらしいじく〱と脂の焦げる旨そうな匂がした。

「あ〻お母さんは大好きな秋刀魚《さんま》を焼いているんだな。きっとそうに違いない」

私は急に腹が減って来た。早く彼処に行って、お母さんと一緒に秋刀魚と味噌汁で御膳を喰べたいと思った。

もう私はその家の前まで来た。縄暖簾の中を透かして見ると、やっぱり私の思った通り、お母さんが後向きになって手拭を姐《ねえ》さん冠り*にして竈《へっつい》の傍にしゃがんでいる。そうして火吹竹を持って、煙そうに眼をしばたゝきながら、頻りに竈の下を吹いている。其処には二三本の薪がくべてあって、火が蛇の舌のように燃え上る度毎に、お母さんの横顔がほんのりと赤く照って見える。東京で何不足なく暮していた時分には、ついぞ御飯なぞを炊いたことはなかったのに、さだめしお母さんは辛いことだろう。……ぶく〳〵と綿の這入った汚れた木綿の二子《ふたこ》*の上に、ぼろ〳〵になった藍微塵《あいみじん》*のちゃんちゃんを着ているお母さんの背中は、一生懸命に火を吹いているせいか、傴僂《せむし》のように円くなっている。まあいつの間にこんな田舎のお媼《ばあ》さんになってしまったんだろう。

「お母さん、お母さん、私ですよ、潤一が帰って来たんですよ」

私はこう云って門口のところから声をかけた。するとお母さんは徐《しず》かに火吹竹を置いて、両手を腰の上に組んで体を屈めながらゆっくりと立ち上った。

「お前は誰だったかね。お前は私の悴だったかね」

私の方をふり向いてそう云った声は、あの古沼の蓮の音よりももっと皺嗄れて微かである。

「えゝそうです、私はお母さんの悴です。悴の潤一が帰って来たんです」

が、母はじーっと私の姿を見詰めたきり黙っている。姐さん冠りの下から見える白毛交りの髪の毛には竈の灰が積っている。頬にも額にも深い皺が寄って、もうすっかり耄碌《もうろく》してしまったらしい。

「私はもう長い間、十年も二十年もこうして悴の帰るのを待っているんだが、しかしお前さんは私の悴ではないらしい。私の悴はもっと大きくなっている筈だ。そうして今にこの街道のこの家の前を通る筈だ。私は潤一なぞと云う子は持たない」

「あゝそうでしたか。あなたは余所のお嫗さんでしたか」

そう云われて見れば成程そのお嫗さんは確に私の母ではない。たといどんなに落ちぶれたにしても、私のお母様はまだこんなに年を取っては居ない筈である。――だがそうすると、一体私のお母様の家は何処にあるのだろう。

「ねえお嫗さん、私は又わたしのお母さんに会いたさに、こうして此の街道を先から歩いて居るんですが、お嫗さんは私のお母さんの家《うち》が何処にあるか知らないでしょうか。知っているなら後生だから教えて下さい」

「お前さんのおふくろの家かい?」

そう云って、お嫗さんは眼脂《めやに》だらけな、しょぼ〳〵とした眼を見張った。

「お前さんのおふくろの家なんぞを私が何で知るもんかね」

「そんならお嫗さん、私は夜路を歩いて来て大変お腹が減っているんですが、何か喰べさしてくれませんか」

するとお嫗さんはむっつりとした顔つきで、私の姿を足の先から頭の上までずっと見上げた。

「まああお前さんは、年も行かない癖に、何と云うずうずうしい子供だろう。お前はおふくろがいるなんて、大方譃を云うのだろう。そんな穢いなりをして、お前は乞食じゃないのかい？」

「いえいえお媼さん、そんなことはありません。私にはちゃんとお父《とッ》つぁんもあればおッ母《か》さんもあるのです。私の家《うち》は貧乏ですから、穢いなりをしていますけれど、それでも乞食じゃないんです」

「乞食でなければ自分の家へ帰っておまんまを喰べるがいゝ。私のところにはなんにも喰べるものなんかありゃしないよ」

「だってお媼さん、其処にそんなに喰べるものがあるじゃありませんか。お媼さんは今御飯を炊いていたんでしょう。そのお鍋の中にはおみおつけも煮えているし、その網の上にはお魚も焼けているじゃありませんか」

「まあお前は厭《いや》な児《こ》だ。家の台所のお鍋の中にまで眼を付けるなんて、ほんとうに厭な児だ。このおまんまやお魚やおみおつけはね、お気の毒だがお前さんにはやれないのだよ。今に悴が帰って来たらば、きっとおまんまを喰べるだろうと思って、それで拵えているのだよ。可愛い可愛い悴のために拵えたものを、どうしてお前なんかにやれるもんか。さあさあ、こんなところにいないで早く表へ出て行っておくれ。私は用があるんだよ。お釜の御飯が噴いているのに、お前のお蔭で焦げ臭くなったじゃないか」

お嫗さんは面を膨らせてこんな事を云いながら、そっけない風で竈の傍へ戻って行った。

「お嫗さん〳〵、そんな無慈悲な事を云わないで下さい。私はお腹が減って倒れそうなんです」

そう云って見たけれど、もうお嫗さんは背中を向けたきり返辞もせずに働いている。

……………

「仕方がない。お腹が減っても我慢をするとしよう。そうして早く家のおッ母さんの処へ行こう」

私は独りで思案をして縄暖簾の外へ出た。

そこで左へ曲っている街道の五六町先には、一つの丘があるらしい。路はその丘の麓までほの白く真直ぐに伸びているけれど、丘に突き当ってそれから先はどうなるのだか、此処からはよく分らない。丘には此の街道の松並木と同じような真黒な大きな松の木の林が頂上までこんもりと茂っているようである。暗いのでハッキリは見えないが、さあッ〳〵と云う松風の音が丘全体を揺がしているので、それと想像がつくのである。だん〳〵近づくに随って、路は丘の裾を縫って松の間を右の方へ迂廻している。私の周囲には木の下闇がひた〳〵と拡がって、あたりは前よりも一層暗さが濃くなっている。私は首を上げて空を仰いだ。が、鬱蒼《うっそう》とした松の枝に遮られて空は少しも見えない。頭の上では例の松風の音が颯々《さつさつ》*と聞えている。私はもう、腹の減っていることも何も忘れて、ひたすら恐ろしいばかりであった。電信柱のごう〳〵と云う唸りも蓮沼のカサカサと云う音も聞えなくなって、たゞ海の轟きばかりが未だに地響きをさせて鳴っている。何だか足の下が馬鹿に柔かになって、歩く度毎にぼくり〳〵と凹むような心地がする。きっと路が砂地になったのであろう。そうだとすれば別に不思議はない訳だが、しかしやっぱり気持が悪い。いくら歩いても一つ所を蹈んでいるようである。砂地と云うものがこんなに歩きにくいとは今迄嘗て感じなかった。おまけに、前とは違って僅かの間に路が何遍も左へ曲ったり右へ折れたりする。うっかりすると松林へ紛れ込んでしまいそうである。私は次第に興奮して来た。額にはじいッと冷汗が滲み出て、胸の動悸と息づかいの激しさを自分の耳で明瞭に聞き取ることが出来た。

うつむいて、足下を見詰めながら歩いていた私は其の時ふと、洞穴のような狭い所からひろ〴〵した所へ出かゝっているような気がしたので、何気なく顔を擡《もた》げた。まだ松林は尽きないけれど、其のずっと向うに、遠眼鏡《とおめがね》を覗いた時のように、円い小さい明るいものがある。尤もそれは燈火《ともしび》のような明るさではなく、銀が光っているような鋭い冷たい明るさである。

「あゝ月だ〳〵、海の面に月が出たのだ」

私は直ぐとそう思った。ちょうど正面の松林が疎らになって、窓の如く隙間を作っている向うから、その冴え返った銀光がピカピカと、練絹《ねりぎぬ》のように輝いている。私の歩いている路は未だに暗いけれど、海上の空は雲が破れて、其処から皎々たる月がさしているのだろう。見ているうちに海の輝きはいよ〳〵増して来て、此の松林の奥へまでも眩しいほどに反射する。何だか斯う、きら〳〵と絶え間なく反射しながら、水の表面がふっくらと膨れ上って、澎湃《ほうはい》*と湧き騒いでいるように感ぜられる。

海の方から晴れて来る空は、だん〳〵と此の山陰の林の上にも押し寄せて、私の歩く路の上も刻一刻に明るくなって来る。しまいには私自身の姿の上にも、青白い月が松の葉影をくっきりと染め出すようになる。丘の突角は次第に左の方へ遠退いて行って、私は知らず識らずの間に、殆ど不意に林の中から渺茫《びょうぼう》*たる海の前景のほとりに立たされてしまった。あゝ何と云う絶景だろう。――私は暫く恍惚として其処に彳《たたず》んでいた。私の歩いて来た街道は、白泡の砕けている海岸に沿うて長汀曲浦《ちょうていきょくほ》*の続く限り続いている。此処は三保の松原か、*田子の浦か、*住江の岸か、*明石の浜か、*――兎にも角にも、其れ等の名所の絵ハガキで見覚えのある枝振りの面白い磯馴松《そなれまつ》*が、街道のところ〴〵に、鮮かな影を斜に地面へ印している。街道と波打ち際との間には、雪のように真白な砂地が、多分凹凸に起伏しているのであろうけれど、月の光があんまり隈なく照っているために、その凹凸が少しも分らないで唯平べったくなだらかに見える。その向うは、大空に懸った一輪の明月と地平線の果てまで展開している海との外に、一点の眼を遮るものもない。先刻松林の奥から見えたのは、ちょうど其の月の真下に方《あた》って、最も強く光っている部分なのである。其の海の部分は、単に光るばかりでなく、光りつゝ針金を捩《ね》じるように動いているのが分る。或は動いているために、一層光が強いのだと云ってもよい。其処が海の中心であって、其処から潮が渦巻き上るために、海が一面に膨れ出すのかも知れない。何しろ其の部分を真《まん》中《なか》にして、海が中高に盛り上って見えるのは事実である。盛り上った所から四方へ拡がるに随って、反射の光は魚鱗の如く細々と打ち砕かれ、さゞれ波のうねりの間にちら〳〵と交り込みながら、汀《みぎわ》の砂浜までしめやかに寄せて来る。どうかすると、汀で崩れてひた〳〵と砂地へ這い上る水の中にまでも、交り込んで来るのである。

その時風はぴったりと止んで、あれほどざわ〳〵と鳴っていた松の枝も響きを立てない。渚《なぎさ》に寄せて来る波までが此の月夜の静寂を破ってはならないと力《つと》めるかの如く、かすかな、遠慮がちな、囁くような音を聞かせているばかりである。それは例えば女の忍び泣きのような、蟹が甲羅の隙間からぶつ〳〵と吹く泡のような、消え入るようにかすかではあるが、綿々として尽きることを知らない、長い悲しい声に聞える。その声は「声」と云うよりも、寧ろ一層深い「沈黙」であって、今宵の此の静けさを更に神秘にする情緒的な音楽である。………

誰でもこんな月を見れば、永遠と云うことを考えない者はない。私は子供であったから、永遠と云うはっきりした観念はなかったけれども、しかし何か知ら、それに近い感情が胸に充ち満ちて来るのを覚えた。——私は前にもこんな景色を何処かで見た記憶がある。而も其れは一度ではなく、何度も〳〵見たのである。或は、自分が此の世に生れる以前の事だったかも知れない。前世の記憶が、今の私に蘇生って来るのかも知れない。其れとも亦、実際の世界でゞはなく、夢の中で見たのだろうか。夢の中で、此れとそっくりの景色を、私は再三見たような心地がする。そうだ、確かに夢に見た事があるのだ。二三年前にも、つい此の間も見た事があった。そうして実際の世界にも、其の夢と同じ景色が、何処かに存在しているに違いないと思っていた。此の世の中で、いつか一度は其の景色に出遇うことがある。夢は私に其れを暗示していたのだ。其の暗示が今や事実となって私の眼の前に現れて来たのだ。——

波さえ遠慮がちに打ち寄せているのだから、私も成る可くなら静かな足取りで、ゆっくりと、盗むが如く歩いて行きたかった。が、どう云う訳か私は妙に興奮して、海岸線に沿うた街道を、急ぎ足で逃げるが如く歩を運んだ。周囲の物象があまりしーんとしているので、何だか恐ろしかったのでもあろう。うっかりしていると、自分もあの磯馴松や砂浜のように、じっとしたきり凍ったようになって、動けなくなるかも知れない。そうして此の海岸の石と化して、何年も何年も、あの冷たい月光を頭から浴びていなければなるまい。実際今夜のような景色に遇うと、誰でもちょいと死んで見たくなる。此の場で死ぬならば、死ぬと云う事がそんなに恐ろしくはないようになる。——多分此の考が、私を興奮させるのであったろう。

「隈ない月の光が天地に照り渡っている。そうして其の月に照される程の者は、悉く死んでいる。たゞ私だけが生きているのだ。私だけが生きて動いているのだ」

そう云う気持が私を後から追い立てるようにした。追い立てられゝば追い立てられるほど私はいよ〳〵急《せ》き込んで歩いた。すると今度は、私独りが急き込んでいると云う事が、それが恐怖の種になった。息切れがして苦しいので、ひょいと立ち止まると、否でも応でもあたりの景色が眼に這入って来る。総べての物は依然として閑寂に、空も水も遠い野山も、縹渺《ひょうびょう》*たる月の光に蕩《とろ》け込んで、其の青白い静かさと云ったら、活動写真のフイルムが中途で止まったようである。街道の地面は、さながら霜が降った如く真白で、其の上に鮮かな磯馴松の影が、路端から這い出した蛇のように横わっている。松と影とは根元のところで一つになっているが、松は消えても影は到底消えそうもないほど、影の方がハッキリしている。影が主で、松は従であるかのように感ぜられる。其の関係は私自身の影に於いても同じであった。じっと彳んで自分の影を長く〳〵視詰めていると、影の方でも地べたに臥転《ねころ》んでじっと私を見上げている。私の外に動くものは此の影ばかりである。

「私はお前の家来ではない。私はお前の友達だ。あんまり月が好いもんだから、ついうか〳〵と此処へ遊びに出て来たのだ。お前も独りで淋しかろうから、道連れになって上げよう」

と、影はそんな事を話しかけているようにも思われる。

私はさっき電信柱を数えたように、今度は松の影を数えながら歩いて行った。街道と波打際との距離は、折々遠くなったり近くなったりする。或る時は浜辺をひたひたと浸蝕する波が、もう少しで松の根方を濡らしそうに押し寄せて来る。遠くを這っている時はうすい白繻子《しゅす》*を展《の》べたように見えるが、近くに寄せて来る時は一二寸の厚みを持って、湯に溶けたシャボンの如くに盛上っている。月は其の一二寸の盛上りに対してさえも、ちゃんと正直に其の波の影を砂地へ写して見せている。実際こんな月夜には、一本の針だって影を写さずにはいないだろう。

遥かな沖の方からか、それとも行くての何本も〳〵先の磯馴松の奥の方からか、執方だかよく分らないが、ふと、私の耳に這入って来た不思議な物の音があった。或は私の空耳《そらみみ》であるかも知れないけれど、兎に角それは三味線の音のようであった。ふっと跡絶えては又ふっと聞えて来る音色の工合が、どうも三味線に違いない。日本橋にいた時分、乳母の懐に抱かれて布団の中に睡りかけていると、私はよくあの三味線の音を聞いた。――

「天ぷら喰いたい、天ぷら喰いたい」

と、乳母はいつも其の三味線の節に合わせて吟《くちずさ》んだ。

「ほら、ね、あの三味線の音を聞いていると、天ぷら喰いたい、天ぷら喰いたい、と云っているように聞えるでしょ、ねえ、聞えるでございましょ」

そう云って乳母は、彼女の胸に手をあて、乳首をいじくっている私の顔を覗き込むのが常であった。気のせいか知らぬが、成る程乳母の云うように「天ぷら喰いたい、天ぷら喰いたい」と悲しい節で唄っている。私と乳母とは、長い間眼と眼を見合わせて、猶も静かに其の三味線の音に耳を澄ましている。人通りの絶えた、寒い冬の夜の凍った往来に、カラリ、コロリと下駄の歯を鳴らしながら、新内《しんない》語り*は人形町の方から私の家の前を通り過ぎて、米屋町の方へ流して行く。三味線の音が次第々々に遠のいて微かに消えてしまいそうになる。「天ぷら喰いたい、天ぷら喰いたい」と、ハッキリ聞えていたものが、だん〳〵薄くかすれて行って、風の工合で時々ちらりと聞えたり全く聞えなくなったりする。

………

「天ぷら………天ぷら喰いたい。………喰いたい。天ぷら………天ぷら………天………喰い………ぷら喰い………」

果てはこんな風にぽつり〳〵とぼやけてしまう。其れでも私は、トンネルの奥へ小さく〳〵隠れて行く一点の火影を視詰めるような心持で、まだ一心に耳を澄ましている。三味線の音が途切れても、暫くの間はやっぱり「天ぷら喰いたい、天ぷら喰いたい」と、囁く声が私の耳にこびり附いている。

「おや、まだ三味線が聞えているのかな。………それとも自分の空耳かな」

私はひとりそんな事を考えながら、いつとはなしにすや〳〵と眠りの底へ引き込まれて行く。

その覚えのある新内の三味線が、今宵も相変らず「天ぷら喰いたい、天ぷら喰いたい」と悲しい音色を響かせつゝ、此の街道へちらほらと聞えて来るのである。カラリコロリと云う下駄の音を伴わないのが、いつもと違っているけれど、その音色だけはたしかに疑う余地がない。初めのうちは「天ぷら……天ぷら……」と、「天ぷら」の部分ばかりが明瞭であったが、少しずつ近づいて来るのであろう、やがて「喰いたい」の部分の方も正しく聞き取れるようになった。しかし、地上には私と松の影より外に、新内語りらしい人影は何処にも見えない。月の光のとゞく限りを、果から果までずっと眺め渡しても、私の外に此の街道を行く者は小犬一匹いないのである。事に依ったら、月の光があんまり明る過ぎるので、却って物が見えないのではないだろうか。――――私はそう思ったりした。

私がとう〳〵、其の三味線を弾く人影を一二町先に認めたのは、あれからどのくらい過ぎた時分だったろう。其処へ辿り着くまでの長い間、私はどんなに月の光と波の音とに浸されたゞろう。「長い間」と云ったゞけでは、実際其の長さの感じを云い現わす事は出来ない。人はよく夢の中で、二年も三年もの長い間の心持を味わう事がある。私の其の時の感じはちょうど其れに似ていた。空には月があって、路には磯馴松があって、浜には波が砕けている街道を、二年も三年も、ひょっとしたら十年も、私は歩いて行ったのかも知れない。歩きながら、私はもう此の世の人間ではないのかと思った。人間が死んでから長い旅に上る、其の旅を私は今しているのじゃないかとも思った。兎に角其のくらいに長い感じがした。

「天ぷら喰いたい、天ぷら喰いたい」

今や其の三味線の音は間近くはっきりと聞えている。さら〳〵と砂《いさご》を洗う波の音の伴奏に連れて、冴えた撥《ばち》のさばきが泉の涓滴《けんてき》*のように、銀の鈴のように、神々しく私の胸に沁み入るのである。三味線を弾いている人は、疑いもなくうら若い女である。昔の鳥追い*が被っているような編笠を被って、少し俯向いて歩いている其の女の襟足が月明りのせいもあろうけれど、驚くほど真白である。若い女でなければあんなに白い筈がない。時々右の袂の先からこぼれて出る、転軫《てんじん》*を握っている手頸も同じように白い。まだ私とは一町以上も離れているので、着ている着物の縞柄などは分らないのに、其の襟足と手頸の白さだけが、沖の波頭が光るように際立っている。

「あ、分った。あれは事に依ると人間ではない。きっと狐だ。狐が化けているのだ」

私は俄に臆病風に誘われて、成る可く跫音を立てないように恐る〳〵其の人影に附いて行った。人影は相変らず三味線を弾きながら、振り向きもせずにとぼ〳〵と歩いている。が、其れが若しも狐だとすれば、私がうしろから歩いて行くのをよもや知らない筈はなかろう。知っている癖にわざと空惚《そらとぼ》けているのだろう。そう云えば何だか、あの真白な肌の色が、どうも人間の皮膚ではなくて、狐の毛のように思われる。毛でない物が、あんなに白くつや〳〵とねこ柳のように光る訳がない。

私がゆっくりと歩いて行くにも拘わらず、女の後姿は次第々々に近づいて来る。二人の距離は既に五間とは隔たっていない。もう少しで地面に映っている私の影が彼女の踵に追い着きそうである。私が一尺も歩く間に影はぐい〳〵と二尺も伸びる。影の頭と女の踵とは見る〳〵うちに擦れ〳〵になる。女の踵は、――此の寒いのに女は素足で麻裏草履*を穿いている。――此れも襟足や手頸と同じように真白である。其れが遠くから見えなかったのは、大方長い着物の裾に隠されていたゝめであろう。

何しろ恐ろしく長い裾である。其れはお召《めし》*とか縮緬《ちりめん》とか云うものでもあろうか、芝居に出て来る色女や色男の着ているようなぞろりとした裾が、足の甲を包んで、ともすると砂地へべったりと引き摺るほどに垂れ下っている。けれども、砂地がきれいであるせいか足にも裾にも汚れ目はまるで附いていない。ぱたり、ぱたりと、草履を挙げて歩く度毎に、舐めてもいゝと思われるほど真白な足の裏が見える。狐だか人間だかまだ正体は分らないが、肌は紛うべくもない人間の皮膚である。月の光が編笠を滑り落ちて寒そうに照らしている襟足から、前屈みに屈んでいる背筋の方へかけて、きゃしゃな背骨の隆起しているのまでがあり〳〵と分る。背筋の両側には細々とした撫肩が、地へ曳く衣と共にすんなりとしている。左右へ開いた編笠の庇《ひさし》よりも狭いくらいに、其の肩幅は細いのである。折々ぐっと俯向く時に、びっしょり水に濡れたような美しい髱《たぼ》*の毛と、其の毛を押えている笠の緒の間から、耳朶の肉の裏側が見える。しかし、見えるのは其の耳朶までゞ、其れから先にはどんな顔があるのだか、笠の緒が邪魔になってまるっきり分らない。なよ〳〵とした、風にも堪えぬ後姿を、視詰めれば視詰めるほど、ます〳〵人間離れがしているように感ぜられて、やっぱり狐の化けているのではないかと訝しまれる。いかにも優しい、か弱い美女の後姿を見せて置いて、傍へ近寄ると、「わっ」と云って般若《はんにゃ》*のような物凄い顔を此方へ向けるのじゃないか知らん。………

もう私の跫音は、明かに彼女の耳に聞えているに違いない。私がうしろにいると知ったら、一遍ぐらい振り向いてもよさそうなものだのに、知らん顔をしているところを見るといよ〳〵怪しい。嚇かされてもいゝ、積りで用心して行かないと、どんな目に遇うか分らない。

………地に伸びて行く私の影はもう彼女の踵に追い着いて、着物の裾を一尺二尺と這い上っている。ちょうど彼女の腰のあたりに映っている私の首が、だん〳〵と帯の方へ移って行って、今や背筋を伝わろうとしている。私の影の向うには、女の影が倒れている。私は思い切ってちょいと横路へ外《そ》れて見た。すると私の影は忽ち女の腰を離れて、彼女の影と肩を並べつゝ、前の地面にくっきりと印せられた。最早何と云っても、其れが女に見えないと云う筈はない。が、依然として女は此方を振り向きもしない。たゞ一生懸命に、とは云え極めてしとやかに、落ち着き払って新内の流しを弾いている。

影と影とはいつの間にやら一寸《いっすん》の出入りもなく並び合った。私は始めて、ちらりと女の横顔を覗き込んだ。笠の緒の向うにやっと彼女のふっくらとした頰の線の持ち上りが見えた。頰の線だけはたしかに般若の相ではない。般若の頰ぺたがあんなに膨らんでいる訳はない。膨らんだ頰ぺたの蔭から、少しずつ、実に少しずつ、鼻の頭の尖りが見えて来る。ちょうど汽車の窓で景色を眺めている時に、とある山の横腹から岬が少しずつ現れて来るような工合である。私は其の鼻が、高い、立派な、上品な鼻であってくれゝばいゝと思った。こんな月夜にこんな風流な姿をして歩いている女を、醜い女だとは思いたくなかった。そう思っているうちに、鼻の頭はだん〳〵余計に頰の向うから姿を現わして来る。尖った部分の下につゞく小鼻の線のなだらかなのが窺われる。もう其れだけでも、鼻の形の大体は想像することが出来る。たしかに其れは高い鼻に違いない。高い、而も立派な鼻に違いない。もう大丈夫だ。……

私はほんとうにうれしかった。殊に其の鼻が、私の想像したよりも遥かに見事な、絵に画いたように完全な美しさを持っていることが明かになった時、私のうれしさはどんなであったろう。今や彼女の横顔は、その端厳*な鼻梁の線を始めとして、包むところなく現れ出でつゝ、私の顔とぴったり並んでいるのである。それでも女は、やっぱり私の方を振り向かない。横顔以上のものを私に見せようとしない。鼻の線を境にした向う側の半面は、山陰に咲く花のように隠れているのである。女の顔は絵のように美しいと共に、「絵のように」表ばかりで裏がないかの如く感ぜられる。

「小母《おば》さん、小母さん、小母さんは何処まで歩いて行くのですか」

私は斯う云って女に尋ねたが、そのおず〳〵した声は、冴えた撥音に掻き消されて彼女の耳へは這入らなかった。

「小母さん、小母さん、………」

私はもう一遍呼んで見た。「小母さん」と云うよりは、私は実は「姉さん」と呼んで見たかった。姉と云う者を持たない私は、美しい姉を持ちたいと云う感情が、始終心の中にあった。美しい姉を持っている友達の境遇が、私には常に羨しかった。で、此の女を呼びかける時の私の胸には、姉に対するような甘い懐しい気持が湧き上っていた。「小母さん」と呼ぶのは何だか嫌であった。けれど、いきなり「姉」と呼んでは余り馴れ〳〵しいように思われたので、拠んどころなく「小母さん」にしてしまったのである。

二度目には大きな声を出したつもりであったが、女はそれでも返辞をしない。横顔を動かさない。ひたすら新内の流しを弾いて、さらり、さらり、と長い着物の裾を砂に敷きながら俯向いて真直に歩いて行く。女の眼は偏《ひとえ》に三味線の糸の上に落ちているようである。恐らく彼女は、自分の奏でゝいる音楽を、一心に聞き惚れているのでもあろう。

私は一歩前に踏み出して、横顔だけしか見えなかった女の顔を、今度は正面からまとも〳〵に覗き込んだ。顔は暗い編笠の蔭になっているのだけれど、それだけに一層色の白さが際だって感ぜられる。蔭は彼女の下唇のあたりまでを蔽っていて、笠の緒の喰い入っている頤の先だけが、纔かにちょんびりと月の光に曝されている。その頤は花びらのように小さく愛らしい。そうして、唇には紅がこってりとさゝれている。その時まで私は気が付かなかったが、女はたしかに厚化粧をしているのである。あんまり色が白すぎると思ったのも道理、顔にも襟にも濃いお白粉がくっきりと毒々しいまでに塗られている。――――けれど、そのために彼女の美貌が少しでも割引されると云うのではない。度強《どぎつ》い電燈の明りや太陽の光線の下でこそ、お白粉の濃いのは賤しく見える事もあろうが、今夜のような青白い月光の下に、飽くまで妖艶な美女の厚化粧をした顔は、却って神秘な、魔者のような物凄さを覚えさせずには措かないのであった。まことに其のお白粉は、美しいと云うよりも、若しくは花やかと云うよりも、寒いと云う感じの方が一層強かったのである。

どうしたのか、女はふと立ち止まって、俯向いていた顔を擡《もた》げて、大空の月を仰いだ。暗い笠の影の中でほの白く匂っていた頰は、その時急にあの沖合の海の潮の如く銀光を放つかと疑われた。すると、その皎々たる頰の上からきらきらり〱と閃きながら、蓮の葉をこぼれる露の玉のように転がり落ちるものがあった。きらりと輝いて何処かへ消えてしまったかと思うと、又きらりと輝いては消える。

「小母さん、小母さん、小母さんは泣いているんですね。小母さんの頰ぺたに光っているのは涙ではありませんか」

私が斯う云うと、女は猶《なお》も大空を見上げながら答えた。

「涙には違いないけれど、私が泣いているのではない」

「そんなら誰が泣いているのですか。その涙は誰の涙なのですか」

「これは月の涙だよ。お月様が泣いていて、その涙が私の頬の上に落ちるのだよ。あれ御覧、あの通りお月様は泣いていらっしゃる」

そう云われて、私も同じように大空の月を仰いだ。しかし、果してお月様が泣いているのかどうかよくは分らなかった。私は多分、自分は子供であるから其れが分らないのであろうと思った。それにしても、月の涙が女の頬の上にばかり落ちて来て、私の頬に降りかゝらないのは何故であろう。

「あ、やっぱり小母さんが泣いているんだ。小母さんは譃を云ったのだ」

私は突然、そう云わずにはいられなかった。なぜかと云うのに、女は首を擡げたまゝ、その泣き顔を私に悟られないようにして、しきりにしく〳〵としゃくり上げていたのである。

「いゝえ、いゝえ、何で私が泣いているものか。私はどんなに悲しくっても泣きはしない」

そう云いながらも、女は明かにさめ〴〵と泣いているのである。項《うなじ》を上げている顔の、眼瞼《まぶた》の蔭から湧き出る涙が、鼻の両側を伝わって頤の方へ縷《いと》を引きながら流れている。声を殺してしゃくり上げるたびごとに、咽喉の骨が皮膚の下から傷々《いたいた》しく現れて、息が詰まりはしないかと思われる程切なげにびく〳〵と凹んでいる。初めは露の玉の如く滴々とこぼれていたものが、見るうちに頰一面を水のように濡らして、鼻の孔へも口の中へも容赦なく侵入して行くらしい。と、女は水洟をすゝると一緒に唇から沁み入る涙をぐっと嚥みこんだらしかったが、同時に激しくごほん〳〵と咳に咽《むせ》んだ。

「それ御覧なさい。小母さんは其の通り泣いているじゃありませんか。ねえ小母さん、何がそんなに悲しくって泣いているんです」

私はそう云って、身を屈めて咳き入っている女の肩をさすってやった。

「お前は何が悲しいとお云いなのかい？　こんな月夜に斯うして外を歩いて居《お》れば、誰でも悲しくなるじゃないか。お前だって心の中ではきっと悲しいに違いない」

「それはそうです。私も今夜は悲しくって仕様がないのです。ほんとうにどう云う訳でしょう」

「だからあの月を御覧と云うのさ。悲しいのは月のせいなのさ。――お前もそんなに悲しいのなら、私と一緒に泣いておくれ。ね、後生だから泣いておくれ」

女の言葉はあの新内の流しにも劣らない、美しい音楽のように聞えた。不思議なことには、こんな工合に語りつゞけている間にも、女は三味線の手を休めず弾いているのである。

「それじゃ小母さんも泣き顔を隠さないで、私の方を向いて下さい。私は小母さんの顔が見たいのです」

「あゝそうだったね、泣き顔を隠したのはほんとに私が悪かったね。いゝ子だから堪忍しておくれよ」

空を仰いでいた女は、その時さっと頭を振り向けて、編笠を傾けながら私の方を覗き込んだ。

「さあ、私の顔を見たければとっくりと見るがいゝ。私は此の通り泣いているのだよ。私の頰ぺたはこんなに涙で濡れているのだよ。さあお前も私と一緒に泣いておくれ。今夜の月が照っている間は、何処までゞも一緒に泣きながら此の街道を歩いて行こう」

女は私に頰を擦り寄せて更にさめ〴〵と涙に搔きくれた。悲しいには違いなかろうけれど、そうして泣いている事が、いかにも好い心持そうであった。その心持は私にもはっきりと感ぜられた。

「えゝ、泣きましょう、泣きましょう。小母さんと一緒にならいくらだって泣きましょう。私だって先《さつき》から泣きたいのを我慢していたんです」

こう云った私の声も、何だか歌の調のように美しい旋律を帯びて聞えた。此の言葉と共に、私は私の頰を流れる涙を感じた。私の眼の球の周りは一時に熱くなったようであった。

「おゝ、よく泣いておくれだねえ。お前が泣いておくれだと、私は一層悲しくなる。悲しくって〳〵たまらなくなる。だけど私は悲しいのが好きなんだから、いっそ泣けるだけ泣かしておくれよ」

そう云って、女は又私に頰擦りをした。いくら涙が流れても、女の顔のお白粉は剝げようともしなかった。濡れた頬ぺたは却って月の面のようにつや〳〵と光っていた。

「小母さん、小母さん、私は小母さんの云う通りにして、一緒に泣いているんです。だから其の代り小母さんの事を姉さんと呼ばしてくれませんか。ねえ、小母さん、此れから小母さんの事を姉さんと云ったってい〻でしょう」

「なぜだい？　なぜお前はそんな事を云うのだい？」

その時女は、す〻きの穂のように細い眼をしみ〴〵と私の顔に注いで云った。

「だって私には姉さんのような気がしてならないんですもの。きっと小母さんは私の姉さんに違いない。ねえ、そうでしょう？　そうでなくっても、此れから私の姉さんになってくれてもい〻でしょう」

「お前には姉さんがある訳はないじゃないか。お前には弟と妹があるだけじゃないか。――お前に小母さんだの姉さんだのと云われると、私は猶更悲しくなるよ」

「それじゃ何と云ったらい〻んです」

「何と云うって、お前は私を忘れたのかい？　私はお前のお母様《ツかさん》じゃないか」

こう云いながら、女は顔を出来るだけ私の顔に近づけた。その瞬間に私ははっと思った。云われて見れば成る程母に違いない。母がこんなに若く美しい筈はないのだが、それでもたしかに母に違いない。どう云う訳か私はそれを疑うことが出来なかった。私はまだ小さな子供だ。だから母が此のくらい若くて美しいのは当り前かも知れない、と思った。

「あゝお母さん、お母さんでしたか。私は先からお母さんを捜していたんです」

「おゝ潤一や、やっとお母さんが分ったかい。分ってくれたかい。――――」

母は喜びに顫える声でこう云った。そうして私をしっかりと抱きしめたまゝ立ちすくんだ。私も一生懸命に抱き附いて離れなかった。母の懐には甘い乳房の匂が暖かく籠っていた。……

……が、依然として月の光と波の音とが身に沁み渡る。新内の流しが聞える。二人の頰には未だに涙が止めどなく流れている。

私はふと眼を覚ました。夢の中でほんとうに泣いていたと見えて、私の枕には涙が湿っていた。自分は今年三十四歳*になる。そうして母は一昨年*の夏以来此の世の人ではなくなっている。――――此の考が浮かんだ時、更に新しい涙がぽたりと枕の上に落ちた。

「天ぷら喰いたい、天ぷら喰いたい。……」

あの三味線の音が、まだ私の耳の底に、彼《あ》の世からのおとずれの如く遠く遥けく響いていた。

付録

谷崎潤一郎『少将滋幹の母』――「読書雑記」より

正宗白鳥

小説を脚本化して成功したものは少ない。「滋幹の母」も、これを上演して、見物にどれほどの感銘があるだろうかと、読みながら疑われた。しかし、私をして原作に目を注がしめるほどの刺戟はあった。それで、私は直ぐに、限定版の美本を捜し出して、谷崎潤一郎著作『少将滋幹の母』を、興味深く通読した。

これは、谷崎氏の最傑作ではあるまいか。私は『春琴抄』を読んだ瞬間、技神に入ると云った感じがして驚歎したのであった。初期の作品から一貫している女性礼讃態度。女性惑溺のための悪あがきが、ここに到って充分に浄化されているのを見た。殆んど宗教の極致と似ているように感じた。ところが、今度の作品では、この作者の初期の作品から一貫している女性惑溺、女性礼讃が、古典的の銹をもって、しかも、内容は一層根づよく現されているのが見られるのである。この作者の文学は、見かけほどでなく、世間で思うほどでなく、案外単純であるのだが、初期の作品以来、年齢相応、時代相応に、これでもかこれでもかと、刻苦して書きつづけて来たものが、「滋幹の母」に於いて、そのどん詰まりに達したように思われるのである。『春琴抄』は、私は、新派俳優によって舞台化されたのを見たが、そこでは、原作の妙味は全く失われていた。俳優の技芸が拙いためではない。技芸はうまいのだが、こういう作品は、上演には適しないのだ。谷崎氏の小説は、色気があって、派手で、芝居がかった場面があるから、脚色して舞台に出したら、特種の面白味が出て来るだろうと、俳優も脚色者も思っているのであろうが、私は、それは考え違いであると思っている。私は、上演された谷崎氏の作品のうち、いい芝居を観ているような感じで観られたのは、はじめから脚本として作者の書いた『お国と五平』一つであった。『痴人の愛』の上演など、観るに堪えないようないやらしさを覚えた。

私などは、或いは私一個人は、谷崎潤一郎のこれ等の作品を、ただの面白ずくで観ているのではない。読んでいるのではない。もっとシリアスな気持で鑑賞しているのである。少将滋幹の父国経が、醜悪な態度、滑稽な挙動をするのを観たくはないのである。

近松秋江は、底抜けの女性惑溺振りを書いて、一特色を示して、一部の読者に共鳴されていたが、潤一郎のこの作品には、底抜けの女性礼讃、女性惑溺がありながら、それは完全に藝術化されているのである。藝術化されているからと云って、現実味が稀薄になっているのではない。心理の追求は底深くなっているのである。「自分のようなものがこれだけの人を独占している罪の深さを、反省しないではいられない。」というような、女性に対する献心的感想は珍しい。人間はどの方面にでも独占慾があるのだが、優秀なる女性を独占することを罪と感じ、無能力の老翁である自分がかかる女性を独占することを、その女性に対して、相済まぬことのように思い、適当な相手があらば、その男に彼女を譲ってやってもよい、いや、譲るべきが至当であると思うようになったのは珍しい。女性礼讃、女性愛慕の極、独占心理より譲与心理に到る、潤一郎の作品経路に、私は興味を覚ゆるのである。現実の私には、こういう経験は全然なかったのだが、自分の空想の世界に於いては、これ等の心理を是認するのである。

ところで、この老人は所信を実行したのであったが、その結果は決して朗らかでなかった。あたり前の事である。それで、不浄観とか何とかの修行によって解脱しようとしたのであるが、それは実現されなかったらしい。不可能事であったらしい。嘗てあんなにも恋い焦れていたその人を、一顧の価値もない腐肉の塊であると観じて、清く貴く、豁然と死んで行ったのであろうか。或いは、少年の滋幹が予想したように、結局仏にも救われないで、再びいとしい人の幻にさいなまれながら、八十翁の胸の中になお情熱の火を燃やしつつ息を引き取ったのであろうかと云うに、作者も滋幹とともに、この老人の往生を安らかなものとは考えていないのである。

未解決である。つまりはどうしようもないのだ。『春琴抄』では一種の解決が感ぜられたが、此処では、愛慾無視の解脱不能と云う事なのだ。私は、この作者が、肉体美惑溺から出発して、この境地に行き着いたことに興味を感じている。「滋幹の父の場合は、彼を捨て丶行った妻そのものを取り戻すのでなければ、他の何者を、たといその人の血を分けた現在の我が子を持って来ようとも、決してそんなものに胡麻化されたり紛らされたりするのではなかった。」というところに、滋幹の父の特徴があるのだが、この作者の特徴もあるのである。

現代人の共感しそうな心理を具えながら、作中人物が渾然として古典の世界に収っているのは、谷崎氏の作品のうちでも、これに比すべきもの無しと云っていい。

傑れた作者にはそれぞれの趣があるものだが、谷崎氏の作品は、文章がうまくって、はじめから飽かず読まれるのであるが、何となく重ったるい感じがする。文章があまり整いすぎているせいか。奔放自在でない。

高村光太郎氏の評語であったと記憶しているが、『細雪』は、友禅縮緬のようなものだと云われた。高村氏は、昔、冬枯れの景色のようなものを、文学の極致のように云ったことがあった。（私もこんな事まで一々覚えていないでもいいのだが）花もなく葉もなく、寒気凜烈たる冬空に、枯木が聳え立っている光景は、讃美に価いするものであろう。そして、日本は、枯淡な文学、簡素な文学に富んでいる筈だ。冬枯れの景色、冬枯れの文学は、我々の愛翫するところである。それはそれとして、日本には豊麗な文学、濃艶な文学、春爛漫たる文学があるであろうか。冬枯れはいいが、牡丹のかおりにむせぶような小説をも、我々は読みたいものである。読者を悩殺するような文学は日本にはないものか。ローマ字なんか使いたいようでは、そういう文学は現れまい。

「滋幹の母」を読むと、谷崎氏の完成した作家であることがいよいよ明らかである。書くべきものは書いてしまったような感じがする。文学者として満ち足りている文学者の風貌が我々の心に浮ぶのである。氏自身は「源氏」の現代語訳に心血を注いでいるばかりでなく、創作に於いても、将来新境地を開かんとする意図はあるだろうとも想像されるが、今までの所を見て、明治以来の多数の作家のうち、氏ほどに自分の持っているものを豊かに出し尽した作家はなさそうに思われる。羨むべきである。

「滋幹の母」には、平安朝時代の貴族階級の社交が叙せられているが、その社交は、色好み同士の社交である。小説にうつされる社交界は、西洋でも男女関係を主としたもので、小説読者はそれを喜ぶので、作者もそれに目をつけて、いろいろに面白ずくの穿鑿をするのである。色気のない社交界も存在しているであろうが、そこに人生の真実があっても、それは一般読者の興味を惹かない。私などは社交界へ出る機会は乏しいのであるが、それでも生きている間は、人に交り、人の集まりに接触しないではいられないのだが、そういう場合に、男女関係、男女の情事に心を注ぎ目を留め、或いはそういう話に熱心に耳を傾ける気持にはなれないのである。いろいろな形に於ける男女の情事を、キリスト教信仰時代のように罪悪視することはないのだが、醜悪に感じるのだ。汚らしく感じるようになっているのだ。そういう風だから、私には面白い小説は書けない。しかし、一介の読者としては、巧みに叙せられた色恋小説、色恋を中心とした社交界小説に、柔順に、また理解をもって興味を覚えるのである。

イブセンの人生鑑賞の態度は深刻であると云われている。『幽霊』『野鴨』『ロズメルスホルム』『ヘッダ』など、深刻に人間を観察し、観察の結果を深刻に舞台に現したのであるが、国経の老後の心境、人間は自分の決心や覚悟や、さまざまな修業によっても、どうにもならぬものがあって、そのどうにもならぬものに苛まれるので、それは如何ともし難いと云うのは、深刻な人生の悩みである。イブセンの舞台の光景と同様、この小説の結末の場面々々は、甚だ深刻な相好を呈しているのである。この作者初期の作品には、奇を衒《てら》ったものが多く、深刻がったものもあったが、この小説は、おのずから深刻なのだ。昔の言葉で云えば、「位人臣を極む。」と云ったような、文壇的栄華に於いて満ち足りている作者が、老人国経のような人間を追究してどうにもならぬ境地に押し詰めたところに、私は深刻なる藝術を見るのである。友禅縮緬的小説とはちがっている。しかし、それを深刻視するのは、私だけの事で、普通の小説愛読者、或いは作者自身は深刻がっているのではないのであろう。

同じ小説でも、同じ演劇でも、人々の読み方により、観ようにより、異った印象を受けるのである。私は、イブセンの、既に古めかしくなっている深刻劇から、清新な感銘を受けるのであるが、そういう風な深刻な印象を、谷崎氏晩年のこの作品からも受けるのである。これは女性に関することばかりではない。愛慾の問題ばかりではない。「すべてを棄てて我に従え。」というキリストの命を奉じて、その通りにしても、あとでそれが苦悶のよすがとなるのである。信仰の徒も、その信仰の形に於いて未解決であるのが普通であり、イブセン劇の人物はその舞台に現れた形に於いて未解決であり、小説「滋幹の母」は、谷崎好みの小説型に於いて未解決である。世界も地球も、その地球に留っている蠅のような人類も、すべて未解決のまま動揺し推移しているようなものである。そして、現実の老人は醜悪であり、現実の老人の老らくの恋なんかは一層醜悪であるが、この小説読後に、国経老人の生活経路と心境の跡を、髣髴として浮べていると、深刻感もさる事ながら、私は我にもなく、人間に対する憐みを覚えるのである。「神よ、憐れなる人間を憐みたまえ。」と云いたくなるのである。この程度に於いて藝術の救いがあるのか。

小説の技巧、文章のうまさについて云うと、少将滋幹が、不浄観修行の父の跡に随いて行くことと、母をたずねて行くこととの対照に於いても明らかにされるのである。「幼少の折に、父の跡をつけて野路を行き、青白い月光の下で凄惨な場面を目撃したことがあったが、あれは秋の真夜中の鋭く冴えた月であって、今日のようなどんよりした、綿のように柔かく生暖い月ではなかった。あの時の月は地上にある微細な極小物までも照らし出して、屍骸の腸にうごめいている蛆の一匹々々をも分明に識別させたのであったが、今宵の月はそこらにあるものを、たとえば糸のような清水の流れ、風もないのに散りかかる桜の一片二片《ひとひら》、山吹の花の黄色などを、あるがままに見せていながら、それらのすべてを幻燈の絵のように、ぼうっとした線で縁取っていて、何か現実ばなれのした、蜃気楼のようにほんの一時空中に描き出された、眼をしばだたくと消え失せてしまう世界のように感じさせる……。」

この二つのちがった場面の描写が、いずれも絵のようなのである。年少の滋幹は、この二つの世界を夢の如く見ているのである。恐しい幻、美しい幻として見ているのである。滋幹の心は純粋の芸術家の態度と云ってもいい。眼をしばたたくと消えてしまうような世界、執拗くつき纏って、未解決の悩みのままに移り行く世界。滋幹はそれを観ている。それを日記にも記している。

初出　正宗白鳥「読書雑記――谷崎潤一郎『少将滋幹の母』と林芙美子『浮雲』について」より抜粋（「中央公論」昭和二十六年九月号）

「少将滋幹の母」覚書

亀井勝一郎

　この作品を読むたびに、私は一巻の絵巻物に接するような感じをうけてきた。独特の光線と色彩が、いつもはっきりと眼に浮んでくるからである。話の筋や人物の動きもおもしろいが、言葉の微妙なあわいから生ずる光線と色彩を楽しまなくては、作品をよく味ったことにならないであろう。たとえば平中が夜中に女の部屋に忍んで行ったときの、くらやみの中におぼろげに浮ぶ白い輪廓、北の方が時平に連れ去られるまでの、夜の宴の灯のもとにくりひろげられる衣裳の色彩、国経が不浄観を行ずるときの、秋の夜の冴えわたった月光に照らされた墓場の死体、最後に滋幹が尼となった母に出会うときの、春の月光のもとに咲く桜花の蜃気楼のような美しさなど、私は印象に残った場面をあげたが、谷崎氏もことのほかこうした場面に技巧を凝《こ》らしたようである。画家の協力をえて、文字どおりの「絵巻物」として眺めたいような気がする。

　谷崎氏に「陰翳礼讃」という名著のあることは周知のところと思うが、いまあげた場面は悉《ことごと》く、陰翳美の極致をめざしていることを私は注目したい。独特な光線と色彩の、文字による創造という一種の美的快楽を追求したのだと云ってもよかろう。

*

滋幹の母である北の方は、比類ない美貌の人として伝えられている。五十歳もちがう老いた国経の妻となるが、平中にも通じ、やがては時平に奪い去られることになるが、こうして男性のあいだを転々とする北の方は、殆んど無意志の人として描かれている。作品全体を通じて、彼女の発言というものは殆んどないと言っていい。その肉体も存在しないかのようだ。男たちの会話や行為を通して、云わば幻のようにほのかに漂っているといった感じだ。むろん作者の意図であって、美貌の人そのものをも一種の光線と化したようである。光りと闇の中間に在る薄明のような生である。

それは幼年時代に別れたままの滋幹にとってもそうで、彼にとって母とは、薄明のような生の理想化であったと云ってもよかろう。幼年の日に、全身で感じた美しい幻のようなものであった。最後に、春の月夜の桜花の光りのもとで、清浄な尼姿の母と再会するが、この作品での唯一の甘美な場面である。老練な作者の創造した一種の陶酔境がここにある。

*

しかしこの結末に至る前に、老いた国経の妄執の相が描かれていることを忘れてはなるまい。若い妻を奪われ、悶々として床上に臥し、やがて愛欲を断ち切ろうとして仏門に参じ、ついに墓場の若い女の腐爛死体をみることで解脱しようとした。この苦行のすがたは、作品に或る深みを与えている。平中や時平の、性の快楽を追う姿を一方において、同時に「死」の相を国経の行を通して描いたところに、この作品全体にわたる独自の陰翳が生じた。

ここにはまた妄執の二つのすがたがある。国経の老い朽ちた肉体を通して、残火のようにくすぶる妄執と、三枚目的な要素をもつ平中の、ややユーモラスな妄執ぶりと、この対照がおもしろい。しかし全体がさきに述べた光りと色彩のうちになかば没して、どぎつくなく表現されているわけで、谷崎氏の技巧の極致をみるようである。

＊

もうひとつ見のがしてならないのは、谷崎氏は「永遠の女性」を描きうるわが国での稀な作家だということだ。滋幹にとっては、母は「永遠の女性」である。「春琴抄」の春琴もまた別の意味でそうだが、「少将滋幹の母」の最後の方に、円光を帯びた「聖母」のようにそれとなくこの思いが描かれている。同時に永遠に美貌の人でなければならなかった。これが谷崎氏の思想である。不浄観あるいは無常感を一方におき、それと矛盾しつつ、その故に成立した美の思想の結晶と云ってよかろう。

初出　『谷崎潤一郎全集　第二十七巻』附録9（中央公論社、昭和三十三年五月）

注　解

（アキも一行と数えた）

序文〔少将滋幹の母〕

＊9頁9行　**安田靫彦**　一八八四〜一九七八。日本画家。東京日本橋の生まれ。歴史や古典を題材とした歴史画の大家。『盲目物語　潤一郎六部集の内』（一九三七・二、創元社）の題簽《だいせん》、挿画を担当して以降、潤一郎訳『源氏物語』の装釘、挿画などに携わった。

＊9頁9行　**小倉遊亀**　一八九五〜二〇〇〇。日本画家。滋賀県大津市の生まれ。安田靫彦に師事。明るい色彩で、人物、花鳥を得意とした。上村松園《うえむらしょうえん》とともに日本を代表する女性画家。「少将滋幹の母」（一九四九・一一・一六〜一九五〇・二・九「毎日新聞」）の連載八十四回の挿画を担当。単行本『少将滋幹の母』（一九五〇・八、毎日新聞社）では装釘・題簽を安田靫彦が、口絵・挿画を小倉遊亀が担当している。

＊10頁5行　**昭和庚寅**　一九五〇年（昭和二十五）。かのえとら。

＊10頁5行　**雪後庵《せつごあん》**　一九五〇年二月、熱海市仲田八〇五番地（現熱海市水口町二丁目三）に購入した別荘の名称。『細雪』完成後に購入したことから「雪後」と名付けた。四年後の一九五四年四月に購入、転居した同市伊豆山鳴沢の別荘も「雪後庵」としたため、仲田を「前の雪後庵」、鳴沢を「後の雪後庵」と区別して呼ぶ。

少将滋幹の母

＊11頁6行　**色好み**　恋愛の情緒をよく理解し、洗練された情趣を愛好すること（人）。『伊勢物語』でいう「まめ男」（男女関係において真面目で律儀な男）と並んで、平安朝の男性の理想像。

＊11頁6行　**平中**　?～九二三。平定文（貞文）。在原業平（八二五～八八〇、阿保親王の第五王子）とともに平安朝を代表する色好みで、歌物語『平中物語』がある。

＊11頁9行　**いといとほしと思して、……戯れ給ふ云々**　大意は〈えらく気の毒にお思いになって、側へ寄って御硯の瓶の水に陸奥紙を濡らしてお拭きになりますと、「平中のように墨をお附けにならないで下さい。赤いのはまだ辛抱しますが」などと、冗談をおっしゃいます云々〉（河内本『源氏物語』に拠る）。

＊11頁13行　**河海抄**　『源氏物語』の注釈書。四辻善成著。二十巻。貞治年間（一三六二～六八）成立。

＊11頁17行　**われにこそ……顔のけしきよ**　大意は〈私には薄情なあなたしか見せてはくれないけれど、他のひとのところには住みついて愛情を示しているのね、墨が付いているあなたの顔を見ればわかるのよ〉。「墨付く」と「住み着く」は掛詞。

＊12頁12行　**延長元年**　西暦九二三年。

＊13頁1行　**兵衛佐平定文……少くなんありける**　大意は〈兵衛の佐平定文という人がいた。あざなを平中といい、親王の孫で品が良く、その当時知られた恋愛家で、人妻や娘、宮中に仕え

る女房で肉体関係をもたない女は少なかったそうだ〉。

＊13頁3行　**品も賤しからず、……なくぞありける**　大意は〈身分も賤しくはなく、姿形も美しく、素振りや話し振りも風情があり、当時、この平中に勝る者はいなかった。人妻や娘はもちろん、宮仕えの女房で、平中に誘われない者はなかったそうだ〉。

＊13頁7行　**弄花抄**　『源氏物語』の注釈書。三条西実隆著。今日流布しているのは、一五〇四年（永正元）に出したものを増補改訂した一五一〇年（永正七）の第二次本。

＊13頁13行　**三枚目**　滑稽な役をする俳優。道化。「二枚目」は恋愛葛藤の中心となる色男の意。

＊13頁16行　**物も云はでやみにけり**　文意は〈話もせずにそれきりになってしまったそうだ〉。『平中物語』第七段の結句。

＊13頁16行　**煩はしとて男やみにけり**　文意は〈面倒くさいと思って、関係を絶ってしまったそうだ〉。『平中物語』第十三段の結句。

＊13頁17行　**七条の后の宮の女房武蔵との関係**　『平中物語』『大和物語』『今昔物語集』『十訓抄』にも取られている有名な滑稽譚。

＊14頁13行　**藤原時平**　八七一～九〇九。太政大臣藤原基経の長男。八九九年（昌泰二）、時平は左大臣、菅原道真は右大臣となる。すぐれた政治家であり、和歌等の国風文化を支えた一人でもある。

＊14頁17行　**宮仕へをば苦しき事にして、たゞ逍遥をのみして**　大意は〈宮仕えを苦痛に思い、ただぶらぶらして〉。『平中物語』第一段にある。

＊15頁6行　**憂き世には……出でがてにする**　大意は〈この辛い世の中には門があって、それが

閉ざされているようには見えないのに、どうして我が身はこの世の外に逃れられない〈出家できない〉のだろう〉。『平中物語』『拾遺和歌集』『大和物語』にもある。詞書の「つかさの解けて侍りける時」は免官になっているとき、の意。

＊15頁8行　**なり果てむ……なき隠れなむ**　大意は〈どうなるのか先〈任官〉のことが見通せない松山のほととぎす〈待っているわたし〉は、もうこれまでと自ら身を隠してしまいたい〉。『平中物語』第一段にある。「まつ」は「松」と「待つ」の、「なき」は「鳴き」と「泣き」の掛詞。「時鳥」は縁語「なき」〈鳴き、泣き〉を引き出す。

＊15頁17行　**菅原道真**　八四五〜九〇三。藤原時平のライバルとされる政治家、漢学者、漢詩人。九〇一年〈昌泰四〉に太宰府に左遷され、その地で没した。死後、藤原氏を呪い怨霊となり、転じて道真はまつられて天満天神信仰の神霊となる。今日も雷神、学問・書道・芸能の神として崇拝されている。

＊16頁5行　**形美麗に……限りなし**　大意は〈容姿は美しく、素晴らしいことこの上なかった〉。

＊16頁6行　**大臣のおん形……世に似ずいみじきを**　大意は〈大臣のお姿、お声、ご様子、焚きしめた香の薫りをはじめとして、これ以上にないほど素晴らしいのを〉。

＊16頁10行　**車曳の舞台**　道真の太宰府左遷事件をもとに書かれた浄瑠璃『菅原伝授手習鑑』三段目、菅公の臣梅王丸らが時平の行列を乱す場面。歌舞伎の名場面としても有名。

＊16頁11行　**青隈**　位の高い敵役〈公家荒れ〉の冷酷さを表す隈取。

＊16頁12行　**奸佞邪智**　ゆがんだ心で悪知恵を働かせ、人に取り入ろうとすること。

＊16頁15行　**高山樗牛**　一八七一〜一九〇二。明治時代後期に活躍した日本主義、ロマン主義の

文芸評論家、思想家。「菅公論」とは『菅公伝』（一九〇〇・四、同文館）のこと。

＊17頁1行　**大鏡**　平安時代後期に成立した歴史物語。文徳天皇から後一条天皇（八五〇〜一〇二五）まで十四代にわたる宮廷のできごとを藤原氏の繁栄を中心に描いた。

＊17頁17行　**大和魂**　漢才（漢学の知識）に対応する語で、現実生活を処理していく智恵、才覚、胆力があること。

＊18頁8行　**職事**　蔵人所の職員で、蔵人頭及び五位・六位の蔵人のこと。

＊18頁9行　**過差**　分不相応な華美、贅沢。

＊26頁11行　**空薫**　来客の折りなどに、別室で香をたき、薫りを洩れ匂わせること。

＊33頁3行　**又此の男の家には、……植ゑたりける**　大意は〈又、この男の家では庭を好んで造ったので、美しい菊などを随分たくさん植えてあったそうだ〉。『平中物語』第十九段冒頭にある。

＊33頁12行　**仁和寺に……よみて奉りける**　大意は〈仁和寺に居られる宇多天皇が菊の花をお取り寄せになったとき、（その菊に）歌を添えて献上せよとおっしゃったので、詠んで献上した歌〉。この逸話は『平中物語』第二十段にもある。

＊33頁15行　**秋をおきて……色のまされば**　大意は〈菊は秋のものと思っていましたが、秋以外にも盛りの季節があったのですね、菊の花は冬になり色が変わって、一段と美しくなりましたね〉。宇多天皇の譲位後も栄えあれと、祝賀の意をこめた歌。

＊35頁6行　**帥の大納言**　八二八〜九〇八。藤原国経。藤原北家・冬嗣の孫、長良の長男。時平は甥にあたる。宇多朝の八九四年に大宰権帥に、右大臣菅原道真失脚の翌年（九〇二）、大納

言に任ぜられた。享年八十一。

＊35頁6行　**北の方**　貴人の妻の敬称。北の台。ここでは国経の妻をさす。

＊40頁1行　**延喜八年**　西暦九〇八年。

＊40頁9行　**おいらくの恋**　一九四八年（昭和二十三）、谷崎の友人で歌人の川田順（一八八二～一九六六、当時六十七歳）と二回り以上歳下の弟子との恋愛騒動。「おいらく」は川田の詩「恋の重荷」中の「墓場まで近き老いらくの恋は怖るる何ものもなし」に由来する。

＊41頁7行　**世継物語**　鎌倉時代初期頃に成立した説話集。藤原氏に関する説話が中心。

＊41頁14行　**敦忠**　九〇六～九四三。藤原敦忠。左大臣藤原時平の三男。三十六歌仙の一人。「美男」であったことは『今昔物語集』巻第二十四「敦忠中納言南殿桜読和歌語第三十二」に「本院ノ大臣ノ在原ノ北方ノ腹ニ生セ給ヘル子也。（中略）形チ有様美麗ニナム有ケル」に拠る。

＊42頁4行　**須く乃公が取って代るべしである**　大意は〈（そのような美女は）当然おれさまのものになるべきだ〉。

＊42頁10行　**春の野に……たのむいかにぞ**　大意は〈春の野に伸びる、分かれてもまた会うという緑美しいさねかずらよ、私はあなたを本妻だと思って共寝することを頼みにしていますが、あなたはどうお思いですか〉。『大和物語』百二十四段の前半にある。

＊42頁13行　**みそかごと**　密事。秘密のこと。男女の密通。

＊45頁3行　**蘭たけた**　女性の上品で洗練された美しさをいう。

＊45頁11行　**搢紳**　官位が高く身分のある人。貴族一般のこと。

＊46頁11行　**みよを経て……見るよしもがな**　大意は〈幾代もの帝にお仕えして歳をとった翁の

私は、杖をつきながらでも、美しい菊の咲いたお宅のお庭を見にまいりたいものですよ〉。『平中物語』第二十一段にある。

＊46頁14行　**たまぼこに……香はまさりなむ**　大意は〈通りすがりにでもあなたがお立ち寄りくださいますなら、雑草だらけの庭に咲く菊の花もいちだんと香りたつことでしょう（お待ち申し上げています）〉。『平中物語』第二十一段にある。

＊56頁10行　**駕を枉げる**　貴人が訪問すること。

＊58頁9行　**扈従**　後ろから付き従ってお供すること。

＊58頁17行　**こなした**　歌舞伎で、俳優が台詞にたよらず動作で心理を表すことを「こなし」という。ここではそれとなくうながす動作。

＊59頁1行　**琴のこと**　中国から渡来した七弦の琴。

＊59頁2行　**箏のこと**　中国から渡来した十三弦の琴。柱を立てて、爪をはめて演奏する今日行われている琴をいう。

＊59頁2行　**和琴**　日本固有の楽器で、宮廷での雅楽に用いられた六弦の弦楽器。六弦琴。東琴。大和琴。

＊59頁14行　**我に酒を勸む、……歌うて遅きこと莫れ**　大意は〈私に酒を勧めてくれるのなら断りはしない。どうかお願いする「君よ歌ってくれ。気後れせず歌ってくれ」と〉（『白氏文集』巻第五十一「勸㆑我酒」）。これ以降の『白氏文集』の大意は岡村繁著『新釈漢文大系　白氏文集』（明治書院）に拠る。

＊59頁17行　**洛陽の児女面は花に似たり、河南の大尹頭は雪の如し**　大意は〈洛陽の娘、若々し

い容貌は花のようだが、河南洛陽の長官である私は頭髪真白く、なんと老いていることだろう〉(『白氏文集』巻第五十一「勧レ我酒」)。

＊61頁6行　**玲瓏々々老いたるを奈何にせん**　大意は〈玲瓏よ、玲瓏よ、老いてゆくのをどうしよう。老いゆくことはどうしようもないことだ〉(『白氏文集』巻第十二「酔歌」)。「玲瓏」は杭州の妓女の名。

＊62頁6行　**癇癖**　神経が過敏になり、怒りやすいこと。癇癪。

＊63頁4行　**催馬楽**　平安時代、宮廷で行われた歌謡。笏拍子《しやくびようし》、和琴、笛、ひちりき、笙《しよう》、箏などを伴奏に用いる。

＊64頁9行　**我が門を……よしこさるらしや**　大意は〈家の前をうろうろと、これ見よがしに行く男、訳ありそうに行く男、訳があるに違いない〉(催馬楽「我門乎」の前半)。後半は「よしなしに　とさんかうさん　練る男　よしこさるらしや　よしこさるらしや(訳もないのにうろうろと、うろつくはずのない男、訳ありそうに行く男、訳があるに違いない)」。夜這いの男を、うちの中から女が見ている図。

＊65頁8行　**優男**　風雅の道を解するやさしい男。

＊68頁7行　**待乳山……行きてはや見ん**　大意は〈待乳山ではないが、おれを待っているあの人のもとへ行って、ああ、行って早くあの人と交わりたい〉(催馬楽「我が駒」の後半)。前半は「いで我が駒　早く行きこせ　待乳山　あはれ　待乳山　はれ(さあ行こう、我が駒よ、早く行こうぜ、待乳山に向かって、ああ、待乳山へ)」。原歌は「いで我が駒早く行きこそ真土山待つらむ妹を行きてはや見む」『萬葉集』巻十二、三一五四。真土山(待乳山)は奈良県五條市

と和歌山県橋本市の間にある山で、歌枕。

＊68頁10行　**押開いて来ませ、我や人妻**　大意は〈さあ、開けて入っていらっしゃい、私は他人の妻ではありません、私が誰のものだというの、あなたのものですよ〉（催馬楽「東屋」の結句）。この前は「東屋の　真屋のあまりの　その雨そそぎ　我立ち濡れぬ　殿戸開かせ　鎹も錠もあらばこそ　その殿戸　我鎖さめ（東屋の、真屋の軒先の、その雨だれで待っている私はずぶ濡れになってしまった、早く戸を開けて、掛けがねも錠もあるならば、私が差しましょう）」とある。これも男の夜這い婚の歌。「東屋」は『源氏物語』の巻名にもなっている。

＊68頁11行　**鮑さだをか石陰子よけん**　大意は〈アワビかサザエか、ウニがいいでしょう〉（催馬楽「我家」の結句）。「石陰子」はウニの古称。形が女陰に似ていることから女を連想させる。この前は「我家は　帷帳も　垂れたるを　大君来ませ　聟にせむ　御肴に何よけむ　鮑さだをか　石陰子よけむ（私の家は帷も帳も垂れているから、皇族様でも聟にしますよ、お酒の肴は何がいい？　アワビかサザエか、ウニがいいでしょう）」とある。『源氏物語』は「箒木」「常夏」「若菜上」の巻にも引用している。

＊69頁1行　**世迷い言**　わけの分らない繰り言や愚痴を言い続けること。

＊69頁11行　**階隠の間**　寝殿の庭へ降りる正面階段の前に二本の柱を立てて、階段を覆う庇（階隠）の下の空間。

＊73頁3行　**九重**　皇居。

＊78頁7行　**上臈**　身分や地位の高い人。貴婦人。

＊79頁5行　**雑色**　摂関家などで雑役をする召使い。

＊79頁5行　**舎人**　牛車の牛飼いや、乗馬の雑役をする召使い。

＊80頁7行　**物をこそ……恋しきものを**　大意は〈物も言わない岩根の松の岩躑躅ではないが、口に出して言わないからこそ、人には分らないのが苦しい。ああ恋しくてしかたがない〉。「いはね（岩根）の松」と「い（言）はねば」は掛詞、「岩つゝじ（躑躅）」は「い（言）はねば」を導く序詞。『世継物語』にある。『古今和歌集』巻第十一、四九五は上の句を「思ひいづるときはの山の岩躑躅」としている。

＊86頁3行　**款待**　親切で手厚いもてなし。

＊90頁4行　**万斛**　はなはだ分量の多いこと。

＊94頁4行　**色事師**　男女の情事、ぬれごとを得意とする人。女たらし。

＊95頁15行　**惻隠の情**　人をあわれむ心、気持ち。

＊100頁3行　**時平公はすべて……よみ給ひけるとぞ**　大意は〈時平公は総じて驕り高ぶる人でいらっしゃったのか、御伯父の国経大納言の妻は在原棟梁の娘だったが、欺いて自分の北の方にしてしまわれた。敦忠卿の母である。国経卿はお嘆きになったけれども、世間体を気にしてどうすることもできなかったという。／あなたを思い出すときの私は常盤の山の岩躑躅ではないが、なにも言えない。口に出して言わないからこそ、恋しくてしかたがない／この歌は国経卿がその頃にお詠みになったという〉。「とき（時）は」と「ときは（常盤）」は掛詞。『十訓抄』六ノ二十三にある。

＊100頁6行　**詮議立て**　あれこれといろいろ詮索すること。

＊100頁13行　**妬く悔しく……わりなく恋しく**　大意は〈憎らしく、悔しく、悲しく、恋しくて、

人目には自分の意志でしたことのように思わせていたが、心の奥ではたまらなく恋しい〉。『今昔物語集』巻第二十二「時平大臣取国経大納言妻語第八」からの引用。

＊101頁3行　**大納言国経朝臣の家に……平定文**　大意は〈大納言国経朝臣の家に居りました女と（平定文が）たいそう人目を忍んで睦言を語り合い、夫婦になっていつまでも愛し合いたいと約束していました頃に、この女は突然贈太政大臣（時平）に迎えられて引っ越していったので、手紙さえも通わせる方法がなくなってしまい、その女の五歳くらいの子どもが本院（時平邸）の西の対を歩いていたのを呼び寄せて、母上に見せ申し上げてと言って、子どもの腕に書き付けました歌。平定文〉。『後撰和歌集』巻第十一、七一〇の詞書。

＊101頁5行　**昔せし……名残なるらん**　大意は〈以前に「行く末まで」と誓い合った私の約束は悲しい結果になってしまいました。いったいどんな約束をしたら、こんなことになってしまうのでしょうか。お別れが惜しまれます〉。『後撰和歌集』巻第十一、七一〇の歌。『十訓抄』六ノ二十三にもある。

＊101頁11行　**うつゝにて……我は我かは**　大意は〈現実に目覚めているときに、私はいったいどなたと約束を交わしたのでしょうか。ずっとあてどない夢路をさまよっている私は私であって、私でないみたいです〉。『後撰和歌集』巻第十一、七一二の歌。『十訓抄』六ノ二十三にもある。

＊102頁7行　**対屋**　主人の寝殿に廊下でつながる夫人・娘・女房たちが居住する建物。

＊102頁17行　**ゆくすゑの……おもほゆや君**　大意は〈遠い将来にあなたがこんなに栄える因縁だとも知らないで、私が昔にあなたとの将来を約束したことを覚えていらっしゃいますか、あなたは〉。『大和物語』百二十四段の後半にあり、本文42頁「春の野に」の歌のあとにある。

＊105頁7行　**べかこう**　下まぶたを引き下げて、裏の赤い部分を見せるしぐさ。拒否の意を示すときにする。あかんべい。

＊105頁11行　**宇治拾遺物語**　鎌倉時代初期頃に成立した説話集。『今昔物語集』を承け、天竺・震旦・本朝の説話百九十七話を集める。

＊105頁12行　**故芥川龍之介氏の著書**　短篇「好色」（一九二一・十「改造」）のこと。『宇治拾遺物語』『今昔物語集』『十訓抄』の一節をエピグラフとして掲げている。ただし、本作の原稿と初出（「毎日新聞」）では「故菊池寛氏の著書」となっていて、これは菊池の『好色物語』（一九四八・二、三島書房）をさし、『好色物語』の「第九話　平仲」「第十話　時平の女事」は本作と典拠を同じくする短篇である。

＊106頁5行　**お虎子**　持ち運びできる室内用便器。

＊107頁1行　**衵**　公家の装束の内着。上着（衣）と下着（単）の間に着ける婦女子の肌着。のち、上着にもなった。

＊108頁3行　**沈と、丁子と、甲香と、白檀と、麝香**　すべて香料。これらを練り合わせた薫物が「黒方」である。沈は沈香《じんこう》の略。

＊108頁7行　**中を突き刺して……心狂ふやうにつきぬ**　大意は〈（木の切れ端で）中を突き刺して、鼻にあてて嗅いでみると、言うに言われぬ香ばしい黒方の香りであった。なんとも想像にも及ばないことだった。これは尋常の人の仕業ではないと思って、これを見るに付けても、なんとかしてこの人をものにしたいと思う心が、狂ったように生じた〉。『今昔物語集』巻第三十「平定文仮借本院侍従語第一」からの引用。

＊109頁11行　**いかで此の人に……死に、けり**　大意は〈何としてでもこの人をものにしたいと思い惑っているうちに、平中は病気を患ったという。そして悩み続けたまま死んでしまったという〉。『今昔物語集』巻第三十「平定文仮借本院侍従語第一」からの引用。

＊109頁13行　**十訓抄に依ると**　『十訓抄』六ノ二十三には、平中の「妻」である本院侍従も、国経の北の方同様に、時平に奪われて手紙さえやり取りできなくなってしまったので、五歳の子の腕に歌を書いたという逸話（本文101頁の「昔せし」と「うつゝにて」のやり取り）を載せている。

＊110頁13行　**延喜九年**　西暦九〇九年。

＊111頁2行　**讒奏**　人をおとしいれる目的で、天皇に偽りを言うこと。

＊111頁14行　**五更**　午前四時〜六時頃。

＊111頁16行　**四明が嶽**　標高八〇九メートル。京都市街から見え、「小比叡」ともいわれる。

＊111頁17行　**三密の観想**　密教で、手に仏の印を身に結び（身密）、真言を口に唱え（口密）、心に本尊を念じる意（意密）によって、本尊と一体をめざす修行。

＊112頁5行　**鳳闕**　宮城、皇居の門。

＊112頁7行　**法験**　密教で、加持祈禱の効力。

＊112頁8行　**師壇の契り**　師である僧と檀那（信者）。寺僧と檀家。「壇」は「檀」が正しい。

＊113頁9行　**灑水の印**　密教で、両手の指で象徴的に宗教的理念を表わす方法を印という。ここは灑水（香水）を表わす印を結んで火を消すこと。

＊113頁17行　**普門品**　『法華経』の第二十五品「観世音菩薩普門品」。『妙法蓮華経』。観音が衆生

を救い、願いを叶えると説く。

＊114頁9行　**震死**　雷にうたれて死ぬこと。

＊114頁16行　**離朱の明も……知る能はず**　『本朝文粋』第七の善相公（三善清行）の「奉ル菅右相府二書」（原文は漢文）に拠る。この書簡には菅原道真が左遷される前年「昌泰三年十月十一日」の日付がある。大意は〈離朱のすぐれた視力でも自分のまぶたの上の塵を視ることはできない。孔子の持つ認識の力でも箱の中にある物を知ることはできない〉。離朱は古代中国の伝説上の人物。百歩離れた所からでも、毛の先が見える視力を持っていたという。仲尼は孔子の字《あざな》。

＊115頁4行　**顕密の両宗**　仏教の二大宗派で、従来の仏教を顕教と、空海等によってもたらされた密教をいう。

＊115頁5行　**悉曇**　梵語（サンスクリット）の字形、音韻等の学問。

＊115頁5行　**相人**　人相を見ること。

＊115頁6行　**卜筮**　卜は亀の甲羅を、筮は竹の棒を用いて行う占い。

＊115頁6行　**占相**　人などの吉兆の相を占うこと。

＊115頁6行　**舟師**　ふないくさ。水軍、海軍のこと。

＊115頁6行　**験者**　加持祈禱で霊験をあらわす行者のこと。

＊115頁6行　**持経者**　『法華経』を読経する者。

＊115頁8行　**定業**　善悪の報いを受けること（時期）が決まっていること。

＊115頁12行　**青龍**　病床の時平の両耳から道真の青龍が出てくる逸話は『北野天神縁起絵巻』承

久本に拠る。

＊115頁13行　**尊閣の諷諌**　前出の三善清行が道真に宛てた「離朱の明」の書簡「奉ル二菅右相府一書」をさす。

＊116頁1行　**須臾**　わずかな間。しばらく。

＊116頁7行　**勅勘**　勅命による勘当。天皇のお許しがあるまでは蟄居して謹慎することになっていた。

＊117頁4行　**縊る**　首をしめて殺す。絞首刑にする。

＊117頁12行　**前駆**　騎馬で先導する人。さきのり。さきがけ。

＊117頁14行　**折敷**　食器などをのせるために、四方に縁を付けて、杉や檜を薄く剝いだ板で作った角盆。

＊117頁15行　**半挿盥**　左右に二本ずつ長い柄の出た盥で、口や手を洗うのに使う。

＊117頁16行　**仕丁**　諸国から徴集され、役所や大臣家などで雑用に従事した身分の低い役人。

＊118頁14行　**顕要**　高い身分の大切な地位。

＊119頁3行　**あひ見ての後の心にくらぶれば**　下の句は「昔は物を思はざりけり」。大意は〈あなたと契りを結んでから後の、この切ない思いに比べたら、これ以前に思いわずらったことなんてなかったも同じだなあ〉。『拾遺和歌集』巻第十二、七一〇の歌。『百人一首』（四三番）にも収められた。

＊119頁6行　**此の権中納言は……花やかにて**　大意は〈この権中納言は本院の大臣（時平）が在原棟梁の娘である北の方に産ませなさった子である。歳は四十くらいで容貌も容姿も美しい方

で、人品もすぐれていたので世間の評判もたいへん良かった〉。『今昔物語集』巻第二十四「敦忠中納言南殿桜読和歌語第三十二」からの引用。

＊119頁8行　**百人一首一夕話**　国文学者・尾崎雅嘉《まさよし》（一七五五〜一八二七）の著。『小倉百人一首』の作者たちの略伝・逸話・歌詞の解説等を記した書。一八三三年（天保四）刊。

＊120頁5行　**後朝の使**　平安朝では、夫が妻の家を訪れるだけで、同居しない婚姻（妻問い婚）だったので、女の家に泊まった翌朝、自宅に帰った男は女に手紙を書き送る習慣があり、その手紙を届ける人。

＊121頁13行　**西四条の前斎宮……かひかあるべき**　大意は〈西四条の前の斎宮がまだ皇子でいらっしゃったとき、心にめざすところがあって、悩んでおりました間に、斎宮にお決まりになってしまわれたので、その翌朝、榊の枝に差して置かせました歌／伊勢の海に行って広い浜で拾ったとしても、今となってはどんな貝があるというのでしょうか。斎宮になってしまわれた今は、なんの甲斐もないことです〉。「貝」と「甲斐（効）」は掛詞。『後撰和歌集』巻第十三、九二七の歌。『大和物語』九十三段にもあるが、下の句は「今はかひなくおもほゆるかな」とある。

＊121頁17行　**もの思ふと……果てぬとか聞く**　大意は〈あなたを恋して悩んでいたら、月日が過ぎていくのを忘れていましたが、もう今年は今日で終わってしまうと聞きましたよ〉。『後撰和歌集』巻第八、五〇六の歌。『大和物語』九十二段にもあるが、ともに下の句は「今年は……」とある。

＊122頁5行　**いかにして……君に語らん**　大意は〈なんとかして、あなたのことをこんなにも思

っているということだけでも、人づてではなく直接あなたにお話ししたい〉。『後撰和歌集』巻第十三、九六一の歌。『大和物語』九十二段にもあるが、結句は「君に聞かせむ」となっている。『拾遺和歌集』巻第十一、六三五にもあるが、初句は「いかでかは」、結句は「君に知らせむ」となっている。

＊122頁11行　**忘れじと……いづちいにけん**　大意は〈いついつまでも忘れはしないと頼みに思わせてくださったあなたは今もご健在だと聞きました。なのに、私に言って下さったあのお言葉は何処に行ってしまったのですか〉。『大和物語』八十一段にある。『後撰和歌集』巻第十、六六五にもあるが初句は「思はむと」となっている。

＊122頁16行　**栗駒の……思ひしものを**　大意は〈栗駒山に朝飛び立つ雉子が狩りをする人に出会わないように思う以上に、私は仮にもその時限りであるような契りは結びたくないと思っておりましたのに〉。『大和物語』八十二段にあるが、四句目は「かりにはあはじと」となっている。

＊123頁4行　**敦忠集に依ると**　以下の佐理についての記述は『敦忠集』の詞書を谷崎が現代語訳したもの。「たいそう泣いて」は谷崎の創作。

＊123頁8行　**むつごとも……あづまなりけり**　大意は〈閨の中での語らいもまだできないうちに別れてしまったあの方の忘れ形見は、あづま（吾妻）という名前の子だったなあ〉。『敦忠集』（国歌大観番号二八）にある。

＊123頁17行　**尊卑分脈**　日本の皇室や源・平・藤・橘はじめ主な諸家の系図を集大成した書。

＊125頁3行　**公卿補任**　神武天皇から一八六八年（明治元）までの、大臣以下参議までの公卿の任用等を年次順に記載した上級貴族の職員録。

＊125頁8行　**恋しさに……なしとこたへよ**　大意は〈あなた恋しさに死んでゆく私の命を思い出して、私がどうしているのか尋ねる人がいたとしたら、もうこの世には居ないとお応えくださいよ〉。次の「骸にだに」の歌とともに『大和物語』一〇四段にある。『新古今和歌集』巻第十四、一二三六にもある。

＊125頁11行　**骸にだに……契りおきてき**　大意は〈せめて亡骸にでも私が来たということを告げて下さい。露のように儚い身が消えるときは、一緒に消えようと約束しあったのですから〉。「露」「消え」は縁語。

＊125頁15行　**宵に女にあひて……あらがふなゆめ**　大意は〈夜に女に会って、「必ずこれから先も会いましょう」と誓いを立てさせて、その翌朝に贈った歌／神にかけて誓った言葉だから恐れ多いので、ゆめゆめそんな誓いは立てていないと異を唱えたりしないでくださいね〉。『後撰和歌集』巻第十一、七八一の歌。「千早振」は「神」の枕詞。

＊125頁17行　**適古閣文庫所蔵の写本の滋幹の日記**　谷崎の創った偽書で実在しない。

＊126頁7行　**万代もなほこそあかね**　三句目以下は「君がため思心の限りなければ」。大意は〈たとえ万代の寿命があっても満足できません。（あなたのために思う心は限りがないので）〉。『拾遺和歌集』巻第五、二八三にある。

＊126頁7行　**賀筵**　祝賀の宴会。

＊146頁16行　**失うて庭の前の雪となり……誰か白頭の翁に伴はん**　大意は〈白鶴が庭に積もっていて消えた雪と同じく消え失せ、鶴が飛んで行くのは海上の風の力のおかげだ。空高く飛び行く道連れが得られ、三夜も籠に帰らない。鳴き声は雲の外に断ち切れ聞こえず、姿も明月の光

のもとに沈んで見えない。郡の宿舎で今後、この白髪の翁に誰がお供をしてくれようか〉（『白氏文集』巻第五十三「失レ鶴」）。

＊148頁12行　**我念ふ所の人あり……前よりの心安んぞ忘る可けん**　大意は〈私はいつも心にかかっている人がいて、その人は今、遠い遠い村にいる。また私には心に感ずる事があって、それは腸の深い深い奥底にわだかまっている。その人のいる村は遠くて行くことができないが、一日としてそちらの方角を望み見ない日はない。その思いは腸深くに結ぼれて解くことができず、一夕としてそのことを思い慕わない夕べはない。まして、灯火の燃え尽きかけたこの夜、一人でがらんどうの座敷に宿泊していれば、なおさら深い愁いに囚われてしまう。秋の空は今もなお明けやらず、青めいた薄暗がりの中、折しも風雨の音がさあさあと聞こえてくる。煩悩を洗い去る頭陀《ずだ》の修行法を学ばなければ、これまで抱いてきた気持ちをどうして忘れ去ることができようか〉（『白氏文集』巻第十「夜雨」）。

＊148頁16行　**夜深うして……塵の牀を払はん**　大意は〈夜が更けてからやっと一人ぼっちで床に就こうとしたが、私のために埃っぽいベッドに夜具を敷きのべてくれる人は誰もいない〉（『白氏文集』巻第十「秋夕」の後半）。

＊148頁17行　**形羸れて……夜漏の長きを知る**　大意は〈私の身体はやせこけて、自分でも朝食が余りすすまなくなったように感じられ、なかなか眠れないので、やたらと夜の時刻が長く感ぜられる〉（『白氏文集』巻第二十「自歎二首」の一首目の前半）。

＊149頁2行　**二毛暁に落ちて……頻りなり**　大意は〈私は夜明けになると白髪が脱け落ちているので、とかく髪を梳るのがおっくうになり、また春になって両眼がかすんできたので、頻りに

眼薬をさしている〉（『白氏文集』巻第二十「自歎二首」の其二の前半）。

＊149頁3行　**須く酒を傾けて……何ぞ妨げん**　もとの詩では「腸に入るべし」の後に、「白頭籍在無し」が入り、大意は〈酒を飲み腹中に流し込まねばならぬ。（白髪の老人で万事だらしないのだから）酔いつぶれても構いはしない〉（『白氏文集』巻第五十三「洛城東花下作」の後半の一部）。

＊152頁11行　**大徳**　徳が高く、行いが清い僧。

＊153頁3行　**普賢菩薩**　白象に乗って釈迦如来の右側に侍す脇侍。獅子に乗って左側に侍す文殊菩薩とともに、釈迦三尊像としてまつられることが多い。慈悲をつかさどり、女人でも成仏が可能であると女人往生を説いたとされ、女性の信仰も厚い。

＊153頁12行　**不浄観**　肉体や外界の汚らわしいさま（特に腐乱した死体）をよく観察して正しく知り、欲望や煩悩という執念を断ち切ろうとする観法。

＊160頁4行　**疫癘**　疫病。伝染病。

＊162頁15行　**眷顧**　特に目をかけること。愛顧。贔屓《ひいき》。

＊162頁15行　**天台宗の某碩学**　谷崎の「乳野物語」（一九五一・一〜三「心」、原題「元三大師の母」）に天台宗の碩学山口光圓師を今春聴（東光）から紹介されたとある。

＊163頁4行　**閑居の友**　上巻に二十一話、下巻に十一話、計三十二話を集めた仏教説話集。一二二二年（貞応元）の成立。不浄観に関する次の四つの説話を収める。上巻「一九　あやしの僧の、宮仕へのひまに、不浄観を凝らす事」「二〇　あやしの男、野原にて屍を見て心を発す事」「二一　唐橋河原の女の屍の事」、下巻「九　宮腹の女房の、不浄の姿を見する事」。

＊163頁4行　**発心集**　鴨長明の著わした仏教説話集。全八巻。鎌倉時代初期の成立。本書には不浄観の話が一つ載っている。然る大納言の美しい北の方を見て、心が乱れてしまった貴い僧都が、不浄観をこらして北の方への執着心を退けたという（巻四の六「玄賓念を亜相の室に係くる事　不浄観の事」）。

＊163頁10行　**昔、比叡山の或る上人のもとに**　167頁7行目の「思ふべきにや」まで。ある中間僧が不浄観を行い、粥を蛆虫に変えたという衣食への禁欲を記した観法の奇跡譚。谷崎は『閑居の友』上巻「一九　あやしの僧の、宮仕へのひまに、不浄観を凝らす事」の全文を引用し、現代語訳している。

＊163頁10行　**中間僧**　雑用を勤める地位の低い僧侶。中間法師。

＊166頁7行　**摩訶止観**　仏道修行の根本を説く。隋の天台宗開祖智顗《ちぎ》が法華経について講述した書。

＊167頁2行　**五慾**　五官（眼・耳・鼻・舌・身）に感覚される五境（色・声・香・味・触）の欲望。五感の欲望。また、財・色・飲食・名誉・睡眠を求める欲望。

＊167頁4行　**瞋恚**　自分の心と違うものに対して、怒りうらむこと。

＊167頁7行　**此のことわりを……思ふべきにや**　文意は〈この道理を知らない者は、おいしい味には貪欲の心が深まり、まずい味やみじめな着物は恨みの心が浅くない。良いもの、悪いものへの気持ちに違いはあっても、迷いの原因となることには変わりない。（中略）それにつけてもいまいましいことです。夢の中のはかないことだから、輪廻転生を繰り返す世の長いことは辛いに違いないと思うしかない〉。

＊167頁8行　**あやしの男……心をおこす事**　『閑居の友』上巻二〇の話。男女の愛情を否定するに至る。

＊167頁14行　**止観のなかに、……猶々有難い事である**　文意は〈摩訶止観の中に、人は死んだら身体が腐乱するから、しまいにはその骨を拾って煙にするまでを説いているのをみると、そのありさまが痛ましい。このような文字も読めないような無学な男でも自ら道心が起こったことはさらに尊いことです〉。

＊168頁3行　**大智度論**　インドの大乗仏教の大成者龍樹《りゅうじゅ》が著わした大品般若経の注釈書。大乗仏教の百科事典。

＊168頁7行　**身内の欲虫、……吐涙の如くに出でしむ**　文意は〈体内に居る虫で、性交する時に男虫である白い精液は涙の如く出て、女虫である赤い精液は反吐の如く出る。骨や髄や体などは父母の精液が出ることで作られるのである〉。

＊169頁4行　**種子不浄**　五種不浄の一つ。作中で「父母の淫楽の結果」出る「不浄不潔な液体」である精子と卵子を不浄であるとする。

＊169頁4行　**五種不浄**　生処不浄（母の胎内）、種子不浄（父母の淫欲から生じる身種）、自性不浄（頭から足までの身体）、自相不浄（身体から排泄されるもの）、究竟不浄（死屍）の五つ。生命の誕生から屍に至るすべてが不浄であるとする。

＊169頁5行　**屍骸の変化して行く過程**　『摩訶止観』（巻第九の上）では現世の肉体が不浄であることを知るために、壊相（肉体が腐乱して皮膚が破れはじめるさま）、膿爛相《のうらんそう》（屍骸自体が溶けてしまうさま）、噉相《たんそう》（屍骸に虫がわき出し、鳥獣に食い荒らされるさま）等、屍骸の変貌

の過程を九相で示している。

＊169頁7行　**諦観**　真理を観察すること。

＊171頁5行　**断腸**　腸がちぎれるほどの堪えられない悲しみ。

＊174頁9行　**豁然**　心の迷いがにわかに解けるさま。

＊181頁14行　**天慶六年**　西暦九四三年。

＊184頁2行　**音羽川……見えもするかな**　大意は〈音羽川を堰き止めて、引き入れた水を落とす滝の流れに、このような趣向を思い付く山荘の主人の風流心が現れていますね〉。『拾遺和歌集』巻第八、四四五にある。

＊184頁4行　**定心房良源**　九一二〜九八五。延暦寺の復興に努め、天台宗中興の祖といわれた平安時代中期の僧。元三大師、角大師と称され、諡号《しごう》は慈恵大師。谷崎は本作執筆後、『乳野物語』で良源の生涯を書いている。

＊185頁7行　**おちたぎつ……黒きすぢなし**　大意は〈激しく落ち流れていた音羽の滝の上流は年が積もって老いてしまったようですね。白く泡だっていて白髪のようですね。黒髪を見ることができません〉。白い滝を頭髪（白髪）に見立てている。『古今和歌集』巻第十七、九二八の歌で、「比叡の山なる音羽の滝を見てよめる」と詞書がある。

＊187頁14行　**参差**　長短ふぞろいで、かつ入り交じっているさま。

＊188頁8行　**見る人もなくてちりぬる奥山の**　下の句は「紅葉は夜の錦なりけり」とある。大意は〈奥山の紅葉は見る人もいないまま散っていく。それはまるで、立身出世したのに故郷に錦を飾らず目立たないのと同じで、もったいないことだよ〉。『古今和歌集』巻第五、二九七の歌

で、「北山に紅葉折らむとてまかれりける時によめる」と詞書がある。

＊188頁9行　**夜の錦**　『史記』項羽本紀の「富喜ニシテ故郷ニ帰ラザルハ繡《にしき》ヲ衣テ夜行クガ如シ」をふまえた言葉。

＊188頁16行　**左右なく**　「左右」はとかくの意。あれこれとためらわない。

＊192頁6行　**お高祖頭巾**　頭や顔を包む、紐付きの防寒用の頭巾。主に女性が着ける。

ハッサン・カンの妖術

＊197頁8行　**ジョン・キャメル・オーマン**　John Campbell Oman（一八四一〜一九一一）。カルカッタ生まれ。大学でも教鞭を執った文学博士。

＊197頁8行　**印度教に関する著書**　"The Mystics, Ascetics, and Saints of India"London, T. Fisher Unwin. 後に記される「苦行の実例」「マハバラタの中にある二人の兄弟の話」「ウツタナバダ王の王子」「デユリープ・シング」の紹介もオーマン氏の本に依拠していると、細江光『谷崎潤一郎——深層のレトリック』（二〇〇四・三、和泉書院）に指摘がある。印度教とはヒンドゥー教のこと。

＊197頁17行　**Some thirty years ago, … I now reproduce.**　大意は〈今から三十年ほど前、カルカッタ（の人々）は不思議な力を持つと評判の高かったハッサン・カンという人物を知り、たいそう関心を寄せていた。……私の幾人かのヨーロッパ人の友人はハッサン・カンと個人的に知り合いで、彼らの家で彼の妖術を目の当たりにしていた。私がここに再現する詳細はインド人からではなく、友人の紳士たちから直接得たものである。……〉。

＊198頁4行　**回教**　いわゆるイスラム教のこと。従来漢字文化圏で使われてきた表記で、今日ではほとんど使われなくなってきている。七世紀前半、ムハンマドが創始した。キリスト教と同じ一神教で、唯一神アッラーと預言者ムハンマドを認めることを根本教義とする。聖典はコーラン。前出のオーマンの著書には Muhammadan, Muslim と紹介されている。

＊198頁6行　**禁厭**　まじないをして悪事や災難を防ぐこと。

＊198頁9行　**With much trepidation … a huge flaming eye.**　大意は〈恐る恐る彼の指示に従い、私が薄暗やみの中で見えたのが巨大な炎の眼だけであるということを知り得て、戻ってきた〉。

＊198頁12行　**印**　印章の意。ヒンドゥー教、仏教で、両手の指を組み合わせて、宗教的理念を表現すること。

＊199頁3行　**ジン**　精霊。通常は目に見えないが、人や動物、魔物の姿もとる霊的生物。須弥山中腹の、夜叉の世界に住む魔神で、大梵天に奉侍する家来。

＊200頁5行　**玄弉三蔵の物語**　谷崎は一九一七年（大正六）四月発行の「中央公論」春期大附録号に「玄奘三蔵」（後に「玄弉三蔵」に改題）を発表している。玄奘は唐代の僧で、インドから帰国後に、『倶舎論』『成唯識論』等の多くの仏典を翻訳。玄奘の西域からインドの旅行記『大唐西域記』を元にして書かれたのが明代の白話小説『西遊記』である。「経（教義）」「律（規則）」「論（経典の解釈）」を三蔵といい、これを会得したことから三蔵法師と称された。

＊200頁7行　**アレキサンダア・カニンハム**　Alexander Cunningham（一八一四〜一八九三）。インドに赴任したイギリスの軍人。退役後、考古学の調査に従事した。

＊200頁7行　**印度古代地理**　堀謙徳『解説西域記』（一九一二・十一、前川文栄閣）の「附録　玄奘の入竺行程」にカニンハムの著書『印度古代地理』（Ancient Geography of India）の記載がある。

＊200頁7行　**ヴィンセント・スミス**　Vincent Smith（一八四八〜一九二〇）。アイルランド出身のインド古代史研究者、美術史家。

＊200頁8行　**「玄弉の旅行日誌」（The itinerary of Yuan Chwang）**　堀謙徳『解説西域記』の「附録　玄奘の入竺行程」にはカニンハムに続いて「スミス氏は『玄奘の旅行日誌』（The Itinerary of Yuan Chwang）を草して」とある。宮内淳子『谷崎潤一郎――異郷往還』（一九九一・一、国書刊行会）は、谷崎が堀謙徳『解説西域記』を参照したものと考えられると指摘している。

＊200頁8行　**上野の図書館**　一八七二年（明治五）創設の書籍館《しょじゃくかん》にはじまる東京上野公園内にある帝国図書館の通称。多くの文学者や学者が利用した。現在の国立国会図書館国際子ども図書館。

＊201頁1行　**ラッキー・ビーン**　豆型の装飾品をあしらったネクタイピンと思われる。

＊201頁2行　**ブラックストーン**　オニキスなどの黒色の天然石をあしらったネクタイピンと思われる。

＊201頁5行　**タメルラン**　Tamerlane（一三三六〜一四〇五）。十四世紀ペルシャのティムール朝の建国者ティムールのこと。

＊203頁5行　**デヴィス、カニンハム、フウシェエなどの著書**　堀謙徳『解説西域記』の「附録

西域記研究資料」の「(二) 梵欧文書類　単行本」「(三) 欧語論文　雑誌掲載」には約三百件におよぶ資料が掲載されていて、その中に「カニンハム氏の『印度古代の銭貨』」「デギス氏の『仏教時代の印度』」「フーシェー氏の『健駄羅仏教美術』」等、三人の著書が複数挙げられている。

＊203頁6行　**パンジャブ**　Punjab　インド半島の北西部、インダス川流域地方で、西部はパキスタン領になる。

＊203頁6行　**アムリツァル**　Amritsar　アムリットサル　パンジャブ地方にある。シク教の聖地。谷崎は「ラホールより」(一九一七・十一「中外新論」)でもこの地を取り上げている。

＊203頁6行　**婆羅門教**　ヒンドゥー教の前身。バラモン(僧侶)を中心とするインドの宗教。

＊203頁7行　**高等工業学校**　一八八一年(明治十四)五月に設立された東京職工学校は改組改称を経て、一九〇一年(明治三十四)五月、東京高等工業学校と改称した。現在の東京工業大学の前身。

＊203頁15行　**印度の独立**　イギリス政府は一八五八年(安政五)にインド統治法を成立させ、ムガル帝国滅亡後、インドを統治する。それと同時にインド独立運動は始まったが、実際に独立を果たしたのは一九四七年(昭和二十二)八月。

＊204頁4行　**宮森麻太郎**　一八六九〜一九五二。英文学者。日本文学を英訳して海外に紹介。英米近代劇も翻訳した。

＊204頁5行　**リプレゼンタティヴ・テエルズ・オヴ・ジャパン**　Representative tales of Japan　一九一四年(大正三)四月一日、三省堂書店。谷崎の「刺青」を巻頭に、近代の短篇小説二十

余編を宮森が英訳して編集したアンソロジー。原文（日本語版）の宮森麻太郎編『現代文藝傑作集』も同時刊行された。

＊204頁5行 **「刺青」** 一九一〇年（明治四十三）十一月発行の「新思潮」に発表された谷崎の短篇小説。翌年十二月、単行本『刺青』（籾山書店）が刊行された。

＊205頁1行 **ヴェダの神々** ヴェーダの神々には火の神アグニ、太陽神ヴィシュヌほか多くのヒンドゥー教の神々がある。

＊205頁12行 **ブライア** パイプの材料になるツツジ科エリカ属の落葉低木。初出と初刊本は「マホガニイ」。

＊209頁3行 **小石川** 谷崎は一九一六年（大正五）六月に小石川区原町十五番地（現文京区白山）、十二月に同区原町十三番地（現文京区千石）に転居している。この頃、谷崎は友人の武林無想庵から「ラーマーヤナの話、楞伽経の話、摩訶止観の話」を聞いていたと、『むさうあん物語7』（一九五八年七月）の「序」で述べている。

＊209頁3行 **俥** 住いから上野図書館まで二キロ余の距離であり、表記（俥）からも人力車である。

＊209頁3行 **団子坂** 文京区千駄木二丁目と三丁目の境を東へ下る坂。坂を下ると谷中、上野桜木を通り、上野図書館へ出る。

＊209頁5行 **桜木町** 下谷桜木町のことで、徳川家の菩提寺寛永寺がある現在の台東区上野桜木にあたる。

＊210頁4行 **音楽学校** 一八八七年（明治二十）十月、音楽取調掛を改称して設立された東京音

楽学校。現在の東京藝術大学音楽学部の前身。

＊211頁10行　**画餅に帰した**　計画が失敗に終わること。

＊211頁16行　**動物園**　一八八二年（明治十五）三月、上野公園清水谷（現台東区上野公園）に、当時の農商務省博物局付属の動物園として開園。現在の東京都恩賜《おんし》上野動物公園。通称上野動物園。

＊211頁16行　**アーク燈**　アーク（弧）状放電を利用した白熱光の電灯。一八八二年（明治十五）十一月、東京銀座で二千燭光のアーク燈が点灯したのが「わが国電灯点火の嚆矢」（石井研堂『明治事物起原』第十九編居住部）。

＊212頁1行　**駱駝**　毛はふたこぶラクダから取り、染色せずにキャメル・カラー（淡黄色や褐色）のまま使われる服地生地。駱駝（キャメル）という色のイメージで呼ばれることが多く、ウールなどとブレンドしたものも多かった。

＊212頁1行　**羅紗**　羊毛の毛織物。密に編み込むことから難燃性があり火事羽織や軍服（日本陸軍）などにも使われた。

＊212頁5行　**上野の公園**　一八六八年（明治元）の上野戦争で焼け野原となった徳川家の墓所である東叡山寛永寺の境内に、一八七三年（明治六）、東京府公園として開園。現在の上野恩賜公園（台東区上野公園）、通称上野公園。園内には東京藝術大学、博物館、美術館、図書館、音楽ホール、動物園、不忍池等がある。

＊212頁7行　**亭々たる**　樹木が高くそびえ立つさま。

＊213頁8行　**東照宮**　一六二七年（寛永四）に創建され、上野東照宮と呼ばれる。徳川家康（東

照大権現）、八代将軍吉宗、十五代将軍慶喜をまつる神社。上野公園内にある。

＊213頁14行　**精養軒**　一八七三年（明治六）、京橋区采女町（現東京都中央区銀座）に開店した西洋料理店（通称築地精養軒）の別店として、一八七六年（明治九）四月、上野公園内不忍池畔に開業したのが上野精養軒（石井研堂『明治事物起原』第十八編飲食部）。谷崎は父の事業失敗で府立一中（現東京都立日比谷高校）退学の危機にあったが、十六歳の一九〇二年（明治三十五）六月から二十一歳（一九〇七年三月）まで、築地精養軒に書生兼家庭教師として住み込み、学業を続けることができた。

＊213頁15行　**清水堂**　一六三一年（寛永八）に京都の清水寺を模して創建された天台宗の東叡山寛永寺清水観音堂。上野公園内、不忍池東側にある。ご本尊は千手観世音菩薩。

＊214頁11行　**欣然**　よろこんで快く物事を行うこと。

＊214頁13行　**広小路の時計台**　一八九七年（明治三十）暮れに竣工した鈴木時計店時計塔。上野広小路の黒門町（現台東区上野二丁目）にあった洋風二階建ての店舗で、時計塔は和洋折衷様式で文字板は直径六尺あり、東京の名物的店舗であったが、一九二三年（大正十二）九月の関東大震災で焼失（平野光雄『明治・東京時計塔記』一九六八・六、明啓社）。

＊215頁2行　**いづ栄**　江戸時代中期から現在まで続く上野池之端、黒門町にある有名な鰻割烹の老舗店、伊豆栄のこと。

＊215頁3行　**入れ込み**　大勢の人を一カ所に混ぜて入れること。

＊215頁7行　**滔々**　弁舌に淀みがないさま。

＊215頁7行　**縷述**　事細かに述べること。

＊215頁13行　**起信論**　『大乗起信論』。五、六世紀頃。大乗への信心を起こさせる書の意で、大乗仏教の基本教義を理論と実践から要約した入門書。大乗はサンスクリット語「マハーヤーナ」で大きな乗り物の意。「自利利他」（自分が幸せになれば他人も幸せになり、他人のためになることは自分のためになる）の教えによって、煩悩に満ちた此岸から悟りの彼岸へ運ぶ乗り物が大乗仏教で、衆生の救済を目的とした。これに対して、修行した個人だけが救済されるとするのが小乗仏教である。

＊215頁13行　**浄法薫習**　習慣的な働きかけによって、影響を植え付け、心に染み込ませること。例えば、香りが衣に染み付いて残存するような残り香のこと。

＊216頁6行　**マハバアラタ**　Mahabharata　マハーバーラタ。ヒンドゥー教の聖典で、『ラーマヤーナ』とともにインド二大叙事詩といわれる古代インドの神話的叙事詩。インドの神話・伝説・風俗・社会制度等を記す。

＊216頁14行　**梵天**　Brahman　古代インドにおいて万物実存の根源ブラフマン（梵）を神格化したもの。創造神ブラフマーはヴィシュヌ（維持神）、シヴァ（破壊神）とともにヒンドゥー教三神の一つ。

＊216頁15行　**罪障**　成仏の障りとなる罪や過ち。

＊216頁16行　**不屈不撓**　不撓不屈。困難にひるまず、くじけないこと。

＊217頁4行　**天人**　天界に住み、虚空を飛行するとされる神々。

＊217頁5行　**夜叉**　インド神話の、森に住む神霊。人を食らう鬼神である反面、恩恵をもたらす存在でもある。

＊217頁5行　**阿修羅**　インドの、天上の神々に戦いを挑む鬼神。戦いを好む神。

＊219頁1行　**フリー・シンカア**　Free thinker　宗教的権威から距離をおく人。宗教上の自由思想家。

＊219頁2行　**デュリープ・シング**　Duleep Singh　ドゥリープ・シング（一八三八～一八九三）。パンジャブのシク王国の最後の国王。

＊219頁8行　**参考書**　本作冒頭のオーマン氏の著書他。

＊219頁16行　**泰西**　「泰」は極の意で、西の果て、西洋諸国をいう。西洋。

＊220頁4行　**オリエンタリズム**　Orientalism　西洋人が東洋に関心や好奇心を抱く異国趣味。

＊220頁5行　**サンスクリット**　Sanskrit　インド・アーリア語に属する言語。ヒンドゥー教や大乗仏教で使用される。梵語。

＊220頁5行　**ヴェダの経文**　Veda　「ヴェーダ」は知識の意。バラモン教とヒンドゥー教の聖典。

＊220頁14行　**満腔**　からだ全部。満身。

＊221頁6行　**燕趙悲歌の士**　中唐の詩人銭起の五言絶句「逢俠者」（「燕趙悲歌士　相逢劇孟家　寸心言不尽　前路日将斜」）の起句。大意は〈悲歌慷慨する燕（現中国河北省）と趙（現山西省）の士と〉。ちなみに井伏鱒二は「イヅレナダイノ顔ヤクタチガ　トモニカタラフ文七ガイヘ　ダテナハナシノマダ最中ニ　マヘノチマタハ日ガクレル」（『厄除け詩集』一九三七・五、野田書房）と訳した。

＊221頁8行　**懶惰**　なまけること。無精。

＊222頁11行　**頼山陽**　一七八一～一八三二。江戸時代後期の歴史家、文人。一八二六年（文政

九）に著わした源平の時代からの武家の興亡史『日本外史』（全二十二巻）は幕末の尊皇攘夷運動にも大きな影響を与えた。

＊223頁3行　**話頭**　話題、話の糸口。

＊223頁6行　**アイディアリスト**　Idealist　理想家。観念論者。唯心論者。

＊223頁7行　**西郷南洲**　一八二七〜一八七七。西郷隆盛。幕末・維新期の薩摩藩士で軍人、政治家。南洲は号。

＊223頁7行　**マッジニ**　Giuseppe Mazzini　ジュゼッペ・マッツィーニ（一八〇五〜一八七二）。一九世紀、イタリア統一運動時代の革命家、政治家。カヴール、ガリバルディとともにイタリア統一の三傑といわれた。この三人を取り上げた『伊太利建国三傑』（平田久纂訳、民友社）が一八九二年（明治二十五）十月に刊行されている。

＊223頁7行　**カブール**　Camillo Benso, conte di Cavour　カミッロ・カヴール（一八一〇〜一八六一）。一九世紀、イタリア統一運動時代の政治家。イタリア王国首相（初代）。イタリア統一を目前に急死した。

＊223頁8行　**孫逸仙**　一八六六〜一九二五。孫文。中国の革命家、政治家。日清戦争後、広州事件（一八九五）にからみ日本に亡命。中華民国の初代臨時大総統に就任（一九一二）。中国革命の父。

＊223頁8行　**蔡鍔**　一八八二〜一九一六。中国清末の軍人。明治期に日本留学。袁世凱の帝政計画に反対し、雲南省の独立を宣言（一九一五）。結核治療のため来日するが福岡市の病院で死去。

＊223頁16行　**五円**　当時、うな重（並）が四十銭（一九一五）、日本酒一升が二円（一九一六）、公務員の初任給が七十円（一九一八）だった（週刊朝日編『値段史年表　明治・大正・昭和』一九八八・六、朝日新聞社）。

＊224頁5行　**吉原**　江戸にあった吉原遊廓。初めは日本橋葺屋町（現中央区日本橋人形町）にあったが、明暦の大火後、千束日本堤下三谷（現台東区千束）に移り、新吉原と呼ばれた。一九五七年（昭和三十二）四月一日に施行された売春防止法により、吉原遊廓は廃止された。

＊224頁7行　**角海老**　吉原遊廓にあった屋号。角海老楼は時計台のある木造三階建ての大楼。

＊224頁7行　**華魁**　吉原遊廓の上位の遊女。

＊225頁8行　**マティラム・ミスラ**　ミスラはインド神話の友愛の守護神ミトラと起源が同じ。前出のオーマンの著書には "His real name is Matiram Misra. He was born in 1833 of a good Brahman family, ..."（CHAPTER IX）と経歴も紹介されているが、本作のミスラとは合致しない。実在の人物か否か、またモデルも不明。野崎歓『谷崎潤一郎と異国の言語』（二〇〇三・六、人文書院）には、「『マティラム』も『ミスラ』もティムール直系の子孫バーブルの開いたムガル朝インドで活躍した詩人の名である」とある。

＊225頁14行　**伊香保**　谷崎は群馬県渋川市伊香保町の伊香保温泉に、執筆のためしばしば訪れていた。伊香保で母危篤の電報を受け取り、帰宅したが臨終に間に合わなかった。谷崎はそれ故、伊香保は「私に取つて一生わすれ難い思ひ出の土地となつた」（「伊香保のおもひで」一九一九・八『伊香保みやげ』）と述べている。

＊225頁14行　**母の喪**　谷崎の母は一九一七年（大正六）五月十四日に、丹毒から心臓発作を起こ

して亡くなった。享年五十四。

＊225頁16行　**時事新報**　一八八二年（明治十五）三月に福澤諭吉が創刊した日刊新聞。一九一七年（大正六）五月十九日（土）第五面の「文藝消息」欄に「▲谷崎潤一郎氏の母堂せき刀自は丹毒にて十五日死去享年五十四であつたと」とある。

＊226頁9行　**院線**　鉄道の略称。当時は内閣鉄道院が所管、経営していた。

＊226頁10行　**カッテエジ**　cottage　別荘。山荘。

＊226頁17行　**刺を通ずる**　名刺を出して面会を求める。

＊229頁2行　**竦然**　恐れてぞっとする。慄然。

＊229頁17行　**ショウペンハウエル**　Arthur Schopenhauer（一七八八〜一八六〇）。ドイツの哲学者。主著『意志と表象としての世界』（一八一九）は一九一〇年（明治四十三）に姉崎正治訳（『意志と現識としての世界』博文館）で刊行された。

＊229頁17行　**スウェエデンボルグ**　Emanuel Swedenborg　エマヌエル・スヴェーデンボリ（一六八八〜一七七二）。スウェーデン出身の科学者、神学者、思想家。生きながら霊界を見て来たという霊的体験の著作が多い。その思想に影響を受けた仏教・禅学者鈴木大拙（一八七〇〜一九六六）は主著『天国と地獄』（『天界と地獄』一九一〇）などの日本語訳を刊行した。

＊230頁3行　**メタフィジック**　Metaphysics　形而上学。現象を超越し、その背後にあるものの本質、存在の理由や根本原理を探求する学問。神・霊魂や世界の成り立ち等が主要な対象。対立する用語は唯物論。

＊230頁3行　**唯心論**　世界を構成する一切の存在は精神的なもので、心が唯一の実在であるとす

る立場。

＊230頁5行　**洞観**　見抜くこと。直感的に真理を知ること。

＊230頁5行　**大悟徹底**　悟りきること。迷いを去って真理を悟り、なんらの煩悩も残さないこと。

＊231頁9行　**厭世観**　この世では幸福は得られないと、悲観的に考える人生観。ペシミズム。

＊231頁15行　**心霊界の秘密**　この直後に記されている「物質と霊魂との交渉」をいう。人間は肉体と霊魂からなり、肉体消滅後も霊魂は存在し、現世の人間は死者の霊魂と交信できるとする思想を心霊主義（Spiritualism　スピリチュアリズム）という。唯心論、精神主義と呼ばれることもある。

＊233頁14行　**Sorcery**　黒魔術。妖術。

＊233頁16行　**巫術**　Shamanism　シャーマニズム。神や精霊などの霊的存在との交渉を中心とする宗教様式。

＊233頁16行　**怪力乱神**　『論語』（巻第四 述而第七）の「子不語怪力乱神」（子、怪力乱神を語らず）に拠る。孔子が「怪異と力わざと不倫と神秘」を口にしなかったことをさし、人知ではおしはかれず、理屈では説明できない不思議な存在。

＊233頁17行　**アタルヴア・ヴエダ**　Atharva Veda　アタルヴァ・ヴェーダ。四つある『ヴェーダ』の一つで、バラモン教の呪術的な儀式を記したもの。

＊234頁2行　**巫覡**　神に仕えて、祈禱をする人。みこ。

＊235頁13行　**涅槃**　消滅の意。煩悩を断じ、迷いを超越した悟りの境地。

＊235頁15行　**数論派**　サーンキヤ学。サーンキヤは「数え上げる」「考え合わせる」の意。イン

ド哲学の一学派。世界の根源として、精神原理と物質原理の実体原理を想定する二元論。谷崎の母校である第一高等学校の校長になる狩野亨吉は、一八九四年（明治二十七）に『数論派哲学大意』（東洋哲学会）を著わしている。

＊235頁16行　**無明**　一切の煩悩の根源で、真理に暗いこと。三惑の一。十二因縁の第一支。

＊236頁2行　**対境**　対象。客体とほぼ同義。

＊236頁12行　**日月星辰**　太陽と月と星。天空。

＊236頁14行　**一元論者**　一元論は、世界は一つの原理から成り立っているとする考え方で、二元論は、世界は精神と物質の二つの要素から構成されるとする立場。

＊237頁2行　**馬鳴菩薩**　**Asvaghosa**　アシュヴァゴーシャ。古代インドの仏教僧侶。『大乗起信論』の漢訳本の冒頭に「馬鳴菩薩造　真諦三蔵訳」（馬鳴が述作者で三蔵が漢訳者）とある。

＊237頁3行　**阿梨耶識**　阿頼耶識。人間存在の根底にあり、通常は意識されることのない意識の流れ。経験を蓄積して個性を形成し、すべての心的活動のよりどころとなるもの。

＊237頁8行　**無色界、色界**　衆生が生死を繰り返しながら輪廻する世界を三界（欲界・色界・無色界）という。欲界は淫欲と食欲が強い衆生が住む世界。色界は欲望を超越しても物質的条件（色）から解放されない衆生が住む世界。無色界は欲望も物質的条件も超越した衆生が住む世界。

＊237頁9行　**須弥山**　仏教宇宙論で世界の中心にそびえ立つ高山。妙高山。高さは八万由旬。由旬は古代インドの距離の単位で七マイル（あるいは九マイル）とする。同心円をなす九山八海の中心にあり、周囲を日月星辰が回っている。

＊237頁10行　**摩訶劫波**　インド哲学の時間をあらわし、最も長いのが「劫」（梵語カルパの音写文字「劫波」の略）で、最も短いのが「刹那」。

＊237頁10行　**空劫**　世界が壊滅して、次の世界の成立までの長い空無の期間。

＊238頁1行　**金輪水輪風輪**　須弥山を下から支える輪。あと一つ空輪を含めて四輪という。

＊238頁4行　**閻浮提洲**　南贍部洲。須弥山の四方にある四大洲のうちの南方に位置する人間の住む島とされる。

＊238頁16行　**峰巒**　山の峰。

＊239頁10行　**薫染**　よい感化を受けること。

＊239頁16行　**六道**　衆生が行為の善悪の結果として赴く天道、人間道、修羅道、畜生道、餓鬼道、地獄道の六つの迷界。

＊240頁10行　**正法**　仏教でいう正しい教えのこと。

＊240頁16行　**サブライム**　sublime　畏敬すべき。崇高な。高尚な。

＊241頁15行　**大梵天**　色界の初禅三天の最高位。仏教の守護神。

＊243頁5行　**兜率天**　仏教世界の天界の一つ。須弥山の上空にあり、下界に降る菩薩が待機する場所とされる。

＊243頁5行　**八熱地獄**　八大地獄。殺生、邪淫などを行った者が、死後おもむくとされる熱と焔で苦しめられる地獄。閻浮提洲の地下にあるという。

＊243頁7行　**パスパティナアト**　Pashupatinath　パシュパティナート。ネパールの首都カトマンズにあるヒンドゥー教寺院。

＊243頁7行　**ゲダルナアト**　Kedarnath　ケダルナート。インドのガンジス河の支流を登った場所にあるヒンドゥ教寺院。ヒマラヤ四大聖地の第三番巡礼地。標高三五八三メートル。

＊243頁8行　**ベルチスタン**　Baluchistan　イラン南東部からアフガニスタン南部、パキスタン南西部にまたがる火山地域。

＊243頁12行　**善見城**　喜見城。須弥山の頂上忉利天にある帝釈天の居城。楽園、極楽のたとえにされる。

＊249頁15行　**弗婆提**　東勝身洲。須弥山の四方にある四大洲のうちの東方に位置する島。

二人の稚児

＊254頁3行　**観行**　自己の心の本性を冷静に見つめる、天台宗で大切にされている修行。観心の行。

＊254頁7行　**菩提の果を證する**　煩悩を断じて悟りを開き、極楽浄土に生まれかわること。

＊254頁15行　**五濁**　悪世になると起きる劫濁（飢饉・戦争などの社会悪）・見濁（思想の乱れ）などの五つの汚れ。

＊254頁16行　**四明が嶽**　四明岳。「少将滋幹の母」註解343頁参照。

＊255頁1行　**鳰海**　琵琶湖の別称。

＊255頁10行　**三上山と云うところには、……大きい蜈蚣が棲んで居る**　三上山は滋賀県野洲市三上にある標高四三二メートル。近江富士、ムカデ山ともいわれる。三上山での俵藤太《たわらのとうた》のムカデ退治は御伽草子『俵藤太物語』（室町時代成立）、『日本昔噺第八編俵藤太』（一八九五・三、

博文館）などの物語になっている。

＊255頁14行　**蜿蜒**　蛇がうねうねと曲がりゆくように長く続くさま。

＊256頁3行　**十善の王位**　天皇、天子のこと。前世に不殺生（生き物を殺さない）・不偸盗（盗みをしない）・不邪淫（男女の道を外さない）などの十善を行なった果報として現世で天子の位につくことができたとする。

＊258頁1行　**女人最為悪難一。縛着牽人入罪門**　『大蔵経』の『優塡王経』では、「女人最為悪難与為因縁　恩愛一縛着　牽人入罪門」とあり、傍線部が脱落している。谷崎は存覚撰『女人往生聞書』（室町時代初期成立）に引かれた本文から引用しており、『女人往生聞書』には「優塡王経にいはく　女人最為悪難一《にょにんさいいあくなんいち》、縛著牽人入罪門《ばくちゃくけんにんにゅうざいもん》　その文のこころは、女人もっとも悪難をなすこと一なり。縛着して、ひとをひいて、罪門にいるとなり」とある。脱落前の文意は〈女人は最も悪なる者である。共に拠り所とすることは難しい。恩愛で一度縛り付けると　男をそのまま地獄に引きずり込んでしまう〉。以下に言及される経文に関する記述は、すべて『女人往生聞書』からの引用に拠る（堀部功夫『近代文学と伝統文化――探書四十年』二〇一五・五、和泉書院）。

＊258頁2行　**執剣向敵猶可勝、女賊害人難可禁**　『女人往生聞書』に「智度論にいはく（中略）執剣向敵猶可勝《しゅうけんこうてきゆかしょう》、女賊害人難可禁《にょぞくがいにんなんかきん》　この文のこころは（中略）剣をとりてむかへるかたきには、なをかちぬべし、女賊のひとを害するは、禁ずべきことがたしとなり」とある。文意は〈剣を執って敵に向かうときは、なんとか堪えることができる。女の色香が人を損なうことはこれをさしとめるのはできない〉。

＊258頁2行 **智度論** 『大智度論』。「少将滋幹の母」註解352頁「大智度論」参照。

＊258頁2行 **高手小手** 両手を背の後ろにまわして、首から肘、手首を縄で厳重に縛り上げること。

＊258頁4行 **女人は大魔王なり、能く一切の人を食ふ** 『女人往生聞書』に「涅槃経にいはく（中略）女人大魔王《によにんだいまおう》、能食一切人《のうじきいちさいにん》、（中略）この文のこころは、女人は大魔王なり、よく一切のひとをくらふ」とある。文意は〈女人は大魔王で、ことごとく残らず人を食らう〉。

＊258頁4行 **涅槃経** 『大般涅槃経』。大乗仏典の一つで、釈尊の入滅、衆生の成仏などを説いたもの。

＊258頁6行 **一とたび女人を見れば、……女人をば見るべからず** 『女人往生聞書』に「宝積経にいはく 一見於女人《いちけんおによにん》、能失眼功徳《のうしちけんくどく》、従雖見大蛇《じゆすいけんだいじや》、不可見女人《ふかけんによにん》 この文のこころは、ひとたび女人をみれば、よくまなこの功徳をうしなふ、たとひ大蛇をばみるといふとも、女人をみるべからずとなり」とある。文意は〈女人を一度目にしてしまうと、眼の功徳が失われることもある。よってたとえ大蛇を見ても、女人を見てはいけない〉。

＊258頁6行 **宝積経** 大乗仏教五部経の一つ。百二十巻。

＊258頁13行 **唯識論** 『成唯識論』。中国唐代に玄奘が漢訳した唯識の論典。

＊259頁2行 **女人地獄使、……内心如夜叉** 『女人往生聞書』に「唯識論にいはく 女人地獄使《によにんじごくし》、永断仏種子《ようだんぶちしゆし》、外面似菩薩《げめんじぼさち》、内心如夜叉《ないしんによやしや》 この文のこころは、女人は地獄のつかひなり。ながく仏の種子をたつ。ほかのおもては菩薩ににたり。うちのこころは夜叉のごとしとなり」とある。文意は〈女は地獄の使いであり、男が仏になり得る可能な力を断っていて、見かけは菩薩のよ

うでも内面は夜叉と同じだ〉。

＊259頁11行　**大師**　七六七～八二二。最澄。比叡山延暦寺の開祖伝教大師のこと。

＊260頁9行　**三十二相**　仏のみが備えている三十二の優れた身体的特徴。女性の容姿の一切の美しさをいう。

＊260頁10行　**紫磨金**　紫色を帯びた純粋な黄金。

＊260頁10行　**阿鼻地獄**　八大地獄で最も苦しい地獄。大悪を犯した者が間断なく苦しみを受ける無間地獄。

＊260頁10行　**獄卒**　地獄で亡者を責め苦しめる鬼。

＊261頁3行　**観世音**　衆生を苦しみから救う観世音菩薩。阿弥陀如来の脇侍。

＊261頁3行　**弥勒菩薩**　釈迦入滅後、この世に現れて衆生を救う未来仏。

＊261頁10行　**楣間**　出入り口の上にある横木。欄間。

＊262頁8行　**横川**　比叡山の三塔の一つ。根本中堂のある東塔の北方にあり、元三大師良源の時代に興隆した。

＊262頁10行　**兜率谷**　横川地区の横川中堂の東南に位置する横川谷の一つ。良源門下の恵心僧都源信（九四二～一〇一七）が『往生要集』（九八五）を記したとされる延暦寺恵心院がある。

＊263頁5行　**得度**　剃髪して仏門に入ること。出家。

＊263頁7行　**六波羅蜜**　大乗仏教の悟りの彼岸に至るための六種の修行。六度。

＊263頁7行　**五戒**　在家の守るべき五種（不殺生・不偸盗・不邪淫・不妄語・不飲酒）の戒。

＊264頁8行　**坂本**　比叡山東麓にある延暦寺の門前町（現滋賀県大津市坂本）。

＊265頁11行　**浄玻璃**　曇りのない澄んだ水晶、ガラス。

＊266頁13行　**不妄語戒**　うそをついてはいけないという戒。

＊267頁14行　**機根**　仏の教えを聞き修行に堪え得る能力や素質。

＊268頁11行　**崎嶇たる岨道**　険しい山道。

＊268頁11行　**八瀬**　比叡山西麓の高野川の渓谷をくだり、若狭街道に沿う辺り（京都市左京区）。

＊269頁2行　**真如法界**　「真如」と「法界」は同義で、宇宙・世界のありのままの姿、全存在の真理の意。

＊269頁2行　**妙覚**　深遠ですぐれた悟り。菩薩が修行して到達する最高の階位。

＊270頁16行　**明日は神崎、きょうは蟹島、江口**　いずれも神崎川沿いにある名高い遊里。

＊270頁17行　**二十五菩薩**　極楽往生を願う衆生を擁護して、臨終の際には阿弥陀仏とともに来迎する観音、勢至などの二十五の菩薩。阿弥陀仏・二十五菩薩が天から降りてくるさまを描いた絵を来迎図という。

＊272頁3行　**一乗**　唯一の乗り物の意。仏の悟りに達するための唯一の教え。「一乗のみね」は比叡山の峰をさす。

＊272頁3行　**一味**　仏の教えは多様でも本旨は同一であるという意。「一味のたに」は比叡山の谷をさす。この「一乗」「一味」の対句は『女人往生聞書』に「一乗のみね、たかくそばたちて」「一味のたに、ふかくた丶へて」とある。

＊272頁9行　**雲母越**　比叡山西麓、京都市左京区の修学院離宮から山頂に至る雲母坂を行く比叡山への最短路。

*272頁12行　**三途八難**　地獄・餓鬼・畜生の三悪道など、仏道修行のさまたげとなる八種の境界。

*272頁15行　**安楽国**　極楽浄土のこと。

*272頁16行　**一念三千**　人の日常の心には宇宙のあらゆるはたらきが含まれているとする教え。

*272頁16行　**三諦円融**　あらゆる事象は実体はなく空であるとする空諦、あらゆるの事象は因縁による仮のものとする仮諦、この二つをふまえた中諦を合わせて三諦という。三諦が融合したところに真理があるという意。

*272頁16行　**円頓**　現にあるがままの心に、欠けることなく功徳が具わりすみやかに悟りに至ること。

*273頁13行　**狐疑**　相手に対して疑いためらうこと。

*274頁7行　**勇猛精進**　勇ましく強い心をもって苦難を克服し、仏道修行すること。

*274頁7行　**随縁起行**　縁を尊び、仏に帰依して、仏道修行を実践すること。

*274頁17行　**よどの津**　淀津。京都市伏見区にある。木津川、宇治川、桂川が合流する淀川の起点にあたる。

*275頁2行　**せいしぼさち**　阿弥陀如来の脇侍の勢至菩薩。人々を迷いや苦しみから救うとされる。合掌をする姿か水瓶を持っている像容が一般的。

*275頁2行　**楊柳観世音**　右手に持つ柳の枝で悪病を祓い清め、病苦からの救済を使命とする観音。仏画の画題として好まれ、女性的で優美な姿で描かれることが多い。

*275頁4行　**催馬楽**　「少将滋幹の母」註解338頁参照。

*275頁6行　**有漏路より無漏路へかよふ釈迦だにも、羅睺羅が母はありとこそきけ**　覚如撰『拾

遺古徳伝絵詞』（一三〇一頃成立）からの引用で、釈迦如来（ゴータマ・シッダールタ）でさえ、若いときには妃と戯れて子どもまでなしたのだから、私たちの犯した邪淫の過ちも大目にみて欲しいという意味の歌である。「有漏路」は煩悩にけがされた迷いのこの世。「無漏路」は煩悩にけがされない清浄な悟りの境地。羅睺羅（Rahula　ラーフラ）は出家前の釈迦と、妃の耶輸陀羅（Yasodhara　ヤショーダラー）の間にできた子ども。谷崎がどの本を参照したのか明らかでないが、真宗の経文を集めた著書には『女人往生聞書』とともに法然の伝記である『拾遺古徳伝絵詞』も収められていることが多く、ここもその一つである改版『真宗聖典』（一九一七）と推定できる（堀部功夫『近代文学と伝統文化――探書四十年』）。

＊275頁8行　**道心**　仏を信じ悟りを求めようとする心。菩提心。

＊275頁15行　**十万億土**　この世から阿弥陀如来のいる極楽浄土に至るまでに無数にあるという仏国土。極楽浄土は非常に離れているという意。

＊276頁1行　**迦陵頻伽**　上半身が人、下半身が鳥の、極楽浄土に住むとされる想像上の生物。美しい声で鳴くとされ、美しい声を持っているもののたとえ。

＊276頁1行　**硨磲碼磁**　ともに仏教において貴重とされる宝で、硨磲はシャコ貝の殻、碼磁は天然石。

＊276頁2行　**赤珠**　赤い真珠。

＊277頁15行　**瀏朗**　楽器の音が透きとおって、冴えわたっているさま。

＊278頁7行　**無量劫**　限りなく長い時間。永劫。

＊280頁1行　**冥護**　知らず知らずのうちに神仏の加護があること。

＊280頁10行　**水垢離**　神仏に祈願する際、自身の穢れを洗い流すために、冷水をかぶり心身を清浄にすること。神道における禊《みそ》ぎと同じ。

＊281頁8行　**尽十方**　全世界のあらゆる方向性に行きわたること。

＊281頁9行　**釈迦が嶽**　西塔と横川の間にある標高七六七メートルの横高山の別称。

＊281頁12行　**普賢菩薩**　「少将滋幹の母」註解350頁参照。

＊281頁12行　**兜率天**　Tusita　天界の一つ。須弥山の上空にあり、下界に降る未来の仏が待機する場所で、現在は弥勒菩薩が待機しているという。

＊282頁2行　**三世の宿縁**　前世・現世・来世（過去・現在・未来）の三世にわたる因縁。

＊282頁3行　**障礙**　悟りのさまたげとなるもの。障碍《しょうがい》。

＊282頁3行　**霏々**　雨や雪が絶え間なく降るさま。

＊282頁5行　**浩蕩**　広大なこと。

＊282頁7行　**繽紛**　花や雪が入り乱れて散るさま。

＊282頁12行　**弥陀の称号**　唱えると功徳があるとされる「阿弥陀仏」や「南無阿弥陀仏」をいう。

＊282頁15行　**稚児輪**　頭上に高く、髪で左右に輪を作る少女の髪の結い方。もと公家が元服前に結ったもの。

母を恋ふる記

＊285頁3行　**いにしへに恋ふる鳥かもゆづる葉の／三井の上よりなき渡り行く**　『萬葉集』巻第二、一一一。詞書は「吉野宮に幸せる時に、弓削皇子、額田王に贈り与ふる歌一首」。大意は

〈亡き帝（天武天皇）を慕う鳥でしょう、ゆずりはの御井の上から鳴いて飛んでいきます〉。これに対する額田王の返歌は「古に恋ふらむ鳥はほととぎす　けだしや鳴きし我が思へるごと」（一一二）で「いにしへに恋ふる鳥」は「ほととぎす」。弓削皇子は天武天皇第六皇子（母は大江皇女）で、額田王は義母にあたる。この二首は、都に残っている義母に皇子が、あの鳥はあなたの生御霊ではないかと問いかけたのに対して、額田王がたしかに私の魂ですと応えたもの。当時、ほととぎすは「蜀魂」とあてて、昔を思って鳴く鳥、霊魂の運搬者（霊魂そのもの）と思われていた。

＊286頁5行　**日本橋の真中にあった私の家**　谷崎は一八八六年（明治十九）七月二十四日に東京市日本橋区蠣殻町二丁目（現東京都中央区日本橋人形町一丁目）に、満二十六歳の父倉五郎、満二十一歳の母セキ（関）の長男として生まれた。

＊286頁6行　**我が家の悲運**　父倉五郎の度重なる事業失敗で引っ越しを繰り返し、ついには神田区南神保町（現千代田区神保町）の路地裏の裏長屋に落ちぶれて住むことになった。

＊286頁8行　**黄八丈**　黄色の地に鳶・茶の縞をあらわした絹織物。伊豆八丈島が産地。

＊286頁8行　**糸織**　絹のより糸で織った上等な織物。

＊286頁8行　**キャラコ**　織り地が細かい平織の綿布で、足袋やステテコの材料に用いられる。

＊286頁9行　**表附き**　畳表のついた下駄。当時、婦人の駒下駄として流行していた。

＊286頁9行　**駒下駄**　台も歯も一つの材をくりぬいて作った下駄。

＊286頁10行　**寺小屋の芝居に出て来る涎くり**　浄瑠璃『菅原伝授手習鑑』の四段目の切の寺子屋の段に登場する、十五歳になるのに墨汁や鼻汁で汚れた格好をして笑いを誘う役。

＊287頁1行　**水天宮の縁日**　中央区日本橋蠣殻町にある水難除けと安産の神をまつる神社。縁日は毎月五日。

＊287頁1行　**茅場町の薬師様**　谷崎は満五歳の一八九一年（明治二十四）から数年間、南茅場町（現茅場町）に住んでいた。上野寛永寺の末社智泉院の本尊薬師仏をまつり、毎月八日と十二日に縁日があり、夕方から植木市があり、賑わった。

＊287頁1行　**米屋町**　日本橋区蠣殻町一丁目の米穀取引所界隈の呼び名。米穀仲買人の家が集まっていた。

＊287頁2行　**鎧橋**　中央区兜町の証券取引所近くの日本橋川に架かる橋。

＊288頁9行　**殷々**　雷や車などの音がひびきわたるさま。

＊288頁13行　**縄手**　まっすぐな長い道。

＊289頁12行　**半町**　尺貫法の長さの単位で、一町は六十間で、一〇九メートル強のその半分。

＊289頁17行　**アーク燈**　「ハッサン・カンの妖術」註解359頁参照。

＊291頁1行　**茫々**　広くはるかなさま。また、はっきりしない、とりとめのないさま。

＊292頁1行　**粗朶**　薪などに使う、伐りとった木の枝。

＊293頁2行　**姐さん冠り**　婦人の手拭いの被り方。あねさんかぶり。

＊293頁7行　**二子**　二子織の略。縦糸または横糸に二子糸を用いて織った織物で普段着に用いられた。

＊293頁7行　**藍微塵**　縦横に二色の藍染め糸を織り合わせた縞柄。

＊297頁1行　**颯々**　風の吹く音をあらわしたオノマトペ。

＊298頁5行　**澎湃**　水が盛んに漲り、逆巻いているさま。

＊298頁9行　**渺茫**　ひろびろとして果てしのないさま。

＊298頁11行　**長汀曲浦**　長く続いた曲がりくねった浦。

＊298頁12行　**三保の松原**　静岡市清水区の駿河湾中へ突出した砂地。羽衣の松があり、富士を望む景勝地。

＊298頁12行　**田子の浦**　静岡県富士市の海浜。萬葉集時代から富士を望む景勝地で、歌枕でもある。

＊298頁12行　**住江の岸**　大阪市住吉区から堺市にかけての海岸。古来歌枕として有名で、住の江の松原があった。

＊298頁12行　**明石の浜**　兵庫県明石市の白砂青松の海浜。『源氏物語』の舞台の一つ。

＊298頁13行　**磯馴松**　幹や枝が地面の方に傾いて生えた松。

＊301頁8行　**縹渺**　かすかではっきりせず、ほのかにしか見えないさま。

＊302頁5行　**繻子**　縦糸・横糸に絹糸を用いた布面のなめらかで光沢のある織物。絹糸の本繻子、木綿の綿繻子、綿毛交織の毛繻子等がある。

＊303頁5行　**新内**　新内節。浄瑠璃の一派。心中道行物を主として艶麗な歌詞と曲が特徴。舞台から離れて、色街に「流し」（門付け）として広まった。「流し」は三味線を弾きながら、客を求めて歩くこと（芸人）。

＊305頁5行　**涓滴**　しずく。水のしたたり。

＊305頁6行　**鳥追い**　鳥の被害から田畑を守ることを祈念して、小正月（一月十四～十五日）に

行われる行事。また、女太夫が編笠を被り、三味線を弾きながら門付けして回ることもさす。この鳥追いの扮装は徳島の阿波踊りのもとになっているという。

＊305頁9行　**転軫**　転手。糸巻。琵琶や三味線の竿の先（頭）にある、弦を巻き付ける三本のねじ。

＊306頁5行　**麻裏草履**　麻糸を平たく編んだ組紐を裏につけた草履。

＊306頁9行　**ぞろり**　服をくずれた感じに着流したさま。

＊306頁17行　**髱**　日本髪の髷《まげ》の後方に張り出した部分。

＊307頁5行　**般若**　二本の角を持ち、妬みや怒りをたたえたおそろしい面相の鬼女の能面。

＊308頁13行　**端厳**　正しく厳かなさま。

＊315頁9行　**自分は今年三十四歳**　谷崎は本作発表の一九一九年（大正八）には数えで三十四歳。

＊315頁9行　**母**　作者の母の没年は「一昨年の夏」ではなく、一昨昨年の一九一七年（大正六）。「ハッサン・カンの妖術」註解364頁「母の喪」参照。

明里千章

解　説

千葉俊二

谷崎文学には、母恋いものと称される一連の作品系譜がある。「母を恋ふる記」（一九一九年）「吉野葛」（一九三一年）「少将滋幹の母」（一九四九～五〇年）「夢の浮橋」（一九五九年）といった系譜である。

この母恋いものの基点となるのは、一九一七年五月の母の死である。谷崎の母の関は、一八六四年十一月に谷崎久右衛門の三女として生まれたが、数え年五十四歳で亡くなっている。

母の死の前後については、「晩春日記」「異端者の悲しみはしがき」（一九一七年）に詳しい。母は丹毒に冒されたが、一週間ほどで快方に向かったので、谷崎は原稿執筆のために伊香保へ出掛けた。そこで母危篤の電報に接し、急いで引き返したが、すでに母は心臓麻痺で亡くなっていた。

その面を掩った手ぬぐいをはらって見ると、「あの醜い丹毒の跡は名残なく取れて、その昔、刷り物に出た娘番附の大関に数へられ、生前屢〻、予が姉ではないかと人に訝しまれた美しい母親の顔は、白蠟の如く晴れ晴れとして浄らかであつた」（「異端者の悲しみはしがき」）という。「佐藤春夫に与へて過去半生を語る書」（一九三一年）において、「僕が生れて始めてほんたうの悲しみを味はつたのは母を失つた時であつた」と語っている。谷崎は機会あるごとに、しばしば自分の姉と間違えられたという若く美しい母について記している。一九二二年の「婦人が崇高に見える時」というアンケートには、「女の顔」と題して次のように答えている。

崇高と云へば、何かそこに永遠なものが含まれて居べきだと思ひます。私は空想の中で屢〻亡くなつた母の姿を浮かべます。それも臨終の際の姿ではなく、いつ、どんな時の顔だか知れないが、多分私が七つか八つの子供だつた頃の、若い美しい（私の母は美しい女でした）母の顔を浮かべます。それが私には一番崇高な感じがします。

谷崎にとっての永遠女性は、七つか八つの子どものころに見た若く美しい、崇高な母である。それは生涯にわたってひとつの固着観念として作用し、谷崎が描き出したさまざまの魅惑的な女性像へと変幻している。

が、母の生前には、それは識域下に抑圧されたままであった。無意識裡にインセストタブーからそのイメージを解放することは忌避され、母の死によってはじめてその抑制が解除されたといえる。

始発期から谷崎文学には溢れるばかりの官能的なエロスが匂っているが、それを突き抜けるような精神的、あるいは超自然的な側面が欠如しているという批評が、多くの批評家から繰り返されてきた。それは谷崎自身も自覚していたことで、「父となりて」（一九一六年）では自分の頭はおそろしく「マテイリアリステイク」（物質的、肉体的、官能的）にできていると告白している。

「父となりて」においては、また「私の心が藝術を想ふ時、私は悪魔の美に憧れる。私の眼が生活を振り向く時、私は人道の警鐘に脅かされる」と、自己の分裂した内面も吐露していた。こうした矛盾をかかえた大きな曲がり角にあった谷崎にとって、母の死は、自己の藝術と生活を見直すための恰好な機会となった。

母の死後まもなくして書かれた「ハッサン・カンの妖術」には、その末尾でハッサン・カンの魔術を使うインド人の神通力によって須弥山の世界を遍歴した「予」が、「一羽の美しい鳩」となった亡き母の輪廻の姿と出会う場面が描かれる。亡き母は「お前のような悪徳の子を生んだ」ために成仏できずにいるが、「どうぞ此れから心を入れかへて、正しい人間になつておくれ」と懇願する。

当時の悪魔主義を標榜していた「予」（谷崎）は、母の輪廻の姿の前で、童心のごとく前行を悔いて、改悛している。ここには母への絶対的な思慕の情と、不孝への悔恨が描かれ、これまで見られなかった、きわめて浄らかな感情の素直な表出も描き出されている。

翌年に執筆された「二人の稚児」は、分裂した谷崎の内面そのものを物語化したような作品である。女人禁制の比叡山に頑是ない時分から預けられたふたりの稚児。千手丸は下界に降り官能的な快楽を享受し、瑠璃光丸は比叡山の上人の膝下にとどまる。前者は「悪魔の美」に憧れ、後者は「人道の警鐘」に脅かされた谷崎の内面をそれぞれ表象していよう。

千手丸の誘惑を断って、法華堂に参籠した瑠璃光丸は、その満願の夜、夢にあらわれた気高い老人から、前世において深い因縁をもった女人が一羽の鳥に姿を変え、手疵を負うて死のうとしていることを知らされる。その女はいまだ瑠璃光丸を忘れられず、この世で禽獣の生をうけたが、貴い霊場に棲んだので、来世には西方浄土に生まれるという。

「ハッサン・カンの妖術」に描かれた「一羽の美しい鳩」となった輪廻の母の姿と、この降り積もる雪のなかに瑠璃光丸が抱きしめる瀕死の一羽の鳥とのあいだには、何か通ずるものがあるように感じられる。これまでの谷崎文学にはなかった何かが胎動しはじめているようである。

それは「いにしへに恋ふる鳥かも」と「萬葉集」の一首に詠まれた鳥に導かれる「母を

恋ふる記」へと通じている。「母を恋ふる記」にはエピグラフとして「萬葉集」から「いにしへに恋ふる鳥かもゆづる葉の三井の上よりなき渡り行く」という一首が引かれる。この歌には「吉野宮に幸せる時に、弓削皇子《ゆげのみこ》、額田王《ぬかたのおおきみ》に贈り与ふる歌一首」という詞書があるが、弓削皇子は天武天皇の第六皇子で、持統天皇の吉野への行幸に同行した弓削皇子が、都にいる額田王に贈ったものである。

この一首は、その後の谷崎文学の展開を考えるとき、とても興味深い象徴的な意味を帯びている。「ゆづる葉」は、春に出た新葉が成長すると前の葉がいっせいに落ち、新旧交代の特徴が際立つ樹木で、親から子へ代を譲るという意をあらわす。この時期に大きな作風の転換を願っていた谷崎は、これまでの悪魔主義的な傾向とは異なり、浄化された永遠的な世界を希求しはじめる。

天武天皇の崩御後には、皇位継承の争いが表面化し、天武天皇の第三皇子である大津皇子が謀反の疑いをかけられて自害した。こうした皇位継承をめぐる疑心暗鬼な不安のなかに、弓削皇子は、若くして天武天皇と結ばれ十市皇女《とおちのひめみこ》までもうけた、弓削皇子にとっては義母でもある額田王に心の安らぎを求め、歌を贈ったのである。

弓削皇子や額田王が恋い慕う「いにしへ」（過去）とは、天武天皇ご在世の、吉野に深く結びついた昔である。「ゆづる葉」のある「三井」（御井）からは清冽な清水が湧き出して、そのうえを一羽の鳥が鳴きながら渡ってゆく。

関東大震災後に関西へ移住した谷崎は「吉野葛」を書いて大きく変貌し、洗練された古典主義的世界を描き出すことになる。「母を恋ふる記」のこのエピグラフは早くもそれを先取りするものとなっていよう。

この機会に「母を恋ふる記」についてひとつだけ指摘しておきたいことがある。夢のなかで母は門付けの鳥追いの姿をしてあらわれるが、谷崎が生い育った明治期の東京市中には鳥追い姿の新内語りは珍しいものではなかった。「幼少時代」（一九五五〜五六年）に回想されるように、三味線の音にあわせて乳母が「天ぷら喰いたい、天ぷら喰いたい」と唄って聞かせたというのも谷崎の幼少期の実体験だった。

新内節は宝暦年間に鶴賀新内がはじめたものといわれるが、男女の心中を退廃的に哀婉な曲節で語るが、その代表的な名曲とされるのが「明烏《あけがらす》 夢泡雪《ゆめのあわゆき》」である。新吉原の山名屋の遊女浦里と春日屋時次郎の心中事件をあつかったものだが、谷崎家の菩提寺である慈《じ》眼《げん》寺《じ》にはこの新内の題材となった浦里時次郎の比翼塚がある。

慈眼寺は深川猿江町から一九一二年に現在の染井墓地に隣接する巣鴨の地に移ったが、いまでも境内にはその比翼塚が大事に保存されている。谷崎には幼いころからこの「明烏夢泡雪」の浦里時次郎の哀話は親しいものだったはずである。

また谷崎は「母を恋ふる記」について「父が脳溢血で死ぬ少し前に、その病床に侍りながら書いた。母が亡くなってから二年の後である」（「明治大正文学全集　第三十五巻　谷崎潤一郎篇解説」〔一九二八年〕）と語っている。すると、夢のなかで若く美しい母を恋い慕ったのは、「七つか八つ」の「私」ばかりでもなかったのではないか。そこには微妙に父からの視点も溶け込まされて、「私」と父とが一体化されているのではないかと思われる。

母の死は、谷崎文学に新たな母性思慕という主題をもたらした。また父と息子がひとりの美しい女人を恋い慕うというモチーフは、「蘆刈」（一九三二年）を経由して、戦後の「少将滋幹の母」や「夢の浮橋」にまで貫かれることになる。

「少将滋幹の母」は関西移住後の作風を集大成したような作品である。まさに平安王朝という「いにしへ」に飛んだ作者の想像力が、歴史的な文献の間隙に思い切り空想を羽ばたかせながら、遒古閣文庫蔵の写本「滋幹の日記」といった架空の書物まで捏造して語りだした華麗な王朝絵巻である。

正宗白鳥は「これは、谷崎氏の最傑作ではあるまいか」と評したが、たしかに古典主義時代の谷崎文学のもっとも円熟した作品ということができる。ひとりの女性をめぐり、色好みの平中、時の権力者の藤原時平、時平の伯父で八十に近い老人の藤原国経、国経とその女性との子である少将滋幹と、奇しき運命に結ばれる四人の男が描き出される。

面白いことに、これらの人物は、谷崎文学にこれまで登場したいずれかの人物に似ている。平中は「幇間」（一九一一年）の三平以来の三枚目的人物に、男性的エロティシズムを漲らせる時平は「武州公秘話」（一九三一〜三二年）の武蔵守輝勝に似ている。北の方を時平に奪われながら、なお愛執を捨てきれずに懊悩する国経は、「痴人の愛」（一九二四〜二五年）の河合譲治の老いさらばえた姿であろう。

そして少将滋幹は、いうまでもなく「母を恋ふる記」以来の母恋いの系譜につらなる人物である。作品の末尾で、滋幹は四十年の長い歳月を隔てて母と再会する。若き日の北の方をめぐって展開された男たちの愛憎劇は、滋幹の母恋いへと浄化され、滋幹の母＝北の方は安らぎに満ちた清浄な、永遠の美として顕現する。

神わざにも近い作者の小説技法によって描き出されたすべての事象は、完璧なまでに藝術的な仕上がりを見せている。小説を読む醍醐味を、これほど満喫させてくれる作品もそう多くはないだろう。

（ちば　しゅんじ）

小倉遊亀『少将滋幹の母』装画

本書は、二〇〇六年（平成十八）三月に刊行された『少将滋幹の母』（中公文庫）を底本とし、『決定版谷崎潤一郎全集　第二十一巻』（中央公論新社、二〇一六年四月）を適宜参照しました。さらに、「ハッサン・カンの妖術」「二人の稚児」は『決定版谷崎潤一郎全集　第五巻』（中央公論新社、二〇一六年十月）を、「母を恋ふる記」は『決定版谷崎潤一郎全集　第六巻』（中央公論新社、二〇一五年十二月）を底本としました。それぞれの初出は作品の扉裏に記載しました。

「付録」として収載した正宗白鳥「谷崎潤一郎『少将滋幹の母』――『読書雑記』より」は「読書雑記――谷崎潤一郎『少将滋幹の母』と林芙美子『浮雲』について」（初出「中央公論」昭和二十六年九月）より抜粋したもので、『正宗白鳥全集　第二十一巻』（福武書店、昭和六十年一月）を底本としました。亀井勝一郎「『少将滋幹の母』覚書」は『谷崎潤一郎全集　第二十七巻』附録9（中央公論社、昭和三十三年五月）に収載されたもので、『亀井勝一郎全集　第二十巻』（講談社、昭和四十八年六月）を底本としました。

正字を新字にあらため（一部固有名詞や異体字をのぞく）、歴史的かなづかいを現代かなづかいにあらためましたが、当時の字面の雰囲気をいかすため、踊り字などはそのままとしました（付録を除く）。本文中で古文を引用している箇所は歴史的かなづかいのままです。

本書「少将滋幹の母」に収載した小倉遊亀の挿絵は、初出連載時に書き下ろされ、昭和二十五年八月に毎日新聞社より単行本として刊行された際に口絵とともに収載されました。今回文庫に収載するにあたり、原画を所蔵する滋賀県立美術館と有限会社鉄樹のご厚意により、撮影しなおしたあらたな画像を使用しました。

註解と解説は書き下ろしです。

本書に収載された作品には、今日の人権意識からみて不適切と思われる表現が使用されておりますが、本作品が書かれた時代背景、文学的価値、および著者が故人であることを考慮し、発表時のままとしました。

（編集部）

中公文庫

少将滋幹《しょうしょうしげもと》の母《はは》　他三篇《ほかさんぺん》

2021年７月25日　初版発行

著　者　谷崎潤一郎《たにざきじゅんいちろう》

発行者　松 田 陽 三

発行所　中央公論新社
〒100-8152　東京都千代田区大手町1-7-1
電話　販売 03-5299-1730　編集 03-5299-1890
URL http://www.chuko.co.jp/

ＤＴＰ　平面惑星
印　刷　三晃印刷
製　本　小泉製本

Published by CHUOKORON-SHINSHA, INC.
Printed in Japan　ISBN978-4-12-207088-2 C1193

定価はカバーに表示してあります。落丁本・乱丁本はお手数ですが小社販売部宛お送り下さい。送料小社負担にてお取り替えいたします。

た-30-21
潤一郎訳 源氏物語 巻三
谷崎潤一郎
文豪谷崎の流麗完璧な現代語訳による日本の誇る古典。日本画壇の巨匠14人による挿画入り絵巻。本巻は「螢」より「若菜」までを収録。〈解説〉池田彌三郎
201834-1

た-30-22
潤一郎訳 源氏物語 巻四
谷崎潤一郎
文豪谷崎の流麗完璧な現代語訳による日本の誇る古典。日本画壇の巨匠14人による挿画入り絵巻。本巻は「柏木」より「総角」までを収録。〈解説〉池田彌三郎
201841-9

た-30-23
潤一郎訳 源氏物語 巻五
谷崎潤一郎
文豪谷崎の流麗完璧な現代語訳による日本の誇る古典。日本画壇の巨匠14人による挿画入り絵巻。本巻は「早蕨」から「夢浮橋」までを収録。〈解説〉池田彌三郎
201848-8

た-30-24
盲目物語
谷崎潤一郎
長政・勝家二人の武将に嫁し、戦国の残酷な世を生きた小谷方と淀君ら三人の姫君の境涯を、盲いの法師が絶妙な語り口で物語る名作。〈解説〉佐伯彰一
202003-0

た-30-25
お艶殺し
谷崎潤一郎
駿河屋の一人娘お艶と奉公人新助は雪の夜駆落ちした。幸せを求めた道行きだった筈が……。芸術とは何かを探求した「金色の死」併載。〈解説〉佐伯彰一
202006-1

た-30-27
陰翳礼讃
谷崎潤一郎
日本の伝統美の本質を、かげや隈の内に見出す「陰翳礼讃」「厠のいろいろ」を始め、「恋愛及び色情」「客ぎらい」など随想六篇を収む。〈解説〉吉行淳之介
202413-7

た-30-28
文章読本
谷崎潤一郎
正しく文学作品を鑑賞し、美しい文章を書こうと願うすべての人の必読書。文章入門としてだけでなく文豪の豊かな経験談でもある。〈解説〉吉行淳之介
202535-6

た-30-45
歌々板画巻《うたうたはんがかん》
谷崎潤一郎 歌
棟方志功 板
文豪谷崎の和歌に棟方志功が「板画」を彫った二十四点に、挿画をめぐる二人の愉快な対談をそえておくる。芸術家ふたりが互角にとりくんだ愉しい一冊である。
204383-1

た-30-55
猫と庄造と二人のをんな
谷崎潤一郎

猫に嫉妬する妻と元妻、そして女より猫がかわいくてたまらない男が繰り広げる軽妙な心理コメディの傑作。安井曾太郎の挿画収載。〈解説〉千葉俊二

205815-6

た-30-54
夢の浮橋
谷崎潤一郎

夭折した母によく似た継母。主人公は継母への憧れと生母への思慕から二人を意識の中で混同させてゆく。谷崎文学における母恋物語の白眉。〈解説〉千葉俊二

204913-0

た-30-53
卍（まんじ）
谷崎潤一郎

光子という美の奴隷となった柿内夫妻は、卍のように絡みあいながら破滅に向かう。官能的な愛のなかに心理的マゾヒズムを描いた傑作。〈解説〉千葉俊二

204766-2

た-30-52
痴人の愛
谷崎潤一郎

美少女ナオミの若々しい肢体にひかれ、やがて成熟したその奔放な魅力のとりことなった譲治。女の魔性に跪く男の惑乱と陶酔を描く。〈解説〉河野多恵子

204767-9

た-30-49
谷崎潤一郎＝渡辺千萬子 往復書簡
谷崎潤一郎
渡辺千萬子

複雑な谷崎家の人間関係の中にあって、作家晩年の私生活と文学に最も影響を及ぼした女性との往復書簡。「文庫版のためのあとがき」を付す。〈解説〉千葉俊二

204634-4

た-30-48
月と狂言師
谷崎潤一郎

昭和二十年代に発表された随筆に、「疎開日記」を加えた全七篇。空爆をさけ疎開していた日々のなかできれぎれに思いかえされる風雅なよろこび。〈解説〉千葉俊二

204615-3

た-30-47
聞書《ききがき》抄《しょう》
谷崎潤一郎

落魄した石田三成の娘の前にあらわれた盲目の法師。彼が語りはじめたこの世の地獄絵巻とは。菅楯彦による連載時の挿画七十三葉を完全収載。〈解説〉千葉俊二

204577-4

た-30-46
武州公秘話
谷崎潤一郎

敵の首級を洗い清める美女の様子にみせられた少年――戦国時代に題材をとり、奔放な着想をもりこんで描かれた伝奇ロマン。木村荘八挿画収載。〈解説〉佐伯彰一

204518-7

各書目の下段の数字はISBNコードです。978－4－12が省略してあります。

各書目の下段の数字はISBNコードです。978－4－12が省略してあります。

う-9-14
百鬼園戦後日記Ⅲ　内田百閒
自宅へ客を招き九晩かけて還暦を祝う。昭和二十三年六月一日から二十四年十二月三十一日まで。索引付。〈巻末エッセイ〉平山三郎・中村武志〈解説〉佐伯泰英
206704-2

た-46-9
いいもの見つけた　高峰秀子
歯ブラシ、鼻毛切りから骨壺まで。高峰秀子が選び抜いた身近な逸品。徹底した美意識と生活の知恵が生きた、豊かな暮らしをエンジョイするための本。カラー版。
206181-1

た-46-10
旅は道づれ雪月花　高峰秀子　松山善三
京都・金沢・札幌・神戸……。日本各地の老舗ホテルや料理屋で、一流を知り尽くす二人が、真の豊かさを堪能。美味と妙味あふれる夫婦かけあい旅エッセイ。
206315-0

た-87-1
忘れ得ぬ人々と谷崎潤一郎　辰野隆《ゆたか》
辰野金吾を父に持ち名文家として知られる仏文学者が同窓の谷崎、師として仰ぐ露伴、鷗外、漱石らとの交流から紡いだ自伝的文学随想集。〈解説〉中条省平
206085-2

な-73-1
麻布襍記《あざぶざっき》　附・自選荷風百句　永井荷風
東京・麻布の偏奇館で執筆した小説「雨瀟瀟」「雪解」、随筆「花火」「偏奇館漫録」等を収める抒情的散文集。初の文庫化。〈巻末エッセイ〉須賀敦子
206615-1

な-73-2
葛飾土産　永井荷風
石川淳が「戦後はただこの一篇」と評した表題作ほか、短篇・戯曲・随筆を収めた戦後最初の作品集。久保田万太郎の同名戯曲、石川淳「敗荷落日」を併録。
206715-8

な-73-3
鷗外先生　荷風随筆集　永井荷風
師・森鷗外、足繁く通った向島・浅草をめぐる文章と、自伝的作品を併せた文庫オリジナル編集。巻末に谷崎潤一郎、正宗白鳥の批評を付す。〈解説〉森まゆみ
206800-1

み-9-9
作家論　新装版　三島由紀夫
森鷗外、谷崎潤一郎、川端康成ら作家15人の詩精神と美意識を解明。『太陽と鉄』と共に「批評の仕事の二本の柱」と自認する書。〈解説〉関川夏央
206259-7

み-9-10
荒野より　新装版
三島由紀夫
不気味な青年の訪れを綴った短編「荒野より」、東京五輪観戦記「オリンピック」など、〈楯の会〉結成前の心境を綴った作品集。〈解説〉猪瀬直樹
206265-8

み-9-11
小説読本
三島由紀夫
作家を志す人々のために「小説とは何か」を解き明かし、自ら実践する小説作法を披瀝する、三島由紀夫による小説指南の書。〈解説〉平野啓一郎
206302-0

み-9-13
戦後日記
三島由紀夫
「小説家の休暇」「裸体と衣裳」ほか、昭和二十三年から四十二年の間日記形式で発表されたエッセイを年代順に収録。三島による戦後史のドキュメント。
206726-4

み-9-12
古典文学読本
三島由紀夫
「日本文学小史」をはじめ、独自の美意識によって古今集や能、葉隠まで古典の魅力を綴った秀抜なエッセイを初集成。文庫オリジナル。〈解説〉富岡幸一郎
206323-5

み-9-14
太陽と鉄・私の遍歴時代
三島由紀夫
三島文学の本質を明かす自伝的作品二編に、自死直前のロングインタビュー「三島由紀夫最後の言葉」（聞き手・古林尚）を併録した決定版。〈解説〉佐伯彰一
206823-0

み-9-15
文章読本　新装版
三島由紀夫
あらゆる様式の文章・技巧の面白さ美しさを、該博な知識と豊富な実例と実作の経験から詳細に解明した万人必読の書。人名・作品名索引付。〈解説〉野口武彦
206860-5

み-9-16
谷崎潤一郎・川端康成
三島由紀夫
世界的な二大文豪を三島由紀夫はどう読んだのか。両者をめぐる批評・随筆を初集成した谷崎・川端文学への最良の入門書。文庫オリジナル。〈解説〉梶尾文武
206885-8

キ-3-33
ドナルド・キーン自伝　増補新版
ドナルド・キーン
角地幸男 訳
日本文学を世界に紹介してきた著者。ブルックリンの少年時代から、日本国籍取得まで、三島由紀夫ら作家たちとの交遊など、秘話満載で綴った決定版自叙伝。
206730-1

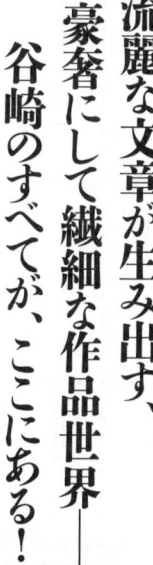

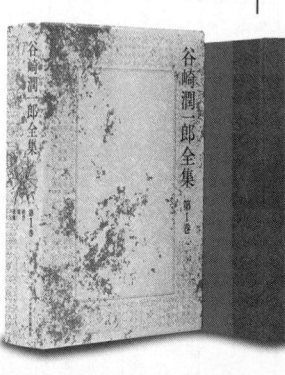